垂虹迤南浔

国擎文集

张国擎 著

作家出版社

分龙桥下

泰安桥境

小桥雪景

桨声灯影中的南浔古镇

重建于文园同心湖上的文昌阁

南浔镇史亭坐落于文园内，一方古刹置地碑，一方宋碑

嘉业藏书楼正门

南浔丝业会馆外景

南浔商会内景

藏书楼一进东侧的宋四史斋、楼上正厅称"希古楼"，一进西侧的诗萃室

藏书楼的二进正厅，上悬清宣统皇帝御赐的九龙金匾

江南名园小莲庄是南浔园林"五巨构"之一，2001年列入全国重点文物保护单位

张石铭旧居中的西洋楼

小莲庄荷池边的朱色曲廊、东侧的五曲石桥

刘氏梯号内的"红房子"

广袤的太湖和风雅的苕溪赋予南浔独特的气质

頔塘是大运河的一条重要支线

千年頔塘穿镇而过

位于南浔古镇中心的十字港口

小莲庄内刘氏家庙前两座保存完好的御赐牌坊

江南至今保存最为完整的沿河民居群落之一——百间楼

南浔古镇的老字号传统美食

生活如诗如画

南浔赋

太湖东南，苕溪北流，三水急湍，
澎湃欢愉于一高隆之地，随后相拥入海。
此高地育有千年古镇，名曰南浔。
源其来历，名自南宋。
苕溪上游，桑茧古地；
浙北平川，丰腴沃壤。
黎民百姓，躬耕圈羊；
种桑缫丝，捕鱼制笔。
荻港运河，世界遗产。

史载：明末清初，资本主义由此萌始！
上海开埠，沪上竟为南浔后花园。
晚清营丝，富至五洲可敌国；
世间声铭，八牛四象黄金狗！

清廷腐溃，共和肇始。
静江张男，身残志异；
倾家荡产，追随孙文。
辛亥启航，国共合作，
完成北伐，定府南京。
淞沪会战，全镇支前；

四九新页，人民当家。
万人大镇，无有蚊蝇；
两弹一星，院士小镇。
叔蘋奖学，惠及天下；
文人著作，鳌首东南。

改革新启，涌潮相裹；
地板电梯，全国之首。
更有湖笔，堪称绝佳；
中国梦起，旧镇新勃。

扁舟万里达闽粤，辑里丝名震海外！
天下文人用湖笔，锦绣文章改乾坤！

目录

第四部 励志故事

第五部 旁门别路话金、庞

第六部　福泽后人嘉业盛

第七部　历史告诉我们

第八部　南浔之恋

附　录

第一部　外部环境

南浔的周边

说南浔，必要先说南浔的周边。南浔在太湖的东南边，紧挨着它的是两个叫七都、八都的属于江苏省苏州市吴江区的小镇。小镇不出名，但它恰是太湖“三白”最有名的地方。因为这里的湖水没有污藻类侵害，水质非常好，特别是太湖产的白鱼、白虾、银鱼久负盛名。从交通上讲，从七都、八都上南浔最方便，腿一抬就到南浔镇上了，自南浔有镇，太湖“三白”第一个占领的就是南浔的市场。

早在四五千年以前，南浔的先民就在这块土地上耕种、渔猎、生息、繁衍。据镇南马腰洪城村新石器时代的“洪城遗址”考证，该遗址是公元前 2100 年至公元前 1600 年奴隶主洪氏的土城遗址，面积达十万平方米，属于马家浜文化。

但那时的南浔，没多少人知道。就说南宋前吧，那时候南浔还没诞生。南浔地处太湖东南的平原水网地带，河网交叉，几无岸路，出门靠船。这些水，不是从太湖来的。太湖是个庞大的蓄水池，西北方江苏境内的水泻入太湖，而太湖南岸的水也泻入太湖。自古到今天的改革开放时期，太湖南都是沼泽地，因此，太湖水面在划区时划给了江苏，因为当时的浙江经济滞后，没有能力治理，再说，太湖水患都是由江苏境内山区泻水所致。故如此。

这里的水是从天目山那边来的。特殊的地理位置和气候环境，造成天目山向阳处孕育出东苕溪，天目山背阴处众壑汇出西苕溪，成为杭嘉湖平原重要的两条河流。它们到了湖州分为七十二条小河流，称“溇”，均匀地流入太湖。其中最北一支，也是最大的一支流经南浔。远在吴越之争时，这里就成了吴越两家眼中的“门户”。越以此囤粮蓄军，作为前线的接应。而吴则以此为门户，拒越于姑苏城万仞之遥（按今与苏州的距离，正好折合春秋时的万仞。春秋时一仞相当于五尺六寸至七尺）。

此后，众多商家聚此经商，随后日增，村落渐成规模，因滨溪而居，遂称浔溪。而溪南也聚居商贾，且屋宇林立，气势非凡，遂称南林。浔溪店家的窗对着南林富家小姐的闺阁，常常有掉下手帕衣衩的故事发生。但两边人家皆居坝安分过日子，相视而闻鸡犬之声，各领俸禄不管人家闲事。到了南宋宁宗朝（1195—1224），南林与浔溪形成了“水市千家聚，商渔自结邻”，商贾如云，屋宇甚密，富甲浙右。淳祐年间经皇上批准，取南林、浔溪两地名之首字，建镇“南浔”。此事在“嘉应庙敕牒碑记”（咸淳六年）均有详尽记载。

既已成一镇乡邻，坝也就没必要存在了。拆坝安桥，桥面仅三块丈步之宽的条石架成。用之今日，安如泰山。用脚迈了迈那桥，果真一步之遥。数步远的西栅，是著名的南浔十景之一的“垂虹夕照”。

这就是所谓交界坝桥开始的南浔建镇历史。

宋朝洪迈所著《夷坚志》就有记载，说：“湖州乌程县浔溪村民徐三者，始兴十五年七月中暴死，四日而苏……”这也是佐证交界坝桥历史的一个例子。

明清两朝的南浔可是全国闻名，海外响亮。特别是苏州人提到南浔，那都是要跷跷大拇指的。因为苏州地面上的主要产业就是丝绸。说起这些丝绸原料的主要来源，都是从南浔那边靠摇橹送过来的。南浔不产丝绸，但南浔向南是个产蚕丝的广阔天地！还是要说到天目山脉。天目山脉经莫干山形成的那个东苕溪、西苕溪，顺势而下向北，贯穿湖州地区，形成庞大的水网系统。而这中间的一个高地，就是南浔。水在南浔镇北抱个团，围着那水中的墩，转了转，然后向嘉兴、上海、苏州方向分手而去。这个水墩，被称为分水墩，也是江浙两省分界的自然标志，远在春秋时期，伍子胥就肯定地说，地依势而界。

伍子胥提到的地依势，不得不提到南浔东边一个叫西塘的小镇。

在中国春秋历史上，南浔这个并不算最近的邻居西塘小镇扮过几次角色。

首先是给伍子胥搞了个“吴越分界”。

晋楚争霸。晋国联吴制楚，楚国则联越抗吴，使吴越两国关系更加恶化。

阖闾十九年（公元前496），越国国君允常去世，勾践继位。消息传到吴国，阖闾十分兴奋，因为楚平王去世，他趁楚国国丧获得了“柏举之战”的胜利，这个胜利还在于“晦日”！眼下越国国丧之际，阖闾依据他的老经验，决定突击越国，把越国纳入吴国的版图。

为了实现吞并越国的目的，早在二十多年前，伍子胥受到阖闾重用时，阖闾就把称霸天下的希望寄托在伍子胥身上。伍子胥当时就告诉他，要想称霸天下，先得家门口安宁。伍子胥说的家门口，依据孙武的战略思想，必须先将越国并入吴国版图，真正成为吴国的一部分，“偏一域而安天下！”为此，阖闾认真细致地听取了伍子胥的想法，大力支持伍子胥的战略策划。

在阖闾的全力支持下，伍子胥废寝忘食地工作，大兴水利，通盐运，开凿伍子塘（后人给予的称谓），引胥山（现嘉善县西南六公里）以北之水直抵苏州，把整个地区的水网全贯通，号称“路路通”“河沟联”！这就为吴国进攻与吞并越国版图后的管理奠定了基础。

伍子胥万万没想到，水在吴越两国交界处出现了拒绝前行，逆流回旋，自说自话地朝另一个方向去了。大家觉得奇怪！

伍子胥亲自前往查看，并用《易经》问卦后，发现这个在《易经》上属于“横亘乾巽”之六的地势，因为人视角的偏差，使倾斜地面在人眼中被看成“斜塘”，造成水流逆偏。伍子胥认为这是“天意不可违”的表现，随即依卦改变了原先计划中的河流方向，将河开浚到吴国边境与百桃城（今天的桃园镇）接壤处连上越国的河流便停止。从此，这个叫“斜塘”的地方就成了“吴根越角”。它位于今天嘉善县城北十公里，现在叫“西塘”。历史上，伍子胥开沟运兵屯于吴越交界，就是指这个地方。

咫尺之遥的越国百桃城（现属江苏，一说是今桐乡市东南的百桃乡），家家种桃，户户栽梨。这里出的一种李子，叫檇李，口味忒好。此时正值桃梨花开，千百亩梨树春月开花，煞是好看。远看去就是一片雪的海洋、粉色的世界。

阖闾决定乘人之危入侵越国，他征求大家的意见。

伍子胥投了赞成票，并且提出了屯兵百桃城附近，利用千百亩桃梨树花作遮蔽，对越国进行短距离突袭。

阖闾与孙武都坚决支持伍子胥的方案。

太宰嚭却否决了。他当时为什么要否决，出于什么心理状态，则无人可知。

太宰嚭，又称伯嚭，楚国名臣伯州犁的孙子。父亲郤宛，是楚王左尹，为人耿直，贤明有能，深受百姓爱戴，受到少傅费无极（费无忌）的忌妒，得罪了贪得无厌的楚令尹子常（囊瓦）。心胸狭隘的子常找机会在楚平王面前进谗言，昏聩的楚平王听任子常杀害郤宛，并株连九族。伯嚭在忠诚奴仆们的帮助下侥幸逃离。途中听说另一位遭迫害的伍奢儿子伍子胥在吴国受到重用，便赶往投奔。伍子胥虽与伯嚭无私交，因为遭遇相似，同病相怜，毫无顾虑地将他举荐给吴王阖闾。在一次盛大的宫宴上，阖闾若有所思地询问伯嚭：“寡人之国僻远，东滨于海侧。闻说你父亲遭费无极谗害，被楚相子常暴怒残杀。而今投奔来此，有什么可以教导寡人的呢？”伯嚭闻此言，泪水一下涌了出来：“听说大王您收留了穷厄亡命的伍子胥，所以，我才不远千里，归命大王。大王您有什么需要我效力的，万死不辞！”吴王阖闾听罢颇为伤叹。

陪宴在场的吴大夫被离洞察这一幕后轻声对伍子胥说：“您以为伯嚭可以信任吗？”

伍子胥坦然以答：“我与伯嚭有相同的怨仇。您没听过民谣《河上歌》所唱的‘同病相怜，同忧相救’吗？就好比惊飞的鸟儿，追逐着聚集到一块儿，有什么可奇怪的呢？……胡马望北风而立，越燕向南日而熙，谁能不爱其所近，而不悲其所思呢？”

被离听罢，不以为然地摇摇头，提醒伍子胥说：“您只见其表，不见其内。我看伯嚭为人，鹰视虎步，本性贪佞，专功而擅杀。如果重用他，恐怕您日后定会受到牵累。”伍子胥不以为然。在伍子胥的大力举荐下，阖闾任伯嚭为大夫，与自己共谋国事。

被离的话，日后应验了。

伍子胥现在提出的这个方案，越国是不知道的。

太宰嚭出于对伍子胥的忌妒，以他的认为，如果吴国没有伍子胥，阖闾一定会重用他太宰嚭！现在他与伍子胥共担国事，毕竟是二把手，处处压在伍子胥下面。如果他能当一把手，有职有权，多好啊！就这个私念，他竟然将伍子胥的这个方案偷偷送到了越国。

阖闾与孙武对伍子胥这个方案的评价很高。他们认为，屯兵百桃城外的桃梨园，稍事修整，从这里出发，一天之内可攻下越国数城。

阖闾哪里知道勾践早已在百桃城外的梨园伏好重兵，网张得大大地等待着他的到来。

吴军在百桃城外的梨园前被挡住，他们发现了百步之外梨园里的越兵。

两国一时相峙住了。

檇李之战

勾践知道自己不是这时代翘楚、北上称霸做盟主的阖闾对手。他命令越兵伏击，但不主动，与文种、范蠡密谋，欲以智取胜专横狂傲的阖闾。

战争终于开始。

随着阖闾的手朝天空一指，吴军正中高台响起了号角，阵前两边辕门鼓亭上战鼓擂起。

专诸的儿子大将军专毅指挥的右军开始向越军进攻。

面对凶猛的攻势，战斗力远不如吴兵的越军没有避让，而是勉强相迎，两军一接触，没出三回合，越军便败下阵。阖闾高兴地对身边的伍子胥说："越兵不堪一击。"

伍子胥点了点头，牙齿紧紧地咬着，两眼紧紧盯着越军那一边。

孙武传过话来，告诉阖闾，越军真正的威力还没出现。传话的兵还没走，越军阵营再次响起激越的鼓声，更猛烈的殊死反击开始了。然而，越军在吴兵面前，如蒲草遇刀刃，成片地倒下。

面对这一形势，阖闾对越军的如此不经一击，感到迷惘，他看看孙武。

孙武临阵不乱。他的眼梢余光看到了阖闾的表情，忙让旗号手向阖闾打来旗语，告诉他，注意越军中营帅旗变化，防止越军使诈。

阖闾笑笑，让旗号手告诉孙武："不用怕，那勾践小儿，没什么能耐的。"话音未落，越军突然一改前面的柔弱勉强应战，骤起强悍有力狂飙猛扑过来，远看去，如击岸白浪般汹涌，剑光耀日，旌旗蔽天。白浪之中夹着三军箭手如雨似的直扑吴军中帅部位激射。

吴兵三军将领，毕竟是沙场宿将，临危不乱。以快速、变幻莫测的队形，避过箭雨，侧走边锋，始终保持着如垒似墙的阵势，时而如山崩海啸，时而又如夜沙吞岸，渐渐地，那咄咄逼人的越军白浪在不知不觉中慢慢融化掉了。

越军又一次败下阵去。

阖闾不由得拊掌哈哈大笑，对着伍子胥、太宰嚭说道："这回让勾践小儿知道什么叫阵法！"

伍子胥、太宰嚭也都眉头舒展，从越军的败局中对孙武的兵法肃然起敬。

就在这时，越军的队形忽然有了变化。

吴军这边开始注视。

越军中营兵勇密集如海潮汹涌，恰渐渐由深处向前一线剖开，尾后又迅速收起，那剖开的白浪中间出现三排赤身露体、散发跣足的人。他们每排百余人，每个人都一手拎着自己的散发，一手以剑按颈，嘴里高叫着齐步向前。越军分开，把他们像挤牙膏似的挤出了越营。

这些人向吴军阵前走来，只听得他们齐刷刷地叫喊：

"对面的吴军兄弟听着，现在吴、越两国交兵，我们这些人违犯了大王的军令，罪该万死，不敢逃避刑罚，愿一死以谢大王。"

罪犯们高举着武器，大声喊着："我们是烈士，我们是烈士！"来到吴军阵前。

吴军看着这一群衣衫褴褛的罪犯，面面相觑：越国人是不是疯了，派这几百个罪犯来做什么？

百步之外，罪犯们停住脚步，分为三队。越人反复高叫着，跑到吴军阵营前，第一队在中军阵前站住，还未等对方弄清情况，这批人便毫不犹豫地自己抹了脖子——死了。血，直溅吴军将士衣甲；第二队上前来了，他们立在左军阵营前，依旧是那几句话，到最后一个"罪"字喊毕，也照例刎颈而死，第三排也依样画葫芦，一个个割下了自己的脑袋。数百名罪犯一排一排扑通扑通地倒在吴军士兵的眼前。大风将浓重的血腥味吹散开来，一时间，战场上鲜血横流，天昏地暗。

所有人瞠目结舌，都被这个惨烈的场面镇住了，打仗死人，谁也不怕，但数百个人在自己眼前"集体自杀"，吴军士兵还没有看到过。

吴军虽惯于作战，杀人无数，却从未见到这种场面，一时都惊呆住。

"怎么……怎么……"

"死了！他们自杀死了。"

"莫非是假死！"

吴国将士先惊后疑，纷纷上前探视这些倒地的越人是否真的自杀死了，他们忘记了打仗，忘记了对面的敌人。

“不要围观，这是越人的奸计！”吴军中有人大喊，但这喊声就像蚊蚁的叫声，毫无作用，后面的人挤压着前面的人，吴军乱成一团。就在此时，隐蔽在梨树坡上的越王勾践亲自擂起了震天的战鼓，范蠡率军杀向吴营……

吴军阵中一阵骚动。顿时，阵营开始乱了。

孙武知道是诈，急忙发令。但迟了，越军方面中帅旗舞，一支精锐兵勇如海中箭鱼般朝吴中营飞来。这支四千人组成的敢死队，个个拥大盾、持短刃，踏着数百罪犯的尸体呼啸而过。吴军还没从刚才的震惊中回过神来，就被这阵势镇住了。

阖闾万万没想到，几乎一眨眼的工夫，一支如狼似虎的兵勇已冲到了自己面前，只见他们高喊着：“冲啊，活捉阖闾老贼！”

毕竟沙场老将了，阖闾扬出武器，双臂一展，如旋风在天，那兵勇之众的越兵不是他的对手。就在他杀出重围，眼看能够重振中军时，不料，肩上挨了一戈。阖闾大叫一声，闪过左右合力压下的刀剑。但已经迟了，越军一支长枪正对他胸前刺来，他无法躲避。英雄一世的阖闾闭上眼，大叫一声：“灭越者谁啊！”等待自己死亡的到来。

突然，头顶金属迸响。血溅他脸上。那长枪没有到自己胸脯上，而左右的声音没了。阖闾睁眼见专毅用双臂顶住来自数方的枪刀戈剑，嘴里大喊：“保卫吴王！”

阖闾再看脚下，脚趾已被砍去……

伍子胥、太宰嚭、王子雄及时赶到，救回阖闾和专毅。

吴军见主帅重伤，一时大乱，越师趁乱掩杀过来，吴军不敢恋战，急急鸣金收兵，往北而退。

这次出兵没有像对付楚国那么顺当，使阖闾很沮丧。更为严重的是，越军敢死队员用丈二的尖头带剧毒的长戈刺伤他左臂。几乎没多一点时间给他阖闾，来不及开一次认真的军事会议，他已经知道自己性命难保，强压阵痛，把儿子夫差喊到面前对他说：“你会忘掉勾践杀父之仇吗！”

夫差跪下，咬破了舌尖对阖闾说：“此仇不报，誓不为人！”

阖闾大叫一声，合上了眼。

夫差为替父报仇，派人站在宫门口，每天见到他就喊："夫差，你忘记杀父之仇了吗？"

夫差每次流着泪回答："不！我没有忘记。我不能忘记！"

夫差日夜在孙武身边，看着他操演兵丁。

每次朝议，夫差就问一句话："如果我们再次进入槜李，能赢吗？"

满朝无人回答。

夫差即泪流满脸。

有一次，夫人提醒他，已经很久不到她的房里去了。

夫差朝她瞪眼说："父仇不报，焉可想着个人的私欲！"

夜很深时，伍子胥走过他的门前，看到卫士站立着，里面的灯火亮着，他心里明白：夫差灭越的可能性很大，如果能够多听听自己的话，再用孙武的兵法，独霸海侧，再吞楚齐，不在话下。

这样的日子一天天过去。

夫差的行动都被太宰嚭密报给了越王勾践。

自从战胜了阖闾后，勾践认为外患暂除，他开始实行富国强兵之道。这个时期的勾践重用文种、范蠡等良臣，使越国国力有所增强。他从太宰嚭不断送来的密报中得知夫差发誓要为阖闾报仇！公元前494年，勾践决定先发制人，组织精良兵勇以舟运兵快速进入槜李百桃地区，再从那里迂回折入浔溪，由浔溪进入太湖，利用太湖从背后攻击夫差。

范蠡劝阻道："战争是十分残酷的事情，无端斗杀更是违背德信，这是上天所忌讳的，对于出战者没有好处而且非常不利，应该慎之又慎，万万不可轻举妄动。"

勾践说："我已经决定了，不要再说了。"当下调动全国精兵三万人，北上攻吴。

高度关注越军行动的吴国密探很快掌握了越军的行踪。夫差采纳孙武的意见，从陆地顺太湖秘密包抄到椒山，正好在这里与越军相遇。吴军为国君复仇的口号如雷而鸣，早把欠少训练的越军镇住，几乎没多少交手。训练有素的吴军全歼了椒山的越军，后援越军得知，慌忙报告大本营的勾践。

勾践无论如何不能相信自己的军队如此不堪一击，凄然对范蠡说："我不听先生之言，故有此患。眼下如何收拾危局？"

范蠡无语，半晌，对勾践说："越国只能求安，而不能强霸。这是越人的性格决定的！”

勾践怎么能听从他这种话。他问文种。文种说：“大王想强盛无可非议，但不是现在。”

勾践问：“怎么办？”

范蠡与文种都劝他赶快撤兵。但已经迟了，吴兵如蜂般涌上来。众将护着勾践从小路在黑星无月的深夜，急行百里，退到会稽山。勾践想等天明再召集将士开会。谁知天明时分，四下报告，早已被吴军团团包围，毫无退路。

“天亡我也！”勾践大喊一声，拔剑朝颈上搁，只要手一拉，这颗人头将属于这脚下的土地。就在这时，文种挡住了。

范蠡冷冷一笑，说：“真是可笑，如此已经是绝地了吗？”

勾践被他这一冷笑镇住了，放下剑，双手一抱，两膝要朝地下跪，范蠡见状，慌忙上前先跪下。范蠡的心里想：“这国君如此，日后叫我怎么办？”

文种看出来了，劝他们起来说话。

就在那块石头上，三个人坐着。

范蠡冷静进谏说：“一杯水如果满了而不溢出来，它才能稳静地持久在那里。这是为什么呢？它满而不动，便可以持久，是天地允许的，符合天地的规律。地能长万物，我们人使用时，要节制使用，不然就会闹灾难。本来这世界就不是我们越国一家的，大家一起享用天地赐予的物质是一种愉快，偏偏想独吞而凭着仇恨相互厮杀！……”

说到这里，他长长叹口气，看看文种。

文种明白，接过话婉转地说下去：“事到如今，我们只能低头去寻找出路。这个出路在太宰嚭手里。”

勾践想到了太宰嚭，但他不敢相信这种时候会有人帮助他！

范蠡说：“依我看，这个太宰嚭与伍子胥本来就不是一条河里的水。”

勾践看着文种说：“是这样的吗？”

文种说：“太宰嚭，贪财好色。你可以派人带美女与珍宝去贿赂他！”

勾践问：“珍宝一时可寻，但这美女可不是送他就算了，得替我做点内线啊！”

文种说：“正是。寻美女一事，可交给范蠡大夫。至于去找太宰嚭一事，我愿意前往！”

果然，文种带着珍宝厚礼去见了太宰嚭，一说就成了。

埋下了好伏笔。勾践派大夫文种前往吴军大营请求议和。

文种初次赴吴营，受到伍子胥的极力阻挠，当着文种的面，他对夫差说：“上天以越国赐给吴国，机不可失，千万不要答应。”

勾践听到这个消息，痛不欲生，准备杀妻毁家，与夫差决一死战。

文种劝他说：“大丈夫能屈能伸。屈身笑脸贴夫差的冷屁股，图得转机，这才是眼下出路。”

勾践想想也对。

范蠡又劝道：“真正的好汉，喜怒与复仇都植在心里，出手狠准辣，那才是真狠。他夫差做匹夫的勾当，算什么好汉。臣有一妾，天生丽质，尚未完婚。为大王与国家计，臣愿说动她去充当你要的那个美女！”

勾践知道范蠡说的美女，就是西施，知道她是个绝色美女。范蠡会如此做，可见他对越国的忠诚了，勾践连忙下跪。范蠡将他扶起，与文种一起又劝了一阵。勾践对范蠡说：“我到了吴国，国内一切事都交给你主持。我若回不来，你就改国号，由你任国君！”

范蠡说：“对于用兵打仗的事情，文种不如臣；对于安抚国家，亲近民众，我远不如文种。对于临场应变，我比文种强，我愿随大王同赴吴国。”

商量了一阵子，勾践定下赴吴受难，以救越不亡之策。

文种代表勾践前去见吴王。

文种见到夫差道：“大王如能赦免勾践，越国情愿尽献珍宝，举国上下降为臣民。倘若不许，勾践将尽杀妻妾，毁尽宝器。然后率领这剩下五千名士兵和大王决一死战。真的厮杀起来难免使大王蒙受损失。杀掉一个勾践，怎能比得上获得整个越国呢？望大王三思。”

太宰嚭也在一旁帮腔说：“越国已经降服为臣民，若能赦免越王，的确对吴国有大利。”接着悄悄道：“现在你若灭了勾践，虽说报了仇，但也与越人积仇，当年先王攻下楚都郢城……”

夫差想起了吴军占领郢城后的心惊胆战生活，便问：“依你有什么好办法？”

太宰嚭说：“只要他愿意投降，把越作为我们的属国，有什么不好。”

夫差心有所动，便要许和。

伍子胥谏阻说：“树德行善，莫如使之滋蔓；祛病除害，务必断根绝源。现今勾践为贤君，文种、范蠡为良臣，君臣同心，施德惠民，越域才几年竟然勃勃生机，如若返国，必为吴国大患。吴越两国水土相连，一旦结成世仇，兴亡成败不可不虑，如今既克越国，亡而并合，顺势天意，反之则患。”他的意思再明显不过了：趁势灭了越，最为安全！

夫差不听，手一挥，让太宰嚭与文种讲和。

文种回到勾践身边，范蠡正好也带着西施来见勾践。

勾践问文种，这个女子如何？文种问西施："我们这些堂堂七尺汉子，尚不能顾及国家，你一弱女子肩上可承得住？"

西施欠腰礼答道："妾无能，但愿以身相许生我养我的国家。"

文种说："好！"由他带着西施与勾践夫妻一起去见夫差。

文种见了吴王，献上西施，说："越王愿意投降，做您的臣下伺候您，请您能饶恕他。"太宰嚭也在一旁帮文种说话。伍子胥站出来大声反对道："人常说'治病要除根'，勾践深谋远虑，文种、范蠡精明强干，这次放了他们，他们回去后就会想办法报仇的！"

夫差认为越国已不足为患，西施的美色正好动摇着他的心，压根儿听不进伍子胥的劝告，他说："如果不是你那从槜李进兵的策划，先王能有那难吗？这事你就不要多说了。"随即答应了越国的投降，把军队撤回了吴国。

传说吴国战胜越国后，越国常常进贡一种叫槜李的水果。

这种李子，果形硕大，皮色殷红，芬芳异常，甘甜鲜美，名列诸李之冠。令人奇怪的是，槜李果顶微凹之处，有一形似指甲掐过的爪痕，传说是西施的缘故。

传说是这样的：有一次，吴王走进宫，见宫女送来的李子，还原封不动放在案儿上，就对西施讨好说：爱妃，这样好的贡果，为何不尝？

西施答道：这李子采下来太久了，味已不鲜。

我命他们立即贡来一些新鲜李子！吴王说着即欲传旨。他想，现在越国是我的臣国，都是选最好的东西进贡来，喊他们送点槜李，还不是小菜一碟！没想到，西施摇摇手说：两地相距遥远，路中耽搁难以保鲜。我想去李园亲自采摘品尝。

听说西施要出游品李，吴王一口应承。于是兴师动众，选派一批宫女，陪西施前往李园。西施来到槜李城，这个位于今天浙江省嘉兴市桐乡市桃园乡的槜李，那时属于越国，也算得上是西施的故乡了。回到故国乡土的西施，心情十分舒畅。只见这里李树连片成行，树头缀满殷红的李子，景色优美动人。她在一群宫女的簇拥下，信步进入李园。那成熟的李子，青里透红，密缀黄点，外披白粉，其味诱人。西施随手采下一颗，用指甲在李子顶部轻轻一掐，顿时果汁横溢，香气入鼻。放到嘴边一吸，李汁犹如甜酒。西施连吃数颗，竟被醉倒了。从此，人们就给这里的李子取名为“醉李”。因“醉”与“槜”同音，且这座城池名槜李，后来人们就把这里的李子称为槜李。

说也奇怪，自从西施来过李园以后，这里长出的槜李，果子顶部都有一条形似爪痕的瘢纹。人们都说，这是西施吃槜李时留下的指甲印，称它为“西施爪痕”，犹如牡丹有贵妃指痕一样，流传千古，引为美谈。清朝朱竹垞曾在《鸳湖擢歌》中写道：“闻说西施曾一掐，至今颗颗爪痕添。”

说到这位朱竹垞，二月河写的清朝皇帝小说书里有过一段文字。这样写道：

众乐园离着春香楼大约也就里许来地。迎驾桥虽然不是维扬最繁华的所在，但因地近瓜洲渡，码头林立，商贾云集，一街两行三十六行俱全，街上人烟辐辏，水巷橹船相衔，也实甚热闹。三乘官轿打前，后边跟着两个骡车，坐满了粉头歌女，嘻嘻哈哈招摇过市径奔戏园，所过之处，市人侧身避道侧目而视，车轿过去一片啐声。高恒是听不见，裴靳二人是听惯了，都没有计较。一时来到园门口，高恒下轿看时，却和北京戏园格式儿相去不远，一道广亮门两边都开着店铺，全都是卖点心小吃瓜子糖果扇子茶具之类物件，供戏客随意方便的。坐地半亩方圆，也不甚高大，却是装裹丹垩一新。门旁两副楹联，都是一笔端凝楷书：

大千世界在眉头，看遍翠暖珠香，重游赡部。
十万春华如梦里，记得丁歌甲舞，曾醉昆仑。

细看落款，却是袁枚所书朱竹垞的成联。高恒摇头咂舌赞道：“字也好，难得这句子也是黄绢幼妇，两个人我都要见一见。”

你若有空翻开《明史》最后几页，就能从里面一大串编纂人员中找到一位以检讨（明朝七品，清朝给予五品至三品不等）被命为纂修《明史》的朱竹垞。

他是明朝宰辅朱国祚的曾孙，早年曾参与抗清复明。康熙四十五年（1706）十月，查慎行为葬双亲乞假归里。两年后，春寒之日，假满入都。这位朱竹垞冒风雪送他到嘉兴杉青闸（从这里出发的船可以一直驰至京都）。这位与金庸祖上至交的朱竹垞为何如此礼重？后人又为何特意在史上提这一笔。除了这位朱竹垞与查慎行是表兄弟关系外，更重要的是他叫朱彝尊！朱竹垞只是他的号，古人常常以号行世，所以今天的许多人总把朱竹垞列为文人、词家，而把朱彝尊又分开成另一人。

朱彝尊（1629—1709），清代诗词人、学者。字锡鬯，号竹垞，晚号小长芦钓鱼师，又号金风亭长。祖上是苏州吴江，明朝景泰四年（1453）迁到嘉兴府的秀水县。清顺治六年，朱彝尊挈家移居嘉兴梅会里（今浙江嘉兴市王店镇）。他本人康熙十八年（1679）参加科举博学鸿词考试，以布衣授翰林院检讨，入值南书房，参加纂修《明史》。因为他的才学与词深受康熙垂爱，点名让他参加江南省试做主笔之一。也是命运吧，这节骨眼上，他却患了重感冒，同僚妒忌他才华，都说他得了伤寒，传染于他人必会死亡，远远地躲开他。他得知后，愤然离去再也不出来沾染官场。

康熙四十八年（1709），朱彝尊在贫寒中死去。

十七年后，雍正三年（1725），在查慎行及亲友的帮助下，朱彝尊入葬嘉兴百花庄他曾祖朱国祚墓南五里。查慎行送葬并作诗：

平生载酒论文地，今日偕为执绋行。
万卷书留良史宅，百花庄近相公茔。
铭传有道矢无愧，泪落天佣表未成。
十七年来余痛在，待看宿草慰哀情。

因为朱彝尊的原因吧，这个槜李的水果就格外受人注目啦！至于与西施的那层关系，哈哈，当然是民间街巷湫隘里悠悠飘出来的不负责任的传说啦！

西施是夫差当吴王时的故事，与阖闾还是有差异的。

美女西施的故事一直到今天，都是政治与经济战场上绝对胜筹的码子！于是，在南浔的百间楼有条巷子叫洗粉兜，就是纪念西施由此上吴国途中洗去粉饰，甘受凌辱之事的。

从槜李之战的桃园到南浔，很近。

从西塘的吴尾越角到南浔，很近。

第二部　认识家乡

从一本小说开始认识故乡

说这话的时候，我刚刚读完小学，参加考试。下午考语文。其中一篇作文的题目是《你心中的家乡》。家乡，应该是我出生的地方——这是老师，还有教科书上这么说的。如此一说，我此刻生活多年的地方并不是我的真正家乡，我的家乡在哪里？依我母亲的说法，在南浔——那个遥远而陌生的地方。

面对一张大大的白纸，心里泛起的家乡既陌生又亲切，更带着几分惘然。怎么办？考卷非儿戏。我只能从脑子里搜索一切与其相关联的文字，回想平时大人牙缝里掉下来的点点滴滴故事，再加上幼小心灵里的情感，一股脑儿写下去，着实把毫无印象的南浔美美地写了一番。那时，我不知道南浔的“浔”字怎么写，缺了三点水偏旁。但从那篇幼稚的作文开始，我关注着南浔的一切。1985 年秋天，我在杭州参加一个笔会。会议期间，我向浙江的同行打听去南浔的走法。按当时的交通状况，时间一算，来不及，也就没去成。一晃又是十几年过去了。

直到二十世纪九十年代最后那几年，我正在研究“1926—1927”国共两党第一次合作完成北伐的历史，计划写部长篇小说。我专程来到南浔，到后就发现南浔的领导吴文江、王永年等人正在搞民国历史的内部资料展览。他们最为头疼的就是如何介绍张静江。因为张静江的原因，这个展览只能内部展，不能公开。南浔领导感叹地说，如果可以公开展览，那多好啊！我有心记住了这件事。当时我正在撰写第一次国共合作完成北伐的长篇小说。关于如何表述张静江这个人物也在忧虑：是用真名还是化名。我听取了《当代》杂志洪清波的意见。洪清波是《白鹿原》的责编，他又是反映国企一定能振兴的长篇小说《斜阳与辉煌》（张国擎著，发《当代》1997 年第五期小说头条）的责编，这部小说反响相当大。也因为有了这件事，洪清波认为我能够把握好张静江这个人物。在他的鼓励下，反映国共第一次合作完成北伐的长篇小说《古柳泽》中的历史人物，蒋介石、张静江均公开真实地描写。与此同时，关于张静江这个人物的公开宣传问题也适时提到了桌面上。因为毛泽东主席对张静江有经济头脑的话被我写入送审报告中，并很快获得通过，单篇稿子由我撰写后交《人物》杂志排队等待发表。从此，中国大陆自1949年以来，张静江这个历史人物终于公开出现在公众的视野里！

《古柳泽》在等待终审的1999年，被刚刚成立的中国电影集团公司副董事长兼副总经理韩三平看中，作为他们集团首部大戏列入计划。书出版后，好评如潮。中央统战部、中宣部等单位认定："建国以来唯一一部正面讴歌国共合作完成北伐的优秀长篇小说。"计划不如变化，因为编剧问题被中影集团搁浅；中央电视台多次致文作者，希望搬上银屏，也因为缺乏具有能够改编南方特色影视的编剧而至今未成。这么多年，许多"编剧""导演"从这部书里挖走了不少东西，但主题的精神与主线的故事没人敢搬走。提到这部书，大家都叫好，但都认为是难啃的"骨头"！

一晃十七年过去了。我们今天依然记得书中对南浔的描写，这是第一次在长篇小说里介绍到南浔。它是这样写的——

明末清初靠缫丝发达起来并萌芽了中国资本主义的江南小镇南浔，此刻表现得异常的平静。太阳照在小镇上暖暖的，使水乡的寒气变得像春晨秋初，连水面上漂着的船也充满着人情味。这种人情味被水载着顺苕溪河一直流向太湖，流向苏州、上海，流向它们愿意去的任何地方……

这里通上海的小火轮，在发船的时间上总要比上海迟一个时辰。据说，这是南浔用以显示对上海的一种居高临下姿态，也是上海对这个孕育中国近代工商业"母亲地"的敬意吧！那时的南浔人动辄就喜欢用一种软软的吴语颐指气使：

"侬上海，呒么伢的南浔格蚕丝，侬还神气点啥名堂？啥格叫蚕丝？伲看看，蚕丝还勿晓得是啥。阿是阿木林哇！辑里湖丝，阿懂勿懂辑里湖丝？呒么侬，侬哪哈充啥格老大？上海的洋房，就是伢个俚缫丝缫出来格……"

上海那时还硬不起翅膀来，只好听南浔小镇的调遣。不过，话说回来，那时的上海也委实没多少气派。小火轮开得穿过上海整个市区，看到的除了稀稀拉拉的无精打采面黄肌瘦的人群外，便是如静止状的河水。那时上海的水，从淞江那边过来；从青浦、黎里、平望把太湖水弄成一条宽宽的大江再浩浩荡荡进上海，上海人叫它黄浦江；这水啊，把上海洗得清清爽爽，像上过一层孛齑漆，太阳一照，贼亮贼亮，天是碧透碧透，河里的水，清得照见游弋的鱼虾。船悠悠地开着，一路风光，到十六浦码头，船长挺挺腰板，扬臂拉响了汽笛，两长声，向大家报告自己的到来。

汽笛声响过后，河边上的一排棚屋开始在静静的晨雾里摇动起身子，其中有一间先发出苏醒的响声，那声响夹带着棚屋特有的骚动。

小火轮上的船长这时喊：

“阿三，拿一只空油桶来！”

骚动的那间棚屋，临河的墙上支出了一个雨棚子，这么一支，算是窗又是柜台。从里面悠悠地伸出一个女人的头，朝外探一探又缩进去。然后，有男人推开了竹皮子编的门，提一只铁桶，趿双鞋子“地达、地达”朝小火轮上慢慢走去，一边走，一边嘀咕：“上海人真笨，连吃的油都不会榨。要到那个地方去弄。也勿看看人家出门来的神气相……”

船长骂道：“死鬼阿三，一天到夜只晓得女人、老酒！你就勿晓得脚头快一步？张老板要是在船上……”

他的话还没有完，阿三的步头就快起来，连连问：“你说什么？什么。你早说一句张老板在船上。叫他老人家等我，那成何体统？我一年靠他的油坊就够讨两个家主婆。”

他的话声未落，棚屋里就扔出个“炮仗”来：“沪头滩上的拆白党，说的比唱的好听。你有铜钿？你有讨两个家主婆的铜钿为啥事体不给老娘明媒正娶？侬呀呀，我今朝才晓得倷有铜钿藏得屁眼里相，是埋了好好交一条拆白党后路格，阿是，等有一日子嫌老娘勿嫩相格辰光，就好去逛堂子？告诉倷，格种货色，搁拉伢是男人都看勿上眼。船老大，倷说说，阿是这种道理？那种货色，脱脱裤子搬搬屁股就可以吃东家喝西家的，只晓得铜钿、吃！讲起话来也勿晓得清爽。说啥格，勿轧姘头，跑到上海来做啥事体？你说，要勿要叫捕快捉伊进去坐坐，好好叫收拾收拾伊格贼骨头，把阿拉上海人说成是轧姘头的祖宗，还了得！你讲讲看，那些人是勿是格野路子的货色。船老大，你讲讲看，是不是格野路子的货色，一只铜板困翻伊拉……”

女人龌龊龊地扔出的不是“炮仗”，而是炸药，炸得接过油桶的船长吓得手里的油桶掉在跳板上，油桶在跳板上蹦了蹦，骨碌碌滚到水里。

阿三更是瘟鸡笨倒头，连连对着棚屋上的那个窗子叫唤：“伢开开心，男人讲句开开心格话都受管制，这世界实在对男人勿公平……”

“勿错。讨两个家主婆是叫关开心格事！有你格折白党讨两只妓开心。你讲，我还有啥话好讲？这黄浦江里的船就勿要水载了。伢女人的眼泪就可以载得它跑到西洋去，再替你弄几只洋婆子来……”

船长连连喊，快开船，船停这地方是请佛请到了棺材店，横竖都不是好事体。

……

那时的南浔和杭嘉湖平原上的所有城镇都市一样，水天水地，河汊湖漳，与外界的交通主要工具就是船。水，在这里滋润着一方生灵，活跃着一方经济。直到 1936 年，嘉兴与湖州通了公路，南浔与外界的交通有了汽车。为此，南浔设了东西两个汽车站。与别的城市里汽车到处停放的现象不同。南浔是不让汽车进镇的。镇与外部世界相阻的河上有座大桥。通公路这一头却不能与镇内道路相连，而是砌了道迎面堵墙，一字桥却成了躺倒的“Y”字。这“Y”的两头，正好一头北一头南地融入了公路。从这里进出镇的人们，顺这两个方向砌出的台阶行走。坐汽车到了家门口却不能直接将车开回家，还要换轿或步行进镇。这种不便，源于何故，至今没人能说清楚。有人说，是这里的人们不愿意让汽车破坏了镇内宁静清逸的生活环境。此话是否正确，不详。让许许多多生活在缺水地带的人展开想象的翅膀，思想之舟悠悠地载着他们穿过时间隧道，也难以寻找到这河多如网织，人家尽枕河的快活生活！门前即码头的家，是多么快意而舒服，夏天的凉爽可以由水带来，四季的尘埃可以由水随时洗却。这是别地方的人无法享受到啊！

这就是南浔。南浔，是水世界的王国。南浔又是船的世界。

这水的世界，泽国何处不是？但南浔有高高如月中天的桥，这种桥洞能通过百吨的大船。南浔的河宽如江，两岸的石驳码头一直沿向镇外，据说，这是可以停百吨大船数艘的港湾。这些都是江南小镇所不能具有的大都市气派的存在。具有这种气派的地方，才能让现代化的汽车停在镇外。据说，这个局面，一直到1954年后期才得以改变。

是什么让南浔这样牛？

还是那本《古柳泽》。还是在那章节里，说到船的事，也说张静江的旧事，说得很耐人寻味。这位国民党元老在人们的眼里是靠拐杖支撑才能站立的。恰不知他那条跛腿是年少时救火摔伤成疾的。在中国历史上，像他这样以残弱的身躯支撑着一个王朝的人几乎没有。这本书里，写到他那种急公好义的行为时，仍颇带喜剧色彩——

这一日正好上潮，快班船顺潮走的好利索，中午时分就到了平望。船老大舒口气，心想，这速度一定要比平常快两三个时辰到南浔。心头一乐，脑子里的弦就松了，这一松，可就出问题了。这说到要出问题，问题就真来了。就在船过平望桥时，不知是掌舵的过于小心谨慎呢，还是过桥拐弯水流方向与水下涡旋相逆使船体不稳呢，或是别有蹊跷？谁也说不清。反正此时拖船拐不过，船体斜侧过大，很快折入水中，船老大见后面拖船下水，跳过来的第一个念头就是先把坐在贵宾仓里的张家公子救到船顶篷上，然后再把他弄到前面的火轮上。别人的命都可以当草鸡一样闷闷水，唯有这张公子是勿好受凉的。原来，乘客坐的是拖船。拖船由小火轮拖着，一只小火轮可以拖十来只船，每只船有两层，上层分出一二等舱。一等舱在船首，二等舱在船后部。下层就是通舱，在船体里面。是三等舱。船体浸入水里，首先就是通舱入水，然后是二等舱，最后是一等舱。这通舱进水后传出的呼救声，凄凉刺耳。没落水的听到这凄惨之声后都喊起来。喊归喊，但这冰水之中，救了别人，说不定自己要被冻死。谁肯冒这个险？人命关天。没落水的人当中，有人认识张公子，便向他哀求。

张公子立刻朝船家喊道：

“倷阿认得我伐？那好，快快下去救人。救上一个人，我给大洋一百块！”

虽性命之忧，胜似万两黄金。但这张公子出口就是百块大洋，着实给人不小的震动。有此承诺，落水人方不作龙王午餐食也。

这落水的人中，有一位穿长衫的斯文人，被救后便过来谢水手。

那水手说，不要谢我，要谢就去谢张公子。

穿长衫的便求见张公子。

做了好事，并不希望别人报恩的张公子拒绝了这一要求。好结天下朋友的张公子，此番拒绝接见，你道为何？原来，他急匆匆赶回家要办一件大事。张公子的第二个妻子，小他三十岁的朱逸民有个邻居小姊妹叫陈阿凤。年龄一点点小的阿凤很聪明，朱逸民常常与她一起读书识字。蒋中正是张家常客，自然会常常见到陈阿凤，张公子察言观色看出蒋中正的心事，有意要做成这桩好事。前天，张静江打电话回家让夫人先期征得阿凤的同意，阿凤正好在一边，也就颔首同意了。张公子此番要将陈阿凤送到苏州与蒋中正会面。你说，他怎有时间去与闲人拉呱？至于后来，阿凤更名陈洁如在苏州上学并留在苏州做小学教师，从那里随蒋介石做了北伐夫人，那是后话。

对方见状，倒也不死心，干脆递上名帖。

张公子接过名帖默看名姓，知是上海滩上的名流，立即吩咐见。

见面的地方，就在那小火轮上。张公子因为腿跛，站时用一拐杖支着。穿长衫的进来便作揖道谢。张公子回礼：“没有想到共产党中央的夏天先生会与不才俗人增澄同船共渡！”

夏天一听对方是张仁杰，那神儿一下子就激活了，重新布礼道：“名播四海的巨商张增澄，字静江，号饮光，人称仁杰。就是阁下？真是三生有幸，能与阁下同船，还获先生仗义营救。”

张静江细观夏天脸色，诧然道：“先生不在上海的中共机关做要员，何以到南浔去？”

……

张静江是何人，作者在此表白得很清楚。

南浔人真牛！蒋介石，中国近现代历史上的风云人物，竟然与我出生的小镇有关？国民政府的元老张静江是南浔人。这夏天又是何角色呢？作者只说是“上海的中共机关要员”，这“要员”如何解释？是杜撰的名字，或是假托？且不管它，继续看下去……

张静江怎么接待这个夏天的呢？

……两人重新布礼入座，上茶，聊天，一路观赏景致，倒也不觉时间之慢，很快到了南浔，从东栅进去，小火轮解下后面的拖船，单放到张家自备的码头。靠岸。张静江起身邀夏天：

“请夏先生上岸。”

夏天欣然从命，上了甲板，舱内的人扶了张静江出来。张静江见夏天没有动身，赶紧吩咐用人，快快请夏先生入府。那手下人过来引夏天上岸。夏天上了岸，站在那儿等张静江。张静江坐在轿子上，由人抬着上岸。到了岸上，几步之遥的张府已经门洞大开，两边的侧壁墙前均站了人，门口也有人恭候。

张静江这才对夏天说：“请先生走前面。”

顿时，船上、岸上的用人一起唱喏：“请夏先生慢走。”

进了张府，中堂相会。礼仪过后，张静江引夏天入后堂，以友人身份随意接待。夏天随张静江穿堂过道，四周入目，尽是富贵豪华气息，尤其是走廊的壁砖，用的都是英法国家的玻璃墙砖，地上铺的是意大利瓷砖。夏天目睹这眼前的一切，惊叹自己作为文人的穷酸，革命之失意，顿时悲从中起。

突然，随着一阵清脆得如豆落铜盆的嗓音，从侧厢房里走出一位充满灵秀之气的女子。只见她，举止高雅，衣着利索，曲线柔致，动则呼出。夏天觉得她有股魔力深深吸引着自己，抬手举臂牵着他转。牵得他有点灵魂出窍，出窍得不敢对她正视，但又不清楚她的鼻子是否玲珑得体，柔唇微启时，眉毛会怎么动？牙齿是不是如奶色彩？……

女子姗姗而挪，移步至前停住，与他们两位正好成三角鼎立，只是张静江用拐杖支撑，身体歪着。女子甜润的嗓子如唱歌般道：“姊夫，你就坐了说话吧。”

张静江推托说:“不必，不必。夏先生初来，应当厚礼。来来，来。阿凤，见过夏先生。夏先生乃赤色革命之先锋，中华共和倡导者中的激进派领袖。”

夏天连连弯腰布礼:“哪里，哪里。仁兄过奖了，夏某乃一落魄之人，早已对那些看透，看透。不必再提，不必再提。”

“哦！我姊夫可没看透那些，他是个热烈的革命鼓吹者。他要与扶助秦始皇的吕不韦比一比哩。姊夫，阿凤说的可是？……”

张静江见她对一见面的陌生人就这样张扬，心里有些不快，但见夏天没反感，便打断她的话说:“夏先生近来心境不好，到这里小住几日。来，我们堂上说话。”张静江挪步向前，邀夏天入座。

夏天要求阿凤也入座。

阿凤道谢后，没有挪步，回说，我去禀告姊姊说姊夫回来了，还带了客人。知趣地退身欠腰道个传统的礼，抬眼瞟着夏天一笑，转身而去。夏天看着她，竟有些呆傻了，眼睛一刻也没离开那臀部的扭动，腰肢的舒展，一动一静都勾得夏天魂魄离身，忍不住问张静江道:“她还曾许下人家？”

“明日上船去苏州。中正兄在那里等着！”张静江已经看出几分，没多言语。

夏天一惊，言语有些失态:“难道他蒋介石会看中？”

张静江回道:“正是。”

……

呵！小镇不是世外桃源。民国的风云在这里也是色彩浓重啊。同是一个世界的水，在这里恰是波澜雄起推巨涛，掀扬革命之新潮。那是什么能让这南浔的人用水做出一席革命之风云的呢？正如张静江接待夏天这一章，早也把我们的心牵向了那个风云万千的古镇。欲去揭开她的头顶，亲睹其芳容！

还是说到上世纪最后一个十年里的故事，就是那次我回南浔的起因。那是一次机会。航班在禄口机场停泊后，直接有车上了高速公路。司机问我，是从过去的宁杭国道经湖州到南浔呢，还是走高速从苏州下？司机又说，宁杭国道也在修高速，湖州段已经试通车了，但全线尚未贯通。宁沪高速已经通车数年，安全性能好。我说，那就从苏州走，归心似箭嘛。

车行高速线，平稳又快，观外景，真是与过去不能相比啊！屈指一算，已是离别家乡几十载。

童年没有留下任何印象，一踏上南浔，真有点刘姥姥进大观园的味道。好在来前从图书馆里找了些有关南浔的资料，做了一番研究。虽然还没有解开南浔成为国民革命时期重镇的谜，但自以为到了南浔在街上能辨出东西南北，谁知进了南浔，立刻成了迷路的羔羊。好在路边有醒目的指路牌，很快找到湖州市政府接待处设在南浔的二星级宾馆——颖园饭店。住下后即去寻找亲友住址。按图索骥，一点作用也没有，原来的河没了，原来的旧屋如今被高楼替代。几十年过去了，整个南浔发生了翻天覆地变化。真是：

离别几十载，一日回家来，乡音虽亲切，人面难相猜。

颖园的感觉

颖园在一条繁华的旧街上，大门是宅第。表面与苏州杭州的私家花园没什么不同。我到时已经是傍晚，走进大堂就接到主人通知，要在这里尽地主之谊。我懂，那就是他们要宴请我这个在外几十年的游子。很快，服务员过来带我去宴请的地方。我把行李放在大堂，随她拐弯抹角来到一个地方，推门是个很大的厅室，迎面是玻璃墙，可以看到外面。那是个花园，虽是傍晚，窗外的景致依然非常好看。服务员介绍时，我的眼睛关注的是这个厅室，原来它是挑出水面的，脸贴玻璃墙看到的是水面与景，屋里除了临窗一堵玻璃墙外，两边贴墙安放的全是高档的木制家具，古色古香，雕工精湛。我惊讶地站住，昂头平视，转身前后，目光所到，从顶到地，从墙到壁，无处不包容在这高档红木楠木的世界。我嘴里嘀咕：用得着这么花费吗？

“都是老货。”有个声音接话。

我赶紧转身朝那说话人看去，原来是主人——镇领导来了。他看我不能明白，便告诉我，这些都是旧物，缺少一些也是从百姓那里征集来的，基本是原物。这更令我诧异，经历过文化大革命，什么东西能够幸免？主人笑着告诉我，这座庭院与这些家具之所以能完整地保存下来，完全是一种偶然。颖园在1949年后成为湖州市政府接待处。这一来，“文革”中免受强烈的冲击。说到这里，话题一转又说，其实南浔许多古建筑，特别是张石铭故居，当时就是上海茶叶公司的仓库，才免受灾难。还有些建筑里面成了工厂，比如皮革厂、制鞋厂等等。正是这些工厂“曲里拐弯”地保护下这些有相当价值的建筑群。说着，主人叹惜道：园林能够留下的也不多啊！

借着说话，主人带我参观夕阳西下的颖园。

穿过短而狭的窄弄，走进了园林。我站下来目测了一下，这座庭院南北大约四十多米、东西宽三十多米，估计一下告诉主人，面积有一千五百平方米左右。主人笑笑，默认。他告诉我，园子不大，精致！百年以上树龄的广玉兰、香樟、紫藤就有几十棵，而且布置得很得体。主人陪我一前一后攀上假山。在方亭下，我被百年老藤拦腰挡住。抚着它，感慨地问道，此主人何以喜欢紫藤？主人说，旧南浔人似乎很喜欢紫藤，家家院子里都有，百年以上的不少。主人反问我，这有什么讲究？我想了想回答道，紫藤很有特点，藤皮着树，从心重重有皮。四月生紫花，花可爱。旧长安人种以饰庭池，而江东呼为招豆藤。其子做角，角中仁，熬香置酒中，令酒不败。败酒中用之，亦可正之。其花碎，拭酒醋白腐坏……

"哦！……这么多妙处，可见古人比我们会生活啊！"主人欣然接话，又道：庭院不大，于高处挑一串紫藤，在古木森然的环境里，像灯一样亮着，而且风摇清香至，不亦乐乎？说着，提腿上攀几步，对我道，请看这碑。我抬头，原来方亭上有一碑。走近看，碑上可以看清楚是梅石图。再看落款：拟汉阳太守孙雪居士笔法，乙亥立秋前三日白蕉研立王礼作。算了一下，乙亥年，即为光绪元年（1875）。主人说，颖园就是那个时候建成的。

颖园的主人叫陈煦元，原名熊，字竹坪，出生于1821年。这是个蛇年，研究《易经》的人总是说，蛇年生者，王命也。但陈熊出生的这一年，对于中国人来说是个不幸的开始之年，除了朝廷关于旗人的故事外，我们最关心的是，清政府重申严禁鸦片贸易。11月29日，准两广总督阮元奏请，将徇隐夹带鸦片洋商摘去顶戴。道光二年十二月，又因鸦片烟之来，俱由福建、浙江、江南海口地方私带，而以广东为最，清政府决定在通海各口岸及关津渡口，无论官船民载，都要认真查拿，如有私运夹带鸦片者，立即从严惩办。你看，皇上别的事都管不过来，偏偏忙碌这鸦片！道光三年八月初二日，清政府再次命严禁洋船夹带鸦片烟进口，并定官员失察鸦片烟，一百斤以上者罚俸一年，一千斤以上者降一级留任，五千斤以上者降三级调用。

……

转到贴水榭前，天色正暗下，借着屋里的灯光，依稀可以观看池中鱼的弋游。

我问主人，陈煦元应该也是靠丝发家的吧。主人说，是的，在南浔这地面上，大多数人都是靠丝发家的。条条大道通罗马，但条条大道各不相同，你到罗马与我到罗马不尽相同，而且各自都是一部大书。主人幽默的回话令我刮目相看。他告诉我，陈煦元虽然也是靠丝发家，但他发的是洋人的财，做贸易出来的。我心里嘀咕了一下。这倒是值得注意的一个人物。记得一本书上说，在上海开埠前后，南浔一度出现非正常商业行为：部分大户仗势欺人，用低价强收生丝，每两几文，然后集中转运上海获暴利。二十二岁的陈熊就是在这样一种形势下，带着一点辑里丝只身到上海闯荡，在南浔只值几文一两的辑里丝在上海的洋行，竟然获得二两白银的利润。这让陈熊大开眼界，回到南浔没把这样的喜讯告诉任何人，连枕边的人也不说。辛苦地从南浔向上海一趟一趟悄悄贩运辑里丝，同时向洋行里的人学习洋文。但他告诉人家自己的名字时，洋人听了，哈哈哈笑，摇摇头，北极熊，俄罗斯的坏人！陈煦元只记得这个熊字好是好，只配作姓，你不是姓熊，却取个名字叫熊？熊，笨！熊，坏人，楚国姓熊，这个国度有个弑君篡位的习俗，人们见到他们，总会说，天上九头鸟，地上湖北佬，精刁顽吝全占。好好的湖州南浔人，要取什么名字不好，偏偏取这个？

陈熊一夜不眠，大早起来到城隍庙烧香，抽签。解签的告诉他，你是要改名字？陈熊诧异。人家说，你看这签上，"旧符碍德展，新名当宏图"！陈熊乐了，是神灵啊！当即问取名的事，你办不办？钱我有。那人摇摇头，我不能坏规矩。取名是大事，当耗人才寿，你去找高人吧。

遍访高僧或易经高手，终于找到一人。高人告诉他，取"熊"这个名字，如果没什么特殊的意义，一般百姓是不会取的，除非陈煦元的父亲娶了熊姓的太太。陈熊摇摇头。那么，孩子取名字都寄托着父母的希望？陈熊还是摇摇头，告诉他，洋人不喜欢，中国人也不喜欢，大家都说"熊"字太粗了，与他这个懂洋文的"丝通事"是不相称的。高人指点道，《墨子·经说下》有句：景光之人煦若射。唐玄宗《诫励宗室诏》也有：堂侄余庆，承煦绍宗。这个煦字是有光宗耀祖之义的。但陈熊会想到康熙。高人告诉他，康熙的熙与你不同，你的煦，是煦园的煦。什么是煦园？高人告诉他，朱元璋夺到天下后，将一起反元的朋友陈友谅视为敌人，采纳刘伯温的计谋，灭了陈友谅。后来良心发现，灵魂受到谴责，于是采纳刘伯温的意见，在今天南京总统府的地面上将原有建筑改建成一座花园式住宅，取名：煦园。

也不错啊！我出生正是宣宗道光元年，那就取名：煦元。他这一刻应该告诉身边人，我也要回家去造一个园林，因为苏州人一有钱就喜欢造园林。

陈煦元有这样的想法一定是很久的，因为在封建王朝，说是建个院子可以，造个园子可就不行了。就像陈熊的后来名字一样，今天的人可以把煦写成“熙”，但在清代，怎么可能取个名字与已故皇帝的忌讳相同哩？这件事发生在写南浔的一本书里，作者将陈煦元写成了陈熙元，应该不是故意的。

好了。不说那个了。我们还是说说陈煦元吧。

上海开埠后，会洋文的中国人少而又少。陈煦元凭借他年轻脑子好，很快学会通译西语。这一得天独厚的条件，使他成为上海丝场里的著名“丝通事”。成为洋人眼中的可信者，由此确立了他在上海丝业市场上的独特地位。在同乡顾福昌的帮助下，陈煦元进入了顾福昌已经是大股东的美商旗昌轮船公司当见习“丝通事”。这家公司 1862 年创建。1865 年，旗昌洋行在上海的新合股人乔治·泰森致 P. S. 福士的报告中说：“顾丰盛是十九世纪六十年代某洋行的买办之一，是个信誉好地位高的著名丝茶商人。”顾福昌介绍的陈煦元无疑是这位新合股人看中的新星。1865 年初，旗昌洋行在上海的新合股人乔治·泰森致 P. S. 福士征得大股东顾福昌的意见，对中国雇员的人选作了调整，顾福昌的小同乡陈煦元从众多的应聘者中脱颖而出，很快担任洋行总买办。从 1865 年到 1874 年的近十年间，凭借陈煦元个人的聪明才智、娴熟的英语及出众的经营才干，旗昌洋行的经营业绩大幅度上涨。而他个人的财富积累也因为他的个人业绩而飙长。除了获有巨额佣金外，他还获附股外商轮船公司达二十一万余银两的收入。这些钱用于什么才好。在南浔人的眼中，无外乎用这钱再扩大种桑养蚕，发展丝绸产业。而陈煦元在上海待长了，明白什么是来钱快的行当。小小渔村一夜成为东方的不夜城，紧缺的是什么？当然是房地产！陈煦元拍拍脑袋就将这巨大的获利转向了投资房地产。好像天意怜悯他似的，这个时候太平天国进军江浙，苏州成为太平天国的地盘，江南富绅大量涌入上海租界避难。上海人口激增，房地产需求空前高涨。转入房地产的陈煦元无形中成为此行中的巨鳄！

成为巨富后的陈煦元应该做什么？

陈煦元已经无法告诉我，但这园里的一切在告诉我。他做了几件大事。

首先，他从箱底翻出在城隍庙里抽的签，签上有个“德”！依南浔人的古训，聚财易，散财难；聚财靠打拼，散财是积德。这散财很有讲究，散不好就要出事。南浔镇上富庶之户，因为钱散不当引匪烧身，散钱嫖赌，家毁人亡，什么故事都有。陈煦元是从艰难中跋涉过来的人，深知钱财来之不易，上天给你聚财机会了，你可要好好珍惜！他怎么珍惜？做公益，帮助政府赈灾济困。

在他的前面，南浔丝商有德行者都选择这一条路，他也不例外啦！

陈煦元六十岁那年，上海川沙县海堤年久失修，大多数地段毁损，海水倒灌成灾。陈煦元闻讯后，派人监押巨款，亲自前往川沙县衙见官，县衙与道台正愁着。他的到来，真是及时雨。陈煦元长话短说，竹筒子倒豆，来个爽：敝人今年花甲，做寿的银两也准备了，受朝廷恩泽的我，想到海防之险，愿用做寿的银两修筑海堤。道台与县衙扑上来感谢的场景，那都是今天的电视里的故事了。现实中，陈煦元亲自上阵，修了二十里的八团，做寿的银两用完了，还有一大截溃不成样的堤没在海水里，怎么办，再修，来不及了，汛期来了，先搁下。他问明白下一截溃堤是谁管，回答是九团，也有二十多里长。他叹口气，自语道：马上汛期了，只能熬过汛期，到冬天再说了。别人不信，过了这店还有下面的指望？没想到，来年冬季，陈煦元如约又至，再修九团二十里。使民田五万余亩从此无忧。数年后，六十七岁的陈煦元又揽了江苏省的塘桥。塘桥就是水利。从青浦、昆山、新阳至浙江省仁和县（今杭州）长达一百七十余里的海塘，其中光是桥就有四十七座，如此浩大的工程，经济上均由陈煦元一人承担。

大约从1876年后，陈煦元在五年间拿出二十一万银两，分拨山西、河南、直隶、山东、安徽、江苏、广东、浙江的灾区帮助朝廷赈灾。史书留下对他的评介："性好施与，如恤嫠保节，助衣施粥，救捞覆溺，掩埋暴露，诸义举无不为，为之无不力。"清廷曾赐"存世济物"金匾。1889年，陈煦元带病"赴苏筹商赈务，中途疾重而返（上海），弥留中尚以灾民为虑"。

这座颖园，1875年建，这个1875年，是什么年？同治皇帝死，皇帝死后五个月，左宗棠收复了新疆！又两个月后，日本强迫琉球国王停止向清朝中央政府朝贡。就是这样的年份，陈煦元开始在他家乡建造一个庭院式住宅。

庭院起个什么名字？他想到了那位高人，可他如今在哪？他记起来，那人在上海十六铺码头。派人去访，何能何德如此巧？影子也没有。怎么办？有人指点，南浔才人高人多的是，都是密林众树间，看你访得到访不到？陈煦元花了三个月时间，访遍张、刘、周、庞、梅诸家，得到启发：你能够从众多的后生中脱颖而出，这个"颖"字对你格外情重。你能够在致富后想到修海堤，固海塘，成为众多有钱人中做大善者，难道不是脱颖而出的"颖"作用？这个园，与颖有缘！旁边有人指点：你生于水乡，颍水上游，司马迁说，颍上，管仲出生地。

陈煦元当然知道管仲，他陪客人到妓院玩耍，那儿供奉着一尊神像，说就是管仲，主管妓院的神！对方朝陈煦元身边人看看，然后哈哈哈大笑道，孔子曰："管仲相桓公，霸诸侯，一匡天下，民到于今受其赐。微管仲，吾其被发左衽矣。"去查查，在《论语·宪问篇》。

陈煦元知道遇上大家了，赶紧双手作揖，连连作躬，请教，并对身边人呵斥。

对方制止道：不知不为过。司马迁说管仲是颍上人，这个颍上，指颍水上游。而不是颍上县。管仲出生于公元前730年，五百八十五年后司马迁出生。也就是说，管仲死后五百年，司马迁才出生。司马迁笔下的"颍上"如果说是今天安徽的颍上县，那是大错特错了。管仲与司马迁，两者不是一回事。今天的安徽颍上，春秋时称"慎"，也是个小国家，后改邑。要说管仲在慎生活过，那是事实。这个慎国，秦置"慎县"，隋大业二年（606）称"颍上"。此时离司马迁去世也已经六百九十六年。司马迁能够知道六百九十六年后出现一个颍上吗？

陈煦元拍拍脑袋，你说这么多，对我有什么意义啊！

对方笑道：我想你要对这个院子取名，应该是取"颍"，傍皇御河，引水方便啊！

对。先生提的好！刚才你说了半天，我才明白这"颍"字的妙处。颍水上游出了个中华文明始祖管仲。那这个颍园，也该出个什么人物吧！好！就叫"颍园"吧。

一个梦醒，抹抹一脑袋的汗，陈煦元对身边的小妾道：好个颍。就叫颍园，请人题。

小妾被弄得一惊一乍的，两眼木木地看着老爷……

后来的故事有许多版本，其中就有请人题写的"颍"字，都写成了"颖"！

陈煦元请教南浔学问做得最深的周家。

周家人回说，两个颍，随便哪个都行。如果我说，还是这"颖"好。那个"颍"是水，起源之意浓些。这个"颖"，水都已经灌出禾苗，长成粮食，你收获了。当然是后者好啦！陈煦元嘀咕：搞得来，搅了去；一个字的学问就那么多，我家儿子是一定要好好叫读书！

入住颖园后的感觉真的非常好。

虽然是招待所，丝毫不比今天的宾馆差，服务员个个温和热情，浓浓的乡语，早点与顿顿饭菜都是家常的，特别是一种青菜，南浔人称"绣花锦"，入口后味细甜，据说是慈禧太后最爱之物。

屋里有一些关于南浔的资料，有本民国时期的个人著作，说的是南浔几大家族的故事，渐渐地我发现，这些家庭的命运都有一个相同的轨迹：个人奋斗，吃苦耐劳，成功事业，财产积累巨大，施舍百姓，救难赈灾，造福百姓。

是夜，无话。

前来整理床的服务员提醒我，清晨鸟鸣很响的。我笑笑说，我喜欢鸟鸣的感觉。

清晨，阵阵鸟鸣轻拍窗牖。起床推窗，一阵清雾袭来，夹花之馨香，露之甘爽。再朝外看，大树若隐，美景扶摇，伴阵阵鸟语雀声，疑是错入仙境梦幻？

赶紧盥洗，即刻出门，寻找下楼的通道。这颖园，曲道弯廊复甬道，走来走去都是路，但就是通花园不知是哪条道。路遇服务员，问路。服务员引我穿过一个大餐厅，复又出一门，再拐过一段明廊，下得楼来，在走廊上，可以从明廊一侧格窗看到外面的花园了。这是我昨天下午进的花园吗？怎么看也看不到昨天的感觉。服务员笑着告诉我，你今晨从另一个通道进入，完全不同的视角与感觉啦！这种感觉不是你一个人才有，许多客人都是这样的，需要住一阵子，熟悉了就明白其中的奥妙啦。她这么一说，更让人“追月如渴望眼穿，隔山梦看美人妆”的味道，我疾步向前。服务员见状，让在一边，甜甜的软语提醒道：前面就是“养心榭”，先生可以从那里小门出去，或推窗看景。

“养心榭”是座临池建筑，推窗看假山，就在咫尺。榭内布置，最为耐看的是榭中门窗裙板上刻的黄杨木木雕。历经“文革”劫难，留下的门窗已经不多，但还是很有看头。尤其是名人书法，可称稀世珍宝。榭前的池，水面不大，清澈碧透，鱼儿嬉游之态，跃然纸上。迎面的假山像道天然屏风，挡住烈日，池左有树两株，树龄均在百年以上。夏日荫遮，池水之中，凉气彻骨，坐在“养心榭”，呼吸着甘甜的空气，细细观赏着“天然屏风”，不亦乐乎？紧挨“天然屏风”与“养心榭”相连的“赏月楼”更是风情万种，临池扶栏，长长落地窗，吊脚楼……典型的江南风格。那挑出水面的石梁，让人久看生情，不但没陈旧的沧桑感，而是亲切，舒畅，令你油然而生回归家园的安静。正巧，有服务员推窗。我一眼看到了那屋里的摆设，想起那不是我昨晚用餐的地方吗？急赶过去，白日看这空旷的大厅，更有意思。置身窗前，低头观鱼游，抬头赏天际，微风徐至，花香阵阵，真有不辞长作此地客之感。

再看那小山，也别有新意了。山不高，平地突兀，气势翼然，登山再四下观望，院中景物尽收眼底，与昨日恍若别样。下得山来，慢步院中，忽觉眼前一亮：原来脚前有座小桥，这桥小到不可不谓之小，袖珍型，一步可跨，如此小桥，点缀得恰到好处。再看昨天那百年紫藤，高临参天，低落碧池，盘穿诸树，连理假山，此时虽不是花季，但它的藤叶，随处可见。推想那花开季节，这紫藤在几十米高处网织碧荫，散浓芳之花馨，播清凉之爽意，置身于此，何等快活？那一刻的紫藤花的浓芳，必是浸透颖园每一物体，甚至勺一池水也透着紫藤之芳香，人从颖园出，身上必带紫藤之芳香。这大概正是主人所要的。出得紫藤，便进“清风厅”。此厅构思独特精巧。主人邀客于其中吟唱，凭窗朝外观景，园内石雕漏明窗，青藤绿叶镶嵌落地长排门上，是何等美妙的事儿啊。据说，陈煦元的儿子陈诗，少时就显其卓绝才华，愤世不赴科举，以诗驰骋诗坛，常邀诗友于“清风厅”雅集，光绪晚年成立“江村吟社”，出集五辑。辛亥革命后，江村吟社停办，陈诗居上海狂饮赋诗，愤然击世，以骋其不减当年的豪迈之势。

在一处墙上，有关于颖园的介绍。上前看——

颖园系陈煦元于清朝同治元年（1862）至光绪元年，历时十三年建成这座精致而小巧的私家花园。布局巧妙，结构精当，一草一木，一亭一石，处处都显出南浔人那种特有的聪颖明慧。精细的做工，玲珑剔透的隽永，让人一阅而永刻脑际。此院虽占地面积只 11.07 亩，院落内景致不多，均以一池一阁一楼一亭一榭一桥，绝无二重，也不显繁复，人家有的三曲桥，他也能在碧池上架起，四周以径相通，精当适致，见者无不称赞。这“一”而胜凡千百亩院园之壮景丽构。不可不谓奇！不可不谓以小胜大。且院中四季有花，长年芬芳。可以说，“进颖园，不思桃源”真不是虚晃之词。颖园能有今天如此完整，也得赖陈煦元孙子在 1949 年后将颖园送给了湖州市政府。湖州市政府将其保存并辟为政府接待处，成为富有江南特色和风味的休闲佳处。

用早餐时，忽得庞朴句：“女蔓垂重复屋浓，疏窗支枕日高春。”待我再读“狂泛五湖烟景阔，笑归三径世情慵”知其绝妙好句。顿时胸有“非我频来爱独钟”，南浔当为世人醉情忘不了返之仙境也。

出门时，注意到“颖园饭店”四个字系王孙乐写。人说南浔有两个值得看一看的，一个就是王孙乐的字。王孙乐早年认朱其石为师，朱其石金石书画均在北京、东京展出时轰动一时，其山水人物花卉都称为绝品。

陈煦元留下的这个颖园，能够让这里成为无数位想回家看看，而南浔已经没家的南浔人的“家”。可不，我就成为其中一员了！

想到这里，我住得倒是很坦然了。

颖园，是我们在外的南浔人的“家”，回到了家，心里很坦安！

水、桥、城与丝的南浔

话题离不开水

我在老街旧镇区转着。

一位老人站在我面前，我看看他，他看看我，然后对我说，看你在这里转了几个圈了，是找人吗？我告诉他，我是南浔人，离开几十年了，原来住在百间楼屋……

哦！我想起来了，你就是住我家河对面那个竹器厂隔壁院子里的？我连连点头说是，我也想起来说，你住百间楼屋河东，我住河西嘛，你是否“凝德堂”后代？沈家上辈子人中间出过一个南社社员沈镕。他说是的，我说，与我们家对河而望，得好好向你请教请教。俩人自然熟起来，随即我问，如果看南浔，应该从哪里看起。

交界坝桥。老南浔脱口而出：有人是这么说的，这是一家之言。接着，老南浔如数家珍般说起南浔的来历。没想到，他嘴里说出的“南浔”，恰又是从“水”开始。这江南，真是水做的世界，水做的人，开口不离水。连水乡作家笔下的水都是各各不同：沈从文笔下的水，茅盾笔下的水，汪曾祺笔下的水，徐迟笔下的水，一个个都是独特得附有了灵魂与灵气！这老南浔嘴里的水，一定与众不同吧。

果然，从老南浔嘴里说出来的水，就别有一番风趣。

老南浔说，他有一次接待台湾东森电视台采访。那个采访，真的像是考试，殿前考试！他正有事出门，突然有位女主持人过来拦住去路，对他说，我们想采访你，问你几个问题，可以吗？说着，镜头就过来对准了他。也不容他思考，女主持人启唇道，我们一路从百间楼屋走过来，看到有人在河里洗东西，你对这种现象怎么看？

老南浔对这突如其来的提问，怔住了，好在他很快反应过来，笑着侃侃而谈：她们在嬉水。对方倒也是一怔，没想到他会这样答。老南浔接下去说，我们这里是吴越古国之地，西施浣纱的典故，你们听说了吧。浣，就是洗嘛！不过，浣与洗，不同的是：洗，就是纯粹的动作；浣，就不同了。这“浣”字虽然书上说是齐人传过来的。说到齐，就是齐桓公的齐国，齐国曾经有过两个齐桓公。我这里说的是第一个，就是小白齐桓公，拜管仲为相，尊王攘夷的齐桓公。其实，我们这里早早就有的。只不过，让大家知道还是电视剧的功劳。哦！是小说，是西施，罢了，不嗑那老经。我告诉你们，是真的。我们的浣，动作起来很美，像戏台上唱戏的耍水袖，一个浣字带出了乡情。你看，这里的百姓大家都喜欢在河埠头上会会面，说说家常话，一边淘汰洗涤，河水荡漾出一股柔顺的情绪，浣的情调不就都在里面了吗？你说，这浣，好不好哩？

女主持人连连说，回答得好。

老南浔说，从那以后，我就在想，南浔靠什么撑起了一株参天大树！不就是“水”吗。有了水，就有了后来的“丝”，就能够将这里崇尚教育的风气延续下去，就有了你们在外工作的人说的那些惊天动地的大大小小的民国故事。

我说，在外常听人说，南浔是明末清初中国资本主义萌芽的发源地，又是民国元老故里，这些，难道都是“水”所致？

当然！老南浔理直气壮道。

一路说话。到了界桥上。站在桥上朝西望去，只见溪河弯弯，水流悠悠，两岸石驳，右岸沿河的旧时商家遗风依然烈。左岸临溪石驳墙，推窗依旧可以聆听溪流声，古韵安然。桥右一家楼阁正好紧挨着界桥，墙上有石碑，上前细看，记载此事甚详。顺河右走了一段，街头巷尾石板路青砖墙，越往里走，古宅深院、雕花门头、封火山墙扑面而来，令我驻足凝视。那古旧的石拱桥、石驳岸、石码头、石柱桩、石鼻闩、石基墩，顺河驳砌的白粉墙、青黛瓦、木栅栏，构架出一幅幅纯朴浓烈的水乡风情，人进此景，恨不能长居于此，大有乐不思蜀之感。

据说，1857 年夏天，一位英国丝商坐着华丽的丝网船，曾经在此游玩得忘了返家。当然，他作为生意人，在这里寻找到了他最最理想的事业——英国需要的丝绸和茶叶。他向国内报告说：“我想，在南浔成交的生丝贸易，甚至比湖州府成交还要大。”而且到湖州府又必经南浔境内的那条古大运河。这是自上海开埠十四年后，也是第一次鸦片战争与第二次鸦片战争中间，饱受第一次鸦片战争恐怖经历的南浔人，还是以中国人博大的宽容胸怀，热情接待了他，满足了他的要求。后来，大家友好地开始了“洋务”。虽然比颖园主人陈煦元迟了十年，但这是南浔老人能够记忆起来的最早的发生在南浔本地的洋务故事。

我们站在西交界坝桥上，面对桥东横陈的浔溪，如画般景致里，水面上往返如梭的船只。老南浔告诉我，“南浔十景”之一的“东阁临水”你知道吗？我想了想说，就是这里这东苕溪流到南浔，从西栅进，流经垂虹桥、通津桥、洪济桥，然后从东栅流出……老南浔接过说，正是，水从东栅一流出，就出了浙江省，进入江苏省。这东栅外的水中有一小岛，岛上有座三层楼的建筑物，叫“魁星阁”，又称“文昌阁”，系明代所建。这座建筑的顶部有一颗定风珠，省界就是以它为线划出的。从地理上说，这颗定风珠让南浔形成紧依江苏，载承天目水，滋润一方生灵的独特古镇。“南浔十景”之一的“东阁临水”就是这里。

记得，记得，小辰光大人常常提起的。

老南浔补充说，南浔民间相传一个故事，那是清朝咸丰年间，“魁星阁”年久失修，乡民要求衙门修复。县衙接受民议，很快修复竣工，落成后的风水墩，绕墩有两股强流而出。翌年，南浔出了两名进士，其中一位就是后来修四十卷《南浔镇志》的汪曰桢。于是，乡民称此修复意义重大，南浔文昌又盛。

省界的划分是以太湖进水口地区均属于浙江，出水及浇灌地区属于江苏而划定的。

细细想一想，还蛮有意思。记得游长江，在湖北与湖南交界处，有一深壑，叫鳊鱼溪。在船上朝溪里看，两边的植被都是各自厚爱自己的岸，草都贴着岸长。大家甚觉得奇怪。当“楚蜀鸿沟”四个浑厚凝重的字陡然出现在面前时，众人“哦——”的一声，豁然开朗：这就是天生的界！界就有着上天的许多安排。比如徽州西的婺源县北浙源乡，有个叫浙源岭脊上，有块青石界碑，上书“吴楚分源”。看似无别，但社会学家指出楚界“地狭民啬”，吴地“文采跌宕”。于是，有人说，大凡为界之地，都有其不寻常之处。再细瞧这天目山的水，到了南浔东栅外就滞留了，旋转着，围着岛静静地无声地卧着。然后，依依不舍地向太湖走去……

楚蜀鸿沟的雄浑，在这里化作了外柔内刚的温克。自然就有吴地的“文采跌宕”！

荻塘护堤与筑城

“南浔十景”之一的“荻塘帆影”就是“荻塘”。荻，即荻草。叶比芦苇阔，形状像茭瓜，是不长茭瓜的草。遍植于乡间水塘湖兜淖汊边，鹭鸶野鸭的好巢，鱼鳖鳝蛇的佳窝。古时也称茭瓜叫荻，也有将菖蒲唤作荻草的。乡间都将荻与芦混杂植种，据说是可以使茭瓜长好些。老南浔应道，正是，这里遍植芦苇荻草，河也就叫“荻塘”了。河叫“荻塘”，这是我家乡父老的创造，他们赋予“河”江南特有的生命色彩，摆脱那种单一的枯乏的名称。这种色彩也只有南浔人能够大胆地赋予。他们有这资本。他们有这气魄。他们有这能力。不信？请你走一走，看一看。在全国的河流中，有几个地方能将百里长河从床底一直驳石到岸堤上的？威尼斯城里有，但乡间不会是的吧！况且是在半殖民地的旧中国，生产力是那么不发达呵！我触景生情，诗兴大发，即兴拼凑古诗一首：

菖蒲翻叶柳交枝，
箫管曲长惊红栀。
花南水北雨蒙蒙，
更到无花最深处。

当年石驳的大河，就是现在“长湖申航道中心”（即长兴经湖州通上海）的一条人工运河。最宽处有一百多米。两岸全部石驳，从湖州到平望约一百二十里，气势磅礴。这条河，历史上就是通苏州上海的重要交通线。说起它的诞生历史，应该是在吴越之争的公元前五世纪，它的诞生是越国向与吴国作战的前线，为输送军粮所用，后来成了京杭大运河延伸的一部分。有史记载的是，从西晋开始，历代吴兴（湖州的旧称）太守勤于疏浚加宽，泄洪与灌溉两便，造福庶民。其中最为值得纪念的有西晋时的殷康、沈嘉，唐贞元八年湖州刺史于頔（有人说，这条运河应叫“頔塘”，是为纪念于頔，而不是荻塘）。明万历十六年乌程知县杨应聘，万历三十六年湖州知府陈幼学，清雍正六年知府唐绍祖。这些名垂千古者中，陈幼学独辟新路，以青石修固堤岸。民国十二年，南浔丝业富商庞莱臣提议成立塘工董事会，募集捐款，发行塘工公债，将六十七里长的堤用块石自水下驳至岸堤，固若金汤！共花银八十二万三千余两。船行其间，两岸石驳之堤好不壮观！

七百多年前，元代著名诗人戴表元乘船从湖州到南浔，被頔塘古运河如诗如画的风光所陶醉，于是他诗兴大发，写下了脍炙人口的《东离湖州泊南浔》：

张帆出东郭，沽酒问南浔。
画屋芦花净，红桥柳树深。
鱼艘寒满港，橘市书成林。
吾道真迂阔，浮家尚越吟。

明代韩奕《湖州道中》诗云：

百里溪流见底清，
苕花苹叶雨新晴。
南浔贾客舟中市，
西塞人家水上耕。
岸转青山红树近，
湖摇碧浪白鸥明。
棹歌谁唱弯弯月，
仿佛吴侬子夜声。

这些诗歌都是对当时頔塘古运河的生动写照。

二十世纪六十年代影片《大李、小李和老李》曾在此拍摄外景。如今，頔塘依然是南浔通往湖州、上海的黄金水道，被誉为“东方小莱茵河”。

半个世纪前的南浔人就知道如何保护环境，如何让母亲河永驻青春！有这样超前意识，明末清初中国资本主义萌芽怎么能不是从这里开始！

直到今天，我们的京杭大运河部分地区才开始实施石驳工程。一个世纪前的先知与先行，令我为家乡彩虹般美丽的运河自豪。水，在我的家乡创造着令乡亲安居乐业的好环境，而家乡父老凭借着这水，创造着世界上最美的“图画”！

2014年6月22日，随着联合国教科文组织第三十八届世界遗产大会主席敲下木槌，中国大运河成功列入《世界遗产名录》，大运河南浔段荣膺世界文化遗产。南浔段具体包括“一点一段”，一点指南浔镇历史文化街区，即南浔古镇；一段指江南运河南浔段，即頔塘故道。南浔因此成为中国首个整体列入世界遗产的江南古镇和运河重镇。看来，那句曾经流传很久的“湖州整个城，不及南浔半个镇”的话，不是虚假的。

自然不假。镇上的老人们提到这些旧事，都很起劲。他们问我，知道南浔十景之一的“古濠走马”吗？我当然不知道。于是，他们津津乐道地说起来——

元顺帝至正十六年（1356）二月，张士诚攻陷平江（今苏州），四月下湖州，自立为吴王，定都平江。南浔遂成苏州与湖州之间的水陆交通中心。张士诚驻军囤粮，作为兵站，在南浔筑城。南浔城为石城。从长兴宜兴及周围取石方便。石城建好后，称“太尉城”。并以原来的南林、浔溪交界坝为界，再度分割。设吊桥，桥南为南浔镇，桥北为南浔城。南浔城以通津桥为中心，面积不到一平方公里。这样的布局使驻军不影响市集和居民生活。清纪磊《咏交界坝桥》诗中说：“路分南北水东西，遗址当年尚可穷。行到桥边正交界，才过一步即城中。”把城与市集交代分割得清清楚楚。

明洪武二年（1369），登上皇帝宝座的朱元璋大兴南京城墙时，当时的平江府下令拆南浔城，将城墙石运到苏州建苏州城。城毁后，只留下东西两座吊桥及城壕、坝等遗迹。夕阳斜照，残墙破壁，旧河新水，真是一幅“发思古之幽情”的好画面。“古濠走马”当人南浔十景。

我关心的是那些城墙石，如果考古学家认真些，苏州城墙石里是能考古出南浔城墙石的，因为那些石块上会有些标记的呀。后来，我问，这样的大事，古人应该立碑的呀。

碑，是有的。

一位老人回忆说，抗日战争前，南浔西栅垂虹桥照墙上原砌有《南浔城碑》一方，沦陷时被拆毁失踪。一说被日本侵略军掠去，他们喜欢中国的古文化东西。一说被爱国的人保护起来，这位爱国者没等到光复就死了，碑也随他埋于地下……

查董斯张《吴兴备志》上有，“《南浔城碑》至正二十二年立”。上刻有《南浔重修城记》，至正二十一年，由前徽州路儒学某撰，前南浔儒学教谕杨天显书，湖州路安定书院奉祀胡理刻。碑文记载：南浔城在元至正十六年江浙等处中书省分省右丞潘原明镇守吴兴郡后始修筑，大致在至正十七年完成……

从资料上看，这是南浔历史上首次筑城。

另一次是太平天国时期。清同治元年（1862）二月。太平天国军南浔守将詹天燕为便于囤粮，在南浔东吊桥顺运河至原总管堂，后面沿洗粉兜河至东吊桥开壕筑土城。二月中旬建成，詹天燕即将官署由马家巷迁入土城内，并划为禁区。这位狂妄的天朝守将多次告示称南京“天京”，南浔即“小天京”，他住的土城自然也类似“王宫”，成为南浔镇军事和自治重地，百姓不得入内。詹天燕的官署在庞家花园牡丹厅附近，其后不远处设有炉灶冶铸武器。同治二年三月，詹天燕被迫向湖州撤退。南浔土城连同太平天国官署被拆得一干二净。轰轰烈烈的一场农民革命留给南浔的竟然是一个曾经两年历史的土城经历。如水过境，一切依旧。

两位领袖与南浔

然而，人们津津乐道的却是另外两件大事——

一件是，孙中山就职临时大总统的第二天，正式宣布南浔升格为市。据说，孙中山先生说这话是在《建国大纲》解说时提到的，理由：鉴于南浔巨富之镇，在推翻清帝建立民国中有贡献，且这里资本家众多，经济实力强。他提出：南浔应该成为特别市。

孙文此话，多次被人引用。徐迟在长篇小说《江南小镇》中引用，但据刘正武在《湖州批判》中指出此文欠实。

理由很简单，1912 年 1 月 1 日孙中山在南京原两江总督署就任临时大总统。如果说，南浔设立市是他第一个说出，也没有什么不可以。但是，文献却把这个第一给了另外的人，他们是——

1911 年 11 月 7 日，南浔光复。时任浙江陆军五十团副彭周鼎奉命抵浔，传达浙江省军政府汤寿潜都督手谕，受权彭周鼎筹组南浔市政府。11 月 20 日在义仓开会，选举市长，市府下设民政、财政、教育等科。另选议事会，由议员十余人组成，为民意机构。选举结果，彭周鼎当选市长，张君生、屠辅清、张渭丞、闵季望、梅履中等分别当选科长和议员。市政府就设在义仓。那时镇上人口五万，大家足实高高兴兴地庆祝了三天。

《记辛亥光复事》一书作者纪福寿述文称：

> 廿四日，彭君周鼎至浔，廿五日开会于义仓，设浔镇市长事，以诸绅意见不一，议无结果。十月初八日，复会于义仓，选举市长及各科长，并选议事会议员十余人，乃以《浙省暂行章程》不合，旋即解散。

1911年南浔光复后设市一事，《浙江通史·清代卷》称：

> 在资本主义势力强大的南浔镇，绅商们早在11月6日召开了全镇绅民大会，而且开创性地仿照欧美市制改镇为市，选举产生了南浔市议事会，议员十余人，并由议事会选举产生了市长、各科科长，组成当时绝无仅有的市政府。

《湖州批判》一书第165页称：

> 当时浙江省军政府政事部致电南浔自治会称："齐电悉。大镇设市长，军府前有此意思，并未实行。现在各府县暂定章程不日颁布，凡高有佐治员分驻之镇乡的，酌设执法员管理民刑诉讼事件，直辖于府县。其性质属于司法，与自治行政不相混涉。来电称南浔组织市镇机关，确与暂定章程不符，即转告组织诸君，从速解散。浙事初定，地方善后，全在市民和衷共济。幸勿多设机关，不乱自变。专复祈请台安。

此文从《政事部复南浔自治会函》，《汉民日报》1911年12月1日得来，可信度勿用怀疑。文中"齐电"是为八日，即十月初八日。是知选举市长当日，南浔即刻致电省军政府请示。浙江军政府曾经想在"大镇设市长"，但尚未定下，故有此电文。而江苏省于1911年11月召开临时省议会，曾通过地方自治的《江苏暂行市乡制》，即在县治城厢地方和市镇村庄屯集等地方，人口满五万以上者为市，不满五万为乡。

据后来者称：南浔称市一事，在中国确实是首例。有人考证，孙中山提出市的建制时，中国还没有城市称市。孙中山在日本待过，日本的市，比县小。

在日本，是县管市。这种建制，在中国是肯定行不通的。中国的市比县大，是沿袭府的建制。照日本人的做法，岂不成了儿子领导老子。南浔没有实施市的建制，并非孙中山，因为南浔设市一事，先于孙中山就职前。可见，在当时也是一种时潮，绝非孙文之故。

另一件是：1957 年 12 月 30 日，《人民日报》头版报道南浔《万人大镇无苍蝇》，引起国内外的关注。

这年，毛泽东主席在杭州视察工作，看到南浔的报道，说万人大镇无苍蝇。他特别关注起来：一个镇，尤其是水网地带，卫生工作能做得如此之好，这不是简单的小成绩啊！毛泽东深知其中的不易。以其特有的政治敏锐看到，中国历史上第一次出现万人大镇卫生状况如此，再次充分说明共产党领导的正确、英明、伟大！他决定亲临南浔，但被挡驾了。理由是交通不便（推托之词，南浔的公路是 1936 年通的，但只能到镇外桥下，步行过桥入镇再坐镇里的私人汽车。1949 年后，镇内就没有汽车了，全是步行或是自行车）。据传言，毛泽东要到南浔的事，政治局专门会议研究，从井冈山起就随毛泽东的江华，当时任浙江省委书记，他给毛泽东做思想工作，话里有话地告诉他，那是国民党的老巢。那地方对国民党的感情很深，能够集一镇财力支持孙文，一个姓张的口袋里就掏出钱帮助蒋瑞元（周恩来从不称蒋介石为蒋介石，或称蒋瑞元，或称校长）建个南京政府，那地方能简单吗？毛泽东回说，你不就是说那个张静江嘛，张静江还是有经济头脑的……两边电话电报热闹了一阵子，最终的借口就是交通不能解决。毛泽东被这一搅，兴趣全无。

于是，就有《人民日报》的报道。

一个镇的卫生引起毛泽东的关注，这怕也是罕见的事。孙中山是否到过南浔，则不详。中国近现代历史上两个重要的领袖都从不同的角度关注到了南浔。你能说这南浔是个寻常之地吗。

闲步镇内街巷，登垂虹桥、通津桥、洪济桥，高处鸟瞰。一个小镇，三座高高如月的桥临着水面，倒映于碧波之上，俯视水面，桥的半圆与倒影相映成趣，一轮满满的月，高大的船结成队从桥下悠悠驰来，波动月摇，婀娜多姿，水乡情韵尽展胸前。大有“虹桥千步廊，半在水中央；天子方清暑，宫桂起夜妆”之妙。

你不能不被这美丽所折服。

我站在那里，迷失了方向，真不知该如何好好看一看养育了我的家乡。

老南浔仿佛看出了我的心事，轻语道：还是一景一看，慢慢走走，好好看看。

我连连点头说，是得细看慢瞧。

老南浔又提醒我，去镇外看看？

我不知道镇外有什么，但“客随主便”，得听他的，看，那就看吧。

兜、漾、漳里觅桃园

回家乡，见水，看水，接触水，看不够、瞧不厌。我们从南东街南端的百花桥，沿甲午塘东岸，一直下去，来到一个叫谈家兜的自然村。村不叫村，也不叫店，更不叫圩，而叫兜。甚觉怪！经指点，站高处再细看地形，水环村。那村，在水抱之中，村便像只兜。顿时就觉得这“兜”叫得妙！顺“兜”前行，在沈庄漾的地方打住。漾，是一片三面环水的漳地，当地人叫漾，更小一点的叫塘，大的叫湖。漾，不大不小，中不溜秋。站在高处放眼看去，近处青织，远地水波。青织的是参天大树，树间透出村庄，果园。村道、田间小径上，正在闲庭信步的鹅群，见有人到，展翅飞奔，越向水中，红掌划清波，白颈引高歌。惹得欢奔的小狗一路把我们引到桃园。

正是桃熟季节，绿树丛中，点点桃红，阵阵果香。接待我们的主人捧出刚刚从树上摘下的桃子，让我们品尝。此桃色白带黄，半透明状。她告诉我，吃这种桃子要有技巧，把皮稍稍撕开一点，然后就能把肉全部吃尽，大有戳一小洞，吮尽全汁的味道。我照她说的吃起来。果然甜而不腻，鲜美且有清爽之感。据说，这里种桃已有七十多年。当年，张静江家中常常备有此桃款待包括蒋介石在内的国民政府众多要员及社会名流。

提到这段历史，村上乡亲引以为豪，满脸兴奋地引经据典细说南浔种桃历史：原来，南浔人历史上就好追星。二十世纪二十年代初，南浔一个叫崔振堂的人在南栅外虹阳兜创办湖阳公司。这是个农贸性质的公司，主要开发农副业。他从外地引进优良的桃树品种一千五百株，如玉露、银盘、金丝、大红等。特聘黎里的凌光明为技师，辟出桃园。经过玉露树种嫁接出的高形水蜜桃，形态优雅好看，口味纯美，一直流传至今。另一个品种是银盘树种嫁接而成的扁形桃，俗称蟠桃，香脆可口。由于品种好，在上海苏州的销路很好。凌光明还会把桃子放在地窖里保存半年以上不烂，不变味。春节家家都用桃招待客人。南喜兜、闵塘兜等村农民主动与崔振堂合作，发展桃树。1937年湖阳公司因日军入侵而停办。但农民自己种的桃树仍然继续着。几十年中，形成了自然的水蜜桃基地。上世纪八十年代初，东南村建立水蜜桃科研小组，进行优秀品种的再培养和改良工作，取得很好的效益。现在，桃树扩种面积，几年后旅游观光带遍植桃树。品桃观光，快活哉也！尝完桃，又见湖上小舟滑过，浩渺荡漾。阳光斜照，淡淡紫雾从清波间升腾起来，整个湖面氤氲环绕，微风拂过，扑面尽是馨香四溢，令人心旷神怡。

村上一位老者回忆说，1932年上海爆发"一·二八"淞沪抗战，十九路军总指挥蒋光鼐、军长蔡廷锴奋起英勇抵抗，第五军军长张治中率部驰援，全市乃至全国掀起支援淞沪抗战高潮。从淞沪战事一开始，南浔各界就发起物资声援。其中，将湖阳公司桃园的水蜜桃运至上海，慰劳前线将士。南浔水蜜桃当时出足了风头。

另一位老人说，当时在上海出风头的不光是南浔蜜桃，更重要的是李根源。后来徐悲鸿以李根源为原型创作了《国殇中的执绋者》。

《国殇中的执绋者》图中那位魁梧的黑髯长者气宇轩昂地走在前面，外表的温文尔雅里透出一股不屈的刚烈。这是根据徐悲鸿在苏州一段经历，积民族怨愤于胸而就。《国殇中的执绋者》就是北洋政府时期的代国务总理李根源。

徐悲鸿与李根源的相识在南浔。那是桃熟季节，朋友邀请徐悲鸿到南浔玩，正好遇到民国总理李根源。李根源是应张石铭家的人相邀闲住的。两人相遇，自然就是张石铭家贵客。两人离开南浔还是同伴坐一辆轿车回的苏州。

李根源执教于云南讲武堂时，朱德是他的学生。走出云南腾冲的李根源，早岁从军，与蔡锷一起发动云南起义，参加同盟会后支持孙中山讨袁护法，1922年任北洋政府代国务总理，1927年反对曹锟贿选总统而愤然辞职，隐居苏州。日本入侵上海，十九路军强烈抵抗。无奈日本侵略者从长江绕道太仓，由浏河登陆，使无援军的十九路军腹背受敌。这一历史时刻，李根源一面奔走动员爱国人士捐款捐物，同时与另一爱国老人发起成立"老子军"，参与抵抗日军入侵！

"老子军"宣言上这样说道——

青年来日方长，若多牺牲，未免可惜。老人年齿较高，即从容赴死，犹如商贾之早有赢利，不能算作亏本生意。当年范仲淹，即被西夏人称作小老范子，故取其意而成立之……

本军以敢死为目的，凡青年不必牺牲者，则可由本军充任之。但必须以不用膂力而能胜任者为前提……

这件事弄得蒋介石很尴尬，双方以电文往返争论，一个要成立，一个竭力阻止。

要成立的有理由："以愧爱钱惜死之徒，知取义成仁之美。"

劝阻的也有理由："国家纵极艰危，不应该耆老死于前线，务请中止此议，别谋靖献之道……"

两下热闹一阵子，虽然"老子军"没有成立，但却燃起了当时全国上下的爱国热忱。

李根源不顾年迈，亲自奔走，将这次保卫国家而捐躯的七十八名将士营葬，吴县善人桥北的马岗山麓高高地昂起一曲永远不熄的爱国高歌！

亲临送葬活动的徐悲鸿，看到李根源老人走在队伍的最前面，一股不老的热血久远地沸扬着徐悲鸿那副并不年轻的身躯！

徐悲鸿来到吴县善人桥北的马岗山麓上，手抚着李根源作的碑记，脸紧紧贴在李根源题的"英雄冢"三个古隶大字上，中华男儿的泪水汩汩而流……

数年后，《国殇中的执绋者》诞生了！

它是中华民族的精神象征！

沈万山的故事

村民指着绿荫说，那是沈万山的祖地。

凡到周庄旅游的人，都知道家资侔国的江南巨富沈万山。在"沈宅"简介中说沈万山是南浔人。家居南浔，祖坟地却选这样水秀地杰之地，果真是好眼力呵。这地方是沈万山家的"聚宝盆"。听乡亲这么一说，再看地形，还果然有点像"聚宝盆"哩。老南浔笑话道，相传沈万山善点金术。听此话，大家笑起来：那是夸张，但说明他理财有道啊！

这倒也是。

但他办了件蠢事。乡亲告诉我们沈万山倒霉的故事。原来，朱元璋定都应天府（即今天的南京），决定像模像样地修筑城墙。在筹募资金中，沈万山被公推首富，为皇上分忧，责无旁贷。江南的水载着船可以到任何一个地方，自然也就可以到被皇上召至的京城（今南京）。在那里，沈万山为皇上承担了皇城三分之一城墙（由水西门到洪武门）的资金，并亲自坐镇督工监察。此事惊动朝野。沉在喜悦中的沈万山一点也不知道大祸将至。城筑好后，朱元璋亲临巡视，后来又在城墙上骑马跑完沈万山资助的这部分。沈万山站在朱元璋面前说，我还想拿笔钱出来犒劳军队。朱元璋听后看看他，什么也没说，回宫去了。很快，召见沈万山的消息传来。沈万山万分激动，以为他“收买”皇帝的计划成功了。原来，在他的心目中，他要学吕不韦做那“立一个国君之利”的大生意。当他激动异常地跪在金銮殿，耳边传来的恰是午门推斩，抄没家产的圣旨。这梦里都不会想到的厄运，怎么会落他头上？真叫他百思不解其义。幸好皇后马氏在朱元璋看完城墙回来后的情绪中轧出苗头，暗中随在一边观察。见情急之际，诡称后宫急事，朱元璋慌忙下殿回后宫。

在后宫，马氏对朱元璋以理晓之，渐渐减弱朱元璋过于忌妒富豪的杀心，使沈万山保住一条命，改戍云南。

沈万三，是有其人。

毛奇龄《胜朝彤史拾遗记》就记载了沈万山修都城事。

书上这样写道：“太祖孝慈高皇后马氏。吴兴民沈秀，资富侔国，曾为上犒军，而筑都城三之一，上忌欲诛之。后谏曰：‘妾闻法也者，所以诛不法也。非所以诛不祥，民富侔国，民自不祥尔，夫不祥之民，天菑有之，于国法何予焉。’乃释秀戍云南。”

莫旦《吴江县志》：“分湖陆氏宅，在廿九都。元季富宅也。明初号釆艺者，悉以田产送沈万三，家财悉散之亲族，夫妇出家云游而去，人皆笑之。后沈受祸，人始服其有见。朱国祯《涌幢小品》有云：贾人陆氏富甲江右，万三出其门，甚见信用。一旦叹曰：‘老矣，积而不散，以酿祸也。’尽以与秀，弃为道士，筑室陈湖之上田，开端云观，以寿终。刘三吾云，元时富人陆道源，货甲吴下，为甫里书院山长，一时名士咸与之游。处暮年，对其治财者二人，以资历付之，曰：‘吾产皆与汝，惜为汝祸耳。’道源逐为黄冠师，居陈湖之上，开端云观居之，改名宗静。又纳资为道判，时称陆道判。其故宅今为竹堂寺。所谓二人者，其一即沈万山秀也，其一姓葛，亦富，名不传。”

董斯张《吴兴备志》：“留青日记，沈万山秀，名富，字仲荣，其弟万四，名贵，字仲华，本湖州南浔人。父沈祐始徙苏之长洲东蔡村，贵之子汉杰，又徙于周庄，今南京会同馆，乃其故宅。初居东蔡村时，人以汗莱之地归之，祐躬率子弟服劳，粪治有方，潴泄有法，由是致富不赀。后流云南。寻命送大家，为京官六曹，得汉杰之子曰玠者，擢员外郎。受官辞禄，上器重之。至今陆二家子孙在流所者尚富，或云善点化术。”

沈万山这个商人，哪里知道，文人与商人总是政治家晚餐时的牛排或者炸鸡腿，而且不是充饥的，恰是举杯欢庆调节高昂的情绪与气氛所需的……你敢以财富与我皇家老朱相敌，能有什么下场？历史就是这样戏弄着无数个人。自然也包括五百多年后的沈万山追随者，南浔的另一个名人张静江。他也学了吕不韦做那“立一个国君之利”的大生意，资助孙中山推翻清王朝，又资助蒋介石在南京建都。

沈万山充军云南。张静江的结局又如何呢？

据说，张静江将万贯家产为蒋介石所用后，一场争吵，于 1938 年经法国到美国做了寓公，十二年后病死他乡。

说到这里，我们随着乡亲的指点，开始寻找张家祖坟。我们来到沈庄漾的边漾，在“野花临水发，江鸟破烟飞”的美景中，绿树后面出现一个四方塘。漾成四方形，这是极少见的风景：上百亩水面的中间东西横亘着一条百来米长的一字埂，埂北成“品”字形耸着三个若隐若现的“小岛”。水岛布出“品”字状地形，隐喻“一品当朝”。“品”字东南是张静江家陵园。经这么一点，再看这四方塘，果若紫禁城状，张家陵园坐北朝南。1926 年，张静江出任国民政府代理主席。可谓合拍着这“隐喻”啦！

我们感到诧异的是张静江家怎么会选中这里的，难道真有步沈万山后尘之嫌？

当地乡亲告诉说，相传沈万山后，这里来过一位名气很大的风水先生。看了地形后留下话：这一带龙气很旺，但是个活脉，落到哪一家哪一家就兴旺。闻此言，南浔镇上的豪富大家纷纷抢着到这里选坟址、结坟茔。光沈庄漾一村就结了南浔名望家族三十多户，除张静江家外，还有庞家、刘家、邱家等等。那坟的造型也是各有千秋，邱家“灵洲邱公之墓”是六角坟。刘家五姨太的坟就造出八角形。庞莱臣叔父的坟更是气派得不得了。如果不是“文革”，我们还可以看到汪伪时期的行政院副院长兼外交部部长褚民谊祖父的坟。说到墓地，我们现在走着的花岗石桥口，就是张静江家墓道遗址，举目看去，两条巨大的花岗岩石刻凿阶如今静静地斜卧在田野里，仿佛在向我们诉说着当年那座气派非凡，四周全是花岗岩驳岸的陵园。

步过桥口，满目葱郁，沧海桑田……

乡亲又说，真正气派大的墓地还数清光禄大夫刘镛家的。

是那个嘉业藏书楼和小莲庄的刘家吗？那可是“四象八牛七十二金狗”之首啊！我极想乘兴看看。说出这意思后，老南浔劝我，你这次回来是要多住几天吧，等你亲戚回来，陪着慢慢看。

我们又走到了来路上，此刻再看那走过来的硬长桥，普普通通的石桥，在我们的眼里已经不再“普通”了。随意春风歇，王孙自可留。跨过桥，我们跨过了一个历史的时空，步入了今日南浔的历史。

第三部　丝行埭上话丝商

丝行埭上说丝史

一

不到南浔，不知江南商人之富。

史书称南浔一带为明末清初中国资本主义萌芽地。

老南浔人说，南浔的发达，那自然是“丝”，萌芽也萌在丝上呀。他们说得也有道理，南浔周边出丝，丝是用水缫出来的，自然也是靠水运出来的，苕溪水将丝从湖州各地运到南浔集中，再从这里向苏州、上海，更远的是向广州运，漂洋过海向广州，大船小船到沪上，怎么运，怎么走，南浔都是集散丝的地方。做丝生意的人家自然就多。再说了，每收购一两生丝得利一两分，如果自己收购茧，加工，手工缫丝，再打出许多的牌子，然后卖给广庄或京庄，那都是比较可靠而安全的生意……说到这里，老南浔指着宝善街说，那边有个唐家兜，打我们记事就晓得那里有一爿源泰丝行。是张家的，虽然这个张家不是张静江的张家，也排不上“四象”，只能算“牛”，可能“牛”也算不上，但他是开辟南浔生丝直接贸易的先驱。再说下去，老南浔又指着前面说，你再走走，到那条街上，有个“丝业会馆”，那里告诉你的故事就更多啦!

我寻到那地方，如今也只剩下了一座大殿，且成了南浔实验小学。走过去，正好学校门开着，宽大的道路，两边古树犹如老将黄忠，忠守职责。来到高大雄姿的大堂前，仰慕这当年造就故土经济繁荣的大殿，耳边仿佛听到各路商人的脚步，眼前似乎闪动着家乡先贤敏锐的目光，一个声音在高喊：丝业会馆洽谈后，请各位到宁绍会馆，到新安会馆，到金陵会馆，到福建会馆，到闽南会馆，到……那气派，那声势，那……

我静静地挪动脚步退出来，不想打扰这些先贤正在忙碌的生意。走在大街上，无论进入哪条巷弄，你只要走进去，都会在你的眼前巍然耸起一座高高封火墙的建筑，虽然都已破旧不堪，成了平常百姓拥挤的居家，但那榉木的门，精工制作的雕梁画栋，镂出字形图案的窗棂，粗大而坚实的楼梯圆柱，都保持着一份当年富贵的体态，傲然挺立于寸厚的尘埃中。

在这众多的古建筑中，有条并不起眼的街，叫丝行埭。

埭，即坝。称为埭的坝是大坝，是可以作为固若金汤的大堤。丝行埭，顾名思义，它是丝行的一条大堤！它的地理位置在浔溪河东，南起南东街北，下至下塘东街南。街头有亭一座，长廊沿河而置。每日清晨，南浔老辈人都喜欢到这里晨练，傍晚散步。顺街北行，有茶馆数家，可以品茗，可以聊天，拉山海经，嗑老空。

步入今天的丝行埭，街两边菜摊铺张，小店林立，成了繁华的集市菜场。但你坐到那亭子里，你靠在那走廊的美人靠上，喝着苕溪水泡的莫干山绿茶，静静地等着，你的耳边慢慢就会传来南浔老人们聊天、拉山海经、嗑老空掩出来丝行埭昔日的荣耀与辉煌。“绿波三叠跨晴虹”“十里桑阴水市通”当年是个何等热闹的所在！

二

中国是最早利用蚕丝的国家。古史上有伏羲“化蚕”，嫘祖“教民养蚕”的传说，又说黄帝元妃西陵氏为“先蚕”，即最早养蚕的人。1958 年，在浙江吴兴县钱山漾地区，结合规模农田的基本建设，发掘了新石器时代考古遗存。表明公元前 2750 年前，今浙江吴兴钱山漾地区的先民已利用蚕丝织成绢片、丝带和丝线。钱山漾遗址的第二次发掘中，再次出土一批丝织品，有绢片、丝带和丝线。遗物大部分保存在最下层（第四层）的一个竹筐里。与这些丝织品同一层位同一探坑还出土了大批稻谷，考古工作者将稻谷标本经碳 14 测定，绝对年代距今 4715 约一百年上下，树轮校正历年距今 5260 约一百三十五年上下。这是一次振奋人心的地下发掘，它说明在我国长江下游的太湖之滨，距今五千年前，我们的先人已经广泛利用蚕丝作为织物原料了。钱山漾遗存中的残绢片：绢片为平纹组织，经纬密度为每厘米四十根，粗细相仿；丝厂家；带子组合，观察为十股，每股单纱三根，共计单纱三根，共计单三十根编织而成。了解织物结构的人都清楚，钱山漾残绢片经纬密度一毫米有四根细比较均匀的经纬纱，在那么早的时代，出现如此丝织品，应该说是十分可贵的了。细丝带编织方法与现代的草帽鞭一样，有着两排平行的人字形织纹，体扁；但靠近尾端一节呈圆形。看来这是一根美观大方的装饰品，也许是当时劳动妇女作围腰带之类用的吧。

文献记载：距今4700年左右，湖地的越族或（和）荆蛮族人已经从事蚕丝生产，并有一定的缫织技术。到了公元前21世纪至公元前17世纪的夏禹时代，太湖之滨“其土徐泥”，最宜农桑，蚕织更为发展，其贡已有“厥篚织贝”。用来织为贝纹锦的丝，一定是上等丝料，可见其时的“湖丝”较之钱山漾遗址出土的丝料要前进一大步。是越族和荆蛮族在湖州经营的原始农业，蚕桑生产当然也处于萌芽阶段。同时也佐证湖地蚕丝业的古老。

德清县新市镇的梅林遗址有商周时期的桑地遗迹（距今约3600年）；安吉县周家湾出土的商代铜觚、铜爵有腹饰蚕纹（距今3000年以前）。春秋时作为越国边地和吴国邻界的太湖南沿，流传着“女工织兮不敢迟，弱于罗兮轻霏霏……”的《采葛妇歌》；春秋后期曾发生吴、楚争桑的战争，《史记》载：“吴王僚，因吴边处女与楚边邑之女争界上之桑而伐楚。”秦始皇时，吴地有兄弟两人东渡至日本，养蚕织绸技术与缝纫吴服之法亦传授于日本。三国时期战争频仍，地属吴国的“三吴”地区，“息地役，惟务农桑，以广军资”，“三吴”一隅的太湖沿岸以及钱塘江流域，成为江南经济水平最高的地区之一，“丝织业很可观，民间普遍喜爱绫绮之服，文人也好以蚕织为诗赋的题材”，吴兴郡的“永安一带丝质很好，为御丝取给之地”。乌程侯陆凯在孙皓为吴主时任左丞相，于“奏事”中称：“诸暨、永安出御丝。”这是历史上第一次记载“湖州之丝”。养蚕织丝女工远至日本定居，传授技术，是为“吴织”和“吴服”之始。这样，湖地之丝到了三国吴时，才出现像“永安御丝”那样的佳品。

唐代，“湖丝”在全国已崭露头角。唐玄宗李隆基的“开元盛世”，“湖丝”成为贡品，史称“湖州开元贡丝布”。而早在武德四年（621），“乌程县置御服乌眼绫”，上贡皇室。尔后的宝历元年（825），李德裕在浙西观察使任上受诏“令织定罗纱袍缎及可幅盘条缭绫一千匹”。用“湖丝”所织“御服乌眼绫”、“罗纱袍缎，盘条缭绫”。还有“柿蒂花纹绫，玄鹅天马绫”等，在全国和京城影响非凡。可见“湖丝”质量已名列冠首。

北宋始，北方边陲战乱频繁，园林桑柘夷伐焚荡，蚕丝生产也停废萎缩；而南方相对安定，有利于蚕丝业的发展；东南沿海正开发海外丝绸贸易；湖地自然生态条件优越，具备了蚕丝业良好发育的环境，从而使中国蚕丝生产的重心就向江南转移。如北宋诗人梅尧臣在湖州作《游霅溪》诗说，“花暖吴蚕始浴时”；南宋王质《夜泊荻港》诗说，“桑枝亚路蝉争噪”；李光《赴金续舟过霅川偶作》诗说，“呕轧缫车杂橹声”，都描绘湖州蚕丝业的兴旺景象。南宋嘉泰年间，安吉一个县一年就“上供五万两”湖丝。湖地“唯籍蚕办生事，十口之家养蚕十箔”，得茧一百二十斤，取丝则一百五十六两；而“富者育蚕直至数百箔，则取丝有数千两”。难怪宋代谈钥要在《吴兴志》中记上“湖丝虽遍天下，而湖民身无一缕”。北宋时人李觏，在他所写的《富国策》一文中说：“东南之郡……平原沃土，桑柘甚盛，蚕女勤苦，罔知饥渴，急采疾食，如避盗贼，茧箔山立，缫车之声，连甍相闻，非贵非娇，靡不务此。”这里说的东南之郡的“平原沃土”主要指的就是太湖平原。据此可知，北宋时太湖平原地区的蚕桑业，已明显处于全国领先地位。这说明，“湖丝”历千百年兴旺发展，已成为举国公认的优质产品，普受喜爱。

而在元代的湖地，对种桑、养蚕、缫丝等方面在历史积累的经验上有了新的提升。首先是桑树取低干为佳，叶肥嫩而营养足，养蚕成丝质量好。二是煮茧缫丝重视用水，采用宜于煮缫的水源。如乌程县金盖山北旅白云泉，“十里内蚕丝俱汲此煮之，辄光白”；又如“归安之水宜茧丝”，等等。赵孟頫在《题耕织图》诗中所描写的“但闻缫车响，远接村东西”“舍南与舍北，嘒嘒闻车声”“纤纤女儿手，抽丝疾如风”……元代画家、湖州人唐棣对当时的湖丝生产作了写照：“吴兴缫出丝如银，蓬头垢面忘苦辛；苕溪矮桑丝更好，岁岁输官供织造。”湖丝之盛自然带来丝织之盛，如当时的东双林（今双林镇故镇）绫绢生产颇称发达，有十座绢庄收购机户所织之绢，每天早晨远近乡人挟绢来镇出售者，熙熙攘攘，摩肩接踵。

据考证：在北宋及北宋以前，“湖丝”重心产地在山地丘陵区的安吉、武康，即所谓“安吉丝尤好”“武康、安吉绢最佳”；可是经历了南宋、元朝至明代，“湖丝”重心产地则已移到了东部水乡乌程、归安和德清县。湖丝“属县俱有，惟出于菱湖、洛舍为第一”；“丝出归安、德清者佳”；明中叶后，则“湖丝惟（南浔）七里尤佳”。

“湖丝”之称，最早记载始于南宋嘉泰年间(1201—1204)，据说有湖州称始，便有“湖丝”，并“湖丝遍天下”。隋仁寿二年（602）置湖州，以滨太湖取名，治所乌程。此为史书记载“湖丝称谓之始”。隋、唐时，湖丝便出现“安吉丝”“武康绵”以及“湖绸”等称谓。再往前推，三国吴时即有“永安丝”（永安即今武康），也称“武康丝”。其时湖地称“吴兴郡”，因此也是“吴兴之丝”。唐代则称“湖绫”。明、清时湖地绫罗绸缎的罗称“吴罗”，亦称“湖罗”；湖地之蚕，历代则呼为“吴蚕”。

明代，“湖丝”胜概于郡内若此，于全国则名列前茅。志载：“合郡俱有，而独盛于归安，湖丝谊天下。”不仅以数量取胜，更以质量称绝。“湖丝甲天下，著在维正”。《天工开物》述：“若嘉湖产丝成衣，即入水浣涤百余度，其质尚存”。“蚕丝之贡，湖郡独良”；“湖丝冠绝海内，归安为最，次德清。其次嘉之桐乡、崇德、杭之仁和（今杭州市），此外取于四川保宁（今四川阆中），而山东、河南又次之。”名次已排列得一清二楚。

“湖丝”确实成为“‘利布四方’的产品，不仅行销国内，还有一部分销往海外日本、南洋等地”。明嘉靖时，“湖丝百斤，价值百两者，至彼国（南洋各国）得价两倍”；若输往日本等国，“每百斤值银五六百两，取去者价十倍”。因为，湖丝“尤为彼国所重”，“若番船不通，则无所丝可织”了。

到了明万历年间（1573—1619），乌程县东南浔镇七里（辑里）村人率先改良蚕种和改进养蚕及缫丝技术。所缫之丝以白、净、柔、韧等优点，跃居“湖丝”中的佼佼者，所谓“湖丝惟七里尤佳，较常价必多一分”。当“七里丝”成为“湖丝”的代表产品之后，其名渐渐取代“湖丝”原先的地位。不仅湖属各地所产之丝均冠以“七里”之名，甚至连杭州、嘉兴以及与南浔镇毗邻的江苏省属县、镇所产之丝亦竞相取用“七里”之名，以博得海内外商贾对名牌的信赖。所以，后起的“辑里湖丝”之名，在明中叶后，尤其清代，实际上成为“湖丝”统称。

“辑里”之名，村老言为明崇祯年间，大学士温体仁雅化“七里”而称。考“辑”，《说文解字》：“车和，辑也”；《六书故》：“合材为车咸相得，谓之辑”；《玉篇》：“和也”；《正韵》：“睦也”；《康熙字典》：“又与集通”……总之都是合起来的意思。这与三四颗茧合一绪为细丝、十余颗茧合一绪成“串五丝”等，意义上相通。温阁老改村名七里为辑里，故丝由“七里丝”遂成“辑里丝”。南浔人范颖通《研北居琐录》中正式提到了“辑里”的名号，说“雪（息）荡、穿珠湾俱在（南浔）镇南，近辑里村，水甚清，取以缫丝，光泽可爱，所谓辑里湖丝，擅名江浙也”。

辑里丝，明代乃至清初，尚称“七里丝”。丝名随地名，是毋庸置疑的。

三

南浔开埠还是很早的。同治二年（1863）《南浔镇志》说：“阛阓鳞次，烟火万家；苕水流碧，舟航辐辏。虽吴兴之东都，实江浙之雄镇。”

1851年，距第一次鸦片战争已经过去了近十年，中国的社会与经济再度卷入了封建王朝的更迭式纷争之中。这次的封建王朝纷争更迭，尽管被后人说成了农民领袖洪秀全与封建王朝清廷的刀与火的较量。事实上当时却一点影踪也未明示。农民的造反与洋人在中国土地上的横行，倒成了那年月最耀眼之景观！对于生意人来说，并不介意这些，在他们的眼里，农民的造反与洋人在中国土地上的横行，有时可能还是生意场上极好的“陪衬”！

这年的春上，一位叫徐瑞珩（字德琼，号荣村）的中国商人，整理好了他认为最显耀的行头，身穿马褂，头留长辫，英俊倜傥地坐上法国邮轮，辗转千里，来到英国伦敦的泰晤士河畔，带着他的看家产品——“荣记湖丝”（即“辑里湖丝”），参加了历史上首届世界博览会。因第一次参加海外这类展览会，不知是他的湖丝包装过于简陋粗糙，还是人们没忘记十年前那场作为败将的中国在世界舞台上的无颜！徐瑞珩的展品不但根本无人问津，嘲笑蔑视他的人到处都是。具有良好的孔孟教育的儒商像他的鼻祖吕不韦。徐瑞珩在历时六个月的会展期间，毫不怯懦，用足心思，发尽智慧，终于获得了一线生机：他对于丝绸独有的鉴别能力帮助了许多金发碧眼的洋商避免受骗上当。洋商渐渐认可了他，称他有双火眼金睛，能鉴别出丝绸的优势，从而爱乌及屋地认同了他带来的“荣记湖丝”。他的“荣记湖丝”在众多同类产品中脱颖而出，一举夺魁，获首届博览会金、银大奖。

会报称：“荣记湖丝”被诸多皇家贵族青睐，“推君丝为会中第一，中外无人异同”！

英国女皇维多利亚亲自颁奖，并赠送“小飞人”画幅以示荣誉。

英国举办首届世界博览会，本意是展示该国在完成工业革命后的划时代成就。可没料到的是，刚刚成为“手下败将”的中国人却得了首届博览会的金、银大奖。而且在以后的世博会上得到大奖的产品都曾对世界性的历史变化产生了作用。例如：在1853年的纽约世博会上，附有安全装置的电梯首次亮相即赢得了满堂喝彩，并从此开始广泛应用于各种高层建筑，改写了建筑的历史。在1876年的美国费城世博会上，贝尔发明的“电话机”被认为是“最值得惊异的东西”，继而诞生了一个崭新的重要行业，完全改变了人们在信息交流方面的形式，直接影响着人们的生活。“辑里湖丝”的获奖竟使中国萌发了资本主义！后续经济效应支持了推翻数千年封建制度，开创共和的事业，并资助建立第一个非皇权政权——中华民国。

太湖南岸的苏嘉湖地区，自两宋以来便已成为我国桑蚕业一大产区，明代中叶以后这一地区已成为举世闻名的蚕桑丝织业的生产中心。明朝盛起的海上丝绸之路，使中国的丝、茶、瓷等新产品进入世界性贸易。中国的蚕桑业由完全宫廷贵族与皇家官买，从而转入民间贸易与官方贸易并举的时代。明朝后期，这一地区的蚕桑经济在历史条件下，逐渐形成了相互联系、相互制约，具有明确结构和合理布局的区域经济系统，这经济体系最为鲜明的即是以蚕桑为主体。太湖南岸，包括湖州府的长兴、德清、乌程、归安，嘉兴府的崇德、桐乡、嘉兴、秀水，以及苏州府的吴江等县广大乡村均以桑蚕业为依托，以众多市镇的丝织业为基础；生丝的生产和输出中心则由湖州归安的菱湖、双林（今均属南浔区）逐渐聚集到地处湖州乌程与苏州吴江交界的南浔、震泽一线。出现利厚三四倍于田的蚕桑业，却没有完全取代农民世代从事粮食种植业，蚕桑业虽然获利巨大，农民一直视其为副业。

四

南浔的经济是由蚕丝起步的。

自古南浔水运便利，“四方商舶并至而会，金钱如流水”。古代的湖州及周边的丝绸业发展很迅猛，湖州上达京都下至杭州都借南浔水道外出。中国丝绸一直是欧洲人想往渴求之物。国际市场上的价格高于白银。南浔既得水便成为湖州的东大门，外国商人与国内的丝商必然要云集南浔。当时的清廷在苏州、杭州均设有官办的丝绸织造局，他们也都在南浔设点收购生丝，称“京庄”。京庄的任务是收购丝绸织造局所需生丝。生丝及成品的出口，主要经由广州。广州在南浔设有收购生丝和绸成品的店铺，称“广庄”。除了这两大家外，还有许许多多外地来“插虾子”的临时性收购点，他们往往都是在新丝出来的季节，在丝行埭上租个门面，或者干脆在河面船头插块牌，即收即撤，赚到就跑。有时，农家的送丝船到了，就在船上成交，过了船，付了银子就开船。那时的南浔大大小小的河面上，停满了运丝的船。有诗为证：

蚕事乍毕丝市起，乡农卖丝争赴市。
水市千家聚，商渔自结邻。
长廊连箬屋，斥堠据通津。
市中人塞不得行，千声万声聋入耳。
丝牌高扬丝市廛，沿门挨户相接连。
喧哗鼎沸晨至午，骈肩累迹不得前。

这种状况从1842年《南京条约》签订，中国被迫开放东南五口而改变了。地势优越的上海迅速崛起，取代了长江三角洲经广州的出口，并成为中国当时对外的贸易中心。这消息在南浔似乎来得比较迟一些。人们的习惯还是把丝送到“广庄”，至于广庄是照规矩运到广州出海呢，还是从其他地方出海，外人不知道。

《南浔镇志》引用《广州海关十年（1882—1891）报告》说：“直到1870年为止，从上海出口的丝完全都是辑里丝。”

《中国近代最大的丝商群体》一书这样说：

南浔“四象八牛”丝商群体的崛起主要还是鸦片战争后。1842年《南京条约》签订后，中国被迫开放东南五口，从此进出口贸易格局发生了重大变化，地处得天独厚优越位置的上海迅速崛起，很快取代广州成为中国对外贸易中心。湖州的生丝战前都经广州公行出口，上海开埠后，“辑里丝乃运沪直接销与洋行”。湖丝就近转至上海出口，运输路程较前缩短9/10，且仅需花五六元就可雇一条小船运八十到一百包生丝到上海。在上海市场的生丝售价中，运费只占0.2%的微不足道的比例，湖丝出口价遂较前广州时期下降35%。因此，以南浔辑里丝为主的中国生丝，在上海开埠不久就占据了欧洲市场，外销量骤增。

上海开埠后的最初四年，经湖州丝业中心南浔运上海出口的辑里丝，在上海生丝出口中平均占55%。一批南浔丝商以上海开埠为契机，贩丝于上海，开设各种丝业行栈，或做洋代理（丝通事），将上海作为南浔与洋务之间最便捷的中间站。太平天国事件使南浔丝商携家带口干脆驻扎上海做起丝商，他们不再是租船或雇工经营的丝贩子，而是名副其实的丝商。太平天国事件后，南浔便开始成为大都市后花园。那就是南浔进入最为辉煌的建设与繁华的时期。

回头的路上，我们路过成片的桑林，在满眼绿丛中，最让我亮眼提神的还是桑树。那闪动在绿树丛中花裳月容的采桑女。这是诞生《春蚕》（茅盾著）的土地。正是桑蚕，让家乡的经济得以崛起，从而使这片土地成为明末清初资本主义的萌芽地。

出门采柔桑，入门饲蚕忙。
桃花已落尽，夏景日渐长。
家家试新火，户户早凝妆。
有郎不同宿，有酒不能尝。
中宵频起看，揽衣独彷徨。
吁嗟乎！辛苦倍更长。

种桑饲蚕的辛苦由此可见。

双眼花，
双手胝，
千辛万苦一丝丝，
来朝剪取拦街卖，
卖向花街游冶儿。

游冶儿，娇且痴，
子无绔，
妻无衣，
杨柳堤边枫桥月，
换得红颜一解颐。

昔日桑农的辛苦，今天还有吗?

我眼望悦目的青色，桑的色彩依旧那么浓烈，如日中天。采桑女们身着的绮罗绫缎，再也不是我儿时书上的“遍身罗绮者，不是养蚕人”了。

回到镇上，我向老南浔借了一册《南浔镇志》，翻看着，无意间又读到关于桑蚕的诗。有一首特别引起我的注意。读着，读着，我的思绪也随着作者进入了那个境地那个场景，似乎我也在那里面与丝农们一起叫卖着，心甘情愿地接受着小贾大贾的盘剥——

蚕事乍毕丝市起，乡农卖丝争赴市。
市中人塞不得行，千声万声聋入耳。
丝牌高扬丝市廛，沿门挨户相接连。
喧哗鼎沸晨至午，骈肩累迹不得前。
共道今年丝价长，番蚨三枚丝十两。
市侩贩夫争奔走，熙熙而来攘攘往。
一日贸易数万金，市人谁不利熏心。
但教炙手即可热，街头巷尾共追寻。
茶棚酒肆纷纷话，纷纷尽是买与卖。
小贾收买交大贾，大贾载入申江界。
申江鬼国正通商，繁华富丽压苏杭。
番帕来银百万计，中国商人皆若狂。
今年贸丝更陆续，农人纺经十之六。
遂使家家置纺车，无复有人种菽粟。

大起大落说梅家

丝行埭的人们说得最多的是梅家。

梅家曾经有过南浔人引以为骄傲的鼎盛。这个骄傲，就是梅家的辑里丝屡屡在国内外获奖。这一点，谁都不能不佩服。以丝起家成巨商的已经可以排出“四象八牛七十二金狗”，但能给南浔丝业品牌辉煌的恰恰不是被誉为“四象”的“刘、张、庞、顾”家族，而是“八牛”之一的“梅恒裕”。

如此说来，梅家必有过人之处。这过人之处在哪里？

“梅恒裕”是梅氏家族企业的号。开创者梅鸿吉（1831—1893），字月槎。幼年入私塾读书，机敏超常，因家贫辍学，跟姑丈张氏经营丝业，朝出暮归。十几岁的梅鸿吉和张佩绅等南浔年轻人，毅然驾着船只漂洋过海前往广州做生意，成为南浔丝商对外贸易的先驱，开辟了一条南浔丝商南下广州的生财之道。另辟蹊径，本身就不寻常。儿子的不寻常，也是基因或者父亲的影响。

梅鸿吉的父亲梅宝楚娶南浔“八牛”之一金家女为妻，三十不到丧偶，劝续弦的都踏破好几条门槛。梅宝楚思索再三，决定不再续弦，以佐人营绣货业以抚养子女及兄嫂遗孤坤吉。父亲的行为对梅鸿吉影响很大，当他成名有业绩后，曾通过官家的渠道向朝廷上奏父亲对于自己及南浔丝业的贡献。光绪十五年（1889），朝廷旨示地方官给银三十两自建牌坊，赐“升平人瑞”；光绪二十八年（1902），皇上赐绸缎一匹，银十两，建坊于镇东巨字二圩。

1843年上海开埠以后，聪明绝顶的南浔丝商自然舍远广州而取近上海闯入十里洋场。梅鸿吉在南浔丝行埭和上海二洋泾桥振泰丝栈分别开设“梅恒裕丝经行”。

梅鸿吉生有三个儿子，长子少槎早卒无后；次子福墉（字石庵），光绪戊子

（1888）举人，荐大姚知县，分发直隶。儿子当上官，梅鸿吉却坐卧不安，再三说，“知县为亲民之官，一或不慎造孽无穷，博升斗以荣亲，吾不愿曹为也”。梅福墉遵父嘱咐，弃官还乡。三子福培（字莪卿）随父经营丝业。梅福墉的儿子履中（字祉安），承继给大房；次子履正（字祉方，一曰志方）。要说到梅家对辑里丝的贡献，真正该说的就是梅福墉的两个儿子履中、履正兄弟俩。

光绪十九年（1893），梅鸿吉病逝。后兄弟分家，福培及其子居西栅永安西埝，经营北梅恒裕丝经行，人称“北梅”。梅福墉则住在镇南栅，经营南梅恒裕丝经行，并买下南浔富商朱瑞莹建于光绪元年（1875）的述园。梅宅“承五堂”与邢宅“晚翠堂”隔河相望。后梅宅的几进楼厅毁于战火，现仅剩第一进五开间楼厅、厢房和仪门砖雕门楼。述园后来亦称“梅家花园”，原有涵碧堂、快阁、半亭、假山及太湖石珍品——“啸石”，上世纪二十年代啸石被刘承干购置入嘉业堂园内，面对嘉业藏书楼隔水而眺。述园快阁的“南搂春晓”为浔溪十景之一，现仅存快阁。

论资产，梅家不能算富。到了梅鸿吉孙子，曾经做过县官的梅福墉的两个儿子梅履中、梅履正手里，梅家不缺钱了。那么，奋斗的目标是什么？兄弟俩不谋而合地提出：将南浔的辑里丝冲进国际市场，用品牌永远保住辑里丝在国际上的地位。

一百五十多年前的中国，那是个什么样的国度？

十九世纪七十年代，苏格兰摄影师汤姆森（John Thomson）曾到晚清时代的中国，拍下乞丐、劳工以至贵族的众生相，当中就包括曾任两广总督的瑞麟。

汤姆森镜头下的中国一穷二白，但梅家两兄弟却在这样的时代，敢于向世界挑战，将南浔的辑里丝在国际上创牌子。

辑里丝是南浔乃至湖州一带用手工缫丝获得的土丝（生丝）。因其质地好，在国际上有一定地位。这个地位，有个参考数据。当日本人造丝出现后，中国蚕丝基本上从国际市场退出，形成中国蚕丝的大破产。然而，辑里丝加工成的丝线却成了国际市场上的紧俏货。从历史上讲，辑里丝到了梅家两兄弟手里，应该清楚是先人的经验积累。大约明洪武年间，加工辑里丝的方法已经渐渐悄然流行，成为众多丝家的“秘密”。京庄出现后，辑里丝中佼佼者获国际最高声誉，是梅家继梅鸿吉开创，续之梅履中、梅履正开丝行、办丝厂、创名牌、夺奖牌，前后不懈奋斗六十余年的结果。

《中国近代缫丝工业史》说：“梅氏辑里丝牌最受欧美信任，营业旺盛，执江浙丝经业之牛耳，其最盛时期，有现款百万。”辑里丝经梅家以“绣麟”、“飞马”、“蓝龙”、“黑狮”、“荷花”、“梅月”、“梅石”、“金鹰钟”、“银鹰钟”等名牌进入欧美市场后，深受厂家欢迎，并为美国多数纺线厂所采用。清末时期的美国丝织业巨商专纺缝衣、绣花、针织所用丝线兼织绸缎，均用中国丝中的辑里丝，且用量相当大。每年约需进口辑里丝一千五百担，梅家是其主要的供货商。

如果说这份功劳应该属于梅家，这是毫无疑问的。但是，我们想过没有，南浔有能力可以做得到的，为什么别人不能做到，而梅家做到了？这其中的奥妙就是“教育”。梅家能够出县官，自然就有培养教育后人的一套，那是钱财不能替代的。梅福墉精心教育两个孩子如何做事，更知道如何做人。突出表现在经商中要做儒商而不是贪商、官商！梅家与刘家、陈家不同的是，他们把主要的精力都放到了为生养他们的南浔这块土地争取国际地位。这是多么难能可贵的啊！

据史料记载，梅履中、梅履正兄弟俩开设的“南梅恒裕丝行”从来不搞“漫天要价，就地还钱”。他们坚持“货不二价”的经营方式，以诚信来奠定自己的经商人格。“南梅”鼎盛时期，名牌商标迭出，频频夺奖：宣统元年（1910）5月20日，农工商部发给《商勋执照》并奏请清廷赏赐梅履中三品顶戴。这年，梅履正掌管的南梅恒裕丝经行所制各种牌号的丝经在意大利工业品展览会上获一等奖。进入民国后的1915年，巴拿马太平洋国际博览会上，梅履正携带的南梅恒裕丝经行名牌样品又获金牌大奖，颁发证书与金质奖章。在众多的国际奖面前，梅家兄弟没有陶醉于过去的成就。其中，美国史丹利丝织公司率美商代表团到南浔考察辑里丝后，提出辑里丝加工工艺落后。梅家兄弟面对土法缫丝的落后，毅然投资于1926年在南东街张王庙南首（振盛典当旧址），创办了南浔第一家机器缫丝厂——梅恒裕缫丝厂。很快，梅家出品的白厂丝出现在美国纽约57号大街5号的梅恒裕生丝公司，深受欧美客商的欢迎。厂丝出来后，土丝从国际市场上迅速退出，然而令人不可置信的是：梅家的土丝仍然能在国际上频频获奖，说到这一现象，梅家始终认为，质量才是最重要的，用什么方法缫出丝是次要的。

对于辑里丝做了几十年研究的徐先生说，优质的丝主要靠优质茧。当时的梅家雇有专门的抄丝员，他们对于丝的质量把握很有经验。在新茧上市时，分头到茧农家里按茧的成色、厚薄，均匀分成各种等级，令其分别缫出生丝，按质量收购。然后再看色泽、均匀、粗细等分为生丝若干等级，发给农民（摇经户），按出口的规格、要求，复摇成经。到此不算完，最后的工序，便是梅家抓得最紧的“面子工程”！按出口复验、整理，除类摘糙，接好断头，按条纹粗细分片精心包装。每片定重量约20两，周长1.5米（4.5市尺），每百两为一经，每15斤为一包。梅家在农村收丝和做丝户中都建立了“片户头”，最多时有固定摇经户四五百户，少时也有二三百户。并设有赏罚制度，以此保证丝经质量持续稳定。“梅恒裕”丝经也因此以色白、经匀、质韧创出特色品牌，声誉日盛。

县官的儿子梅履中，是位有卓识的商人。1911年10月，辛亥革命爆发后，南浔镇上谣传四起，弄得人心惶惶。很多富商携家逃到上海租界去了。梅履中却风雨不动。在杭州、湖州相继光复之后，他联合部分士绅开会，派人在南浔大桥（通津桥）上插白旗，宣告南浔独立，拥护浙江省都督府和湖州军政分府，以稳定民心。1912年，梅履中又与邱容等仿上海万国商团形式，发起创办南浔商团，并任团长，手下数十人，枪支弹药来自上海制造局，巡街护巷，甚得民心。1916年，受南浔商界委托，梅履中与刘安仁、张青士、庄杏孙、汪胪仲一起发起组织南浔商会，1921年南浔商会经北洋政府农商部批准，并颁发钤记，梅履中任首任会长。1920年梅履中作为南浔丝业公会和上海辑里丝同业会的资深董事，获悉美国纽约将开第一次万国丝绸博览会，立刻推荐南浔张鹤卿、梅仲笙和吴江震泽毕康候代表辑里丝界前往赴会。次年万国丝绸博览会在纽约大中宫开幕期间，梅履中又寄去一批英语广告说明书，向欧美丝界朋友推荐“南梅”的名牌丝经。1923年3月29日、1925年4月9日，美国丝商代表团先后到南浔考察辑里丝，受到了南浔商会庞赞臣、庄骥千及梅履中等丝界知名人士的热烈欢迎。1926年梅履中与其侄梅毋若在南浔镇南东街张王庙南创办了南浔梅恒裕丝厂，与庞元济、庄骥千、周庆云等人在南浔镇方丈港创办南浔最早的机器缫丝厂：南浔汽机改良丝厂。初时引进日式80柱蒸汽缫丝机，生产的机缫丝商标为“双金（银）鹰钟牌”，年产厂丝200包，连同其他牌号辑里干经，“南梅”年总产量达3200包（合430000磅），成为当时中国最大的生丝行之一。

梅履中在兴办机缫丝的同时，也很重视南浔古镇的环境保护。据当时《申报》报道，梅恒裕丝厂于1928年大批量生产后，由于废水直通市河，当地居民意见很大。为此，该厂立即采取措施，拆除原排污水管，并在厂空地上开了一个大水池，将废水入池沉淀处理。

1927年，梅恒裕第三代传人梅履正在美国纽约57号大街5号设立“梅恒裕生丝公司”，由梅履正任总经理，特地印刷了英语图片小册子，推荐梅恒裕生丝的历史、殊荣及商标。次年梅恒裕丝厂已扩展到拥有意大利直缫式机 240 部、工人 685 人，年产量达 540 担。其中 1926 年推出的特级辑里复缫丝，丝的纤度比一般辑里丝更细，更适合于较高速的纺织，一经问世就引起欧美丝织厂家的轰动，尤其是美国军事上用的缝纫线，空降伞绳均采用的是“梅恒裕”品牌。

1936 年的一天，梅家大院与往常一样宁静，风轻轻吹过，树叶轻轻飘下，小鸟在树间跳跃而落下几串清脆的音符……但外人看不出的表面下，仆人和厨师们都隐约地感到一种不安。这种不安自梅履中 1929 年去世后，“南梅”销售直线滑坡以来，一直笼罩在梅家上空。相信迷信的梅履中太太对于丈夫去世，看成是末日来临的先兆，自己没有儿子，只有女儿，女儿与自己一样，看到父亲去世，家中生意没落，认为梅家的末日到了。

梅履中的妻子很相信命运，她认为自己没有能够让梅家留下儿子，是自己的责任，她也曾经劝丈夫纳妾以有后，但丈夫不愿意，丈夫认为女儿一定会有出息的，他也在周围人中物色能够做女婿的角色，可惜好景不长，一病而去，丢下母女俩七年苦熬，日子实在难以艰撑。梅履中夫人对女儿很看好，认为女儿也能撑起天。但她不知道女儿面对中国蚕丝在国际上被日本人造丝挤压崩溃的场面吓得夜不能寐，思索再三，还是一条白绫了结为好。女儿走了这条路，母亲又能怎么样，干脆吞了生鸦片……

梅家母女双双自杀，震动了南浔镇的大小丝商。“南梅”母女双双自杀的消息传到“北梅”，无疑使“北梅”亦雪上加霜。因为“北梅”的衰落比“南梅”要早。虽然梅福培继承父业开办“北梅恒裕丝经行”，经其妻陈太夫人勤俭打理，生意也曾颇有起色。第一次世界大战时，“北梅”一年获利四十万元，并于 1915 年获巴拿马国际博览会金奖。其子梅履泰“年未弱冠文已斐然”，光绪壬寅年（1902）“亦领乡荐”中举。满腹经纶，却不善理财的他竟先于父亲逝世，“北梅”因此日趋萧条。倒是履泰之子梅徽春（字仲泩）在祖母陈太夫人的教养下有所作为。梅仲泩与张鹤卿赴美国纽约出席第一次万国丝绸博览会前夕，曾因眷恋亲情不想远涉。陈太夫人闻知后说：“好男儿志在四方，岂可因我之故蜷伏乡里，何况近年我国丝业凋敝，你能出国考察得其要以归，可能使梅家祖业借以振兴，亦足以告慰乃父于九泉之下。”陈夫人还多次捐资中华慈善团、中国红十字会等慈善事业，深受上海、南浔丝业及慈善界人士爱戴，是“北梅”家族中颇有影响的人物。当时“北梅”也曾计划在南浔镇东栅分水墩外下塘办机器缫丝厂，并已平地构岸，开了蓄水池，后因“南梅”亏损而作罢，改在上海投资房地产，但也以失败告终。

梅恒裕丝厂旧址位于南浔镇夏家桥社区南东街100号，现存管理用房和生产用房各一进，均坐东朝西。梅恒裕丝厂于1926年由梅履正与其侄梅丹苕投资创办，是南浔最早的机器缫丝厂，其旧址也是南浔地区现存唯一的近代缫丝厂遗迹，对于研究近代民族资本工业具有一定价值。

南浔梅氏望族在其丝业的巅峰时期突然滑坡，顷刻轰然倒下，这是近代中国工业技术落后的必然结果。虽然梅氏兄弟与南浔丝商中其他有识之士已隐约意识到这种竞争的必然结果，尝试着办机器缫丝厂，但毕竟为时已晚，辑里细丝和辑里干经皆成为退出历史舞台的最后“角色”而已。

“梅恒裕”的沉浮是南浔丝商群体衰落的一个生动的细节，折射出中国传统手工业工艺在与更先进的欧洲近代工业竞争中失败的必然命运。

透过梅氏丝业的轨迹，我们可以看到的不仅仅是丝业的盛衰史，也是一段刻骨铭心的社会发展的必然规律。如果我们想避免重蹈覆辙，只有面对竞争的挑战，静观其动，以动制动，循其规律，究其内因，化被动为主动，以不变应万变。话这么说，事到临头，又有几人能避之。

如今，南浔人说到丝的过去，会引用庞云鐕的一句名言：“白老虎可怕，要吃人的。”

如今，南浔人说到政治的昔日事，会引用张静江的一句名言：“做官是最没有做头的。”

话这么说，丝，由于它的暴利，愿意做的人还是很多。

官，虽然因为官场黑暗，但愿意去吃吃苦头的，大有人在！

这就是社会，这就是历史，这就是人！地球天天在转，日子天天在周而复始。

邱家二三事

“顾六公公朱九伯，仙槎二叔刘三哥。”这是流传在南浔的顺口溜。其中“仙槎二叔”，就是“启昌丝经行”主人邱仙槎。邱启昌是店号，邱仙槎即为“启昌丝经行”的开创者。邱氏的丝业起家，远在宋代，准确地说是南宋时期，邱家祖先邱景为后宫服饰监管采购丝品的侍郎。

邱氏原籍河南商丘。商丘是华夏文明和中华民族的重要发祥地、中国重要古都。燧人氏在这里发明人工取火；炎帝朱襄氏、颛顼、帝喾先后在此建都。夏朝、商朝、周朝宋国、汉晋梁国、两宋、金朝等朝代均在此建都。享有“三商之源·华商之都”、“两宋龙潜之地”的称谓 。北宋末年，宋高宗侍郎邱景随宋室南渡，居临安（今杭州）。清康熙年间，邱景后人邱山启携家来南浔定居，初时宅建于风烟桥堍，后被毁尽。邱氏从南宋开始在江南繁衍生息，支派密集，到清中期邱氏逐渐成为南浔巨族。据周子美《南浔丝业小史》称：启昌丝经行为邱仙槎（字其梁）所经营、最富，号称百万，列入五大家族之一。

邱仙槎儿子邱炳华（字冰壶），承接父业于镇下塘皇御河口建了庞大的宅院，大门正临运河，后门直通皇御河底。坐南朝北，前后五进。在三板桥仓库潭边有一水阁，并设有停泊小汽艇的船库；皇御河附近有一座中西合璧的园林和三幢欧式洋楼，还有发电房、网球场、草坪，园中有荷池、果园、假山，植迎春、牡丹、桂花、玉兰、海棠，种桃树、李树，主人给这座花园取名为“盏园”。

邱家如何发迹，文载无奇，倒是邱家在野史旁话中多有传闻。

先说邱家致富奇闻。

如果说邱仙槎是做生丝买卖，不如说他开小杂货店营生，偶尔也有生丝出手者撞到他手里，他也就有一单没一单地接着，从中获点小费，无大利，也不损失什么。小卖部以方便百姓生活的“糖醋盐柴酱”为主。

有一年冬雪飘过第一场后，天沉沉地阴冷，路上没多少行人。邱仙槎搓着快冻僵的手，跺着冻脚，朝外看着，看看时光也不早了，平时该来买盐添柴的人家，今天都怎么了，一连两个时辰过去了，也不见他们来啊！天色渐暗，这时有个人朝他走来。邱仙槎没在意。那人走到面前，喊一声，邱老板。他抬头看看，这才想起来，那位江西木行老板，有些诧异地问，快过小年了，你还不回去？

关于这位陈老板的故事，他耳朵里灌了不少，在南浔做杉木生意做得很大，南浔大大小小的建筑里都少不了他的木材。令人费解的是，此人办事谨慎，话语不多，也不与老板们下馆子喝酒，妓院挣不到他的脂粉钱，烟馆请他白抽都不去，整天在运河边的一个屋里待着。他的底细没人知道。太湖强盗捉过他几回，想榨榨他的油，结果一滴油也没榨到，每回都是乖乖将他放回来，白白让他吃掉强盗窝里的白米饭与肥猪肉。太湖强盗都榨不到他的油，别人更不用说了。于是，南浔市面上的人都称他是：结籽的白萝卜根——干絮儿。他来找我干什么呢？邱仙槎脑子里转着，嘴里请陈老板到屋里。

邱仙槎是个节俭的人，屋里没有生炉子，进屋也是两人站着跺脚取暖，搓手哈气说话。陈老板看看邱仙槎，说，你是个厚道人，我在这里待了有十几年了，没见你有什么变化。邱仙槎笑道：没良心的发财事我不做。老人有句话：行善不昌，祖有余殃，殃尽必昌；作恶不灭，祖有余德，德尽必灭。陈老板拍起了掌，连连说，好人啊，好人。我有事相托于你，观来察去，就你可信。邱仙槎大度地说，有什么事，你只管讲！陈老板说，我看你在运河边上有间平房，能不能借我放点东西？过了春节我回来就要用的。什么东西，放那里可靠吗？邱仙槎问。说着，他看看陈老板，再次说，那个河边的屋你想做什么就做吧，我把钥匙给你。说着，就进柜台找到门钥匙，递给陈老板，嘴里嘀咕，这种小事，用得着你这大冷天跑来吗？陈老板见他很真诚，便对他说，我有几缸白糖，想运回去的，找了几天都找不到顺路去赣州的船，再等下去，怕春节前赶不到家了。再说，长毛造反，路上也不太平啊！要不是家里来信说老人身体不行了，我还真的不想回去。

嗨！这么的小事，可以，你自己去吧。我不随你去了。说完，对后面伸出头来看他们的老婆交代：嘿，去温点黄酒，一会儿陈老板办好事，过来喝点。

陈老板连连说，酒不喝了，我这就走了，办好后，我把钥匙送过来。

嗨，什么钥匙。你收着，放在你身上，你放心回家，来了再开那门。你放心，南浔呒没叫花子，过年辰光，大户人家都请他们去享福了。陈老板点点头，刘家、张家都请他们做义工，让他们饿不着，来年表现好的，就留下来做工了……南浔真好。

邱仙槎推推陈老板，你快快去办事，办好了，过来喝酒。

陈老板走了，他出门就真的没回来向邱仙槎道别。几天后，邱仙槎想起了陈老板，想起了陈老板要把东西存在他运河边平房的事。他想去看看，但没有钥匙。倒是伙计告诉他，洋锁上有两把钥匙的，还有一把就在柜台收银柜底放着。邱仙槎哦了一声，也没在意。年三十下午，老婆问起他半个月从镇江进来的陈醋，是不是都在运河边的平房里，得去拿些过来，年上用醋的人家多。邱仙槎这才去找了那把钥匙，去开了门，进屋就见靠墙一溜放了七八只大陶罐，口都封死的，摇摇，摇都摇不动，更不用说挪一挪地方了。他笑道，真傻，一罐白糖，有些斤两的。也就没在意。一晃过了年。三月了，陈老板没有回来，也没消息。到五月时，邱仙槎有些替陈老板急了，转眼夏天，白糖就不能再放下去了，得赶快脱手。他来到平房里，打开一只罐，果然是白砂糖，他估算了一下，约有二百斤。邱仙槎对伙计说，这里的白糖都是陈老板存在这里的，我们得帮他卖掉，钱另记账，等陈老板来了，把钱给他也是一样的。这个方法自然是好的。没过几天，老婆突然慌慌张张告诉他，那陈老板的罐子里有假，可能是想来诈我们的。邱仙槎诧异：能有这样的事？老婆说，我今天用树枝朝白糖里插入试试深浅，才插入一点点就插不下去了。邱仙槎笑笑，插入的事儿，女人自然不如男人，我去看看。他到了，插了插果然插不下去。他也诧异了，莫非这陈老板真的想讹诈我不成，这如何是好。事到如今，也不管了，让老婆找来容器，将罐里的白糖取出。那罐里的白糖其实真的不多，挖出一些，露出下面的东西，那才真叫邱氏夫妇惊呆了：竟然是白花花的白银，而且成色相当好。邱仙槎拍拍脑袋，思索起来，这陈老板在南浔做了十几年木材生意，南浔丝行大家建房造屋，哪家不用如山的杉木，成堆的楠木红木，他聚起这么多金银，眼下长毛造反，路上不太平，想运回家又近年关……唉！这陈老板，人怎么没一点点消息？怎么办？邱仙槎当场对老婆交代，这里的事，任何人都不要说，我们把白糖替他卖了，金银如数保存好！等人家回来还给人家，“行善不昌，祖有余殃，殃尽必昌；作恶不灭，祖有余德，德尽必灭。”为人在世，积德为上，行善为要，这可是上天考验我们的时候啊！

夫妇俩这么商定，谁也不透露。

这位陈老板一去，杳如黄鹤，再也没有消息。

邱仙槎曾经将陈老板的白糖数量与出售的钱财都记在另一本账簿册上的，等到邱仙槎夫妇过世，儿子邱炳华接班，情况发生天翻地覆的变化，首先，那册记载着陈老板财产的簿子没有了。剩下的就是陈老板留给邱家的那笔天文数字的金银……

要说邱家的故事，这可算一桩吧。

南浔历史上靠生丝发家的众多大户中，归类“牛”的邱家传闻故事颇多。清末民初有部谴责小说《九尾龟》，这部吴语小说，从第二十二章节开始用了数章篇幅写了一个叫邱家八少的故事，据南浔一位土籍作家考证，这个邱家八少就是南浔“八牛”里的邱家五少爷邱炳华（字冰壶），系邱仙槎的儿子。

《九尾龟》中这样写道：

只说那邱八是个甚等样人物？原来他祖籍湖州，家财百万，浙江一省大家都晓得邱八公子的大名。从小儿父母双亡，家无兄弟，幸亏他一个嫡亲母舅把他抚养成人。到了娶亲之后，他母舅见邱八心地也还明白，便把那百万家财一齐交代，叫他自己支持门户。这邱八从小极是聪明，为人浑厚，举止大方。做事虽然精爽，却没有一毫吝啬的心肠；性情虽是豪华，却没有一点骄奢的习气。若有明师益友朝夕追随，把他成就起来，岂不是绝好的青年子弟？无奈无人管束，渐渐的自家放荡身心，就自然而然有那一班帮闲绰趣的朋友，掇臀放屁地把声色狗马来引动他。这邱八虽然质地聪明，却是个少年公子的心性，那里有什么定力把持，就不由得挟着重资，同这一班朋友走到上海，任性的挥霍。在妓院中做着那天字第一号的瘟生，赌场中做那有一无二的冤桶，无论长三幺二，野鸡住家，以及广东堂子、外国妓院，各处的番摊牌九，甚至城隍庙内的地摊，他也要一处处的阅历过来，尝些滋味。不到两年，就把那百万家财销化了十分之四。

这一年邱八又到上海，正值林黛玉也在申江悬牌应客。邱八到上海，住在鼎升栈内。他是来上海试办一家丝厂，那丝厂开创之初，未免事情忙碌，所以暂时不得回家。

一日，邱八请客，有马姓客人把黛玉叫到席上。……这黛玉见了邱八，回眸顾盼，卖弄风头，上席便唱一折昆腔《长生殿》里的《絮阁》。林黛玉的昆腔，上海颇有名，轻易不肯就唱，真是穿云裂石之音，刻羽引宫之技。唱完之后，又把在席主客一个个的应酬转来，丝毫不漏。邱八着实赞了黛玉几句，心中便存了个要做了黛玉的念头。

此番林黛玉也在千思万想地将这邱八捉一捉，盘算后，回家备了几色极丰盛的礼物，叫房里的金秀娘姨送到鼎升栈去。邱八正同手下一班朋友谈论丝厂事情，见有人送礼来，甚觉奇异，看着金秀却又不认得他。金秀含着笑，袋里取出黛玉的名片来放在桌上，邱八明白林黛玉要吊他的膀子，顿觉心花怒开，忍不住取出一封红纸封好的洋钱，放在盘内递过去。金秀事先受了黛玉的教导，拒绝了这封洋钱。邱八见拒绝，心里明白这是留着后路，便长话短说地匆匆把事情办完，准备出门。

金秀回去一说，黛玉大喜，晓得有了几分意思，等待他的到来。果然上灯之后，邱八已到院中。黛玉打起全副的精神，应酬得邱八甚是欢喜。那邱八见了黛玉，恨不得立刻搂了过来团成一片。黛玉见邱八如此，越发笑语殷勤，风生四座："勿然末勒浪倪搭，借仔一夜干铺罢，倪到后房去困，让耐一干仔舒舒齐齐阿好？"邱八明白，含笑向黛玉回道："你特地叫娘姨过去把我请到院中，现在好意思推我出去么？我就依着你的话儿，在你院中借个干铺，但你却不许避到后房。我们大家规规矩矩的可好？"黛玉道："只要耐八少肯赏光，是再好勿有哉啘。耐八少说格闲话，随便那哼倪总吪啥勿肯格，只怕倪吪拨格号福气。"说着背脸低头，掩口而笑，邱八更觉魂销。

这一夜，黛玉把平生第一等迷人的伎俩施展出来。就这一夜，邱八被黛玉骗得骨软筋酥。早上，邱八给了五十块钱的下脚，又体己给了黛玉三百块钱。黛玉故意分毫不受，退还邱八，说是请你来玩玩的，什么好意思收钱！硬是退了回去。邱八听她这么说，反觉过意不去，便问黛玉可要什么衣裳首饰？黛玉一口咬定不要，反说邱八不晓得她的脾气，当她是爱抄小货的倌人。邱八听了，那里晓得黛玉存着一个要借他潒浴的念头，只认得黛玉同他恩到极处，所以不肯叫他浪费银钱。

隔了两日，黛玉关照：有什么客人来，一概让娘姨回退净。自己成日成夜的伴着邱八，和他寸步不离。邱八一举一动都是黛玉亲身服侍，不肯假手他人。那班娘姨、大姐的趋奉殷勤更不消说。邱八因她们连日辛苦，另外给了一百块钱。黛玉执意不许，叫娘姨仍旧退还。

又隔了几天，黛玉看准邱八的性情已是死心塌地，没有什么变卦的了，那一天夜饭之后，黛玉正陪着邱八说说笑笑，甚是高兴，忽然皱着双眉，看着邱八。看了半晌，长叹一声，那一对秋波便流下泪来，慌得邱八连忙追问。黛玉只是不答应他，尽管低头揾泪，那一种可怜情态，真如雨打桃花，风欺杨柳，画也画不出来。邱八见她这样，十分心痛，便挨着黛玉一处坐了，低低地问她。黛玉一言不发，只把粉面偎着邱八脸儿，拉着他的手呜呜咽咽的，那眼中的泪如断线乱滚的珍珠一般，扑簌簌地流，任凭邱八怎样温存，怎样追问，只是默默无言，硬把邱八哭得急了，拍胸脯道："无论你有天大的为难，总有我一人承认。料想也没有什么做不到的事情，你快快住了哭，和我说个明白。你哭到这个样儿，叫我心上好生难过，替又替你不得，倘若哭坏了怎么好呢？"

黛玉听邱八说到这句话儿，心上好生欢喜，方才停住了哭，拭了泪痕，抬起头来看着邱八，叹一口气道："别人家看仔倪末像煞蛮开心，倪心浪说勿出格心事，赛过勒浪黄连树底下弹琴。"急得个邱八做足道："急惊风撞着了你这慢郎中，我这样的问你，你还要说着闲话。"黛玉道："倪格事体才是肮里肮搭格，说起来也叫作孽。"

黛玉这才慢慢说自己亏空了二万开外的债，添枝带叶，细细地向邱八说了一遍。又道："倪故歇想起来，做仔格个断命生意，总归吃拨收梢，倪倒是早点肯坏坏良心末，也勿造至于弄到实梗样式，故歇倒是上勿上，落勿落，要除脱仔牌子勿做生意末，倪坍勿起格个台，要做下去末，倪实在拖勿起格亏空。八少，耐替倪想想看，叫倪阿有啥格法子？想来思去，找个正经人嫁出去才好。"

邱八听了黛玉这一番说话，笑道："你也太多虑了！你既然想要嫁人，何不早些与我商议？只要你自己心中情愿，没有什么委屈的地方，我总可以替你设法。只怕你心中不愿嫁人，三心二意的打不定主见，我就无从提起了。”黛玉道：“倪末阿有啥勿愿意格？倪格碗断命饭也吃得勿要吃格哉。只怕耐八少看倪勿中，勿肯要倪，倪也呒啥念头转呢。”邱八道：“只要你拿定念头，不要到了将来自家懊悔，我岂有倒反推辞的道理？但有一件，我却有些不甚放心，你须要自己心中打算，免得懊悔嫌迟。”黛玉问他还有那件事儿不甚放心，邱八道：“你们做了倌人，身体是散淡惯的，一嫁了人，便要依着良家的规矩，有许多不能自由的地方。你们堂子出身的人那里受得住这般的拘束？我们二人，现在的交情是再好没有的了，但是要讲到‘嫁’‘娶’二字，也甚是烦难，不是可以鲁莽从事的。万一你心中不愿，口是心非，那时我把你娶到家中，进退不得，岂不是为好成恶，耽误了你一生一世的事情？所以我也要预先同你说明，好等你自家筹划，不要勉强应承，这倒不是玩的。”

黛玉听了着急起来，便拉邱八的手道：“倪格闲话，一塌刮仔才搭耐说完哉。耐再要说倪三心二意，耐倌人阿有良心？？耐既然勿相信倪末，等倪罚格咒拨耐听听，省得耐吓杀仔人。”说着，便发誓道：“倪要说仔一句假话，呒拨真心末，叫倪活勿过今年格大年夜。”邱八听了，连忙按住黛玉的嘴，道：“我不过一句话儿，你也值得这样的着急，一定要发起誓来。”黛玉道：“耐开口闭口总说倪是坏人，叫倪阿要发极格！”立时，黛玉横波斜睨，星眼蒙眬，四体慵怠，玉山自倒，倚在邱八身上，好像没有一丝气力一般。邱八便问她到底有多少亏空？黛玉便一一的细说出来，其实多是虚报。若在别人听了这二万多亏空，怕不先就吓得哑口无言，筋酥骨软。你道是：好好格三间平房加一庭院，最多也只是五两银子，这二万银子是能办多少事体？百万家财的邱八，听了黛玉这些亏空，不过口中答应一声，全不在心上。当夜黛玉又把邱八灌了无数迷汤，说了许多刺骨锥心的话，追魂摄魄的深情，任是邱八花丛阅历的惯家，也免不得被她迷得梦魂颠倒。

到了次日，邱八便请了他一个朋友来与黛玉讲论身价。这个朋友是有名的堂子帮闲、青楼篾片。三句话出口，黛玉就知道轻重了，她一口咬定不要身价，只要邱八替她还清亏空，此外不取分文；并说她不是为着邱八有钱，为的是邱八的人品，所以情愿嫁他。邱八起先尚有些疑疑惑惑的，听了黛玉这一番说话，觉得十分入耳，当下许定先替她还清亏空，然后择日迎娶。林黛玉见邱八已经应允，便立刻叫相帮的出去，把门首那块一尺余长、四寸余阔、金地黑字的书寓牌子取进来。黛玉亲手接了，放在桌上，回过身来笑眯眯地走到邱八身旁，并肩坐下，向邱八道："故歇倪探仔格块牌子下来，倪就是耐格人哉，难是随便啥人到倪搭来，倪也勿见格哉。"邱八见她做事爽快，自是欢喜。隔了一天，邱八划了张二万银子的期票，先交与黛玉，到期付银；又择了三日之后，迎娶黛玉进门。

光阴迅速，已经一月有余。邱八因在上海耽搁久了，便和黛玉商议，要退了房子同他回到湖州。黛玉心上虽然不愿，却也无奈，只得答应一同回湖州，那心里盘算到湖州后再行计较脱身的法儿。邱八雇了号大船，把公馆中一切新买的器具装载上船。黛玉也带了一个娘姨、两个大姐，收拾登舟。

到了南浔家门进后，黛玉见了八少奶奶，忍气吞声行了一个全礼。少奶奶果然甚是和气，见林黛玉朝她叩下头去，满面堆下笑来，一把拉住，连说不要客气。说了几句闲话，又叫人替她赶紧收拾房间。很快房间铺设齐整，少奶奶便携了黛玉的手一同过来。黛玉见房屋高大，铺设鲜明，比上海的房间收拾得更加富丽，略略觉得安心。少奶奶送了黛玉进房，又向她道："你要什么，只管向我去取。我家事繁杂，恐怕有料理不到的地方。"当夜又送了一席菜摆在黛玉房内，算是替她暖房，请邱八进来一同坐下。是夜，邱八依旧住在黛玉房中。

到了明日，众家亲友晓得邱八回家，又新在上海娶了一个妓女，大家陆续登堂，纷纷道喜。只为邱八是城中首富，没人不趋奉他，忙了好几天。接着就是本城绅士，大家请酒，忙得打发不开。有时通宵在外，竟不回家；有时在家中书房安歇，还要料理家事，清算田租，盘查各处的账目。因邱八出门已久，那账目就堆积了一大堆，忙得个发昏，那里有返归内室的工夫？不要说是林黛玉房内绝脚不来，就是正室夫人也难得和他一面。别人也还罢了，这林黛玉是个有名荡妇，熬得清水直流。依着黛玉的本心，原只要借着邱八濴一个浴，替她还清债务，好脱去无累再重落风尘，倒不是真心要嫁。现在目的达到，但又如何脱身，好去再骗下一个呆鹅。黛玉绝没想到邱家仆婢如云，规矩极严，不要说脱身逃走，就是等闲走出中门一步，也是艰难。她这才懊悔起来，左思右想没法儿，只得慢慢地打鸡骂狗，借事生端，露出不安于室的样子。邱八的正室夫人甚是贤惠，不与她计较，黛玉无从费气，无可奈何。

不觉又过了几天，邱八把两月中欠积的事情料理清楚，应酬也渐渐地少了，晓得黛玉已经久旷，便先到黛玉房中住了一夜，没想到这一刻黛玉待他冷冷地，接洽应付也如死人一般萧索。邱八大为诧异，便留意看她举动，却又不好意思问她。

一日午后，黛玉向邱八道："倪到仔间搭一格多月，人也几乎闷煞快，如此再下去，要病煞哉。倪明朝要到上海去住格两日，耐阿肯同倪去？"邱八回道："你从前住在上海是在堂子里头，况且又是自家身体，天天可以出门。现在你既已嫁人，便是良家妇女，理应守着规矩，轻易不可出门。就算现在你要到上海，我同你一同前去，也比不得当初你做着倌人，可以随心任意到处招摇。我曾提醒过你，做过倌人受不得人家的拘束，如今也得受着才是。不到两月，果然不习惯，可不被我料着了？"黛玉听了，面红眉竖，不发一言，停了半晌方才冷笑道："倪住勒浪上海格辰光，看见几化人家格太太、小姐，日日勒浪坐马车游张园，做仔人家人，勿相信大门才出勿得格哉。倪又勿到上海去轧啥格姘头，啥格稀奇勿煞格事体，阿要像煞有价事？"说着，又冷笑了一声。

邱八听黛玉出言生硬，从前温柔婉转的神情不知到哪里去了，顿时心中有了七八分怒意。还只道黛玉是无心顶撞，勉强按住了怒气道："你坐在家里没有什么事情，气闷起来，原也怪你不得。只要你除了上海去的念头，凭你要想着法儿如何消遣，我依你就是了。"黛玉听邱八的口风有些迁就，越发胆大起来，只把邱八当作寻常公子哥儿，易于打发，又道："倪上海是定规要去格，耐勿要勒浪扭结固结，耐勿肯同倪去末，倪自家一干仔去末哉。"邱八听了，再捺不住，冷笑道："你说得好轻松说话！从来嫁鸡随鸡，嫁狗随狗；你既然嫁我，便要听我的指挥。你还当在上海做着倌人，凭着你的性儿胡闹，无人管束么？老实对你说声，我邱八不是个省事的人物，叫你自家见亮早早收篷；如若再要不知进退，随口胡言，那时间莫怪我反面无情，不留你的地步。"

黛玉见邱八这么说，心中道：若不与他这一个决裂，那里撇手得开？这样蝎蝎螫螫的将就下来，何时得个了局？不如借着他翻脸的题目，索性和他大闹一场，且看他怎生应付，再作道理。想定主意，便也翻转面来，娥眉倒竖，大声说道："耐勿要缠错仔人！倪嫁末总算嫁拨仔耐，勿见得有啥格卖身文书。耐要管牢仔倪，叫倪一直勿要出去，今生今世耐做勿到格哉。老实搭耐说，倪上海末定规要去格，明朝倪一干仔动身，看耐阿有本事拉牢仔倪，随便耐去那哼，倪总勿见得怕仔耐格。"

黛玉这一番说话，让邱八明白的是黛玉嫁他是假，骗得银钱到手，想插翅溜。这倒让他后悔当初没有订婚书，如今就是告官，也没有赢数。顿口无言，一时呆在椅子上竟说不出什么说话。呆了半晌方才回过这一口气来，定一定神，跳起身来指着林黛玉的面孔，骂道："你当初没进我的门也还罢了，现在既然进了我的大门，凭你如何，你休想移挪一步！你把我也当作什么人玩？你口口声声想到上海，那里有什么事情？无非想到了上海，捉个空儿逃走出去，过了一年半载，等得我这里事情冷了，你却依然做起生意来。我劝你休要打错了念头，你既然嫁我，便是我的人，我不许你出去，看你有什么本事飞上了天！"

黛玉回道："耐勿许倪出去末，倪定规要去，看耐有本事那哼！开口闭口总说倪故歇嫁仔耐哉，倪嫁耐阿有啥格凭据？耐倒拿倪格婚书出来大家看看。老实搭耐说仔罢，嫁人吃拨婚书是勿好算数格。耐格一转末总算上仔倪格当哉，下转叫耐学学倪格乖，勿要再上仔别人家格当去，阿晓得？"一面说着，一面带着同来的娘姨往外就走，口中说道："倪要少陪耐哉，倪格衣裳首饰，一塌刮子送拨仔耐阿好？倪也勿要哉。"

邱八被黛玉说得七窍生烟，见黛玉摇摇摆摆的一直往外就走，更是烈火飞腾，猛然间把心一横，想道："她这样的奸刁十恶，难道我就看她走了不成？无论如何，拼着再花掉一注银钱，也没有什么不了的事。"主意已定，连忙追上前去。

黛玉刚刚跨出中堂，被邱八赶到后边，一把揪住，不等黛玉开口，喊道："来人！"四五个家人听见，齐声赶进来。大家见主人与黛玉这个样儿，吓得不敢开口，垂手立在一旁。邱八气呼呼地指着黛玉道："你们快把她捆起来！"众家人听了，你看着我，我看着你，面面相觑，一个也不敢动手。黛玉见邱八叫人捆她，趁势撒起泼来，望着邱八一头撞去，把邱八撞了一个趔趄。黛玉便滚倒在地，把头发披在背后，就像活鬼一般，反大哭起来。急得邱八朝着家人顿足，骂道："你们这一班无用的奴才，叫你们捆她，为啥不肯动手？明天你们替我一起儿滚蛋，我用不着你们这些混账东西！"如此大骂，众家人没奈何地上来几个，走到黛玉身旁准备动手。林黛玉老奸巨猾，看见邱八认真，连忙住了哭，从地上爬起来，不等众人动手，一溜烟望自家房内就走。邱八见她仍旧缩回房内，冷笑一声，暂时叫住家人不要动手，自己跟着黛玉也走进来。

只见黛玉一直抢至烟榻旁边，把榻上烟盘内的一个洋錾白银烟盒抢在手中，随手开了盒盖，把那一盒子装得满满的鸦片烟，望着自己的口内作势便倒。说时迟，那时快，早被旁边一个带来的娘姨从背后过来夺去，口中喊道："大小姐，耐有啥格闲话末，好好里搭俚说末哉，年纪轻轻，啥格就要寻死路。"黛玉装作恨恨的样儿，向那娘姨道："倪格号人身活勒世浪无啥趣势，还是死仔格好，耐勿要来多管嗫。"说着假作要夺那娘姨手中的烟盒。娘姨急得看着邱八，口中嚷道："大小姐要吃生鸦片烟哉呀，唔笃大家来劝劝嗫。"黛玉一面在那里用力地要抢娘姨手中的烟盒，两人结做一堆；一面却偷眼看着邱八的面孔，指望他过来解劝，自己好占上风。那知道邱八识破了她的机关。根本不过来相劝，望着黛玉和娘姨二人不住地冷笑。黛玉见了这般光景，倒反弄得开交不得。

正在左右为难的时候，恰好那位八少奶奶听得他们吵闹，赶了过来。刚刚走进房门，见黛玉这般做作，认以为真，不免大吃一惊，连忙赶上前去，把娘姨手中的一只烟盒接了过来，随手就向门外一摔，只听得"当啷"一声，一个装烟的银盒子不知撩到哪里去了。又把黛玉拖了过来，捺她坐下，口中劝道："你们偶然斗口，也是人家常有的事情，有话也须好好地说，为什么这样地认起真来？"黛玉此时巴不得有人相劝，连忙借此坐下，泪流满面，默默无言。忽听得邱八冷笑一声，指着夫人道："你为什么要去劝她，她的寻死是当真的么？"接着把前后被骗的情形细细地告诉她，“因我不肯放她出去，她没什么法子，只好寻死觅活的指望吓倒别人。幸而遇着了我不怕什么风波，若是换了别人，怕不被她吓倒？这样的混账东西，凭她当真死了便罢，为什么你又多事起来？”

那位八少奶奶听了邱八这一番言语，方才如梦初醒，暗想：“堂子里头的倌人果然恶毒！”又恐黛玉当真的寻起死来，也是一条人命，便劝着邱八道：“虽然如此，到底人命关天，不是玩的，况且我们这样人家，也不在乎这点儿银子。她既不肯跟你，勉强留她在此，料想也没真心。依着我的意见，不如依着她的话，把她打发出去，省得她心中不愿，天天的寻事生非，何必费了自己的功夫，同她淘这般闲气！”

邱八听了，低头想了一会，道：“你的说话，虽是不差，但是你还没有晓得细情。我花了许多银子替她还债，倒也就算了，最可恨的是她把我当作瘟生阿木林看待，说的话都是虚无缥缈的，没有一句真情。我当初再三再四的问她，可是真心嫁我？她一口咬定，到了今日，人若放她到上海重操旧业，岂不是倒坏我名声？既然同我蛮缠，不讲情理，我把她关锁起来，不怕她生出翅膀飞上天去。就算她当真死了，这样害人不浅的东西，省得留在世上再害别人。”说着，便喝叫众人一齐出去，单留黛玉一人在房。又取把洋锁“咯噔”一声把房门锁上；叫个木匠来，在板壁中间开了一个尺余见方的壁洞，就像衙门内的转桶一般，好做传送食物的地方。另派两个家人交起板铺来，睡在中堂，看守房门，防她逃走。

黛玉眼睁睁地看他锁着房门走了出去，方才懊悔自己当初不应错了念头同他蛮闹，却已无可如何；又不肯当真自寻死路，跳又跳不出去，走又走不来，只得坐在房中哭泣咒骂，头也不梳，脸也不洗，糟蹋得蓬头垢面，就如个腌臜花子一般，那里还有当初的丰致？

这一锁就是半月，虽是饮食不缺，却是懊闷异常。幸而黛玉还有几年花运，平空降了一个救星下来，你道那救星是谁？原来就是那位八少奶奶，将邱八的工作做通了，将黛玉放了回上海，重新去做那皮肉买卖的生意……

南浔老人说了邱家公子邱老五（邱炳华）的另一件事。

这件事与百年名店“陆稿荐”有关。人都说“陆稿荐”是苏州一家专营熟肉食品的店，康熙二年创建的老字号；无锡人则称“陆稿荐”是他们的，因为无锡肉骨头、油面筋都有名的。但南浔人不与你们争这争那，只告诉你，脾气臭得很的邱老五做了一件事，“陆稿荐”才有今天的。是真是假，也不见有人去顶真考究。

邱老五的盏园有座洋楼，洋楼里设有赌局。进出的都是富豪、绅士、财主，赌注来去很大，用现在的话说，豪赌。

有一天，南浔做荤熟菜生意的“陆稿荐”老板也想去试试，他在门口就被挡住了。理由是你墩头搁门口，做做酱鸡酱鸭猪头肉什么的小本生意人，这地方不适合你。“陆稿荐”老板就不高兴了，张嘴道：勿作兴我哩小主业也来试试运道，说勿准，翻个大本钱的故事也不肯定就勿在我伢身上出现！

门口见他这么说，倒也认真了：真是不捧尿盆撒泡尿照照，称你老板，你真是老板了，滚一边去。

“陆稿荐”老板见门口的狗眼看人低，倒是不信了，喊道，老子连本带利一百大洋都在这里，要翻一千大洋回去，你信不信？

这一来一去的吵闹惊动了后面来的人，他上前劝门口的，就算我带来的，不行吗？

门口的一看是梅履中，赶紧迎接，并且准允梅老板可以带“陆稿荐”老板进去。

到了里面，梅履中见“陆稿荐”老板像看西洋镜一样，什么都好奇，也就坐在那里静静地喝茶，等着“陆稿荐”老板。赌场有规定：你带人进来，此人要不是你的搭档，就是对手。

“陆稿荐”老板转了一会儿，又躺到烟榻上吸了两只泡泡，这才对服务生问，这里面还什么规矩。服务生告诉他，人家梅老板等你很久了。“陆稿荐”老板想了想，我去谢他。说着，过去向梅履中致谢，然后问梅履中玩什么牌。梅履中说近来很忙，难得空闲，过来看看的，如果你有兴趣，我与你推牌九，如何？

“陆稿荐”老板一听心里乐了，别的麻将什么的，都来不得气势，倒是这牌九，来去大，也快！就坐下来。对面坐下梅履中，嘴里说，陪陪过过手瘾……眼睛盯着“陆稿荐”老板。“陆稿荐”老板被他看得不好意思起来，对服务生说，要不要来杯茶。梅履中说，陆老板，赌场你是新手吧。“陆稿荐”

老板点点头，回说是，又问，你何以见？梅履中说，赌场开赌不喝水，喝水要输的。“陆稿荐”老板头一昂说，我就不信那邪，我是添茶！勿叫添水。

服务生依他上了一杯上好的绿茶。

赌局开始，没有几个回合，“陆稿荐”老板口袋里的赌资全部输光，他额上直冒汗，嘴里嘀咕：人家勿是说，头次进赌场都是赢的嘛！梅履中见状，劝他不要再赌了。“陆稿荐”老板把脖子一挺：干，继续干！

服务生开盘，压资。但“陆稿荐”老板口袋里空空，拿什么压？但他狡猾地一笑说，梅老板，你老爸见我还称一声老板的，你就不给我这面子，让这一局下来再算？服务生说没有这规矩。梅履中摆摆手，意思说，再说吧。赌局开始。开盘。仍然是“陆稿荐”老板输。再来，梅履中笑笑说，今天你不宜来这里。“陆稿荐”老板一听更火了，为什么？我就要撞撞撞撞……说着，突然明白什么地站起来，眼睛朝门口看看。梅履中明白他“陆稿荐”老板想溜。如果搁平时，梅履中肯定就让他走了，但在这里不行，他知道邱老五的熊脾气，于是也站起来对“陆稿荐”老板说，你想走？把赌资清了走！要不，你把该给赌场的给了。

“陆稿荐”老板喃喃道：我没有钱了。

服务生看看他们，小声问梅履中，让他写欠条行不行？

“陆稿荐”老板听到了，哭丧着脸回道，家中晚饭米都给我输了，我今天要到赈济棚过夜了。

他的话没完，众人都笑起来，七嘴八舌道：你真没有出息，人家三年余粮才与瓦木匠说话，十年余钱才与赌场过手。你这样做，你是拿你老婆儿女开心啊！

“陆稿荐”老板急了，喊道，你们谁借我，我再扳几局，一定会赢的。

有个人过来说，梅老板，他欠你的，你记住。现在，你不愿意与他来。我来，我让邱老五借赌资给他。说着，对远处的邱炳华喊。邱老五听到喊，过来见是刘家三少爷要拿“陆稿荐”老板开心。再看看梅履中，梅履中用皱眉表示。他明白了，正想说话，不料，“陆稿荐”老板上来大声说，邱老板借我一百块，我马上翻身。说着，将桌上茶端起，昂头喝下，手一抹嘴道，眼泪也出来了，如果你不借我钱再赌，我就走了。再也找不到我了……

邱炳华知道“陆稿荐”老板是个小本生意人，哪里有这么多钱来赌场玩，一定是有什么事了。他说的“走”，那就是绝路！不成。他面对“陆稿荐”老板流着眼泪的脸，扬起手掌就是一巴掌，打得“陆稿荐”老板站稳不住倒在地上，邱炳华大声道:“滚出去！这里不是你待的地方。”说着，拿起桌上刚才“陆稿荐”老板输掉的钱，装进一只小布袋，眼睛朝梅履中扫扫，梅履中明白了什么地一笑。邱炳华朝“陆稿荐”老板将钱袋扔了过去，将他赶出了洋楼。众人见状，人人都说邱老五够仁义，倒是有人插话说，便宜了“陆稿荐”老板！

有人说这话，便有人大喊：把他追回来，还欠着赌资！

梅履中笑笑，对邱老五道：算了，钱对于我们算什么？身上的垢，搓都没搓掉一点点……

众人哈哈哈一阵附和的笑。

“陆稿荐”老板离开洋楼，突然一阵凉风吹来，他浑身打个冷战，头脑完全清醒过来，顿时一阵号淘大哭。原来，此时此刻他才明白邱老五那一巴掌是救了他，如果不那么做，他“陆稿荐”老板也真的撑不过今夜，明早就会在运河里发现他那冰冷的尸体……想到这里，他拎起了那只钱袋，朝洋楼扑通跪下去，连连叩拜十几个头。

从那以后，“陆稿荐”老板从赌场消失了，取而代之的是“陆稿荐”越做越大，开到了上海、苏州，后来又到了无锡。况周颐（1859—1926）在他的《眉庐丛话》一书中对于陆稿荐这块招牌的来历也有所记载：

> 沪上熟肉店不下数十家，无一非陆稿荐者。相传陆氏之先设肆吴阊，有丐者日必来食肉，不名一钱，主人弗责偿也。后竟寄宿店庑，亦不以为嫌也。丐无长物，唯一稿荐，一日，忽弃之而去。久之，店偶乏薪，析荐以代，则燔炙香闻数十里，因以驰名。继此凡营是业者，即非陆姓，亦假托冀增重云。

他们并没有把“陆稿荐”南浔老板在邱炳华那儿的遭遇说出来，也许还是为尊者讳吧！然而，南浔人记住的还是邱炳华一个巴掌救了一爿百年老店的存在，相对而言，也是造福积德啊！

闯出来的路如天宽

在南浔丝业上让令人值得自豪的，莫过于刘家。

刘家即刘镛家。刘镛家的资产在十九世纪九十年代达二千万两白银。

这是什么概念？当时清政府年收入是七千万两白银。一个私人的资财相当于政府年收入的四分之一，可谓不得了啊！

这些资产怎么来的？

有人说，这些资产都是刘镛用一把尺“量”出来的。十四岁的刘镛弃读书而进布庄学徒，身无分文。这把尺，在他的手里，不仅仅是给别人量丈绸布，也量出了他的人生观，量出了他乐善好施的终身德绩。

从刘镛入布庄学徒这一点可以看出，他的家庭在当时还是很贫困的。学徒先做用人，做杂事，倒夜壶，洗衣裳，带孩子，什么都得做。吃饭还得在朝奉们后面，抢着扒几口，往往饭才吃几口，那边一喊，就得丢下饭碗去做事。饥饿寒冻是常事。家境好的人家不会让孩子去学徒，而是读书入仕途。弃学谋生，一般都是家境差的人家。进布店学徒又相对其他行业好些，布店不称师傅称朝奉，如同药店称先生一样，社会地位高一些。在这样的环境里，多数人熬出头后娶妻生子一辈子就满足了。而有志者总是不能满足，时时欲另谋出路。刘镛就属于这类人。做铜匠的地位比一般人低的父亲，指望把他送到布庄后，就算给他谋到了一辈子的好生计，算是对得起他了。他呢，从一年杂工，二年帮工，三年做下手能够拿到尺量丈布匹始，也就量丈着自己未来的路。刘镛从朝奉们的话语里知道，布店朝奉岁入仅百缗，而丝行伙计的社会地位虽不如朝奉，但岁入丰厚。一年后，年仅十五岁的刘镛自己跳槽到谈德昌丝行做伙计。老板因他勤快能干，年酬洋六元。这比棉绸布庄十文（当时的货币值：

千文为一缗，百缗为一分银）点心钱，不知高到哪里去了。但刘镛的心里还是不能满足。

1846 年除夕夜。一切似乎还和上年一样，老板请伙计吃饭，来年是否聘用，此饭桌尤为重要。二十岁的刘镛已经在谈德昌丝行做了四年伙计，聪明好学的他，“靡洪靡纤，不待提谕，劈见症结”，尽通丝行内秘。时值欧洲各国已深尝上海开埠的真正价值，蜂拥而至上海落脚。他们大量收购湖丝，岁出口量达到八九万包。其中得利之丰，时时令刘镛目睹心动。此时，他再不出口，怕此生无机会了。酒过三巡，刘镛见老板端酒朝他看，他赶紧起身向老板敬酒，谨慎而语言真诚地表示，虽年俸六元不低，对于他这个已有家室儿女的负担，还是难以维系，故辞别另谋出路。这话，当场将老板僵在那里，许久才缓过神来，叹道：我早看出来了，好，敬你酒，我看你，不是看别人，不出数年，你必是我的死对头！

好大胆的刘镛又一次炒了老板的“鱿鱼”。

刘镛完全不是他那做铜匠父亲一样的安分人。

走出谈德昌丝行的他，迎着冬夜带雪花的寒意，他的心里恰如春天般开心。刘镛捏紧了拳头，他一定要让社会承认自己绝不是年俸六元的人！正月里，借走亲访友的机会早早下乡到那些与谈德昌丝行有关系的茧农家里拜年。这些茧农都知道刘镛的为人，称头验货十分公道，大家都说，如果你单做我们的，我们肯定让你做。他听了这话，心里高兴，表面上却没流露任何痕迹。到了春茧开秤时，他早早到“京庄”门口转动。帮助茧农送茧到茧行、丝行，完成摊派任务。接着，茧农们剩下的丝便要出手换取现洋。照以往的惯例是卖予“广庄”，因为只有“广庄”是现洋收购。也有卖予其他丝行，如谈德昌的，价格要比“广庄”略低一些。今天，人家都卖予他刘镛了。丝与白银同价。往年“广庄”的收价是九分银。他以七分银价收下。这样的价比丝行要高些，茧家高兴。他收后，立刻赶到“广庄”，出售给“广庄”，自己拿二分银的辛苦钱。没想到，自己盘算好好的，到了“广庄”，人家说，今年只以七分银的价收购。他一想，这不是白忙吗？不成，换一家。结果，跑遍南浔镇上七八家“广庄”，家家如此。回到家，刘镛大叹一声，天亡我也。夫人闻后吃惊道，相公何说此话，听说上海都直接进洋船了，要是真的，那货从上海出，行庄省了运力，应该提价才是呀，怎么还降价？

这话倒是提醒了刘镛，他早就知道张佩绅、梅鸿吉租船直接运丝到广州与洋行交易的事。现在，有洋船直接进上海了，上海毕竟比广州要近几千里，何不去上海看看？想到这里，他呼地站起来，立刻打着灯笼去找船，租船装丝去上海闯一闯。第二天一早，装满丝的船开往上海，三天后，船到上海十六铺。一上岸，刘镛就去丝行打听行情。人家说，辑里丝收价是每两丝二两白银。他以为听错了。拿一点出去。人家一看，开口就是二两白银，现兑。他乐了，说声等等，我还有。人家说，有多少收多少。这一次就让他获平时利的三倍以上。拿了钱就日夜往回赶，到了南浔，也不与别家透风，将上海带回的银子全部变成丝，包船继续朝上海运。这一季，刘镛获了不小的一大笔钱。春茧过后，刘镛让父亲的铜匠铺门面盘给自己，请伯舅出面做保，约到同乡邢赓星、张聿屏出资合开丝行。虽说刘镛平时的为人好，加之这季收丝获利，大家应该对他另眼相待，邀自己入股，是件好事啊！偏偏没人愿意。为什么？南浔这个地方的人都很精明，也很势利！如果搞得好，你此刻的支持就是"雪中送炭"，对刘镛必定是改写未来。如果不好呢？南浔街头面碰面，背后指指点点，那是什么滋味？再说了，好赚钱的事业未必是人人都可做得的！你看涨，我看跌，就看各人运道如何，有这闲工夫做什么不好？喝茶也比自找烦恼好啊！这么一剖析，打退堂鼓的就多了。

刘镛没有气馁，抱着必定成功的信心去见伯舅。伯舅听他说说，也不时地泼泼凉水，见丝毫没有动摇刘镛的信心，心里明白了，决定给刘镛撑一把，但脸上不流露。伯舅亲自出马，找年已五十六岁的邢赓星商量。

论起南浔靠丝发家的，当然是邢家。邢家在康熙年间就开了邢正茂丝行。出生在乾隆五十五年的邢赓星靠祖上的识丝技艺在南浔一带独领风骚。老牌子的邢赓星并不把别人放在眼里的，但经伯舅的努力，邢赓星被说动了，回了一句话，让刘镛找他。见了刘镛，邢赓星说，你有股别人没有的勇气，我来帮你一把。这位老丝业的爽朗应诺，也使张聿屏勉强允诺。收购丝与别的生意不同，充满着冒险，闹不好，丝质下降就会因质降而不值钱，损失起来，就是倾家荡产。

刘镛开的这家丝行，他有信心。他的信心就是避他人之长，补己之短。他的短就是没有雄厚资金，只能靠勤奋，少收多奔，以商德取信。有一事可做证。刘、邢两家合作近二十年，都由刘镛"一手出纳，比析肆，发梳眉列，无所遮蒙，人以为难"。由此可见，刘镛不仅精于经营和管理，还是诚实可信、善于合作的好伙伴。否则，邢赓星不会那么放心地让刘镛"一手出纳"，尤其是在邢赓星死后，刘镛的家业发达得远远超过邢赓星家数倍，刘镛没齿不忘当年邢赓星的提携之恩，仍亲理出纳二十年，邢氏家庭只是受成享用而已，后来斥资析产时，刘镛并无分毫所私。

刘镛凭借自己的德行，在茧家丝行面前留下好印象，大家信任他验货，称秤，称他的服务堪称优秀。刘镛做生意不单单是在生意场上。收茧购丝都是季节活，淡季时，刘镛便串门丝行茧农家，逢年过节都下乡拜年看茧行情，遇到需要借钱买桑叶农什的茧农，有求必应。凭他的勤奋与智力，客源货源都丰茂，生意越做越大。面对好生意，刘镛常常告诫伙计：货主上门就是财神进门，得罪他们就是砸了你自己的饭碗。伙计不敢怠慢顾客。《南浔刘氏支谱》卷三中这样说他，“公天资仁强，开敏善断，篱析利病，往往得理，解而中分。数老商巧算校记未终，公睨其旁，已悬得其当否十九，用事人咸敛袂折服。”

三年后，南浔镇上几乎每条街都有刘记丝行，而“广庄”则很快退出南浔，销声匿迹。

晚年的刘镛说到自己的发家史时，感慨道：“营商当务其大者、远者，乡民辛苦累月，博此区区，何可占便宜，以欺人而自欺乎？此为伯舅之商训，每每思之犹涕泣也。”

1851 年，刚刚死了父亲的刘镛在春茧上市的关键时刻，遇到合伙者之一的张聿屏撤资。一气一急，刘镛病倒了。商场无知己，朋友皆为敌。刘镛病倒，众商家开心。刘镛毅然让出南浔的市场，到“尚视为畏途，到者寥寥”的上海发展。他的运气不错，很快结识了“为洋商舌人”的徽州人唐漾荷（丝通事），两人一见如故，相识恨晚。通过唐漾荷，他熟悉了洋商内情和“彼国丝求情形”，为后来的湖州丝出口奠下了基础。后来的事实证明，张聿屏撤资由坏事变好事，如果不是张聿屏拆资，会不会有刘镛闯上海的事？

刘镛的话题令我兴奋。无论是中国还是外国或是生存艰难的华侨们，个中的精英无一不是从艰难困苦中冲出来的。今天，我回到家乡看看，我想，我看到的虽然是家乡前辈创造的物质财富。但透过这些，我们不是更应该看到其精神财富的不朽吗？

有时我就想，那个沈庄漾，“品”字地形，“一品当朝”，无论凭实力与地位，在当时都应该是刘镛家的，怎么会是张恒和呢？是刘镛看清了沈万山的下场吗？倒也是，大凡聪明的生意人，都知道政治对于经商人的拉拢与打击。当政治到了穷途末路时，它必要拉拢商人，以获钱财资助。而政治一旦成功，他们与文人一起成为政治家晚餐桌上，举杯欢庆调节高昂的情绪与气氛所需的牛排或者炸鸡腿。

“一品当朝”刘镛绝不敢那么做。一老者这么说。此话是有根据的，刘镛自己就说过："吾甚惧，夫多财之为患也，而施以襄之。襄而效，则损患而得福，不效，亦减怨。天地之道，复必有剥，吾知其终剥，而始留余地，使徐徐剥焉。"

说到刘镛的发家，机遇极为重要。

刘镛到上海相识唐漾荷，后来又因曾国藩在上海招商运盐，他与唐漾荷一起在王秋田名下附股，开始盐业经营。这是他居丝业以后的又一次大的机遇。他不会放弃任何赚钱的机会，但他也和无数的"资本家"一样几近刻薄。然而，有一点正是任何能够成功者共同的长处，那就是"清醒"地知道钱财是怎么得来的，应该如何对待。他对儿子刘锦藻说："汝于钱财出入，寸宜宽，尺宜紧。寸不宽，则所得者分，而必为众怨之的；尺不紧，则所失者寸，而即为启侮之由。谚云：贪小失大。又云：无思无算第一穷。常言均有至理，汝其毋忽。"他的经营之道，就是在今天也值得经商者好好学习。

刘家出名的人物中，要数刘锦藻。刘镛次子，承继于从父刘锵。清光绪十四年（1888）举人，二十年（1894）进士。光绪二十一年（1895），湖州发生美国传教士强行霸占湖州城区尊经阁、颜鲁公祠、曹孝子祠房屋（今广场附近民舍地）建教堂，逼使居民流落街头，刘锦藻等受民众之托向官衙告美传教士，官衙腐败，不予理睬。清廷怕洋人，以小事而不理。刘锦藻遂率地方缙绅将此案告至美国本土法庭，逼使美国本土法庭主持公道，开创中国人在美国打赢官司的先例。光绪二十七年（1901）出资助赈陕西灾民，依例授四品京堂候补衔。同年写成《清续文献通考》四百卷进呈，赏内阁侍读学士衔。1925年出巨资修复清东陵，溥仪赠"温仁受福"匾额。七十岁寿辰时，溥仪又赠以"凤池耆硕"匾额。尽管如此，从政治的角度讲，刘锦藻与清朝是有相抵情绪的，与张謇、康有为、梁启超、谭嗣同等创设"强学会"的汤寿潜是好友，戊戌变法时，汤寿潜逃出京都来南浔，由刘锦藻安排他在浔溪书院进行新学传播。

刘锦藻最为人称道的是阻止了清政府把铁路权让给洋人的事。光绪二十四年（1898），英国大使窦纳乐提请清政府同意由英商承建苏杭甬等五条铁路权，英商怡和洋行据此与清铁路总办大臣盛宣怀秘密签订"向英借款修筑苏杭甬等五条"的草约。后因义和团事发而使清政府迟迟未敢签正式文件。七年后，美国商人培坎又谋浙赣铁路权。是年7月24日，为拒绝外款，自办铁路，浙江十一府各行帮、家族巨头及其代表一百六十人集会上海，确定绅商办铁路，公举汤寿潜、刘锦藻为浙江铁路公司正副总理，并赴京上书，在浙江京官军机大臣王文韶的支持下，清廷批准浙人办铁路，责成盛宣怀撤废草约。光绪三十一年（1905），浙江铁路正式开工，刘锦藻发起成立浙江兴业银行，集资一百万股。其中主要股东都是南浔人。谁也没有想到，这个为抵制洋人经济入侵的银行竟成为我国最早的商办银行，它以振兴民族工商业为己任，中国近代比较著名的民族工商业企业几乎都与它发生过关系，得到过它的支持，借以摆脱困境。

汤寿潜总理浙江期间，刘锦藻不仅襄助建设沪杭铁路，在杭州入股浙江兴业银行，还在上海设大达轮船公司与码头。说起这个大达码头，还真有些故事：

旧大达码头，北起东门路，南至复兴东路，岸线长约四百三十五米。是后来十六铺码头客运船泊装卸货物的辅助码头。清光绪三十二年（1906）由刘镛建造。数年后张謇开办轮船公司航行上海至南通航线，因无客轮专用码头，经呈清廷批准自十六铺至大关（即江海关）一段江岸，建造轮埠码头（即四号码头），但这段码头已经由刘镛建好大达码头，主要用于货运，经刘镛与张謇相商，张謇入股大达码头，开辟客运南通与南浔等地轮船业务。以后宁绍轮船公司修建了一号码头，三北轮船公司修建了二、三号码头，达兴公司修建了五号码头，平安公司修建了六号码头，约记柴炭行修建了七号码头。在业务上大达公司最为发达，因此这七座码头统称大达码头。1931 年后曾将码头作为公用码头收归市营。原为停靠浙江内河各线客轮，张謇方面用收购股权方式将码头归张謇公司名下。1982 年十六铺客运站投入营运后，码头成为客轮货运装卸的辅助码头。

刘镛在南浔与别人合资举办浔震电灯公司。此前，为纪念其亡兄刘安澜，于光绪十一年（1885）建造一座幽雅花园，以赵孟頫莲花庄之意，取名小莲庄。又奏请光绪皇帝恩赐圣旨，于小莲庄侧建造规模宏大的刘氏家庙。在南浔、上海、青浦及上虞等地购有大量庄田，仅义庄登记在册的，就有一万余亩。刘家曾以庄田收租所得，为刘氏家族办家塾，创义举，济族人。刘家女婿顾叔蘋奖学金的设立，就是一种传承与光大刘镛的初衷之心。

真正让南浔丝商撑起门面引以为荣的人物，是张佩绅及祖上。

说到张家的发迹，老南浔都赞叹说他们家有冒险精神。

张家并不安于南浔的河埠码头上等着卖生丝的小渔船，收几分佣金。他要把“广庄”得利那部分都装进自己的口袋，虽然不知道一两生丝由广庄收购，然后在广州卖给洋人，从中获几分利。但他相信这利一定很高，要不，广州人为什么会不远万里到这里来开广庄收购呢？自己直接将生丝海运至广州，广庄之利，不就是我张家的了吗。这段路费占生丝的多少呢？他心里是没底的。张家打听了一些情况，知道南浔与广州有千里之遥，还要经海。小船漂海，风险很大。南浔一带的船是经不起海浪的。外地的船，又不可靠。大船又租不起。怎么办？树挪死，人挪活。浙江沿海与南浔瓜葛较多的地方是海宁。张家遂于海宁附近寻找可靠船主与他一起在船上共担风险。

说这个风险是很可怕的，张家遇到很多人的劝阻，特别是租船闯广州“十去十不返”的结局，特别是那么多因为丈夫租船运丝去广州而留下孤儿寡母的家庭，他们一趟趟在张家门前劝，都没有挡住张家驰往广州的那只小船。因为，巨大的利润空间；因为，高压的债务；因为，方圆百里丝蚕的出路，迫使张家敢闯……

张家知道海宁这个地方有船沿海到过广州。他就去海宁寻找愿意冒险的船家。以海盐生意为主的海宁人，虽对生丝的情况知道一些，终究隔行如隔山。张家并不关心这些，他关心的是这些船去没去过广州。有人说去过，是运盐去的，回来带了广州的物品。那就成！人家说，我们这里也不是趟趟都赢利的，十船出发，总有三二船沉没大海的。张家说，能活着回来就好！他找那些去过并活着回来的船家问情况，几家一问，更坚定了闯广州的信心。回家对老婆说，小坛子底下放着几只银锭，如果我不回来你就靠它把孩子弄大，走人改嫁都成，别亏了我们的孩子就成。说得脸笑容泪如雨下。老婆也知道拗不过他，只好死定了心让他去闯！说好租金，数百包生丝，外用酱菜作掩护，一次航行数月，返程装运干货咸海鱼，将白银藏于鱼腹。首航成功，即获银巨倍。下一次，他有经验了，避开海上风浪，船走沿海，昼行夜伏，遇上海盗也有了经验。几次海运成功，有了利后，张家自己弄大船，独辟去广州的路线。虽然也有过被海盗劫持等危险，终究是少数，加之那个时期的海盗主要针对的是洋船与官船，对国内民间小船很少袭击，甚至保护，日子久了，张家也摸透了海盗的习性与派系，甚至交上了朋友。海盗们并不知道他运这些酱菜盐鱼干做什么，基本上趟趟放行。那年月，敢于开漂洋船自己经海上到广州与驻广州的丝洋行做生意，毕竟是寥若晨星的少数。张家也约过南浔人同行，敢去的，除了邢家顾家梅家有过一二次，真正坚持下来的就是张家。

这应该是乾隆年间的事，有人说是康熙年间，不管什么年间的事，总之，南浔的丝商闯出了一条属于南浔人的“丝绸之路”！

我们肯定地知道这个张家就是南浔唐家兜处有大住宅的富户，开设一爿源泰丝行的张佩绅老板。

另有一种说法，正是张佩绅的祖上曾率先开船漂洋到广州，将辑里丝在广州卖给外国人。广州人看到辑里丝十分畅销，于是纷纷到南浔来开设广庄丝行。

在张佩绅这一代，他很快就跳出南浔，在上海搞房地产和办银行，出任上海商业银行总行营业部主任。

张佩绅有一独生儿子张书常，从小宠惯，放荡不羁。张佩绅实施管教时，为时已晚。怎么办呢？张佩绅给他成亲，想让儿媳来管束他。

南浔人在上海已有商帮，一大批南浔人在上海抢地盘，开丝行，做房地产生意，开创事业。一日，张佩绅碰到老乡刘镛，立刻于旁边茶馆喝茶。两人几句话一说，张佩绅就推心置腹请刘镛做媒给儿子娶亲。刘镛正有一女儿年在婚龄，正欲择婿外嫁，就说："如不嫌我女儿长得丑，可以嫁到贵府。"张佩绅大喜过望，但又有顾虑，就说："刘兄，实话相告，我那儿子是个不学无术的人。"刘镛对张书常早有所闻，心里明白孩子年纪尚轻，总能教育过来，就说："这不要紧的，待小女嫁进贵府后，让小女劝诫就是。"这正合张佩绅心意，忙打揖相谢："刘兄不嫌小儿劣性，我张家有幸了。"不久，两家通姻，张书常娶了刘氏。

刘镛家教甚好，自己白手起家创家业，深知创业之艰，所以对子女的教育抓得很紧，儿子们都能继业，女儿们都善于持家。刘氏进了张家，新婚之初，张书常留恋刘氏美色，确实在家安分守己了一段时间。刘氏很贤惠，常在张书常耳边灌输一些创业艰难，后辈守业之类的话儿。时间一长，张书常对刘氏的好言听烦了，转而为反感、厌恶，于是和从前一样，整日不归，去赌场妓院，劣性依旧。

俗话说：人以群分，物以类聚。张书常的朋友都是些纨绔子弟、酒肉朋友。有个姓郭的少爷，家里也很有钱，与张书常成为莫逆之交，常在妓院、赌场、饭馆中同进共出。

一日，张书常与郭少爷在饭馆里吃过七荤八素，又一起来到同春妓院。二人是常客，鸨母忙相迎说，院里新进的艳春姑娘，谁要开这个苞，需一千银圆。张书常、郭少爷嚷着要。鸨母将二人领进艳春的房间，两人一看，艳春果然貌美，都争着要。鸨母说，再怎么争也只能一个人有头功啊！你们二人总得有个先后。这二人争着相持不下打了起来。谁也没想到郭少爷突然摸出枪，对准张书常就是一枪，"啪"的一声，张书常应声倒地。虽然艳春的"苞"归了郭少爷，但这时的郭少爷酒醒了，哪顾上开艳春的"苞"，而是去向张佩绅承认过失，愿意赔款。

张佩绅晴天一个霹雳，要钱干什么，张家又不是没钱。拒绝了郭少爷抵张家做儿子的条例，让郭少爷抵了儿子的命，但剩下来的事怎么办也解决不了张家后继无人的事！

按照风俗，后继无人的一宗，家产将要给本族人家分派、继承。这消息迅速传到南浔。张佩绅的堂兄弟们纷纷前往上海，要求将这份家产分给他们。张佩绅刚受失子的打击，紧接着又要受家财旁落的重创，忧郁成疾。

刘镛得知女婿惨死，张家族人又前来夺家产，十分悲伤和气愤。脑子一转，计上心来。

刘镛来到张佩绅床前，说："亲家别急，书常有儿子——遗腹子呀。"

张佩绅从床上跳起："刘兄，此话当真？"

刘镛把嘴附在张佩绅耳边，如此如此说道。

张佩绅问："能办到吗？"

刘镛把手按在张佩绅肩上："亲家放心，一切事情我来办。"

"那就拜托了。"张佩绅的病好了一半。

刘氏在家里装起了肚子，一家老小用人都说，少夫人有孕，张家有传人了。过了一段时间，刘氏从上海回到南浔张家老宅，挺着肚子走进走出。张家族人也都知道了，张书常虽死，可还有个遗腹子，这家产是有继承人的。这么一来，族人想夺家产的念头不攻自破。

刘镛赶到祖籍上虞，探寻怀孕人家。访到一户穷人家，因要还债，刘镛前去说合，若生男，愿意将孩子给张佩绅家做孙子。刘镛当下预付一百银圆，若是男孩，再付银圆五百。那家怀孕妇女十月分娩，果然是个男孩。刘镛在上虞叫了脚划船，来到杭州拱宸桥；马上调换一只小渔船，潜到南浔，在南浔镇外一直等到半夜。

此时，张佩绅早已从上海来到南浔，等候儿媳分娩。待到半夜，刘镛将小渔船摇到张佩绅家的河埠头，孩子放在罩篮里，悄悄来到后门口，轻轻敲了两下门。不一会儿，张佩绅从屋里提着灯笼出来，接过罩篮，急急来到刘氏房中。

一会儿，刘氏房中传出了一声响亮的婴儿啼哭声。

家中用人一听见孩子哭声，一齐起来，连连祝贺："少夫人生儿子了。"忙向张佩绅报喜。

张佩绅故作欣喜之状，全家庆贺。张佩绅为孙子起名"隶华"。

张隶华长大，一直以为自己的亲生母亲是刘氏，根本不知道自己真正的亲生父母。张家族人无一知晓内情，张佩绅借得孙子，保全了张家产业。

丝商张颂贤则又是另一种风格。

张氏祖先世居安徽休宁，明末避难离开家乡，康熙年间，张颂贤曾祖迁到南浔。祖父张秀升与父亲张维岳都是靠在南浔开小酱油店为生。张颂贤是张维岳的第二个儿子，娶同里吴鲲的长女为妻，生两子，长子张宝庆，字质甫，生一孙，叫张钧衡（即张石铭）。次子张宝善，字定甫，孙七个，张静江是其第二个孙子。

家业到了张颂贤手上，他不满足原来那种经营方式，从小酱油店里有限的资金里，抽出小量资金投入丝茧，逐渐积累，迅速产生效益，几年间，经茧丝得利，越做越大。

鸦片战争后，中国开始"五口通商"。1843 年上海对外开埠。张颂贤家族结束了往广州奔波的辛劳，看准机会在南浔丝行埭设张恒和丝行，在上海增泰丝栈设张恒和丝号，以便两边的茧丝供货均出之自家，接着率先在南浔设立电报局，从速度上快捷争取与出洋货船的衔接。再聘请得力丝通事，与洋人的生意做起来就比别人家更高一筹了。

几年下来，张颂贤便成了巨富。

成为巨富的张颂贤清醒地认识到靠茧丝暴富不是久长之计，国际市场上的茧丝竞争激烈，丝价掌握在洋人手里，闹不好就会栽下去拔不出来。现在能够得到的资金，必须迅速进行别的长线投入。当他看到盐务的利润很高时，立刻将资金转向投入盐务。盐务在中国直至抗日战争爆发止，一直由官家垄断经营，以盐票作为正当营销依据。张颂贤的介入，也只是小打小闹，但这是无风险的买卖。不料，好景不长，太平天国事起，原来朝廷管理盐务的盐官逃跑，盐民的盐无法通过正常渠道输出，盐票便失去它原有的价值。杭州小粉墙的大盐商朱恒源怕改朝换代，盐票作废，便想立刻把盐票出手。而张颂贤则认为，无论如何改朝换代，作为朝廷收入的盐务，哪朝哪代都不会轻易放弃。他认定这理，便冒着风险收下朱恒源十万引票。并更名为张恒源盐号。

盐票以引为单位，每一引三百八十一市斤，其由盐民以此为收购依据，并由此进入市场。据盐票者一收一出，利润巨大。但在太平天国事发期间，盐票如废纸一张。在别人眼里的废纸，张颂贤却视若珍宝。这是因为张颂贤看出了盐票的前程。张颂贤低价收入盐票的事，悄悄传开，大凡手头有盐票怕时局变化者都来找他出售盐票。很快，他手上聚起二十多万引票，照浙海盐的朝廷规定销售范围（浙西、浙北及江苏苏南的苏州、常州、无锡、镇江、太仓、宜兴、溧阳、金坛及皖南的芜湖、宣城、宁国、广德）可达到每年供盐三十余万担以上。盐在产地收购价每担两角，加上各种成本到市场销售出去竟每担一元两角，几乎是一本万利。而且，拥盐务专营者兼有在浙北、皖南、苏南大部分城镇设盐公堂，经营批发业务，兼查缉和扣押私贩权力。

这样大益的美梦，并没多久便顺利实现了。太平天国的崩溃，盐区恢复设官统制，朝廷允许原有盐票生效，引票顿时价升十倍。此刻的张颂贤若把盐票出售，便已是十倍之利，他没有，也不可能那么做，他开始经营海盐，几乎垄断了海盐市场。在这一带，他经营的海盐与刘镛经营的淮盐相分治，两个南浔人统治了东南盐的世界。张颂贤迅速完成了由丝商向盐商的转换。

然而，就在此时的1884年，张颂贤亲眼看见了杭州胡庆余堂国药老板胡雪岩、南浔顾丰盛及周申泰丝行，均因囤丝过量亏损几乎破产的严峻现实。张颂贤庆幸自己决策的英明，开始放开手脚大干盐务，约诸盐商收购余姚岱山等盐民的私盐，稳定民心。重金聘请周庆云做自己的盐务主管。在周庆云的精心策划与管理下，缉查严密，私盐渠道被堵截，官、商两利局面打开。张颂贤有了盐，垄断了引岸范围内的食盐运销，也垄断了腌制业和酱业的用盐。他在南浔独资或合资开办了张恒泰、张恒昌、张元泰、张启泰、张义隆等数家酱园。还在外地设分店，搞造酱、做酱油、腌制酱菜腐乳，加工腌腊食品，远销东南亚乃至欧美。

有钱就好办事，张颂贤在发展盐务延伸的生意上，又拓宽渠道，发展了其他产业，绸缎店、当铺、钱庄和通运公司，投资银行，置庄田，经营房地产等等。张家在祖籍安徽休宁和江苏常熟置下大量田地，用于社会功德义事，专门赡养和奖恤族人，供族中有才者读书成才，不惜钱财。

真是三十年河水转个弯。当年董份任明朝宰相，曾在通津桥北堍建有“大宗伯第”，前临东大街，后沿栲栳湾，东起德懋弄，西至宝善街，内“爱莲池”专辟小溪通栲栳湾，称藕河头。顾丰盛在南浔西华弄北首的片大住宅，其建筑精美至今仍少见，刚刚建好不久，很快便落到了张颂贤手里。由于董份的房产与顾丰盛的可以连在一起，经整理后新建为“懿德堂”，分给大儿子张质甫，人称南恒和，即为今天的“张石铭故居”。原有的旧宅经整修扩建为“尊德堂”，人称东恒和，分给定甫，也就是今天的“张静江故居”。

在张颂贤手里，张家完成了资金积累，资产位居南浔第二，仅次于刘家。有人说，不相上下。不管怎么说，当时能在南浔排第二，可见在中国的那个时候，便是了不得的了呀！

第四部　励志故事

天下第一好事是读书

张静江故居有翁同龢的一副对联，联中有句“天下第一件好事还是读书”。这正是对南浔崇文真实而贴切的写照，也是对南浔人重视教育的褒奖。

历史上，南浔人就崇文重教。自南宋绍熙二年（1191）至清光绪二十年（1894）《南浔镇志》记载进士以上科举人才四十人。截至1995年，南浔籍教授以上职称者达二百三十五人，其中有朱丽兰、徐迟、葛剑雄、桂世镛、蒋心雄。一镇有如此多的教授，在全国也是不多见的。这是因为南浔人有钱后，不仅自己鼓励孩子读书求仕途，还运用各种渠道施教地方，努力培养人才。

镇上最早的小学由孺嫠会主办，称孺嫠小学。经费由刘锦藻与张青华筹集。此校专为孤寡贫寒弟子入学而设。据记载，后来参加国民革命和共产党的许多人都是从这所学校出去的。1926年，南浔中学创办。不久，刘锦藻将孺嫠小学校舍和场地移归南浔中学，并捐开办费五千元。孺嫠小学有一幢中西合璧的二层楼和一幢平房，楼房上下各有两间教室和教师休息室。平房为音乐教室兼游艺室。另楼前的草地一方，四周植有花木，环境十分幽静。六十多年后，在美国已经很有成就的刘氏后裔回到南浔，成立“刘湖涵教育基金会”。刘湖涵是刘锦藻的弟弟，排行老四。他的儿子刘承恒1980年回国，先是向卢湾区捐助教育经费二十万元，两年后，再次捐款一百万在上海设立“刘湖涵教育基金会”。1990年在南浔创办“刘湖涵教育奖励金”，支持家乡教育事业，每年举行一次！

1951年毕业于南浔中学的香港越秀投资（中国地产）有限公司和越秀兴业有限公司董事长兼总经理许康年拿出4.3万元，于1993年6月25日在南浔设立“振奋”奖学金。

历史上，周柏年和周君梅母亲曾系南浔中学校董，其子女以母名义设立奖学金。

为鼓励教育，湖州市政府设立了“飞英”奖，对从事教育工作、品学兼优学生实行奖励。

在教育育人上，最值得一提的是“叔蘋奖学金”。这是刘镛的长兄刘铸的长孙刘君实之女儿刘世明嫁与顾乾麟，顾乾麟以其父亲名义设立“叔蘋奖学金”。

现在，刘氏家庙的照墙上有个很大的标志性图案——“叔蘋奖学金”。

供奉刘氏十世祖宗宋侍郎忠公刘汉弼遗像的“忠孝祠”，现在也成了“叔蘋奖学金成就展览馆”。在展览馆正堂中央，有江泽民任上海市委书记时的题词：

热心教育事业，培养建设人才。

“叔蘋奖学金”是刘家的女婿顾乾麟所做的一番事业。

顾福昌的后人，曾孙顾乾麟，是顾福昌次子之孙。抗日战争前后，他在上海与香港重振了顾氏家业，后又创办“叔蘋奖学金”闻名中外。

顾乾麟为什么要创办“叔蘋奖学金”？这得从其父说起。从他父亲说起，自然又要说到顾氏家族，南浔人都记得顾家的故事。顾家的资产，形成气候早在刘镛之前。

顾福昌生于1796年，大刘镛九岁。顾福昌年少时在镇上摆布摊，稍有点积蓄后，便到震泽镇开了一爿小布店，兼营丝茧。南浔与震泽相距十二里。顾福昌每天早出晚归，徒步往返，寒暑无阻。父病死后，他回到南浔全力经营丝茧，由于他少时家贫，自幼养成勤俭仁厚的秉性，待人接物周到，很快就打开了局面，开起顾丰盛丝行，自行运销于洋行。清道光初，三十出头的顾福昌看到未开埠的上海有洋商出入，窥视到他们急觅中国的代理人。顾福昌机敏好学，有与洋人往来的经验，迅速迎合上去，很快成为上海早期的“丝通事”。1843年上海辟为通商口岸后，辑里丝改由上海直接出口。顾福昌即在上海四马路开设顾丰盛丝行（后改为顾寿泰丝栈），与南浔的顾丰盛丝行相呼应。在当时经营辑里丝是一项高利润生意，顾福昌很快成为南浔在上海靠丝发家的商家。十九世纪五十年代，顾福昌与宁波杨坊被上海道聘为上海丝茶捐总局董事，负责丝茶捐总局和南北两市分局的稽查及到沪丝茶厘捐收解等事宜，成为上海丝业界领袖人物。顾福昌是上海丝业会馆首届董事。在日本人造丝没有出现前，中国蚕丝是各国竞相争夺的高利润商品。

据《浙江籍资本家的兴起》一书载：清道光二十五年，上海湖丝年出口量还只有6400包，三年后，增至11100余包，再至四年后的咸丰二年，竟猛增至41300余包。以经营湖丝一两二两银利为计，出口包以担为计量，每包获利可达4000两白银。而当时最高的造屋价每间平房仅为50元，如此相比，南浔丝商获巨万者，数以百计，形成这一地区极度畸形的繁荣现象。

丝业的获利，使顾福昌又开始着眼新的经济增长点。他购下当时上海滩上唯一的外洋轮船码头——金利源码头，建造堆栈，与洋商结纳独占上海进出口货物装卸和打包业务。金利源码头是当时上海港规模最大的客运码头之一，位于十六铺。顾福昌得手后，由于经营得力，很快成为美商旗昌洋行买办兼股东、英商怡和洋行打包公司经理。1862年美商旗昌轮船公司创建，顾福昌即为大股东，他开始经营茶叶等各类商品。获利巨大致富后，顾福昌在上海、南浔广置家业，人称其为“顾丰盛”。1865年，旗昌洋行在上海的新合股人乔治·泰森致P. S. 福士的报告中说：“顾丰盛是十九世纪六十年代某洋行的买办之一，是个信誉好地位高的著名丝茶商人。”因此，在他逝世时得到了英美两国领事馆及商务机构下半旗致哀的殊荣。

到了顾福昌的儿子手上，也曾因辑里丝获利，但在日本人造丝冲击中国占有的欧美市场中，顾氏对国际行情没有摸透，企图以囤丝来抬高价格，弥补亏损，结果惨遭挫败，被迫卖掉上海金利源码头、古藏器和南浔西华弄北首的大住宅，成为“四象”中衰败最早的代表者。

顾氏的家业到了顾乾麟父亲手上，只剩下“怡和打包公司”了。先前偌大的家族仅靠一家公司已难以支撑先前的气派。顾乾麟六岁时，与其堂姐堂兄们还可以请得起秀才做家塾。十一岁，他只能与别人家的孩子一样进入湖州旅沪公学，十三岁进入华童公学，后入复旦实验中学攻读。十七岁时，父亲顾叔蘋这个顾家唯一支撑“怡和打包公司”的经理倒下了，并留下三万七千银两的债款！顾氏家族中没人愿意接此班承担债务，力主父债子还，要正在读书的顾乾麟休学从业。父亲病重期间，顾乾麟曾学古人“割股疗法”，将腕上的肉割下于药中，煎熬让父亲服下，终因父亲病入膏肓，不治而亡，临终前拉着儿子的手说:“一个人不可无钱，不过要赚得正大，用得光明，不要被钱利用，要好好去利用钱。得诸社会，必须还诸社会。”要他牢牢记住此言。此言即成为顾乾麟先生一生之座右铭。其母，在他二十一岁刚刚结婚才三月时得了癌症，按照传统的习惯，他与妻子均割腕药疗。回忆起这件事时，他感慨地说，救双亲，割腕煎药是为子之道，非真有什么疗效。从这件事上可以看到他秉性中的“善”。

顾乾麟是顾叔蘋唯一的儿子，十七岁正当读书时，便不得不进入“怡和打包公司”做工。职务虽然是实习经理，但一切都得从头学起，从打包、过磅、扛货、记账做起，每天干十四小时以上。十年中，他学会了打包厂所有的大小事务，并成为正式经理，亲自管理厂务，很快使工厂扭亏增盈。

1939年，是顾乾麟而立之年。他的事业已经顺利平稳发展，面对因父病故而不得不辍学之事，想到家贫无力读书者甚多。厂要里招工五名练习生，竟收到两百多份申请书，捧着一份份好成绩单，读着因家贫不能再读书的求职理由，想到自己的失学，顾乾麟忍不住暗自落泪，发自内心大声疾呼:他们应该读书！国家的未来就是要靠知识。于是，他决定照父亲“得诸社会还诸社会”的遗教，创办一个连续不停的奖学金，“原则是只要得奖学生学期成绩在85分以上，家境清寒，品学兼优，就可以保证其连续取得奖学金”。定名为“叔蘋公高初中学生奖学金”，简称“叔蘋奖学金”。从1940年2月、7月招第一、二批学生，到1949年十年中，二十期累计得奖者六千余人次，为社会相当多的人才获得了学习的机会。国务院原副总理兼外长钱其琛就是一例，1994年春节，他特意在钓鱼台国宾馆会见顾乾麟夫妇，为老师师母尽学生之情义，感谢他们当年培养。据1989年的不完全统计，受“叔蘋奖学金”学生中有:正副部长3人，正副司长21人，处级干部22人，海军少将1人，陆军空军军官多人，正副院、校、所长20人，正副总经理、董事长11人，正副总工程师、设计师19人，主任工程师、医师14人，各类职称中正副高级235人。改革开放后，顾乾麟回家乡看望学生，并将“叔蘋奖学金”继续办下去。从1986年起至今，他在上海、北京、湖州续办“叔蘋奖学金”，使四千多名学生得益。

一部《南浔镇志》，记载了南浔有史以来，科第兴旺，人才辈出。南浔享有诗书之邦美誉，承有崇文重教之传统。成群涌现文人学士，出现全国有名，享誉海外的藏书家、书画鉴赏家、收藏家。他们为今人留下众多饱学硕著。仅清初至辛亥革命后，便出学者450余人，著作1200余种……

原北京大学校长张龙翔是南浔“七十二金狗”之一的张博文曾孙。

现南浔宝善街北庄家弄里的张家，仍然留有许多当年的陈迹，故居门额上有“纯鲈遗韵”四字，何人所题，已不详。张宅里有一处是很值得人看一看的，就是那楼板。这楼板很特别，是在楼板上再铺一层地砖，这在南浔的众多人家还属罕见。张博文的父亲原籍江苏省吴江市，道光年间迁入南浔。张博文靠开设张丰泰丝行致富，其子张砚农承父业经商。到了孙子辈，张家出了官。张博文的孙子张民视做了湖州市下属的乌程县知事，后任上海圣约翰大学国文教师。到了张民视手里，视读书为对子女的第一教育。其子张龙翔生于1916年，1922年入南浔丝业小学，1930年毕业于南浔中学，入沪江大学化学系，1933年转入清华大学化学系。1938年进入广州岭南大学研究生班。次年考取庚子款官费生，于1940年进加拿大多伦多大学医学院生物学系攻读博士学位，1942年学成赴美国耶鲁大学研究院任博士后研究员。1944年应中国贸易委员会聘请回国任重庆桐油研究所研究员，1946年任北京大学教授。1981年任北京大学校长。其事迹两度收入美国马奎斯出版社出版的《世界名人录》。

1949年6月，邓颖超赴燕京大学访陆志韦先生，并与燕京大学学生会、妇女会代表一起与陆先生合影。邓颖超站在陆志韦夫妇中间。这张照片，和另一张成为非常珍贵的历史资料。照片中的陆志韦，就是从南浔走出去，并担任燕京大学校长的贫寒子弟。另一张照片，是1949年3月25日，陆志韦与各民主党派代表在北京西郊机场欢迎毛泽东和朱德，陆志韦非常醒目的位置，令人难忘。

在陆志韦的身上，不仅体现了贫寒背景的子弟们的奋发精神，同时也体现了南浔人对于人才的重视。

陆志韦，家住南东街莲界弄内，父亲在光绪二十二年（1896）府学岁贡，因家贫弃学到刘家当铺做司账，维持七口之家生计。陆志韦七岁丧母，十三岁丧父。全家重担落于陆志韦一人身上。这是光绪三十三年（1907）发生的事，陆志韦决定弃学。此事被当铺店主刘锦藻知道，亲登门上，表示希望陆志韦能够继续读书，所需费用一应全由刘家承担。是年，在刘锦藻的资助下进教会学校苏州东吴大学附中，因成绩优异，直升大学，攻读心理学，十九岁毕业留校任附中教师。三年后获教会助学金赴美国留学，二十五岁获哲学博士学位，回国受聘于南京高等师范学院、东南大学。1927年应司徒雷登之聘出任燕京大学教授，1933年再赴美研究生理心理学，回国后任代校长，1946年美国杜鲁门总统任命司徒雷登为驻华大使，他为校长。五十年代院校调整时期，陆志韦调到中国社会科学院工作，主要从事心理学研究基础建设工作。1979年为他召开追悼会时，邓小平、方毅等送了花圈，对他在中国心理学方面的杰出贡献做出了极高的评价。

我的母校曾经出过一本《南京大学校史》，上面有“首任南京大学校长张乃燕”，他就是南浔人。

1927年3月24日，国民革命军攻克南京。4月18日南京国民政府成立。6月9日，国民政府任命中央教育行政委员会委员、江苏省教育厅厅长张乃燕为国立第四中山大学校长。因为广州有第一中山大学，武汉有第二中山大学，杭州有第三中山大学，南京的就称第四中山大学，直属中央政府，故前面加个国立。张乃燕于7月9日在国民政府里宣誓就职。那是他刚刚过了三十五岁生日，过生日的红葡萄酒还沾在嘴边未抹去哩。

张乃燕是张静江哥哥的儿子。选张乃燕任国立第四中山大学校长是蒋介石回报张静江的一笔情。但张乃燕也非等闲之辈。他于二十一岁时赴欧留学，先后在英国伯明翰大学、伦敦皇家理工大学、瑞士日内瓦大学攻读化学，获日内瓦大学理学博士学位。后去美国与日本考察教育，1919年回国，次年任北京大学教授，并著成《有机染科学》《药用有机砒化合物》《欧战中之军用化学》三本书。1923年当选为浙江省教育会会长。1924年任孙中山大元帅府大本营参议。1925年任广东大学（中山大学前身）工科学长，同时被特派为中央教育行政委员会委员。

张乃燕到任后所做的事就是把东南大学、河海工科大学、上海商科大学、江苏法政大学、江苏医科大学、南京工业专门学校、苏州工业专门学校、上海商业专门学校、南京农业学校合并为国立第四中山大学。接着，分出自然科学院、社会科学院、文学院、哲学院、教育学院、工学院、农学院、商学院、医学院九个学院。公布教授分三级，一级月薪500元，三级月薪400元。当时县中学教师月薪最低的是35元，是县长的一半。

1928年2月9日，南京国民政府改国立第四中山大学为江苏大学。消息传来，国立第四中山大学上下一致反对。张乃燕奔走上下，递达师生意见：此校名改后，使我校落为一省之学，与事实不符，应该叫南京大学，这样与北京大学可以作为中国大学的象征，也具有国际性，显示首都的地位。政治变化无常，校名不可随风而摇。

1928 年 5 月 16 日，国民政府行政院复议后下令改为“国立中央大学”。

1933 年 5 月，张乃燕出使比利时，任驻比利时特命全权大使，并受建设委员会委托，考察欧洲各国事业。1935 年 5 月，辞职回国，寓居上海养病，常与梅兰芳、俞振飞、徐悲鸿、齐白石等往来。他六十岁生日时，徐悲鸿赠骏马图为其祝寿。1958 年六十五岁病逝于上海。

张乃燕为什么会在 1935 年辞职回国不干了呢？他刚刚过了不惑之年。难道已经明白了些什么？

这一直是个谜。

其实，多少了解一下张家的历史，这个谜就不难解开了。

现代吕不韦——张静江

在南浔，张家的财富虽不及刘镛，但清末民初的风云突变，使张家生逢好运，成为拉着败落滑坡皇帝的刘家无法可比的显贵。张静江倾家荡产支持孙中山推翻皇帝建立共和，孙中山就任后的第一件事就是给南浔封“市”！中国第一次在行政区域建制上出现“市”，就是南浔。虽然这“市”只是昙花一现，毕竟是有过的辉煌，能够载入史册。

张静江的故居叫“尊德堂”。位于南浔镇东吊桥外，临河开门。建于光绪年间，分东西两落，宅后有园林，名“东园”。与庞家的“宜园”毗邻。“东园”园中荷花厅称“绿绕山庄”。荷塘曲池，绿树遮阴。可惜大部分已毁于三十年代的战火。目前只剩下墙门一段，偌大的池如今成了养鱼塘，几株上百年的古树依然孤傲地挺立那荒地里。另有三进厅房及侧楼目前已经修缮供展出。这规模是无法与他的堂兄张石铭的“懿德堂”比的。好在我们到这里来，看的不是建筑，而是张静江故居，更是想了解张静江。在张静江故居，可以看到中华民国的一段真实历史。

张静江的故居前有旧停轿场，两侧照墙很有气势，门额上是陈立夫亲笔所题：“张静江故居”。进入轿厅后，有一段过道，两边天井墙壁上的砖雕都采用浮雕，技艺精湛。正堂上的“尊德堂”匾额系张謇所题。正厅中央挂着孙文的手书对联：

满堂花醉三千客

一剑霜寒四十州

这是1923年张静江因病在家休养，孙中山闻讯后，特荐留德名医李其芳为他做电疗。作为学医出身的孙中山在医道上，毕竟比张静江懂得多。然而，孙中山更看中的是张静江的为人与他对革命的“真诚”！那次他推荐医生的信上说：“俾贵体恢复常态而再出为国尽力，这岂止是一人之幸，实为吾党之大幸也。”并亲书上面那副对联让人送到张静江府上。可见张静江在孙中山的心目中何等地位。

历史好像常常搞“戏说”。孙中山去世前着意要两位南浔人在身边，他们是娘舅庞青城与外甥张静江。可见南浔在孙中山心目中的地位。孙中山拉着张静江的手，交代了后事。于是，民间传说张静江受孙中山委托全力支持蒋介石，不然，张静江能那么支持蒋介石吗？不知何故，张静江在蒋介石那里地位稳固后，随即“失宠”，最后作为寓公死于美国寓所。张静江死后第六年，蒋介石题词：“毁家纾难，以从事革命，踔厉无前，以致力建设，侠骨亲情，高风亮节，一代典型，邦人永式。”闻者明白，这毕竟是政治家事后的“追认”，内中多少掺杂着作秀的嫌疑。尽管如此，这副题词，应该说，比较客观真实地对张静江一生做出了正确的评价。

还是毛泽东说得实在：“张静江帮助蒋介石搞‘清党’，但他有经济眼光，经济头脑活络！”这话说在点子上。

撇开蒋介石不提。应该说，孙中山与毛泽东，这两位伟人对张静江的评价还是客观公允的。

总结张静江这位民国奇人的一生，他有两大贡献：一是支持孙中山革命，二是建立政府后推进建设。这两大贡献以1927年4月18日南京国民政府成立为界。前面是民国革命狂热分子张静江。后面是中华建设良将张静江。

从中国并不明显的资产阶级革命，到1923年为止的中国资本主义发展的黄金时代，许多资本家都在进行各种经济上的“冒险”并获得成功。然而，张静江却拿着巨大的家产进行“毫不见效果”的“追随孙中山进行革命”，并且鼓动和拉拢整个南浔的商人都陷入这场革命……

对这个问题，研究民国史的人常常提出一个问题，问张静江当初怎么进入到那场“革命”中去的？

就当时的形势而言，清政府腐败，导致军队与官衙都用不同的形式向商人勒索，而洋人的生意则以强权压榨；处于夹缝中的商人，希望改变这种局面。对于新的革命出现，他们的热情不比赤贫的下层民众弱。但商人精于计算，以价值来均衡世事，毕竟是他们的强项。在谁都无法预期到新革命的未来面前，敢于支持的商人实在是微乎其微。多数商人仍然在观望！张静江的举措，不管你说是商人“投机”也好，说是真心拥护革命也好。总之，倾家荡产支持国民革命是不争的事实。有如此勇敢精神就是一种壮举。正是出于这一原因，我们今天仍然缅怀他对中国那段无法抹去的历史的功绩！

走进张静江故居，扑面而来的是近代史上伟人与名人们的墨宝、遗迹，简直就是一个民国陈列馆。正中厅里有翁同龢一副抱柱对联：

世上几百年旧家无非积德
天下第一件好事还是读书

张静江把读书人翁同龢的对联放在这么显要的地方，是崇尚读书吗，还是另有所述？我们这些后人站在这里真有点不得而知。但有一点：读书读好了做什么？张静江肯定与翁同龢的想法不同。你看，在正堂侧厢里，悬着两副送给世侄陈立夫的对联，就是最好的说明。上说：

铁肩担道义，辣手著文章。
树好频移榻，谢傅已登山。

你细细品读这两副对联，真是极具讽刺味道！张静江教陈立夫世侄，读好书，可以写济世好文章。还告诉他，树大了不要老在一处待着，频频移窝；告诉世侄，虽然感谢师傅的酒温还在，但你已经登山在师傅前面的更高处了。但张静江绝对没有想到他的把兄弟蒋老三恰比陈立夫更有悟性，得了真传，真正做到了“树好频移榻，谢傅已登山”，靠了美国人，不再要他这师傅加兄长了（当然不要了，陈洁如已经不是他的夫人了，张跛子再在身边，会引得宋美龄旧事常鲠于喉的）。

还是周庆云好，应张颂贤的要求，写下“有容乃大”的门额，镌于墙上，砌在墙里。当然，人们还是觉得吴昌硕的小篆好，“世守西铭”四个字，实在题得好，写得也好。“世守西铭”出自宋代著名理学家张载《正蒙乾称篇》。张载讲学关中时，常将“乾称篇”榜于东西两牖，并曰东：砭愚；西曰：订顽。程颐阅《正蒙乾称篇》东西牖篇后，为之改名：东铭、西铭。西铭，即订顽，意在知化穷神，存心养性；主张天人一体，大君乃天地之宗子，民为同胞，物则吾兴。

对于张静江为人与性格，于右任很是明白，于是，他送的对联很有玩味，也算是醒世恒言：

> 百炼此身成铁汉
> 三缄其口学金人

满堂题联中，要数戴传贤（戴季陶）的最实在：

> 进德修业，要个木石的念头，若一有欣羡，便趋欲境；
> 济世经邦，要段云水的趣味，若一有贪著，便是危机。

有人说他的对联是对张静江一生品德的真实写照，纵观张静江生平，此评不为过。

在张静江故居，不是我沉入民国历史，而是那段鲜为人知的历史一下子淹没了我。

正厅的展览，为我们了解张静江最初从事的革命冒险提供了大量的资料。可以说，张静江在遇见孙中山前，他对于清廷腐败的痛恨还不是很强烈的。他只是从生意人角度看到了弱国无外交对于自己生意的影响，看到了外国人对中国强权政治的暴虐，但缺乏政治角度的透视。空怀一腔抱负，是孙中山启迪了他，把他这个无政府主义者引到了革命道路上。

这要从张静江身世说起。据南浔老人林黎元回忆，张静江幼时聪颖过人，深得祖父张颂贤喜爱。张颂贤请人给他看过相，说是“八字中缺水”，于是，给他提个名字：增澄。少时的张静江好论是非，常常以李清照名句“生当为人杰”勉励自己，并给自己取个“人杰”的名，后来成为自己正式使用的官名，有时也被写成“仁杰”。光绪十三年农历正月二十五（1888 年 2 月 17 日），年仅十一岁的张静江目睹南浔丝行埭的水师统带管火药库不幸爆炸，酿成大火（此为南浔历史上有名的“火烧张公馆”事件）。同年年底，南浔宝善街发生烧毁房屋两百余间火灾事件。两起事件都留在张静江的脑海里。年幼的张静江目睹老式救火工具不能解决问题，遂建议家中购置进口救火器材“洋龙”，倡议成立救火队，哥哥们采纳了他的意见，从酱园工人中选拔青壮年参加。这就是当时有名的“张恒和小洋龙”。每次救火队出行，张静江都参加，并与大家一起救火。直到他在一次救火中不慎摔坏腿，这才不参加。光绪二十一年（1895），张静江因伤腿延误治疗患骨痛，行动不便，又导致眼疾，只好弃学在家潜心研习字画，此时自己取号：饮光，别号：卧禅。这年，他娶苏州姚菊岐之女为妻。姚菊岐，清翰林授山东学使。其女擅长文学，精诗词，学问极佳。姚菊岐喜欢这个腿跛的女婿，亲家相会时，姚菊岐告诉亲家张宝善，杭州宦绅孙宝琦已被清廷派赴法国公使，不日即将出行，目前正在选随员，若得好，可让贤婿随去见见国外世面。张静江父亲知有此好事，遂出资十万为儿子捐得江苏候补知府，然后姚菊岐介绍给孙宝琦。孙宝琦经面试后，同意张静江作为他的一等商务参赞官随员出国。

1902 年张静江带着自己的助手周菊人（他以自费留学名义）随行至北京再次会见孙宝琦。经朝廷饯行后，10 月 14 日，浩浩荡荡的赴法公使团乘新铭轮由天津到上海，早在码头恭候已久的张宝善、姚菊岐再次与孙宝琦见面，隆重饯行。此次活动被《上海新报》《申报》和《点石斋画报》作了披露。因为《点石斋画报》是苏州吴友如绘画主干，吴与姚菊岐是好友，当初朝廷要画《中兴功臣图》就是姚菊岐举荐吴去的。吴自幼死了父亲，很苦，学裱画，聪明过人，由临摹画而入门，后成为名家，人将他与明代漆匠出身的名画家仇十洲相比。孙宝琦船至上海，吴也被邀去码头，遇此事自然会奉承一番。在上海，这一行人改乘法国邮轮安南号出国，随行者还有李煜瀛、夏坚仲等二十多人。一个多月后到马赛，换乘火车于 12 月 17 日抵巴黎。不久，张静江得知巴黎市面上中国丝绸、茶叶很走俏，随即弃官经商，并以侨商身份留在巴黎，与周菊人筹办通运公司。公司成立后，张静江即回国募款招股，当时的中国商人对西洋市场非常陌生，没人愿意入股。其父张宝善出三十万两白银资助儿子运国内茶叶、丝绸、漆竹牙器、玉器、古字画等至法国。

当时的巴黎市区马德兰广场有一座天主教堂，教堂面对大街顶头的公台则是更大的广场。左边斜对教堂的就是通运公司（巴黎市政登记的门牌号码是：马德兰广场 4 号）。通运公司有两间门面，中间夹着一个临街供顾客出入的过道门，门旁被饰起玻璃窗，里面准备陈列中国货物。通运公司这批货到后，中国的古董、字画、玉器、瓷器等在陈列窗里展出。来来往往的行人被两边玻璃橱窗里琳琅满目的中国货物吸引。法国上层人士蜂拥而来，一时公司顾客盈门争相抢购。通运公司名声大振。不久，通运公司拥有了自己的船只，在英国伦敦和美国纽约设立公司，上海为总公司，由张宝善坐镇把关。当时中国古董文物书画走俏欧洲，张静江与李石曾开始合作经营中国古董字画生意。在巴黎出手的古董字画均出自庞元济，庞元济招贤一大批名画家协助其工作，其中张大壮为他工作十多年，经手制作出去的字画不计其数，获利巨大。中国茶叶在欧洲久负盛名，张静江在巴黎的意大利大街开设了具有中国古典传统特色的茶馆，取名“开元茶店”。开元，是唐李隆基的年号，这位宠爱杨玉环的皇帝，在白居易的《长恨歌》里得到充分的展现。开元，也是唐盛的象征。西方人读中国历史也是从皇帝宠美人的角度进入，看文明古国的宫廷秘史。掌握了这个心理，张静江为吸引洋人的关注，在开元茶店里挂起了许多反映中国民俗的图画及物件。这种布置充满中国风情，又不失雅致。很快，茶店成为洋人喜欢的必到之处，也是巴黎知识界、中西文化学术交流的中心。

那时的张静江是个什么样子呢？李石曾《谈卧禅》中说，初识卧禅，时不过二十四岁，其眼镜与皮鞋均与众不同。镜片不但特别地厚，两边还不均匀。皮鞋也是与众不同，特制的，类似缠小脚的女人所用黑底鞋。且两只不同，一只的鞋与脚之间置一块木块，这是因为他的那条腿有病所致。张静江虽然眼不好使，腿也不行，但他能在巴黎最热闹的街市骑自行车横冲直撞，正常人尚不敢，他竟然如此，可见张静江之毅力非凡。

1905 年，张静江与吴稚晖、李石曾成莫逆之交，联合了陈璧君、蔡元培、褚民谊等在巴黎成立世界社，刊行《新世纪》周报和“新世纪丛书”，以及大型美术画报《世界》，开中国人宣传无政府主义之先河。他的许多主张都与同盟会机关报《民报》相呼应，使反清革命的声浪更加高涨。有一次他随孙宝琦到比利时参观列日城博览会，带有那个时代渴望革命又找不到具体道路，并受无政府主义思潮影响的他，竟然盲目地逢人就谈革命，被当地留学生中的革命党人误为奸细，险些送命。处在这样的情况下，张静江格外同情支持革命的青年同志，那时候他可以不问你是什么信仰、什么党派，只要支持推翻封建制度都是革命同志。在这样的背景下，张静江帮助中国共产党输送大批青年到法国留学，这是他在后来担任国民党要职后，参与“四·一二”事件时所想不到的。当然，还有吴稚晖、蔡元培、李石曾等人。可以这样说：革命的开始，如同陈胜、吴广起义；革命曙光出现，革命队伍如同朱元璋、陈友谅……

这年，张静江乘法国轮船赴某地，得知孙中山在船上，便去拜访。当时的孙中山只是听说过他，对他并不了解。而他见了孙中山就侃侃而谈，并说："君非实行革命之孙君乎？闻名久矣，余亦深信非革命不能救中国。近数年在法国经商，获资数万，甚欲为君之助，君如有需，请随时电知，余当悉力以应。"并留地址，相约通电暗号，电文以A B C D E代表不同的数码：A为1万元，B为2万元，C为3万元，D为4万元，E为5万元。孙中山还是第一次见到这样大胆而慷慨的人，便与他谈起了自己的革命主张。俩人越谈越深。用张静江的话来说，这次会面使张静江更看到了自己的"革命目的"与"革命前途"，分手时，他写了一封信给孙中山，让他到美国后去找纽约市第五街566号通运公司，领取第一笔资助的活动经费3万元。孙中山把这张条子给了黄兴。黄兴并不相信世上有这样的人。到了纽约，大家抱着试试看的态度去了，张静江果然没有食言。后来，大家以"民国奇人"称张静江，还是有来由的。从那以后，每当孙中山来电，张静江如悉支付，卷入反清革命浪潮里的孙中山得到这样一位慷慨解囊者，顿时元气大振。孙中山曾让胡汉民代笔函谢张静江。张静江复信说："余深信君必能实行革命，故愿尽力助君成此大业。君我既成同志，彼此默契，实无报告事实之必要；若因报告事实而为敌人所知，殊于事实进行有所不利。君能努力猛进，即胜于作长信多多。"周谷城在《中国通史》中引用孙中山的话说："自同盟会成立之后，始有向外筹资之举，当时出资最勇而名者，张静江也，倾其巴黎之店所得六七万元，尽以助饷。"

这件事，事实上是孙中山策划又一次起义，急需钱。而当时的通运公司已经难以承担沉重的革命经费支出而出现资金困难。张静江一时筹不到那笔款，无奈中，他决定卖掉通运公司下属的茶店以筹其款资助孙中山。茶店还没卖出，孙中山起义又告失败。后来，这爿茶店卖掉了。张静江就将款汇给了孙中山。孙中山称张静江为奇人，后称他为"民国奇人"，又称"革命圣人"，并手书"丹心侠骨"相赠。

张静江自己加入了同盟会，还拉了兄长张弁群（上海通运公司总经理）、舅父庞青城（上海中国银行董事）介绍给孙中山，发展他们成为同盟会会员。一时，南浔卷入孙中山革命队伍的人数几乎占了"四象八牛"大多数。

李力经回忆，辛亥革命前夕，张静江受孙中山委托从巴黎回到上海，与宋教仁、廖仲恺、陈英士、蔡元培、庞青城、周柏年、周佩箴等，在上海公共租界马霍路德福里成立同盟会中部总会，陈英士任会长。会议中的一项重要任务就是攻打上海制造局及浙江巡抚署。张静江身残志强，与陈英士、蒋介石、周柏年、庞青城、周佩箴等人组织敢死队。张静江为攻打上海制造局两天两夜未眠。

戊戌变法时，汤寿潜逃出京都来南浔，由刘锦藻安排他在浔溪书院进行新学传播。上海、浙江光复后，陈英士出任上海都督，汤寿潜任浙军都督。很快，辛亥革命的成果落入袁世凯手里。忠于孙中山的张静江再次随他进行“二次革命”。驻扬州的第二军军长徐宝山受抚于袁世凯。为除掉袁世凯的这个爪牙，张静江亲自动手，将炸药放在古董里，骗徐宝山是三代古物，让他先看看，喜欢了再说价，徐信以为是真，打开时，炸弹爆炸，徐当场毙命。1915年，孙中山在日本改组同盟会为中华革命党，委任张静江为财政部长。张静江在巴黎筹钱，不能到场，由财政次长廖仲恺代行其职。1920年，张静江到上海参与创办上海证券交易所，设恒泰经纪字号，改称恒泰交易所，他以交易所为阵地，为革命筹措经费。

孙中山在北京病危期间，召张静江至身边，一应事项均有张静江在场见证。据说，张静江答应孙中山帮助蒋介石完成北伐。此时的张静江不仅自己全部家产倾入孙中山的革命，而且已经拖着南浔数家大户支持革命，大家都深感疲惫。但张静江大声背诵总理遗嘱，革命尚未成功，同志仍须努力，以激励大家支持革命到最后一刻。

张静江不竭余力地支持蒋介石，实质是指望蒋介石能够完成孙中山遗愿。蒋介石原是陈英士麾下得力人才，也常到张静江处走动，受张静江的器重。1916年陈英士遭袁世凯暗杀后。走投无路的蒋介石投靠了张静江。孙中山在广州任大元帅，张静江把蒋介石推荐给孙中山。1924年黄埔军校成立，张静江力举蒋介石任校长。1925年6月蒋介石掌握了两广军政大权，电促张静江去广州臂助。是年7月，国民政府成立，张静江当选为常务委员。1926年5月蒋介石在国民党二届二中全会上推举张静江为国民党中央政治会议主席。1926年7月6日，张静江辞去此职，改由蒋介石继任。北伐期间仍由张静江代理。张静江则以元老身份提名蒋介石为国民革命军总司令，誓师北伐。张静江对蒋介石关爱倍加，亲自操办蒋介石的婚姻大事，使陈洁如成为蒋的北伐夫人。

有一张引用甚广的、有毛泽东参加的合影。时间是1924年5月5日。合影的地址是国民党上海执行部（孙文住地，今香山路7号），纪念内容是，庆祝孙中山就任非常大总统三周年。

据周佩箴之子周树华回忆，这张照片上有二十七人，毛泽东排在第三排左二。也是1949年前毛泽东留在上海的唯一一张照片。

《上海党史资料丛刊》对这段介绍，是这样说的——

> 1924年1月国共两党在上海设立执行部，毛泽东任该部文书科主任兼组织部秘书，部长为瞿秋白。南浔人张廷灏经毛泽东推荐接任毛泽东辞去的组织部秘书一职。南浔老人朱从亮认为：张廷灏应该是南浔的第一位中共党员，介绍人是诸暨籍的张秋人。张廷灏毕业于上海复旦大学，曾任学生会主席。临毕业时，因为他的激进行为使校长颇为不满，又因接到匿名电话称要解决这个革命党的苗子，校长怕连累而不敢在张廷灏的毕业证上签字，无奈只能由教授代签。1925年3月12日，孙中山逝世后，国民党上海执行部在上海中山故居设灵堂一个月，总招待是张廷灏。是年10月，国民党决定设立上海市区党部联席会议办事处（当时有九个区党部），由恽代英、张廷灏等三人负责，并着手国民党上海特别党部的筹备。第二年元旦，上海特别党部正式成立。当时在广州任国民党中央代理宣传部长的毛泽东鉴于上海《国民日报》为叶楚伧所操纵，拟办一份由共产党人和国民党左派领导的《国民日报》，并确定张静江和张廷灏为正、副总经理，柳亚子和沈雁冰（茅盾）为正、副总主笔。筹备工作完成之际，由于蒋介石制造中山舰事件和整理党务案，排斥共产党人，毛泽东被迫离开中宣部。1954年，毛泽东亲自接见张廷灏。
>
> ……

南京政府成立后，张静江竭尽全力呼吁全国转入建设，得到了吴稚晖、李石曾、蔡元培、于右任等国民党元老的支持。1928年2月国民党中央政治局会议作出决议，成立建设委员会，直属国民政府，由张静江任主席。张静江对这个安排非常满意，他曾经对人说："总理（孙中山）提过的，革命就要建设，不建设，革命就要失败。因此，我党政军都可不管，唯有建设，我是一定要干的。"他在国民党里面自以为经济能人，此时大有一展雄姿的气概。他从发展基本建设入手，铁路、电气、通讯、水利为第一先上项目。亲自选人才、定计划、设机构、筹经费，强调勤俭快捷办事作风。先办南京电厂，接着办戚墅堰电厂。经中央政治会议决定，由建设委员会筹建全国无线电台，创办国际无线电台，使电讯不再操纵在外国人手里。他又着手解决煤炭开采，接办长兴煤矿，创办淮南煤矿。开办江南汽车公司、淮南铁路公司。建设委员会从成立之日起至1938年的十年间，在经费极其困难的情况下，不拿政府薪水的张静江仅领公款十余万元，而为国家创造财产达五千万余元，为后来国民政府的经济建设奠下了牢实的基础。

如同当年吕不韦在帮助秦始皇稳定江山后，编《吕氏春秋》为嬴政万代基业呕心沥血，但嬴政恰要杀吕不韦。张静江帮助蒋介石打下江山后，他要致力国家的经济建设，恰与蒋介石的资本再分配发生了矛盾。蒋介石培植新的“四大家族”的过程中，必然是要以牺牲旧的经济势力为前提来实现的。1931年10月，以宋子文为首的全国经济委员会成立后，在蒋介石的授意下，张静江的建设委员会权力便遭到逐步削弱，最后完全无法发挥作用了。应了前人之言：“狡兔死，良狗烹;高鸟尽，良弓藏;敌国破，谋臣亡。”曾经仰望张静江的“三弟”蒋介石对他已经开始用斥责口吻说话了。他感到政治可怕，一日在报上看到：政治是个什么东西。有人说，世上有两样最脏的东西：一个是政治，另一个就是女人的生殖器。偏偏这两样东西男人都爱。他看后哈哈大笑。回到南浔就说给大家听，并对那些因为听了他的话掏腰包资助国民革命而险乎破产的南浔老乡致歉。他那时有句挂口头的话，“不要做官，没有做头。”

张静江对孙中山逝世后作为主祭人的庞青城办完丧事后，即在上海做寓公的做法，起先一点也不能理解。周柏年参加辛亥革命和北伐，光复后，陈英士任都督，委他重任，他不干。北伐后，周辞去中央常务委员会秘书长之职，长期在南浔养病的做法也不能令张静江理解。当周柏年于1930年弹劾安徽省政府主席刘珍年时，张静江十分赏识，全力支持，把弹劾事件搞得全国轰动，令蒋介石十分尴尬。事后冷静下来，张静江还是后悔办完孙中山丧事没学庞青城急流勇退，而去支持蒋介石统一大业，落如此下场。在最后的岁月里，他真的感到对不起南浔乡亲。

在辛亥革命风起云涌之际，南浔出了一大批在中国近代史上颇有影响的政界名人，其中，周家占了几位。在上海香山路中山故居陈列着一张国共两党成员的合影。时间是1924年5月5日，国民党执行部工作的国共两党人员为纪念孙中山就任非常大总统三周年集合时照下的。后排左二是毛泽东，左十即周佩箴，中排左起二是周颂西。这是毛泽东1949年前留于上海唯一的照片。历来为史界看重，多次被引用。1924 年 1 月，国共两党在上海设立执行部。毛泽东任该部文书科主任兼组织部秘书，南浔人周佩箴任财务副部长，周佩箴的长兄周颂西任交际部副部长，另一位南浔人张廷灏经毛泽东推荐接任毛泽东辞去的组织部秘书一职。一张中国历史上极为珍贵的照片，竟然有三位南浔人，其中兄弟俩在内，真是罕有。此非张静江的行为，谁又能做到？

在辛亥革命前夕，张静江受孙中山之命，从巴黎回上海成立同盟会中部总会的会上，周佩箴当选为评议员。宋教仁被害后，周佩箴即托病辞官回了南浔。戴季陶来密电邀其反袁，周佩箴立刻到上海陪孙中山到杭州、绍兴、舟山等地考察，为筹备革命经费奔波。论班辈，周柏年是周佩箴的晚侄，叔侄两人回到家中常与家人论革命，影响周家众多人。周柏年一再说自己从事革命不为官职。陈英士出任沪军都督，委他以要职，他坚辞不受。北伐后，对蒋介石的专横跋扈深为不满，即以多病辞去中央常务委员会秘书长之职。在家养病，又闲不住，走动亲友之际，常常散发对蒋介石的不满。蒋介石知道后，托人为周柏年母亲撰写墓志铭，说如何秉承母训，才有周柏年的今天。周柏年勃然大怒，对蒋介石说："蒋老三，你现在行了，没有人来教导你了！"蒋介石知道他说的是自己对张静江等当年支持他的人反目事，当场瞠目结舌，又无可奈何。1933 年 12 月 7 日，周柏年的叔叔，著名实业家、史学家、书法家、《南浔志》作者周庆云不幸去世，周柏年"闻赴震悼，痛门庭之多散，感人事之不常，触动旧疾，一夕而卒，距先君病革前后不及两时辰也"。伯侄二人同日溘逝，各界人士为之震惊。1934 年 1 月 13 日，千人集会为他们举行追悼大会。参加追悼会的周家一位青年正在读中学，后在抗战爆发时投身救亡运动，并组织游击队抗日，1941 年被日寇枪杀于太湖。他叫周延弼。

话说到这里，我得提一件相识的忘年交笔友郑逸梅遗著《清娱漫笔》中提及的事。郑先生在此书中说，"别开生面的要算吴兴周梦坡，他的讣闻一份装成四册，外用布套，一切书写都出当代名人手笔，勒石再拓出来，同碑帖差不多，并把他生前收藏的东西也制版刊印着，实在太考究了……"

这可是真事。周梦坡（周庆云）年七十时，自感生不多时，搞一份南浔人的名单，嘱咐儿子说，你快对他们说我即将去世，请他们写悼词或悼诗。儿子见父亲好好的，深感不妥，他却说，这也是量量他们对我的态度。

儿子外出后十天中，包括章太炎写的墓志铭在内的诸多名家纷纷写来悼词悼诗及文章。周梦坡见众人写的都很好，立即告诉儿子，拿去印制，悼词悼诗一册，墓志铭一册，年谱一册，其中弃世之日时辰留了填写，另一册将他的收藏印制。印五千套，封面上印“周庆云讣闻”。交代后没有多久，《周庆云讣闻》印制好了，周梦坡看了很满意，叫声好，突然头一歪，再也没有醒来。

现位于南浔镇南东街243号的周氏旧宅，是同治十三年（1874）周家昌字辈造的，民间以周申泰商号称之。原头埭厅有匾额“嘉德堂”，系徐郙所题；二埭厅匾额“南涧草堂”，为左宗棠题。此宅三进院落，砖刻、木雕、石凿均做工精良。是一座非常好的书香门第，行走其间，精神为之牵随，思想听任游走，感受到中国文化之博大精深。

《中国近代最大的丝商群体》一书中对张静江后期生活有这样的记载：

> 1932年初春，张静江在上海家中养病过春节时，爆发了“一·二八”抗战，听到这一消息后，他从此吃素念佛。1935年8月，印光法师到上海，张静江专门登门拜访，法师与他频频耳语，离别时张静江突然大哭，自觉大彻大悟。这位早年无政府主义的狂热信徒、浪迹欧美的阔佬、20世纪初中国政坛上的风云人物，花甲之年却在空门之中找到了归宿。1937年底日本进犯南京，张静江全家从上海乘轮船至香港。次年3月，国民党在武汉召开临时全国代表大会，张静江因病不能出席，但仍被选为中央监察委员。8月，他离港赴欧，继而前往美国，寓居纽约治病。
>
> 1942年12月，张静江在纽约寓所召开了第一次“世界国际社团同盟”大会，旨在向各国呼吁和平。美国、法国以及南美各国国际社团代表出席了会议。张静江被推为大会主席。由李石曾为主持会议。美国总统罗斯福的夫人主持了闭幕仪式。这是张静江第一次，也是最后一次享有在国际上从事公众事业的荣耀。三年后，痼疾使他双目失明，只能收听广播和吃斋念佛苦度残生。其间，只有日本投降、抗战胜利的消息带给他短暂的欣慰。1948年5月，蒋介石就任总统，聘他为总统府资政。这对行将入木的人来说，当然已没有任何意义了。

1950年9月3日，张静江病死于纽约寓所，终年七十四岁。

同年9月16日，台湾设灵堂公祭，蒋介石亲自为他主持追悼会，亲书“痛失导师”的挽词并臂佩黑纱以表悼念。

这一切都是做给后人看的了。

站在张静江故居那暗淡无光的过道里，思索着这位前人的经历。应该公允地说，他的一生没有虚度。在推翻皇帝实现共和的革命中，他是对得起中华民族的，他无愧于中国人民的好儿子。在他竭尽全力建设一个新中华的前半生，他也是做得对的。由于历史的局限，也由于种种的原因，使他的晚年寂寞，近乎凄凉，这也是正常的。在动荡的年代，作为一位有责任的中华儿女，他不会为自己多想点什么。他只能无憾地说，我的一生是为我这个苦难深重的民族存在的，我曾经努力去为它的解放奋斗过。

这就足矣！

我的家乡父老将张静江故居辟出来，纪念他，正是出之此情，也是对这位前人功绩的肯定。

九泉下张静江如果能知，也该含笑了。

从董家盛衰看历史

董份的起家

著名文学家王世贞在《弇山堂别集》中说了两件事：一、明中叶礼部尚书兼翰林学士董份、董道醇、董嗣成、董嗣昭祖父孙三代四进士同在，孙子董嗣成先其父董道醇成进士；二、董份与其岳父吴鹏同居尚书高位，是人们津津乐道并称为皇明盛事。

董份活了八十六岁。二十七岁中举，三十一岁进士，官一品，多次出任会考官、典武会试、主试北闱，曾总裁南宫。在位广举贤才，朝廷以他举荐人才有功，嘉靖四十一年（1558）赐蟒服及“东观总裁”印章，加工部尚书兼吏部侍郎，继举升礼部尚书兼翰林学士。没想到后遭欧阳一敬举劾，竟然削职为民。回归故里后，收族人培养，创建义田，多筑义仓，办义学。竟然得不到乡人同情，惨遭民变，活活气死。

董氏的盛而速衰也道出了中国式的盛衰规律，应了孟子“君子之泽，五世而斩”的话。董家的一部书，就是中国人性人情的大书，董份自以为读懂，结果反误了卿卿性命，后悔已经晚矣！

据南浔提供的资料：董氏始祖为北宋时紫光禄大夫董贞元，因触怒奸权佞臣蔡京而辞官归隐湖州乌程县梅林（今南浔区织里镇轧村）。元明交际之时，董贞元八世孙董仁寿入赘南浔沈氏，遂为南浔一支始脉。董氏南浔一脉的兴勃，始于明中叶董份。董份（1510—1595），嘉靖十六年（1537）中举，二十年（1541）成进士，选庶吉士，授翰林院编修，参与纂修会典，转右春坊左中允，管国子司业事。这个时候的董份，终于有机会能够与皇上近距离接触了。

这个皇上就是明世宗嘉靖朱厚熜。朱厚熜喜欢青词，什么是青词呢？青词又称绿章，是道教举行斋醮时献给上天的奏章祝文。一般为骈俪体，用红色颜料写在青藤纸上。要求形式工整和文词华丽。唐李肇《翰林志》："凡太清宫道观荐告词文用青藤纸，朱字，谓之青词。"前蜀杜光庭《皇太子为皇帝修金箓斋词》："青词奏御，俾金慧以韬光；丹表通真，致珠囊之叶度。"简单地说，就是一种文体，产生于唐朝。明朝嘉靖皇帝爱好青词，遂使善写青词者得到重用平步青云。《明史》称："世宗斋居西宫时，（董份被）亲点为翰林学士，得乘骑出入宫廷之中，斋醮仪上'天神'表文多出其手。"《明史·宰辅年表》统计显示，嘉靖十七年后，内阁十四个辅臣中，有九人是通过撰写青词起家的。董份就是其中之一。

1964年5月，毛泽东在一次谈话中说："《明史》我看了最生气。明朝除了明太祖（朱元璋）、明成祖（朱棣）不识字的两个皇帝搞得比较好。明武宗、明英宗还稍好些以外，其余的都不好，尽做坏事。"这段话可视为毛泽东对明史的整体评价。

纵观毛泽东对明史评价，除了朱元璋父子，他提到较多的另一个明朝皇帝是嘉靖皇帝朱厚熜。到底是何原因让毛泽东用"很不以为然"评价嘉靖皇帝朱厚熜呢？

朱厚熜，嘉靖帝，兴献王朱祐杬之子。武宗于公元1521年3月病死后，由于武宗没有留下子嗣，又是单传，因此皇太后和内阁首辅杨廷和决定，由最近支的皇室，武宗的堂弟朱厚熜继承皇位，第二年改年号为嘉靖。

明世宗在他登基的最初几年确实是有所作为的，即便后期常年痴于修道，也没完全不理朝政。他打击旧朝臣和皇族、勋戚势力，总揽内外大政，皇权高度集中。他重视内阁作用，注意裁抑宦官权力。但与此同时，偏信偏执使他日渐腐朽，滥用民力，迷信方士，尊尚道教。使首辅严嵩专国二十年，吞没军饷，吏治败坏，边事废弛，倭寇频繁侵扰东南沿海地区，造成极大破坏。在长城以北，蒙古鞑靼部首领俺答汗不断寇边，二十九年甚至兵临北京城下，大肆掠夺。在嘉靖年间，南倭北虏始终是明王朝的莫大祸患。在用人上，世宗"忽智忽愚"、"忽功忽罪"，功臣、直臣多遭杀害、贬黜。户部主事海瑞上《治安疏》，世宗怒不可遏，将海瑞入狱。因此，朱厚熜成为颇具争议的皇帝。

事实上，明世宗是个极其聪明并且自信的皇帝，能与之打交道的，也只有严嵩这类的官场老手。这话虽然有点武断，却也不是毫无道理。总而言之，明世宗虽不是一个好皇帝，却也不是个无能的昏君。董份能够在专国首辅严嵩手下混，能够赢得朱厚熜的厚爱，绝非简单事。也可以看出董份的城府之深浅。

南浔董份家族的兴盛，始于董份。董份的成功主要是他的为人，我们常说性格决定命运，这是最为重要的，一个人要想成功，性格的改变十分重要。董份从家史中品尝到酸甜苦辣，可能一般人不知道“入赘”是什么意思。一个男人“出嫁”到女方家庭做招来的女婿，本身就是对男性的一种压抑，更为重要的是生儿育女都是女方姓氏，有点血性刚烈之汉，断然做不了入赘女婿。沈家应该说对董份的祖上很好，要不然，怎么准允复姓董呢？也许正是祖上有些事，当董份面对申时行上书要求复姓时，董份从中周旋使皇上准许徐时行改为申时行（关于申时行，我们后面还要说到）。董份的父亲董环有功名，博学，明兴，浙行中书省荐于朝，三征不就，凿石船为业而隐。董环于正德中，以岁贡身份入都。某吏部尚书闻其名，以厚币聘为私职，董环没有顺从，转而想想这份职业对于到京赶考的人来说，是份不错的职业，董环就将弟弟推荐去了。世事炎凉，不久该尚书败落失势，人见人躲时，遇朝廷判此尚书服苦重役。董环的弟弟决定替该尚书去服役，董环弟弟身体羸弱，怎么经得起此苦，京都就兄弟俩，他竟然挺身而出替代弟弟前往数年，以致举业荒废……

父亲与祖上的苦难，铸就了董份与众不同的性格，他从“自古雄才多磨难”中得到的竟然是“圆滑、少亢直”。当他能够站到嘉靖皇帝面前时，他最初的心里并不是自豪而幸福，应该是一种沉重。因祖上为生计而入赘沈家做儿子，因正直而替人服苦役的父亲，因抱负而苦读书……现在的自己能够站在这里，他想，我站在这里代表我祖上、我父亲，更代表我的家族中千千万万个学生，一片树林般的人才。我这样当官才能当得舒坦。

到了这个时候的董份，成为圆滑而中庸的宰相，这便是大明朝的悲剧。

褒奖后生、泽润乡梓

董份多次充任考官，故门生满朝。

自董份以进士起家后，董氏科第连绵不断，家族人口和声势不断壮大。董份之子董道醇为万历元年举人，董道醇生子六个。其中长子董嗣成、三子董嗣昭均为进士出身。四子董嗣昕，附监生，万历时游学南京，谒国子监司学业朱国桢等，善画;得石门宋旭笔法。五子董嗣昕，有读书过目不忘之能，人称“岐嶷越人”，十五岁补博士弟子员。试问，如果放在董份没入宫前，董嗣昕能补上吗？门儿也没吧！也许他有自知之明，意识到了，所以后来就“以纸墨自误，书法潇洒有致”。史书说到他时，给了这么一句，也算对得起他了。其幼子董斯张在朱彝尊《静志居诗话》和朱彝尊、王昶《明词综·卷五》上均为董嗣昕专门立了传，说他廪贡生，好交友，善文学，留有《吴兴艺文补》《吴兴备志》，与朋友合作有《静啸斋存草》。

陈田《明诗纪事·卷二十一》记载：

> 先是董为考官，取妻弟吴绍中式。绍，吏部尚书吴鹏子也。为御史耿定向所举劾，吴、董各疏辩求罢。帝命鹏竭尽供职，份安心直撰。吴，分宜（严嵩）党也。份亦与分宜子世蕃往还。时严氏得罪，人言啧啧，董得世蕃二万金。董虽供直西苑，帝终不能曲袒也。

《诗萃·卷一》称:（董份）所录士，宰相三人，公孤六卿二十余人，建牙开府四十余人得人之盛，前后未有……像申时行、王锡爵等宰辅均出其门下。

金以铭《鞠逸吟庐杂抄》说到董份居家时，“里中习举子业者咸切就正，董亦乐于奖劝”，以十天为期，与诸生集于东藏禅院，“命题角课，以月旦自任”。朱国桢当时亦在诸生行列，第依期赴约，多受董份的指点和赞誉，后中进士，并官至内阁大学十。

董份很有眼力，能够在会试时得人才，其中要害是他会看文章，每次主试，总能获取英才。这些人经他提拔，或擅长文艺，博皇上欢颜，名噪一时，或吏才突出，排忧于殿前，成一时之显宦。嘉靖癸丑（1553）年会试，董份取曹大章为会元，后成为晚明文坛著名的才学之士。嘉靖壬戌（1562）年，董份时任詹事府詹事主考会试，所取之士“多蒸蒸向用，会通显者”，更为他赢得了“长于衡荐”的名声。其中一甲三名申时行、王锡爵、余有丁皆一时俊杰，之后都位升内阁宰辅，成为万历朝的名臣。

关于申时行的故事，不妨在这里多说几句。申时行（1535—1614），自嘉靖四十一年考中状元后，步步高升，于万历十一年四月继张四维为首辅，万历十九年九月致仕，在内阁长达八年之久。申时行能这么待着，靠的是谁？就是董份。申时行以徐时行的名字参加科举考试时，董份就注意到了这个人。嘉靖四十一年，董份五十二岁了，在官场与朝廷已经磨砺得像颗鹅卵石，丢进油锅，压在石块下，都可以承受相当的压力！也能为别人蹚出一条路来……

后来，申时行与董份成了儿女亲家，申时行的学生徐泰时做了董份的女婿。申时行的家乡就在今天的虎丘，那时叫武丘乡，申时行不是武丘乡人，但他的祖舅家是武丘乡。

据今天苏州市的好事者考证说，申时行是吴江市铜罗镇富乡村人。

有一种说法是，申时行的爷爷家住吴县城里，家里开着一家小店，那年城里发水，接着是瘟疫，全家人都死得差不多了，就留下一个小不点儿，活着的人把他放在水缸里，让他在水里漂着，等有人发现他时，这个水缸里的孩子已经几天没进食，但大难不死，众人都说这孩子将来会有大出息。知道了是谁的后代，乡亲们赶紧四下寻找他的近亲，终于查到他家最近的亲戚就是武丘乡的徐家，那里地势高燥，别处水灾它反而得好收成。孩子被送到徐家。徐家已经有了几个女儿，就缺个男孩。他们见到孩子，当然高兴，又是地方上送过来的，便收下做了徐家的螟蛉子。

徐家在山塘街上有爿店，养家糊口没问题。孩子长大后，送进学堂，他的学业没长进，恰有一点好，他朝店前一站，那店里的生意就特别旺。这山塘街的生意主要就是为来虎丘进香的人准备的。生意旺当然是好事，但有人劝徐家说，这孩子常常独自到虎丘里面的庵里玩。那庵里有位道行很深的老尼，还有几位小尼。出家人六根清净，徐家并没想到儿子会与尼姑有什么故事。

明代冯时可《茶录》记载:“徽郡向无茶，近出松萝茶最为时尚。是茶始于一比丘大方，大方居虎丘最久，得采制法。其后于松萝结庵，来造山茶于庵焙制，远迹争市，价倏翔涌，人因称松萝茶。”

这则信息道出一个可信的故事来源，就是徐家这个孩子与尼庵的关系。

有一次，他说随大方比丘到安徽制茶。家里见他随个老尼姑外出，也没有在意，回来还把茶放在店里出售。这种事是好事啊！再后来，他与庵中的小尼姑有私情，小尼姑怀了他的骨肉。徐家这个儿子几次与家里提及此事，要娶尼姑为妻，遭到拒绝并被赶出家门。没了归宿的他只好住到尼姑庵里。后来他得了肺病死去。他死后没几天，尼姑生下个男孩后自杀了。

大方在一个雾雨蒙蒙，没有游客的黄昏时分，把这个孩子送到了徐家。

徐家老板想拒绝。

大方尼姑念着佛珠告诉他们，这是善事，两个送孩子来的人都魂归西天了，你们如果不收下这徐家后代，徐家可就……后面的话，她不说了。

她不用说，徐家明白这是什么原因了。再次精心照顾，用力将他培养成人。

这个孩子不负徐家厚望，二十七岁那年一举中了状元！《现代汉语大词典》编委之一郭佐唐，生前曾对此事展开调查。他认为，只要查阅明朝进士提名录，就会发现嘉靖四十一年状元即为徐时行，而不是申时行，可见徐氏养父母一事并非无稽之谈。

那么，从明朝开始直至清代，虎丘再也没有庵，更没有出家的尼姑。这又是为何。

又是一个据说，这种事也只能用“据说”来解释。说的是《玉蜻蜓》这个戏曲惹的祸。越剧《玉蜻蜓》以及与此有关弹词，脚本来源都是从东阳班（婺剧）同名婺剧折子戏衍生出来的。

说起来，中间是有点故事可以说说。当年与徐时行同场登科的东阳人有王村的王乾章、古渊头的李学道。两人在朝与申时行关系渐渐恶化成为政敌，一时也没办法治申时行，文人嘛，那就只有文人的手段，用婺剧编个折子戏《玉蜻蜓》来丑化与他们同朝的丞相。为了让申时行找不到由头，他们把苏州说成了东阳。

明代后来一直禁演《玉蜻蜓》，以及虎丘一带没有尼姑庵是与申时行有关的，到了清代，东阳与苏州一度还是禁演《玉蜻蜓》的。

从这些资料来看，申时行的出身是很苦的。

董份的出身也不是很富贵，他看到申时行，想到了自己的过去，当申时行将门帖递到他府上时，府上的门卫非常客气，少有的热情，也不要小费，让申时行都觉得不可思议，当然他也从中学到了一点，当贫寒有培养前途的后生上门投帖子，他也学会了关照门卫不能收任何小费。这又是他与徐泰时和另一个学生邹元标的故事了。

申时行、王锡爵、余有丁一甲三名同至内阁宰辅，这是中国官场史上前无古人，后无来者，空前绝后的佳话。除他们三人相继首揆外，此科中邹应元、李汶、许孚远、萧大亨、孙鑨、杨俊民、陈有年等七人，同列“八座”，其他位列卿寺的则达四十余人，如此多的人才得来，可以显见董份慧眼识才之能。

这些杰出的门生自然成了董份关系网的重要组成部分。董份与他们交往密切。嘉靖丙寅年（1566），申时行以修撰丁忧起复，即前往董份家拜访。董份在家中热情地接待了来自家乡的后生。这次申时行向董份报告“父亲”去世的一些情况，并告诉董份自己的出生，原来申时行在考取功名前，一直用徐时行的名字。他也是用徐时行这个名字参加国家统一的功名考试的。嘉靖四十一年，他在当年二百九十九名殿试及第的进士中名列第一，获状元及第。这个时刻，他要做的第一件事就是立刻向皇上提出申请，将徐姓改为申姓。当时，养父母尚在，董份问他为什么要这样做，董份提醒他不要忘掉养父母的养育之恩，容后一些，来日方长。申时行听从了恩师的话，现在是时候了。董份告诉他，可以由他代为转呈皇上。皇帝恩准此事。当然是董份从中替他说话。因为董份是将申时行视为自己圈内人的，要不后来怎么能有与之结亲家的故事。

从此，在中国明朝历史上出现这样的一种表述：嘉靖四十一年的状元叫徐时行。嘉靖四十一年后的官员中没有那位状元徐时行，只有申时行！

从小事上关心他人，是董份获取人心的重要手段。董份很注重培养人才，进京赶考来府上投帖的，他原则上都接待，先看人外表。据说，董份看人很准，他能知道你这次能不能中！不管你中不中，他都留请你进食，给你鼓励。这一点，温暖了考生。当然，能给他投门帖的也都是东南考生，他家乡一带的。考取功名后，董份备下喜宴，亲自把盏庆贺，这又在朝中网罗了多少人脉？有人说，进班子不进圈子，等于没进班子，进了圈子，没进班子等于进班子。这可是千年的定律，呵呵！进圈子就是不一样。门生王谟官至工科给事中，董份罢归时，王谟专致信慰问。后来王谟官为浙江佥宪，曾亲自前往南浔拜访董份。王谟因父病而弃官离浙时，王谟路过南浔去董份家拜访，后来董份为王谟父亲王邦益写墓志铭。董份妻顾氏的墓志铭由王锡爵撰。董份去世时，王锡爵又亲率其子王衡前来吊唁。

董份总是主动关心一些需要提拔的杰出人才，主动拜访一些才华出众的人士。这样做，不仅为自己赢得了谦虚下士的好声名，还交游了许多朝廷政要和文坛耆将，如大名鼎鼎的李攀龙、王世贞等人，他们均得到过董份的赞誉和褒扬。

董份极善于处理同事与同年的关系。慈溪王交与董份共事于东观阁，后改刑科给事中，在南京太仆寺丞任上去职，董份竟然主动为王交作墓志铭。王交之父王容、第四子王萱皆为进士，后来王交的第二子王荃联姻董氏。董份与王慎中之弟王惟中是同年进士，王惟中卒后的墓志铭，自然由董份撰。连这种墓志铭文章都揽来做的人，能不是个好相处的人吗？

对于家乡的父母官，董份特别注重交结。在京时常常主动与家乡父母官吟诗咏词和韵为乐，回家乡也是主动与他们交往，但他的这些诗词里体现着一种意思:“愿言遍桑梓，不独为家园”，“予亦五湖客，应多粉樌情”之类诗句所隐含的意思。退职在家时，每逢节日，董份必亲自前往郡邑拜会地方父母官。对此，他的老师唐枢很不高兴，认为董份太不重视自己的身份，掉价太狠了，曾批评说:“官至尚书，至贵矣，端阳止应在家，同儿孙泛蒲觞，奈何不惮劳，亲谒郡邑送节”，实在不像话。

其实，人不知董份如此做，是有他的道理，处世的准则。用现在人的话来说，有个双赢的效果。董份先人墓地在吴江，其母安葬吴江时，吴江令岳曾亲临其丧，并“遣人执绋导葬而祭之”。董份还礼是为这位吴江令祖父写墓志铭。这样一来，董份在吴江的田地就可以得到官衙的保护，一旦有讼事，官衙自然明白如何处理。

董份在联姻问题上，也多注重现实性。首先看对方是否殷实之户，如嘉兴吴氏、湖州徐氏、苏州申氏、吴江吴氏，他们都是当时当地放入超富层面的群体。如董份娶嘉兴吴鹏的女儿为继妻。吴鹏在嘉靖三十三年（1554）升工部尚书，两年后改吏部尚书，三十九年（1560）为太子太保。晚年巴结严嵩，其子娶严嵩孙女为妻。这个婚姻，翁婿同居大僚，不知是那个时代的幸事还是折射出腐败高层次的历史性启迪。董份之子董道醇娶茅坤女，董份孙子董幼函亦娶茅氏女，何故？只因茅氏栽桑获利，财力十分了得。董份有三个女儿出嫁豪门:一女嫁苏州徐泰时。徐泰时是靠申时行中举的，他们是什么关系？申时行原系弃儿，后靠徐家长大，读书中举，为报恩让徐泰时中举，无有财力，何以达到？徐泰时有多少钱，没人说得清楚。但有一件，那就是留园（原称东园）是徐泰时造的，造了送给恩人申时行的。一女嫁吴兴严氏家，严氏其严杰曾受教于董份，后成进士，官至御史，无富有之户，能请动董份予教吗？一女嫁朱时泰，其父朱希忠是“靖难”功臣朱能后人，袭封成国公，官到太师太保。还有，董份的孙女嫁给申时行的次子申用嘉，长期住在岳丈家，并入湖州籍，在浙江参加乡试中举，可见董、申两家的关系如何了。董道醇的二儿娶无锡状元孙继女……另还有董份缔姻于吴江大族吴氏。吴门的吴洪与吴山父子皆位至尚书。吴山与其弟吴岩同举进士，吴山之子娶董氏女。

一张庞大的关系网，网纲提在董份手上，纲举目张，能启能放，能重能轻，就看董份的态度与使用了。这份关系网，对董氏家族科举仕宦的成功和门第声望提高，以及田园家产的扩大和安全保障，无疑起到了重要的作用。有一点可以证明:董份岳父顾椿家，在董份发达之前并无显现什么，自从结姻后，顾椿兄顾峤之子顾震很快为富川县令，顾峤之孙顾尔行官至陕西道监察御史。莫说“一人得道，鸡犬升天”，但顾家多少受些董份权势的实惠是不用怀疑的。

置产业、举善为

董份的第二大能耐，就是置家产田业。他买下西崦湖，修环湖大堤，筑湖中小岛。

西崦湖在光福古镇西边，俗称下崦湖，面积约一平方公里，呈元宝状，上承浩瀚的太湖，下达浒光运河，群山围抱，水光潋滟，堤岸蜿蜒，杨柳袅娜，恰似一幅天然山水画。明朝苏州状元、著名文人吴宽曾有诗赞美道：

南人相诧说杭州，自料西湖让一筹。
天为渔家开下崦，晚宜画舫驻中流。
新诗已判纵横写，佳景从教次第游。
孺子歌声何处起，落霞孤鹜水悠悠。

光福，一名邓尉、玄墓，山清水秀，风光美丽，“山中梅最盛，花时香雪三十里”，有“香雪海”之美誉。而青芝山更是块风水宝地，东边是邓尉山，西边为真如坞，群山围抱，山间青松万本，参云翳日，碧栏红树，一隅畅豁。单就西崦湖，白波翠峰相映，是光福景区的精华所在。为方便每年上坟祭祀，董份在司徒庙（纪念祭祀东汉大司徒邓禹）北边的河亭桥建筑码头——“董家船舫”，船只穿过虎山桥，进入西崦湖，至河亭桥上岸。不仅如此，他还出资买下西崦湖，“大堰（崦）皆属之，广袤数十里”（《丹午笔记》）。

为了让环境更加协调美丽，万历二十年（1592），董份出资修筑西崦湖环湖大堤。当时吴中正值大饥，百姓“无所得粟”，无钱买粮，董份采用以工代征方法，每“载土一舟者，得米数斗”，于是百姓争先恐后，“旬日之内，土至如山”，一条数里长的大堤不久就筑好了。董份为修筑这条大堤，“费不下百万钱”（明袁宏道语）。

环湖堤岸上遍栽杨柳桃树，美丽如画。万历二十三年（1595），著名文学家袁宏道到吴县任县令，曾慕名特地到此观赏，大为赞美，并记录下了西崦湖当时美景："光福山下为虎山桥，两峡一溪，画峦四匝。有湖在其中，名曰西崦湖，阔十余里。乱流而渡，至青芝山足，林壑尤美。山前长堤一带，几与湖埒；堤上桃柳相间。每三月时，红绿灿烂，如万丈锦，落花染成湖水，作胭脂浪；画船箫鼓，往来湖上；堤中妖童丽人，歌板相属，不减虎(武)林西湖。……山间苍松万余，楼阁台榭，宛然图画。柏屏萝幄，在在有之。碧栏红亭，与白波翠巘相映发，山水园池之胜，可谓兼之矣。"湖上画船箫鼓，往来穿梭；堤上桃红柳绿，犹如万丈锦绣，桨声、歌声、笑声此起彼伏，真不减杭州西湖。

董份还在西崦湖中堆筑了一座玲珑多姿的小岛——浮庙墩。据说，小岛随水沉浮，从未淹没过。岛上屋舍俨然，绿树葱茏，宛如镶嵌在明镜上的一颗绿色的珠玑，真是"白银盘里一青螺"；也像停泊在湖中的一艘豪华游轮，点缀着平静的湖面，造成静中有动、动中有静的奇妙胜境。董份告老还乡后，往来于湖州、苏州两地。他在光福父母墓旁筑两舍，守墓读书其中。他与光福圣恩寺、光福寺的僧人成了关系不错的朋友，曾有《过光福题赠本立上人》诗写道：

闲来古寺已黄昏，高耸浮屠气象尊。
水借具区成佛海，山开小苑作祇园。
残碑字在经于祀，旧井泉分惠一村。
惠远更知能好事，笑迎陶令入松门。

他关心光福公益事业，在当地享有很高声誉，最为后人传颂的是他出资修复光福寺和光福塔。光福寺、光福塔始建于梁朝大同年间，历史悠久，在苏州负有盛名。尤其是光福寺，规模宏大，曾是佛教贤首教的中心，又称光福贤首教寺。寺院拥有一尊充满传奇色彩的唐代观音铜像，据地方志记载，宋朝康定元年（1040）在寺旁出土（唐武宗会昌年间的灭佛运动中丢失），当时吴中正值大旱，数月不雨，苏州城里的士民便将观音迎入城里，"祷之即雨"。此事轰动了苏、常、湖三州，佛教信徒纷至沓来，香火大盛。从此以后，每当苏州地区出现干旱或淫雨，都"敬迎入城，无不感应"。铜观音名声越来越大，人们干脆将它称作铜观音寺。北宋朱长文《吴郡图经续记》、南宋范成大《吴郡志》中，分别有"民间瞻奉，颇有感应；本郡或迎就城中，祈请皆验"和"岁有水旱，郡辄具礼迎奉入城，祈祷必应"的记载。著名清官况钟任苏州知府时，也曾将铜观音像请到苏州城里，烧香祈祷，即日下雨，灾情得到缓解。宣德六年（1431），况钟与同知杨栗、王佐等来到光福铜观音寺，亲自建立发“祷雨碑”（残碑犹存）。

明朝嘉靖四十二年（1563），光福寺方丈本立和尚发起重修，申时行等曾“染墨为之疏”。然而，由于经费不足，“数年竟亦弗就”。董份“行视封兆，见役屹屹若不能任，进本立问状，遂按遗址标置轨度”，毅然出资，“其瓴甋橑角，栋榱楹楶，庀工及藻绘费出自（董）公者十有九”。董份的慷慨出资，光福寺于万历二年（1574）终于修成，“华焕闳整，一新其制”。时人刘凤为此撰写《光福寺重建碑记》，曾感慨：“夫土木之役，恒有待于人。故琳宫梵殿，遍天下未有久而不陵夷者。即兹之役，诸僧肄之累载，遍走豪长者，家殷勤甚备，然未有发愤出其身，殚力砥功。宗伯（董）公一倡，而寺以克复，虽有所募，其能几何？乃宗伯又不自邀福，惟为国朝祝厘愿皇图与佛日共永。永则宗伯公意也。”万历二十年（1592），董份又倡导募捐修葺寺院后山上的光福塔。

《簪云楼杂说》一书记载：董氏曾以二千金酬谢一媒人。这个媒人就是苏州下属吴地的一位叫陈正礼的文人的儿子。他当时日子过得十分艰难，忽然有一天想起了父亲陈正礼生前对他说过的话：“昔曾与申相国（申时行）友善，然予性介，自相国之显也，弗与通。倘汝不能自存，往必有济。”遂立刻去拜访同里申时行，果如其父所言，申氏盛情款待了这位故友之子，不仅酒肉宴之，而且赠以三十金。此时正好赶上董份想联姻申氏，派人来说媒。申时行明白董家豪富，顿悟：何不趁此机会再给故人之子创造些财富？有此想法便代借口假托媒人不工，坚执不允。董氏来人感觉失面子，表情不爽。申时行将其呼之一边悄悄耳语，如果一定要联姻，除非请陈正礼之子做媒不可，且说陈氏是名家之后，不一定愿意来充当媒人。董氏来人明白而退。申时行又把此事暗中告知陈氏，让他不要轻易接受董氏之请，做完这套戏，申时行最后放风给董份，说：“某岂易辱哉？非千金为礼，终鞅鞅不惬人意。”董份吩咐家人不惜两千余金前后酬以陈氏。陈氏最终能“丰于中人之产”。申时行借助董份帮助故人之子度难之事，一时成为千秋佳话，其中更有董份事后与申时行酒后吐真言：“余哪有不知不悟的道理？翁非老愚至此，知之而乐之，善也。”说明董份知道了申时行的目的，也故意配合他这么做。这里可以看出董份仍善良之辈。

立储之争对董氏的影响

董份的孙子董嗣成，虽然出身富门，恰毫无纨绔子弟的那些金粉气。为官清正，敢于仗义执言。万历年间发生的立储之争案，直接的牺牲品就是董嗣成。

明神宗朱翊钧的年号叫万历，这个年号一共用了四十八年，是明朝使用时间最长的一个年号，神宗皇帝也是明朝在位时间最长的一个皇帝。然而，实际上这个年号中有三十年的时间都没有皇帝上朝，而这仅仅是因为一个女人——郑贵妃。

万历十四年（1586），神宗传谕内阁，说自己“一时头昏眼黑，力乏不兴”；万历十八年，神宗又说自己“腰痛脚软，行立不便”；万历三十年，神宗召首辅沈一贯入阁交代后事；万历四十年，南京各道御史上疏：“台省空虚，诸务废堕，上深居二十余年，未尝一接见大臣，天下将有陆沉之忧。”

神宗十岁当上皇帝，二十岁亲政，二十四岁开始就因身体原因极少上朝，二十七岁以后干脆避居宫门之内，不再上朝。当时，他处理政事的方法都是通过谕旨向臣下传递，就连“万历三大征”也是以这种方式处理的。

最初，神宗只是不愿意上朝听政，后来他竟不郊、不庙、不朝、不见、不批、不讲。这位皇帝不仅自己不处理政事，也不授权给大臣处理，整个国家的运转出现了严重的问题，很多地方官员编制都出现了问题，出现官位空置的现象，朝野上下则党派林立，相互争斗。因此，《明史》中是这样评价神宗的：“明之亡，实亡于神宗。”

有一次，神宗在母亲李太后宫中看上了宫女王氏，并使其怀孕。在李太后的逼问下，神宗只得承认王氏腹中的胎儿的确是自己的骨肉。在李太后的要求之下，神宗不得不册封王氏为恭妃。王恭妃受封不久之后便产下一个男婴，即神宗的长子朱常洛。

十四岁进宫的郑氏见王氏被封为恭妃，而且还生了一个男孩，心中感到十分不快，于是对神宗软硬兼施，要神宗给她一个名分。神宗很快让郑氏升为贵妃。这一举动引起了大臣们的不满。大臣们认为王氏生了皇长子尚且只封为恭妃，还没生育的妃子竟然当上了高于恭妃一级的贵妃，这简直就是荒谬。不过时间给郑氏开了绿灯，郑氏很快为神宗生下了皇三子朱常洵。其母立即被晋封为皇贵妃，这封号仅次于皇后。这一年，皇长子朱常洛已经五岁了，他的母亲王恭妃始终没再晋封，神宗也迟迟不肯提立太子之事。大臣们从神宗的态度中揣测出他想废长立幼，不满情绪如潮般涨没朝廷内外，有正义感的大臣们纷纷提出劝诫。其中有个叫作姜应麟的户科给事就在神宗准备册封郑氏为皇贵妃的当天上书，要求先封王恭妃（实际上要求神宗册封朱常洛为太子），结果姜应麟以及为他说情的刑部主事孙如法等都因此而获罪。

见这种情况，董嗣成上疏直言，以倡议立储而曲线支持姜应麟先封王恭妃。满朝官员争相上疏以附。没想到郑氏的势力还是大，言官因谏此事而被贬黜殆尽，接着又传来给事孟养浩在廷杖中致死的消息，满朝文武人人噤若寒蝉。此时，董嗣成义无反顾挺身而出，草疏救众臣。在上疏之前，家中有人察之，劝其勿为。董嗣成大义凛然道："今日之事，吾倡言之，首祸。谊不使孟给谏独死，我独生。且吾家三世食大官，奈何爱七尺，不为明主一忠言。决矣，无可夺者。"（见茅国缙《董伯念传》）家人见他如此，只能备好棺木等待。这件事引起了满朝关注。

再说，朝中虽然大家反对郑氏的行为，但皇上还是喜欢她，神宗每日上朝时都会听到大臣们的各种反对之声，他开始对临朝听政厌恶。此时，神宗的母亲已经老了，也不会再管他，张居正已死，神宗本以为朝中没人再能约束他，哪知老臣们还是对他吹毛求疵，让他不胜其烦，于是他干脆选择在后宫中，在郑氏的温柔乡里寻找慰藉。神宗和大臣们的关系越来越紧张，和郑氏的关系却越来越好，郑氏也想趁此机会将自己的儿子推上太子之位。神宗因为宠爱郑氏，因此十分偏爱朱常洵，心中也想要立朱常洵为太子。朱常洛毕竟是长子，封建王朝的传统都是"有嫡立嫡，无嫡立长"，如今皇后未育有子嗣，那么立长子为太子就是正统，如果改立朱常洵为太子的话，一定会招致非议。朝中大臣和太后也不会允许他这么做。为了不立皇长子为太子，神宗和郑氏可谓是想尽了办法，出尽了花招。神宗虽然想尽办法拖延立储之事，但还是忙中出乱，捅了纰漏，那就是他在贬姜应麟时下的圣旨中有这么一句"立储自有长幼之分"，这便等于承认了皇长子的地位。大臣们抓住他的这句话，要他实现诺言。皇帝金口一开，什么事情也挽回不了了，但神宗还不死心，继续拖延。

接着，神宗和郑氏又先后以皇长子年纪太小，等待嫡子出世等说法搪塞满朝大臣，但都被大臣们一一否定了。郑氏见这些计谋都没得逞，于是便要求神宗"三王并封"，就是同时封皇帝的长子、三子、四子为王（神宗二子早殇），这样，三个皇子的身份地位就一样了，便可以为立朱常洵为太子做铺垫了。不过，这个计谋也被大臣们给识破了。就这样，这场立储之战持续了十几年，在双方无数次的交锋中，郑氏越战越勇，而神宗却被弄得精疲力竭。最终，神宗还是于万历二十九年（1601）册立皇长子朱常洛为皇太子。这样，这场立储风波的闹剧才算结束。郑氏虽然想尽了办法，却没能占到半点便宜。

董嗣成的上疏，对郑氏是强烈的打击，也因为孟养浩死于廷杖之事，神宗怕再出现乱子，干脆赐董嗣成贬职为民算了。

董嗣成被贬为民（详情见：张廷玉《明史·卷二三三》、徐乾学《明史列传·卷八四》），在意料之中，又在意想不到之内。被贬为百姓的官员董嗣成告别京城之时，竟然出现“都人士倾朝出饯，赠轴盈囊，一时莫不荣之”。史书均对董嗣成予以高赞其亮节，称其敢上疏逆鳞，是光耀门楣之事。诗歌才能很好的董嗣成也悲思感慨，写下数首留传至今的好诗，表述了他对龙性难驯的无奈，因忠诚而被逐的遗憾，加上侥幸身存的快意，决心效法陶渊明，回去做一些对百姓有益的事。

“散财市义”遭民变

董嗣成罢归后，家居读史。特别读到“冯谖替孟尝君焚券市义”一节，感触万千。觉得自己家中财富积累太多，应该效仿冯谖之策孟尝君，散财敛取人心。他对祖父董份说了自己的想法，董份凭自己的感觉，认为孙子太冒进了，应该缓一缓；万一传到朝廷，被人说成收买人心，有谋反之意，那可是满门抄斩，株连九族啊！董份的话，董嗣成并没完全放入心中。但爷爷的行为多少影响到他。

董份晚年回故乡，正值苏州一带饥荒，董份表面上是帮助穷苦百姓，他贱价购买乡民土地，收租放高利贷。这样一来，董氏家产如同发酵一般迅速增长。而董份对于来往的宾客、官吏，无不殷勤款待，赠以厚礼。他的孙子礼部员外郎董嗣成擅长吟诗作画书法，也常常将自己的作品送人。爷孙俩做的事，两人却各有不同的看法。董份的疏财目的很明确，是将自己的家业搞得更大，疏一进二，乃至三五。孙子董嗣成则认为，家业大了，要善于用财，还要疏财、散财！他的散财与疏财是完全不同于董份的。

爷孙俩的分歧，很快就有了结果。

大约万历壬辰癸巳年（1592—1593）间，吴江之民告发董家所占田产与其所出价格不符。时值吴江县令黄似华本身就怕地方豪富聚财生变，主张锄强。董份巴结权贵，千虑偏有一疏，自以为与岳父吴鹏同居尚书高位，瘦死的骆驼比马大，没把吴江新来的县令放在眼里，更没想到朝中会有人援手地方官吏锄强，乌程县令张应望是南浔的父母官，也闻之而动。吴江发事地的父母官，家乡的父母官，连上朝中的“内应”，三面树敌，你能不垮？

黄似华面对凡来告状的，统统受理，且批示由董嗣成自己处理。黄似华这样做，可以说是驴子屙屎，两边光。对董氏来说，县老爷给足了你面子，人家举报的是不是事实，你去掂量吧。这大约就是今天官场那些举报信落入被举报人手里处理的历史先河，是不是还有更早的秦汉时代这样做的？如果考证，倒是一篇好文章。另一边讲，对于举报人也是一种警觉，你举报对不对，后果如何，你自己掂量……这样做对于县官本人则高枕无忧，静观其变，静候佳音。果然，董嗣成这位以气节著称的刚正人物，对于家族的声名，十分注意，他力求挽回因祖上广占田产而导致的恶劣影响，便采用了宽让政策，优饶自损，尽可能让人家平息态度。这样一来，民众见有利可图，开始争相恶讼。时遇浙江按察使彭应参收到这种举报，问吴江县令黄似华，“何故相集如狂”？乌程县令张应望巴不得借此机会捣散掉董份。于是，民哄官助，一场“哄抢”董氏家产的“运动”就这样开始了。现在想想，吴英案，何尝不是续了历史的渊源？

数月之内，董氏家产损失一半还多，事件并没停下，反而开始波及其他家族。其中最为厉害的是同里范应期。范应期嘉靖四十四年（1565）状元，致仕归乡后，与乡里人少有往来，虽然财富不如董份多，但乡里人拿他俩一对比，对范应期更怨恨仇视。加之范子仗着父亲的权势，不把乡人放眼里。董氏遇到民变时，正值范家儿媳突然死亡。乡人中不怀好意者便对死者亲属恶意唆使，制造讼事纠纷。在妻死无以自明及恶意讼事的双重压力下，范子被迫服毒自尽。范应期面对失子之痛，同时又要面对无休止的诉讼，一年后在愤恨中上吊自杀。这件事触动了几个人。一位就是吴江县令黄似华，闻讯后反省了自己的行为，因为他没想到这起民变，虽然起于董氏，波及范家，竟然形成星火燎原之势，东南一带，稍富一点家族皆为恐惧，人人自危，恐此祸波及自己，如此下去，自己必会成为最后的牺牲品，竟此于一个傍晚挂印而去。另两位就是董份与其孙董嗣成，他们终于明白“人弱狗欺”的常识。董份向吴江秀才周光祖求解法。周光祖目睹这起事件的全过程，深知刁民之害，便献计于董嗣成："令范夫人伏阙鸣冤，眼下别无他计可使。伏阙振鳞，而后事可图也……"董氏家庭商量后觉得这件事可行，遂先使董嗣成进京看望旧友好朋，将意思稍透一二。董份亲自出马做范夫人工作，晓以利害。令人替范夫人将状书拟好，其中多以赃私事诬陷乌程县令张应望，并涉及浙江按察使彭应参。已经辞官回家的黄似华也具奏疏上朝廷自辩，言中多多指责浙江按察使彭应参。当范夫人到京，自有人将其安顿好，从上到下均有官员自动前来为董氏说话做事，范夫人迅速伏阙申冤，皇上不上朝，但有人理事，理事人虽对董份"陌生"，恰曾与范应期好友，几乎不费吹毫之力，将彭应参、张应望押京问罪。彭应参削职为民，从此不再相信朝廷，更怕自己遇上董份的事，小心翼翼，很快忧郁而亡。张应望被发配西北充军，再也没回来。

沈赞《近事丛残》说，范夫人进京伏阙后，"董氏安枕矣"，真是"周郎妙计安天下"。但事实不是这样！朝廷内董份原有敌对势力没有罢休，在他们的怂恿下，针对董份的讼牒不断，只是皇上与当朝宰相不想再过问，让下面去办。这下面去办，就有许多故事了。弄得董份整天没安宁。董嗣成的岳父沈儆玠当时正因为丁忧家居，见董家忙于讼事，也因此致信于巡抚与县令，力恳两位帮助（当时董嗣成、董嗣昭两进士亦已卒），他描写了董氏一族所陷困境：

> 自此刁横成风，攘夺四起。房屋过卖者，欲重来占住；田产过卖者，欲重来占种，绝契义书永不反悔者，驾言暂典；现银交易毫无准折者，驾言债利；卖三四十年者，突然兴词；辗转三四人手者，犹然挟诈。虚声恐吓不动，则纠多人登门殴辱；凶徒一时难聚，则遍布匿名文帖，多方鼓煽。诸如此类，其情状不能述。

在给乌程新县令董令的信中，也有可乘之述及："小民聚众围绕房屋，裂其衣寇，掳其货财，辱其妇女……"

由此可见民变后长时间不能让董氏的生存环境平复。董氏家族最终淹没在明末江南的民变风潮中，实在是不应该的。万历二十三年（1595）是董氏家族最为悲惨的一年，董份、董嗣昭、董嗣成三进士相继去世，特别是董份与董嗣成的死亡原因直接来自民变的刺激，加上董道醇于万历十六年（1588）病故。这样，董氏一门四进士的历史从此画了句号，这个家族也由此从天上掉入地下。

就民变造成的后果来看，李乐在《见闻杂记》中坦言：董氏无甚过，而其“家奴注训谨，一二事得罪士大夫”引起。朝廷后来处置也是对的。

百间楼闲话

董份在通津桥北堍有大住宅，人称“大宗伯第”。后来被张颂贤买去。这片前临东大街，起德懋弄，西至宝善街，后沿栲栳湾一整片地上，让董份着意地展示了他的富有与阔气。就在这一整片宅第的后面，他也没有放过，沿河造起了白墙青瓦的房屋，供给董家的长工用人奴仆们居住。他们能有这么好的屋住，也是很快活的。劳累一宿，清早起来后，站在河埠码头上放眼观看，伸个懒腰，打个哈欠。丫头女佣临河梳妆，清晨雾罩河面，篙破清波，船划碧水，鹧鸪歇在河莲上，蜻蜓追着蝴蝶飞，那是何等美的景致。对岸的河筑起石驳岸，沿廊、水埠、花墙、券门的百间房屋，气势更大，那是董份家的账房管家佣头等住的，这些人有家室，也有家产，他们可以得到主人较多的赐予，住的房屋可以是主人赐予的，也可以永久归自己的。

董份造的屋，据说这里已经很少了。要找明代的建筑，镇上有。在南西街董家弄4号5号两个大院里。4号的大门已经拆掉门额一部分，石条门框在，其石质是武康石，用手指剥落石粉呈红色。门墩下沿基还在，原来的榉木大门依然如是。楼梯扶手已经没有，中间正厅落地隔板门完好无损，尤其是楼上的楼板，每块均在五十厘米以上宽，在楼上可以看出拱斗跨梁的用材，连上面留着的墨线痕都十分清晰。4号楼上住着的一位老人已经去世，但房里保存着她当年出嫁时的陪嫁物：一张橱、四方桌、椅子等等，还有那张她当年新婚的大床，上面镂空雕刻精致的葫芦藤都栩栩如生。在4号院大堂后面，左右小屋，中间通道，高墙上留着当年门的痕迹。这个痕迹与5号院的大门款式一致，均为明代建筑特点。明代的建筑就是与清朝不同，更不是民国那些花里胡哨的。但这两个大院里的建筑应该属于晚明时期。这是从4号院楼上一个大梁上刻的一朵云图案看出的。因为朱元璋很节俭，建筑上讲究简朴。有些图案花饰，只有晚明时期才大量出现。这两个院里住着的都是董份的后代。其中4号院里一位董家后代媳妇说，他家出了一个博士一个硕士。

既然是闲话，这里也说说与董份有关联的申时行与徐泰时的故事吧。

前面说到徐泰时与申时行、董份的关系。这里要说到徐泰时与申时行，因为他们与董份都有千丝万缕的关系。

徐泰时对申时行是极为重要的。

徐泰时十九岁开始求仕，二十一岁中秀才，直至四十岁的万历七年，他的求仕情况才有了改变。说到他的改变，离开不了申时行！

申时行，可不是一个简单的人，要说徐泰时，自然得先说说这位申时行。申时行是靠董份才进入朝廷的，到了申时行出头时，明朝早不设宰相，大学士即为首辅之人选。换句话说，申时行距宰相也就是一步之遥。到这份儿上，申时行的翅膀也硬了起来。他决定对启蒙老师屡次请求之事给予关照：替徐泰时谋入仕之途！

就在这时，徐泰时再次带着申时行启蒙老师的书信到京城申府投帖。投帖，就是像现在的投名片，上门拜访。过去，他来过多次，但都被挡了回去，最多的一次就是在门口那个轿厅旁坐了一会儿。门口卫士的热情与拒绝令他十分不能理解，就连这次申时行亲自出来接待，徐泰时还是不能理解的。申时行和蔼地向他询问了家乡的许多事，然后告诉他，愿意为他的老师那份面子做点事。事后，他亲自向负责江宁的主考官推荐了徐泰时。

地位显赫的申时行替考生说话，焉有不取之理？

翌年入京会试，徐泰时顺利进入殿试名册。

这垂手而得的进士，对于徐泰时来说，真的是“来得早不如来得巧”。

殿试，理论上说是皇帝殿前出题，考生应答。事实上，是大学士申时行辅助张居正出题，像秘书写报告，领导对着报告念。皇帝有时可以不照卷子念，但对张居正崇拜得五体投地的万历皇帝，不但完全照张居正的卷子念，连音节都努力照当年老师教他读四书五经那种语调！

徐泰时外表持重稳健，给张居正留下了印象，徐泰时顺利通过殿试，入朝为官。这都是申时行的作用，张居正带新科进士觐见太后时，专门介绍了徐泰时。

太后深感宫廷管理上的混乱，便要徐泰时留在太仆寺。

太仆寺的职责很复杂。秦朝之前是王命的主要职掌者，向下颁布王命。汉朝列为九卿之一，官位高显。到了明朝，太仆寺成为专掌皇帝御马与朝廷马政的衙门。马在古代是朝廷最为重要的实力表现。徐泰时进入太仆寺时，太仆寺的性质又有变化，不再管理马了。马由苑马寺管理。太仆寺成为专门为皇家实施建筑的领导部门。徐泰时在那里做一个账房小职员。

这是万历皇帝举行大婚后的第二年，这年万历皇帝十六岁，是他从形式上摆脱了太后的日夜监视，行动自由的开始。在这之前，一切都是在老师张居正的辅助下进行，对于张居正的依赖，他几乎到了一刻不能离开的地步。万历五年，张居正父亲去世，按照封建礼教，他必须告辞官职回家服丧三年。百善孝为先的朱明王朝，张居正父亲去世却出现了“夺情事件”！

“夺情事件”就是张居正不回家守孝。外表看是张居正的事，实质上是皇帝顶住朝廷上下的压力不准张居正回家服丧。直到万历大婚后，才给了张居正三个月假离京回家服丧，但京城的大小事也都快马飞报张太师。

万历十年，也就是徐泰时入朝两年后，张居正去世。先是张四维接班，不出一年，张四维的父亲去世。这个时候的万历不能再搞“夺情”事件的重演旧戏。这便把四十九岁的申时行推到了首辅的位置上。张四维居丧将要满期时，突然一病不起。申时行便坐定了这个位置。

四年后，申时行把比自己小六岁的徐泰时调到了身边。

有一次，申时行与徐泰时谈起多年前的那封推荐信，颇有感慨地说，我家很穷，爷爷给徐家收养，父亲又入赘徐门，处境不佳，我能有书读，全赖老师啊！后来，我恢复申姓，你们徐氏很有想法，逼得我不能返乡，多亏老师从中斡旋啊！

申时行坐定首辅。正遇上明神宗朱翊钧开始为自己兴建寿陵（即明十三陵中的定陵）。他下旨任命大学士申时行知建造事、兵部工部各一名尚书配合总督工程。徐泰时也被派到工地总理寿宫。徐泰时一到工地，就卷起裤腿从小工开始做起。

陵地位置选择历时两年半，挑剔的万历皇帝亲自去了四次，选了十七处，还处分了包括申时行的姻亲、礼部尚书徐学谟在内的五名大臣，最后才定下。

徐泰时在工地做事扎实到连工程材料款也是见材付款，防止商人冒领费用。

为了使工匠不因生活条件差而怠工，徐泰时亲自带头捐出工资造工匠宿舍，使工匠摆脱行宿露天之苦。在疾病流行时，设“医局”施药，同时设“病局”收养病号，使“民赖以安，所全活者万众”。由于徐泰时的认真管理，工程进展迅速，在建定陵造成国库空虚的情况下，“所省金钱动逾数十万缗，工不豫计而事办，材不宿购而力完”。

定陵建成。万历皇帝车驾临视察表示满意，特恩赐徐泰时麒麟服，以彰显宠爱，升他为太仆寺少卿。

为皇帝造陵园也能升官，这能不遭人暗算吗？

终于有人想出了点子来整徐泰时，说他受贿，更为严重的是，说他为了在造陵工程中省钱，竟然让伐木运输这些关节上的人不按章纳税。

这些指责是很有用的，如果你皇帝不处理他，那就会被写进你皇帝的“起居注”里去，更厉害的是皇太后还会来干涉。万历十七年（1589）冬，徐泰时被皇帝安排回家听候处理。这一“听”就是四年，虽然反复查实“无庇商之私”，所说事“多所谣诼”，但仍罢职不用。

申时行再次将这位老乡拉到了自己的身边工作。

在申时行身边工作，徐泰时目睹和经历了万历皇帝朱翊钧亲手炮制的好几起大事件。

首先是对张居正从千万倍的崇敬依赖到口诛笔伐，严惩不贷；万历皇帝没有他的叔祖正德皇帝那样的勇气与积极探寻快乐的情趣与冒险精神，但他在怀疑人方面，则有过之而无不及。这一点，很像他的祖父朱厚熜。当万历皇帝把张居正的家抄了以后，满朝文武无人敢替张居正说句公道话。申时行恰站出来，向前一步，不重不轻地，语气缓缓地，他力争把话说明白，把每一个字都吐清楚，让所有在场的人都知道他说的是什么。他说，张居正只是有过错。就这几个字，如同一块磐石落在朝廷那方砖铺的地上，砸出的碎石击中了在场每个人的心头！据说，整个朝廷上下，鸦雀无声。就连朱翊钧身后的侍女动一下裙衩的声音都让门口的卫士听到了。

谁都明白，申时行的言下之意，张居正绝没到满门抄斩、刨棺暴尸的地步，何况你还在张居正临死前九天，下旨授“太师衔”，这种建朝二百年来没有的事，你都做了，现在恰不能容一位对你有恩的已故首辅？这事儿，你能让别人明白你这皇帝怎么当的吗！

等明白过来后，万历皇帝很恼火，他看看满朝文武，见没人敢出列说话，便对申时行恶狠狠地责问：“这十年里，我身居九五之尊，却没钱来赏我喜欢的宫女，只能记册以待有钱后再行兑现。我的外祖父因为收入不足以开支日常生活，被迫揽纳公家物品牟利被当众申饬。而他，言行不一，满口节俭，事实上生活极其奢侈，有许多的珠玉，绝色美女。占那么多实利。该如何说？”

申时行回避正面话题，而是提出要对张居正的老母额外赡养。徐泰时站出来支持，顿时如一股暖流淌入在朝所有官员的心田，谁没有老母？谁没有张居正的今天？谁愿意看到张居正今天这样的遭遇？

整个朝廷上，没有声音。

这无声，朱翊钧明白，它比有声音更为可怕！

万历无奈，只好准许留地千亩、空宅一所。并坚持要申时行回答他提的问题。

站在一边的徐泰时如果再不出来帮腔，事情可能真会出现反面结果。他站出来大胆回复万历皇帝，说，天下的财富都姓朱，张先生和许多人一样，只是做了皇上财富的保管员！

万历皇帝听罢笑了，对徐泰时说，你什么时候愿意让我去看看你那仓库存的东西？

徐泰时跪奏，随时恭候。

万历皇帝还真的派太监到过徐泰时的家中，可惜这个七品官的家里很贫寒。

从这一点上你就可以看出明朝的万历皇帝是个什么样胸襟的皇帝了，朱元璋九泉之下也会大喊快别让他掌天下吧，别让中华民族灭在我的这些败类子孙手上！

在申时行身边的徐泰时目睹官场的险恶，时时替申时行提心吊胆。

申时行却说，从表面看，他们是冲着张居正来的，因为我是张的人，我接位后做了一些让他们看来是对张不利的事，但实质上，我还是顺张居正的路线走，他们看出来了，暴露出来了，他们实际上就是要左右皇帝。他们有个理论是很可怕的：现在不是需要新的政策，而是需要一个性格平淡无欲的皇帝来忠实地执行前朝政策。也就是说，皇帝不是政策的决策与国事处置者，而是一个国家的象征！皇帝最好毫无主见，如此可足以代表天命！

徐泰时不解地问，张居正的政策真的不对吗？

申时行说，张居正的新政对国家有益，而对两万官僚无利，我不能昧心地站到两万官僚一边去攻击张居正，也不能为了保护张居正而丢了自己。我连自己都保不住的话，张居正的家人就连最基本的生存都会没有，那么一来，我更对不起张居正。所以，我只能缓解矛盾。

皇上能明白吗？徐泰时问。

申时行叹口气，摇摇头说，他应该明白：在这个已经有二百年历史的王朝里，不是缺少皇帝，而是缺少“目标”。这个目标，就是让两万官僚能不断地出现能人！不断地制造出能够显示自己聪明才华的新的让他们攻击的“目标”。如张居正、申时行。没有了，或者说，选择不到更好的攻击“目标”，他们就会对着皇上来的。

皇上也没办法吗？徐泰时感到惊讶。

申时行说，皇上由于“道德”与先祖政策的制约，只能听命于二万官僚的“制裁”！如果他不在万历七年至十年间扮演那个“自命不凡”的角色，对张居正下手，为众臣树立背信弃义的表率……

徐泰时倒抽口冷气，难道明朝已经……

申时行把手指竖在嘴唇上，不再多言。

万历十五年，京察之年，所有官员都要受到考核。

这年的主持首辅不再是张居正，而是申时行。

申时行采取与张居正完全不同的态度，力主人事上的稳定，让大小官员各就各位，机器照常运转。于是众心欣慰。申时行化险为夷，博得“老成持重，有古君子之风”的长者之誉。

万历皇帝对申时行的看法好转，给申时行授太师称号，被申时行坚辞掉了。他那肚里说不出的话是：你给张居正授个太师号，茶还没凉就要掘人家的坟了！这种号，谁敢要？！

果然，朝喜暮怒的万历神宗皇帝朱翊钧终于厌倦申时行了，这个把官员当作同性恋伙伴的皇帝，希望身边频频出现新官面貌才开心！

申时行终于导致祸及自身，而使自己告老返乡。五十七岁，还是很有作为的年纪，却无奈地被迫决定辞职。申时行走时，坚决地劝徐泰时离开，告诫他的老乡，如果不走，一切灾难将会落到他的头上。

两个苏州人在一个灰暗的下午离开京城，踏上返乡之途，竟然没人相送。

事情并没到此结束，申时行走后，众官员出于对社稷的考虑，直接指责万历，要他反省所作所为有哪些是与开国皇帝时的政策相悖之处。万历此时方清醒申时行存在的重要性，他决定召回申时行。

申时行坚辞不从，最后只好让徐泰时回京替他完成大峪山工程及宫殿里的后继事务。

申时行不忘给万历写揭帖，说明徐泰时回朝会引来众官的打击，希望能让徐泰时料理完后仍然回籍。

万历这回给了申时行面子。

徐泰时在京羁留期间，有人想从徐泰时的身上打开攻击申时行的缺口，但没有成功。

万历四十二年，万历皇帝又一次想到了申时行，并再次恳求老太师回朝辅政。他一点也不知道，申时行几天前在家乡苏州度过了八十岁生日后去世。

万历询问徐泰时这位五品官的情况。其实，徐泰时也已早申时行十八年就去世。但在徐泰时那里有申时行留下的墨宝。万历急疾求获。那是一句至理名言：

“道德是一个国家自古以来的安邦之良策。”

万历捧着这话，流下了后悔的泪水，但已经迟了。五年后，五十六岁的他也撒手西去。

万历皇帝并不知道，世间也因此有了一个美丽而无与伦比的园林。这个园林，是徐泰时造园给申时行的，取名东园（今留园）。

在申时行的保护下，即便有人对他徐泰时不满，他徐泰时也不必多言，自然有申时行在前面挡着。徐泰时奉行为人处世和为贵，凡事谦让。加上徐泰时自小替父亲的生意做账目，积累了经验，他直接经手大峪山陵寝钱财，从中截获多少，只有申时行心里有数，其他人也只是猜测而已。当他与申时行一起离职后，有人清理过账本，却没查出问题。

出于对申时行的敬重，徐泰时回到家乡后要办的第一件事就是替申时行造一座园林。因为，直接送钱财给申时行是不妥的。造园林送给恩师，自己也可以常常去享用，这种好事何乐不为？

申时行拒绝了。他深知万历的秉性，不想步张居正后尘。

徐泰时决定自己造园。他要造个申时行喜欢的园子，申时行说过，他特别喜欢拙政园的平岗小坡，自然野趣形成的素雅静逸、简朴清远，极具文徵明的画风，使他很赏识。徐泰时是工部官员，他在赏识之外还有一点就是他追求来自皇家的贵族气，而又合乎规范的存在。这与申时行的秉性爱好很相近。

据说，徐泰时造园之初，专门去倾听申时行的意见。

申时行没有任何话语，临别时说了一句，在大峪山看关外，那气势可观啊！

徐泰时心领神会，请当时吴地造园名匠周时臣到园中筑高数丈，阔可延绵有势，酷似大峪山背景之燕山的横披大假山。周时臣说，有此山，若有“瑞云峰”当可相配。徐泰时问何处可得。周时臣告诉他，北宋朱勔采“花石纲”时落入太湖里的巨型太湖石，名“瑞云峰”，如今在董份故居。徐泰时心头一乐，我怎么没有见过岳丈家有此石？不妨先听听他嗑嗑老经……

周时臣说起这块石头的故事。

北宋末年宋徽宗赵佶修艮岳，朱勔奉命在苏州一带搜罗奇花异石。在太湖里的西山发现两块奇石，好比两女相对，俗称大石为大谢姑，小石为小谢姑。大谢姑高达四丈，朱勔为运它，花费八千缗打造巨舰，将它运往汴京。宋徽宗赐名“神运昭功敷庆万年之峰”，封为“盘固侯”。小谢姑即瑞云峰，将启运之际，遇靖康之乱，弃置河滨。到了明代初年，苏州国子监祭酒陈霁相中此石，将它从西山运往东山横泾，途中船坏，石与底座的石盘皆沉入水下。陈霁听从当地人建议，在沉石水域四周筑堤用水车将水汲干，耗时近月，费工千余，才将石头打捞出水。但石盘则因打捞难度更大而放弃。陈霁是横泾富户，宅第宏壮，按经藏数建造，共有五千四百八十间。堂前立峰石五座，其中最大的就是这座瑞云峰。陈氏卒后，正值董份营造“大宗伯第”，有人向他推荐了这块瑞云峰。董份亲自去看了，感觉很好，决定运回南浔去。令人不可思议的是，这块石头运过太湖时，船就在当年陈霁沉船处无故自沉。董份只好打捞，方法仍然是陈霁那样，让人无法面对的事实是，打捞出水的竟然是当年没出水的石盘。董份心有不甘，继续重金募请善泅者，摸索水底情况，终于在一里之外的地方找到了这块瑞云峰，将它们合而为一。据说，时距陈霁上次石沉恰好六十年。由于石头太沉，为减少摩擦力以节省人力，董份采纳民间建议，以捣碎葱蒜叶覆地来加滑地面。当时用葱蒜万斤，致使南浔一带很久没有葱蒜。董份费劲将这块石头运回家，还没竖起，儿子董道醇突然病故，自己也感觉精神不济，遂弃置一边。

哦！原来如此。徐泰时明白了。择日去了一趟南浔，看望岳父，说起瑞云石，董份来了精神，问有什么打算。徐泰时只好把造留园的事一说，董份连连夸好事，便将这块太湖石转赠给了爱婿。并说话道，难得有你这份孝心，好啊！造好了也让申时行高兴高兴。然后约定，到光福他董份的新居去相聚。

周时臣替徐泰时把那三丈余高的瑞云峰弄到了东园。

瑞云峰耸立于大假山，果然气势非凡。

留园当时称东园，历时五年造成。

与拙政园等当时苏州的园林相比，留园还是高雅之首。

申时行有评价说，园分东西，实为东西中北，墙廊相隔又相通，空窗迭漏窗，洞门连院廊，景物分明又重叠，韵中有趣，趣里有情，变化多端，实又寻常！他用了几个“可”：可行、可望、可游、可居来高度概括这座园林。

秋深时节，枫林蔚然似云霞，透过隔墙间的漏窗，可以与中部之乔木互为借景，令人顿觉山野之趣。

红叶每出粉墙，积堆于墙，若霞染云蔚，给中部观景平添重彩。

人工堆叠的山上有亭两座，一亭浸没在枫林之中，一亭翘处西北山腰。

清溪环山，植桃柳行行，溪的尽头，临水造一阁，水自阁下过，人在阁中观鱼游，仿佛跨溪，有晋人的桃花源境界。

在建筑上，徐泰时听了申时行的话，不搞皇家气的东西，厅堂楼阁均为江南旧式风格，用料做工都是上乘极品。前后两院皆列假山，人坐厅中，窗透门看外部景观，犹丘壑再现。

后部小山前一清泓，站在这里左眺远翠阁，隔院楼台一一在目，人益觉气势之宏阔，景致之繁盛。左右周围建筑，或小亭小屋小院，或重置馆堂，布局合理，过渡有景相间，相连有窗能透。佳木修竹、萱草片石，寸寸得宜，楚楚有致。人在静中有动感，动在静处有景移。

步至冠云楼，推窗可见虎丘塔影，其莫为壮哉乎？

万历二十四年（1596），“公安派”诗人三袁之首的吏部郎中袁宏道任吴县县令。申时行借此园为袁宏道洗尘接风。

二十八岁，风流倜傥的袁宏道在那次酒宴后写下了《园亭纪略》，称：宏丽轩举，前楼后厅，皆可醉客。石屏为周生时臣所堆，高三丈，阔可二十丈，玲珑峭削，如一幅山水横披画，了无断续痕迹，真妙手也。

活了五十八岁的渔浦公徐泰时造了好几座园林，其中数东园为最大，西园次之。因此，有人说苏州下塘徐泰时是董份爱婿，家中富堪敌国，罢官归里，专花钱造园林。关于那块“瑞云石”还有一则传说。说的是，徐泰时从南浔运到吴中，一路上不知损坏了多少桥梁，然而正打算竖起来时，徐泰时病倒了，不久去世。瑞云石自此又高卧深厚的茂草之中。四十年后，徐泰时的儿子徐中翰才把这块倒在深草丛中的太湖石竖起来。但不到一年，徐中翰也死了，因此瑞云石便一直被视为不祥之物。由于此石神异非常，其故事在明清两朝流传甚广。沈德符《万历野获编·卷二九》、袁宏道《园亭纪略》、张岱《花石纲遗石》、徐树丕《识小录》以及明清苏州、湖州两地的方志，均有对此石的记载。尽管各家记载不同，大致风貌相似，离不开董份购买神石，兴师动众搬运，役使千人打捞，使用葱蒜万斤，最后又以此石赐婿，种种都离不开解说董份豪富的话题。

董家的衰败也在董份手里，应了孔子的话，盛不过三代。

董份于万历二十三年三月初五日（1595年4月14日）逝世，遗嘱："毋书吾故官，以白布三尺题曰'耐辱主人'足矣。"按照其生前遗言就葬在青芝山父母墓旁，墓前有牌楼、照池、石桥、石兽、翁仲等，制作宏伟。这里成为董氏家族墓地，其子董道醇，先于父卒，即葬在此。此后，其女婿申用嘉及女儿的墓也葬在青芝山。董份孙子董嗣昭、董嗣成也葬于此。

董氏墓地松柏森森，墓旁有青芝山房，栋宇轩敞；墓西建有董氏祠堂，重阁崚杰，祠门题"梅林世美"额，中庭悬"白云堂"额。这里成为后人游览光福风景必到的场所，留下许多诗文。清朝诗人徐坚有诗云："青芝山下白云堂，高敞营来蜕骨藏。此是梅花最深处，游人因识董浔阳。"诗人张大绪有《谒董份墓》诗写道：长松号悲风，石虎卧荒草。道旁两翁仲，阅历风霜饱。令威久不归，屹立空华表。石椁虽云固，漆灯何处晓。高楼岿然存，楼中人渺渺。徒为千岁计，百年每难保。勋名勒钟鼎，文章载缃缥。自足不朽垂，此外非所祷。所以荷锸者，达观信了了。叹息斜阳里，湖光回林杪。

感慨世道沧桑，岁月无情。清末时，当地还有董氏子孙居住。

董份墓现为苏州市文物保护单位，墓上碑刻、石兽虽然不复存在，但其墓穴尚完好。

第五部　旁门别路话金、庞

尘埃何能埋真金

从王世襄题字说金家

大约是1998年下半年，原人民出版社副社长、三联书店总经理范用听说我花很多年写了一部反映家乡南浔1926年至1927年3月国共合作共同完成北伐的长篇小说，连连夸说好题材，打电话给我，要我在没出版前，先让他看看。我答应他后，将这个意见转给了《当代》编辑部的洪清波同志。洪清波是我在《当代》杂志的责任编辑，他听后笑道，这范老头儿，接着又嘿嘿笑了，没有下文。因为要赶着时间出版，原因之一是新成立的中影集团已经将这部书列入重大题材电视剧。我将稿子寄到范用家中，没几天，稿子寄回了，附了一张宣纸写的书名，《古柳泽》。我展开一看，吓一跳，是著名的大玩家世襄老头儿题的。范用怎么就去惊动他老人家呀！我赶紧打电话问。那头范用笑呵呵地说，王世襄是你们南浔金家的外甥，你写的反映南浔历史的长篇小说，书还没出，外界已经评价那么高，他题个书名，应该的。

因为赶时间，书转到中国青年出版社出版，出版社非常重视，请我国著名的国画大师王野翔与王国斌插图。王野翔与王国斌听说这事儿，二话不说就放下手中的活，忙了半个月，完成了近十幅插图。我原本应该到京城面谢王世襄，偏偏这时的我没等书出来就被派往西藏公干，赴京城看望王世襄的事搁了下来，至今成了遗憾。

因为有了这个题书名的事，我对南浔金家开始格外地关注起来。

靠丝发家的南浔诸家，在辑里丝面对日本人造丝占领国际市场的大挑战时刻，绝大多数都转向了，而坚持下来的梅家结局相当悲惨。金家几乎早就预料到这样的结果，早早将孩子的出路放到另一个轨道上。这造就了金家众多的艺术与社会需要的顶尖人才。

在南浔东大街德懋弄的右首，坐落着一座规模庞大的古典民宅。这座带有一点神秘色彩的深宅大院很少有人知道它的底细。

沿着德懋弄往里走，右侧高墙下有一块粗糙的石碑，上面凿着两个粗糙的大字:“金墙”。原来，这是南浔“四象八牛”中被人们称为“小金山”的金家故宅。

这座占地面积2742平方米的宏伟大宅，最早的主人是清代乾嘉年间的著名藏书家刘桐，这里因此曾是南浔历史上著名的藏书楼“眠琴山馆”旧址。金家购买后将它扩建成为后来的“承德堂”，意思是要继承先辈的美德。

经过一个多世纪的风雨侵蚀，特别是二十世纪八十年代两次火灾的摧残，金家大宅其沿街的布店、第一进楼房大部、第二进楼房左侧部分和后面的私家花园、码头等都已没了，保存下来的建筑面积仍有2036平方米，且内部结构尚好。多少还能够看得出先前的大致轮廓，依稀能够让人慢慢记忆起许多关于金家的故事。

金桐的起家史

金桐（1820—1887）字竹庭，远祖应该是北方人，有人说是女真或满族，但更多的说金氏应该是已经消失的突厥族后人。

金桐自述祖上南浔。

金桐出生仅四十日，母亲不幸病逝，父亲金子安在他年幼时去世，小小年纪的金桐成了孤儿。金桐自幼喜爱念书，聪明好学，由于父母早亡，家境衰落，无力继续求学，不得不在少年时就弃学就贾，去上海谋生。时值上海开埠，被辟为通商口岸，而南浔辑里湖丝又以匀、细、白、韧而深受外商青睐。在上海通商之前，辑里湖丝仅限于国内销售。鸦片战争前“迄印度公司来华通商，始有邑人冒险航海至广州经公行之手，与英商交易，一时无不积赀甚巨”。但出口量仍有限。鸦片战争以后，五口通商，外贸中心从广州转移至上海。又因生丝出口税率从原来的9.44%调低到3.97%，降低近60%，因此对辑里湖丝产地南浔大为有利。湖丝出口量逐年增长，价格不断上扬。

民间开始以“洋庄丝”称谓那些由洋庄经手出口的湖丝，当时市镇上有不少客行，专门代替上海洋行收购生丝，南浔成为辑里湖丝的主要集散地。金桐抓住这个机遇，在乡亲与亲友的帮助下筹集很小一笔钱，到上海租房子开设协隆丝栈，经营辑里湖丝。其实这个丝栈就是给南浔到上海出售辑里丝的人提供食宿的旅店。南浔人想直接与洋商交流，语言不通，而金桐年少好学，终于学会了流利的英语，直接与洋商进行辑里湖丝贸易，小小的丝栈成了他的一方天地，很快他就搬出去，做了沪上有名的“丝通事”。

由于他经营有方，又恪守信誉，所以深得外商信任和尊重，不少洋行都愿意和他来往。金桐迅速在沪上名以日噪，业以日隆，由“丝通事”转身为经营湖丝而获利丰厚的富商。

金氏家族原在西栅有老住宅，名“载德堂”，太平军进军南浔时毁于战火。金桐在沪上发迹后，就在故里原西栅大宅旧址重新建造宅第，安顿族人，并在故里资助公益事业。据樊恭煦《皇清诰封奉直大夫中书科中书加四级国学生竹庭先生金公暨元配冯宜人墓志铭》说：“乡里善举，锐身坚行，凡桥梁道路有不便于人者，无不修。年岁饥疫，有活人之事，无不为。粟米钱帛，衣药饵有可给人之物，无不畜。”他对于公益事业、慈善事业，出资以数万计，始终不让人知道。他常说：“苟富贵，毋相忘。”唐文治在《金竹庭先生家传》中说：“先生者，力能致富，而又善于处富，斯所以富矣。”

俞曲园在题竹庭先生遗像时说：“管子分四民，其理实未是。无论农工商，无不宜兼士。农而不兼士，但知秉耒耜。工而不兼士，但知执规矩。而况为国商，岂徒计倍蓰。樊重君子富，见称于汉史。南阳有孔氏，雍容不倍鄙。吾于竹庭君，渊乎百思矣。百行无不修，实自孝弟始。敦睦被族姻，施与逮邻里。节用而博施，厚人而薄己。不发人之私，乐成人之美。至今被往者，感泣遒未已。如君之所为，岂非古君子。儒先语录书，无白不在儿。商而有士行，非日隐于市。今瞻其遗像，高风尚可企。殆将兴其家，请观其后起。”

梁启超在题竹庭先生遗像时说：“共识南浔宅，还过阮四圩。梁祠瞻画像，汉诏禁乘车。潜德终难閟，遗经老自畲。诸孙玉树秀，驷马溢门闾。”

金桐夫人冯氏，为戊寅（1818）科举人、翰林院典簿冯莨园第四个女儿。冯氏为人俭朴，待人宽厚。虽家业殷实，但寸丝粒米胥如顶踵，弗忍舍视。金桐夫妇育有二子二女，长子金焘，次子幼亡。长女出生即逝，次女嫁与南浔首富、四象之一刘镛之子、甲午科进士刘锦藻。

金桐长子金焘，字沁园，清同治十年（1871）秀才，增贡生，缙云县学训导，候补中书科中书。金焘继承父业，并在上海阜安里开设金嘉记丝经行，扩大蚕丝经营规模；又开设当铺，买田地，经营房地产，扩大了家业。经过父子两代的苦心经营，金家的资产日益丰厚。于是金焘就在家乡南浔东大街上购进原清代乾嘉年间南浔著名藏书家“眠琴山馆”主人刘桐的旧宅，建造了一座前临东大街，后至栲栳湾河的雄伟大宅，宅内建有庭园，另立堂名曰“承德堂”，表示继承他父亲积德行善之遗风。南浔人就此称金氏家族为“小金山”，来形容他家资产之巨。

金焘生有七子五女，尚可查考者为子绍城、绍堂、绍基、绍坊、绍垲，女章。金焘在与外商贸易中，也倾向新学。鉴于当时世变日急，他尽遣子女游学欧美。

震惊中外的“大闹会廨案”

长子金绍城，又名金城，字巩伯，一字拱北，号北楼，又号藕湖。生于光绪五年（1879），早年去英国铿司大学学习法律，并获法学博士学位。学成归国，途经欧洲诸国，又考察了当地的法律及美术。光绪三十年（1904）由上海道袁树勋保荐，任上海中西会审公堂会审官（旧称“上海中西会审公廨”。公廨，公家办公的地方，源出汉）襄廨委员。会审公廨是一个比较特殊的司法机关，由上海道台任命中方的专职会审官，与外方的陪审官会同审理租界内与华人有关的案子，是中西混合的法庭。

金城代表中国人扬眉吐气的故事就发生在这里。

据陆剑在《南浔承德堂金氏家谱》一书中的《震惊中外的“大闹会廨案”》记载：

光绪三十一年（1905）秋天，广东籍已故小官僚的遗孀黎黄氏携子女及婢女等十余人，由丈夫做官的四川，准备将丈夫的棺材送回家乡安葬。黎黄氏及其旅伴三男二女从重庆乘轮船沿江而下，经上海乘招商局轮返广东原籍，途中轮船上的巡捕下轮检查时，见同行还有十五名女孩子，引起怀疑。12 月 8 日，黎黄氏一行甫抵上海，便被巡捕房以拐带人口罪名拘捕，据称拘捕前，巡捕执行者见对方像有钱人，便暗示敲诈。黎黄氏不许，敲诈未遂，巡捕恼羞成怒。当场将黎黄氏以贩卖人口罪拘捕并送中西会审堂。没想到，英国驻华上海领事竟然相信一面之词，草菅人命，专横独断，下令判罪。

依程序，12 月 8 日开庭。中方谳员关炯之、襄谳金城和英国副领事德为门会审。

据黎黄氏供称：随行女孩系广东的亲戚来信托买，作为丫鬟或是婢女，都有身价凭据，另外船中还有一百多件随身行李，显然不是人贩子所为。由此，关炯之认为工部局方面所控拐带罪名证据不足……

英方主审不理睬关炯之，坚持就此结案。

当时上海中西会审公堂会审官金城就在堂上，见到如此草菅人命的案子，当场出列说话：本案真相未明，不能结案判刑。

英方主审不听，执意要结。

双方庭上就实辩论，沸沸扬扬。闹了一阵，法庭只好现场组织中西双方人员参加的“中西双方会同调查”。调查结果，黎黄氏确非贩卖人口。金城以案情既已大白，要求英领事释放黎黄氏，交涉再三无果，遭英副领事无理拒绝。不但如此，英副领事还指使英捕头殴辱金城，引起旁听者公愤。金城拍案大闹会审堂，其中有句话：你英国人在你的国家出行也会这样吗？你凭什么在这里践踏大英帝国女皇的脸面……

关炯之严词厉声：照章将黎黄氏一行暂押公廨女所听候发落，并查验卖身凭据和亲戚信件，以搞清事实真相。

此刻巡捕房的捕头跳出来说，主审已定黎黄氏系拐犯，必须由捕房带回（目的很明确，想再度实施敲诈）。这时，德为门也出面帮腔。让捕房带回，改押工部局女西牢。

关炯之认为，黎黄氏一行不是正犯，押西牢没有先例。且未请示道台，未奉道谕而做，不行。德为门竟然粗暴地回说，本人不知有上海道，只遵守领事的命令。说罢就下令让巡捕带回黎黄氏一行。

面对洋人的嚣张气焰，关炯之愤然而起反击：既如此，本人也不知有英领事。并命令廨役将黎黄氏等带下。

德为门见状，竟然暗示巡捕上前强行夺人。终因巡捕人多，且有武器，有德为门的话，巡捕利用手中权力，大打出手，致使廨役伤二人，廨役敌不过，黎黄氏一行被夺去。见状之下，金城前往。巡捕打红了眼，竟持棍对金城击来，多亏金城少年习过武，闪身躲过，夺下警棍。廨役再次上前，堂上堂下乱成一团。廨役赶紧将大门关上。巡捕见大门关上，出不去，竟直接向关炯之索要钥匙，并嚣张道，不给，要你命。关炯之回道，毁门可，打公堂可，杀官亦无不可！巡捕虽然胆大妄为，但毕竟还没有敢对关炯之下毒手。最后破门而去，将黎黄氏一行关入囚车而去……

事发当天，关炯之与金城立即赴道台官署呈报案情，并引咎请辞。道台袁树勋婉言慰留，表示支持关炯之和金城继续力争主权，同意他们提出的停讯罢审的抗争策略，并当即宣布暂停会审，照会各国领事，提出严正交涉。

1905年12月9日，这天是星期六。上海的《申报》第四版以“公廨讯案巡捕房大起冲突”为题，对此事做了详细报道，并称这次巡捕与中方廨员的冲突是设立会审公堂以来前所未有的。据说，由于巡捕和廨役中外双方在公堂上争夺人犯的现场很激烈，上前劝阻的金城险遭棍击，官服被撕破，朝珠也撒了一地。他也因此被称为“金大力”。

巡捕大闹会审公廨，强抢华籍人犯，辱我国体、损我主权的消息一经《申报》刊出，激怒了上海市民，上海出现罢市、罢工。但这丝毫撼动不了以德为门代表的洋人态度，他们竟然要求废除会审会廨，成立一个独立而没有中国人参加的法庭，由他们来主宰租界的法律！

远在北京的外国公使团权衡了利害后认为，上海的英领事小题大做，没有必要扩大这种事，遂于12月13日下令驻上海外国领事团将黎黄氏押回公廨女所释放。但是工部局捕房不把中国人的会审公廨放在眼里，无视其存在，竟然于15日将在押的黎黄氏等人及十五名女孩子直接送到广肇公所一放了事，而非递交公廨释放。领事团还不顾中国民众的抗议，拒绝撤换英国副领事德为门。

这两个举动经报纸传播，更激怒了上海市民，12月18日，公共租界的中国商人开始集体罢市。英商船坞、工厂的华工罢工，上午九时，愤怒的民众围攻老闸巡捕房，关炯之等人上前劝阻无效，愤怒的民众一把火烧掉了巡捕房。位于南京路上的工部局市政厅前也有群众集会示威，印度巡捕竟悍然向群众开枪，当场打死华人三名，伤人无数，酿成震惊中外的血案。这一天，上海多处地方发生华洋流血冲突，华人死伤三十多人，德国和比利时驻沪总领事外出时遭袭击，部分外国人私有财产受损，其中德为门的汽车被烧毁。

由于罢审、罢市、罢工，繁华的公共租界几乎陷于瘫痪，洋人束手无策。

在强大压力下，工部局总董安徒生等不得不于12月19日，主动与袁树勋商量，请关炯之、金城，并请著名工商界人士朱葆三、虞洽卿出面调解，磋商解决办法。

金城代表华商向英国公使面对面提出按中国法律惩处英副领事。英国公使用英文对金城调侃：你是希望他上绞刑架，还是包公斩陈世美的铡刀？哦，你们还有西藏的天葬，还有五马分尸，还有凌迟，还有……你们这个民族太厉害了……金城严词以对：感谢你对我民族文化研究的透彻，但是我们今天是处在现代，只论事实而判！请你勿拘私情……

狡猾的英国公使知道在这种场合下，占不了便宜，笑脸与金城握手。金城将身体转过，表示没看见。英国公使会见中国官方借此提出金城欠礼貌，不适合做审官。中国官家明白，如果将英副领事惩处，金城必陪葬无疑。好在英国只要求准允将英副领事调离。但金城也必须罢官。好像这就是西方的“公平”！

当时有人写记事诗八首，记载沪上这起公案。其中一首曰：“向晚红灯对对开，无人知是宰官来。花门黧面充前导，星拱中华拥上台。”诗中宰官即指金拱北（金城）。

此事传遍华夏。

时任法部右侍郎的沈家本知道后，为金城处事秉公、不畏强暴所感动，即聘他为编订法制馆协编，并奏补大理院刑科推事。宣统二年（1910），金城受法部委派，作为中国代表参加美洲万国监狱改良会议，并赴欧美考察监狱。年余始归，时已民国成立。回国后任内务部佥事，当选众议院议员、国务秘书、蒙藏院参事等职。

“兵马司9号”引出的话题

在北京的西四与西单之间有个叫“兵马司9号”的地方，这个地址明代就有了。

明代的北京分东、西、南、北、中五城，各设兵马司署，负责地面的治安捕盗。兵马司胡同为西城兵马司署所在地，那时称为“西城兵马司”，属西城咸宜坊二牌十铺。清代以后，京城的地面治安由九门提督和八旗都统分管，兵马司署撤销，兵马司胡同的名字却保留了下来，至今已有五六百年的历史了。民国二年（1913）北京政府工商部成立地质调查所，四年以后，地质调查所迁入兵马司胡同9号。

居民楼的上端“地质调查所沁园燃料研究所”几个繁体字，与破旧的木门以及直对院门的一幢楼上的红五星，隐隐地昭示着这里不平凡的过去。

国土资源部原副部长汪民，在国土资源部与全国政协联合召开的提案跟踪办理座谈会上，披露了“兵马司9号”的“显贵身份”。据汪民介绍，“兵马司9号”是民国时期的著名科学机构——中国地质调查所的所址，该所成立于1913年。

早在2002年9月，多位委员向政协九届全国委员会第五次会议提交了保护“兵马司9号”的提案；2002年10月，二十八位院士联名发出了保护“兵马司9号”的呼吁；2003年2月，全国政协委员王弭力向政协十届全国委员会第一次会议提交了《关于建议将兵马司15号（即“兵马司9号”）院列入国家（或市）级文物保护的提案》；2006年11月，宋瑞祥等全国政协委员向政协十届全国委员会第四次会议提交了《关于保护和恢复北京西城区兵马司胡同民国期间原农商部地质调查所旧址的提案》。

据介绍，二十八名院士的呼吁引起了温家宝总理的高度重视。这位老地质在上任总理后不久，便关注到全国政协提案委员会副主任张岳琦提到的“兵马司9号”是“中国很多近代科学的发端地”的提案，对“亟待保护”的提法认可。汪民透露说，温家宝总理在二十八名院士的联名建议书上专门做了重要批示。

数年后，时任中共中央政治局常委、全国政协主席贾庆林在视察中国地质博物馆时，参观了“中国地质调查所旧址——兵马司9号”专题展，在详细了解其历史、现状及保护、修复进展情况后，当即指示：“要组织政协委员视察一次，帮助呼吁一下，保护起来。”

“兵马司9号”是一个多学科开拓的科学机构，是当时中国地质学，包括矿床学、石油地质学、古生物学等学科的学术中心。在这里还鉴定并命名了第一个完整的“北京人”头盖骨。更为重要的是，从“兵马司9号”还走出了一批科学学科的开拓者、学术带头人。汪民说，其中有院士二十五位。章鸿钊、丁文江、翁文灏、裴文中、李四光等中国地质科学的奠基人和早期优秀学者均在这里做过研究工作或从事学术活动。

1913年10月，民国政府工商部成立地质调查所，自海外学成归来的学者丁文江出任所长。其后，在丁文江、章鸿钊、翁文灏等学者的努力下，克服种种困难，借助北京大学的校舍、仪器，到1916年，就培养出了与“欧美各大学三年毕业生无异”的中国本土第一批地质学人才。到1922年，翁文灏代表中国出席第13届国际地质学大会时，向大会提交了中国地质学家的四篇高水平论文，内容涉及地层学、构造地质学和地震地质学等重要领域，震惊了世界地质科学界，由此，国外的地质学者第一次知道了北京的“兵马司9号”这个地方。

民国地质调查所是个占地四亩多的院落，院内矗立着南楼图书馆、西楼办公室和北楼研究室三座西洋建筑风格的灰色小楼，共有房屋264间，建筑面积3517.5平方米。地质调查所初创时是在马神庙京师大学堂旧址，1916年迁到这里。有意思的是，作为官方机构的地质调查所，其办公场所的这三座楼房，却是向金绍基个人募捐建起来的。

走进地质调查所旧址的大门，正对面就是地质调查所图书馆，这座两层的二十世纪初德国民居样式的楼房，是在1921年春由德国雷虎建筑公司承建，1922年初落成，据说这是在中国近代建筑史上颇有名气的雷虎建筑公司在北京硕果仅存的作品。其大门位于正南，拱券形的大门顶上是一方由时任农商部总长王迺斌题写的“地质调查所图书馆”汉白玉石门额。当年一层楼东侧为阅览室兼演讲室，西侧是分为三间的办公室；二楼东侧为一大间藏书室，西侧为藏图室，中间为办公室。其玄关的东墙上还镶嵌着由王迺斌撰文，矿政司前司长邢端书丹的《地质调查所图书馆记》，简述了筹建图书馆的过程：

民国十年九月，地质调查所图书馆成。丁所长以验工告且曰：文江备员兹所以讲求地质，端赖图书附室三楹，仅足度置。八年，派与巴黎和会，以暇搜罗欧美载籍，彼都专家亦竞以新著见饷，总万数千册载以归，室隘莫容，原有矿产陈列馆五室亦不敷用。爰与邢前司长端、今林司长大闾、今翁会办文灏商之，业矿诸臣商，先后集银币几十万元。图书器用约费五分之二，余供营构。今幸观成，不可无述，敢以记请予。

1922年7月17日下午4时，隆重的图书馆新馆和陈列馆开馆典礼在新落成的图书馆举行，大总统黎元洪在农商总长张国淦、王迺斌，矿政司司长林大闾的陪同下莅会并致辞。当年胡适先生在点评国内时事大事时说："这一周中国的大事，并不是董康（财政部长）的被打，也不是内阁的总辞职，也不是四川的大战，乃是17日北京地质调查所的博物馆与图书馆的开幕。中国学科学的人，只有地质学者在中国的科学史上可算是已经有了有价值的贡献。"

图书馆的藏书每年以五六千册的数字递增，到1934年，总藏书量已达51750册，成为东亚最大的地质图书馆。

这座小楼还留下了许多珍贵的历史瞬间：1922年，中国地质学会诞生于此；1927年，中国矿冶工程学会在此成立……

北楼是一幢地上三层、地下一层的楼房，是由丁文江、翁文灏的好友、社会活动家金绍基先生捐资建造，落成于1930年。金绍基以其父亲金焘的号"沁园"命名，并题写了"沁园燃料研究所"的门额。这是座科学实验楼，工作者在此从事矿物岩石的化学研究，他们成为中国石油化工工业的先行者。

当然，这里要说的就是与金家的金开英有着更多缘分的中国石油化学工业的起步。

人称金开英是我国现代炼油事业第一人，这似乎并不过分。

清光绪二十八年（1902）深秋，南浔金家二少奶奶为金家"开"字辈生了个男孩。由于孩子的父亲金绍堂尚在英国留学，故取名"开英"。正是这个孩子，长大后，他将中国工业用油的炼油工艺由传统走向了现代化，改变了二战时期中国抗战燃料缺乏的关键问题。

他叫金开英，1924毕业于清华大学，公费入美国威斯康辛大学。三年后，带着优秀的化工专业知识回国，由于当时的中国对于化工专业还没有实用之地，他只好到一所美国人办的学校教化学，同时兼任北平大学的工业化学。一年后，他自备旅费再度赴美国入哥伦比亚大学深造化工专业。两年后，金开英取得了工程师职称与硕士学位。这个时候，他收到了三叔金绍基的来信，希望他回国主持地质调查所的沁园燃料研究室工作。

1931年，金开英离开美国回到中国北平，出任地质调查所的沁园燃料研究所主任，开始了他与中国炼油事业半个多世纪的缘分。

一年前，地质研究所想建立一个燃料研究机构，却苦于既无适合人选，更无场地和经费，在这样的情况下，做这样的事纯属梦想。但当时的所长丁文江却不这样想，他向好友金绍基募捐。金绍基向丁文江了解这个机构是干什么的。丁文江向老朋友开了个玩笑：你侄儿在美国学化工，他总得学成回来有个地方做事啊！这就为他准备的。金绍基不作声，他的脑子里怎么想，丁文江不知道。但丁文江也如实对他说，中国有石油，但没有办法提炼高纯度的工业用油，就是用来开飞机的油！金绍基是位爱国企业家，他想到丁文江刚才的笑话并非笑话，自己的侄儿金开英是在美国学的化工，如果能够在中国建这样的机构，让金开英回来为国家服务，多好的事啊！他连连点头。丁文江笑道，我就是想让他回来有个地方待着的嘛！言归正传，金绍基说，我马上给你们五万大洋，建造一幢三层大楼，供燃料研究室之用。但是，要以我父亲的字号“沁园”命名。

沁园燃料研究室成立时，金开英尚在美国留学。翁文灏任命地质调查所岩矿室主任谢家荣兼任该室主任。谢家荣在室内设置了矿物岩石研究室、化学试验室、植物化石研究室。

矿物岩石研究室主任王恒升，研究人员有王竹泉等，主要研究煤岩学，用显微镜研究煤炭内部的构造及成分。

化学试验室主任金开英（尚在美国留学，位置先摆着等待他的就位），研究人员先后有杨珠瀚、宾果、肖之谦、洪有荃、熊尚元等，主要负责试验和研究各种燃料的化学、物理性质。

植物化石研究室研究人员有周赞衡、潘钟祥等，主要研究化石种类，以确定煤层、油层的地质年代及层序。另外，还配有照相人员。在这三个室中化学试验室是起主要作用的，其人员均为专职，而其余两个室的人员则由地质调查所内相关研究人员兼任。

1931 年，金开英回到北平就任化学试验室主任。从此，他便成为沁园燃料研究室的实际主持人。

丁文江交给沁园燃料研究室研究任务，据《金开英先生访问记录》一书所载，有四个主题：第一是低温干馏，就是把煤干馏，分成轻重不同的油和焦炭，由肖之谦主持；第二是合成汽油，将一氧化碳和氢用触煤合成汽油，由熊尚元主持；第三是氢化碳，亦即氢化煤，由金开英主持；第四是把植物油提炼成轻油，由宾果主持。为获得国产油料，开始了石油代用品研究。金开英上任后还做了一件事，就是把地质调查所取自全国各地的煤和油的样本加以分析，汇集成册，由地质调查所出版。如《中国石油之成分》《中国各省煤质分析》《中国各省燃料分析》等一系列研究报告，这些资料直至今天也是十分难觅并可贵的。

国民政府定都南京，地质调查所奉命迁南京。新任地质所所长翁文灏将迁搬工作中的新厦建设、设备采购、房屋装饰等等都交给了金开英。1936年，地质调查所正式搬迁南京，翁文灏感觉非常满意。1937年8月，正当金开英第二次从欧洲考察煤、油提炼技术后归国途中，抗日战争已经在中国大地上全面展开。

1938年金开英临危受命，出任资源委员会植物油提炼轻油工厂厂长。

初到四川的金开英人生地不熟，说是在建厂，厂房设在什么地方，找谁落实，一片茫茫然。幸好路遇清华大学的同学王德郅，他介绍好友、四川首富黄明安认识。事又有凑巧，黄明安在做煤矿分析时与金开英有过合作，自然这事成功的可能性就大了。在黄明安的帮助下，在重庆郊区找了个地方把厂办了起来。缓解了后方的油荒，也解决了部分桐油的销路，成为当时全国首屈一指的油厂。

有人问金开英，你这炼油厂怎么什么都可以炼?

金开英笑着回答：凡是称作油的都能炼出汽油来，只有一样例外，那就是酱油！

尽管通过植物油提炼轻油的方法可行解决汽油的油荒，但就全国的需求还是杯水车薪。中国必须要有自己的石油工业。经过专家们的努力，最后锁定甘肃省玉门的老君庙，在这里开始我国新型炼油的事业。从此，我国第一个石油基地——玉门油矿诞生了。

1938年6月，中华民国成立甘肃油矿筹备处（汉口），玉门油矿开始实质性勘测。玉门油田最先开发的是老君庙油矿，开发时间为1939年。在此之前的1938年8月，国民政府资源委员会派石油地质专家孙健初等前往祁连山一带进行石油勘察，在干油泉和石油河一带发现了油苗，遂于1938年组建了甘肃省油矿筹备处，有严爽、孙健初、靳锡庚等二十余名技术人员前往甘肃玉门工作。

1938年6月18日，武汉国民政府资源委员会将《密矿字第三一三号》公函，送交第十八集团军（八路军）驻汉口办事处。函称：“本会奉令勘探甘肃油田，需用油钻机，拟从陕北延长、永坪选配两部连同锅炉等件运往甘肃，兹派本会甘肃油矿筹备处兼代主任张心田前往商洽。”八路军驻汉口办事处处长钱之光立即请示周恩来副主席。周恩来从国家民族利益大局出发，对此事十分重视和关心，亲自过问并决定，将陕甘宁边区政府所属的两部冲击式钻机拆迁调往甘肃油矿。当年 12 月 26 日两部冲击式钻机开进西河坝老君庙地带驻扎，1939 年 3 月 13 日第一口油井开钻，8 月 11 日正式出油投产，日产原油十吨。

玉门油田出了油，需要运输至重庆提炼，十分不便。国民政府动员金开英离开重庆去甘肃承办玉门炼油厂工程。1941 年 3 月 16 日，甘肃油矿局筹备处和动力油料厂合并成立甘肃油矿局，直属国民政府资源委员会，由孙越崎出任总经理。甘肃油矿局是政府出资的机构，其中最大的两个部门是驻留老君庙的矿场和炼厂。矿场负责石油的勘探和开采，由著名地质勘探专家严爽任矿长。炼厂负责原油的炼制和各种油品的生产，由金开英出任首任厂长，这一年，金开英正好四十岁。

金开英负责的炼厂分东西两厂，以石油河为界。靠近宿舍的是东厂，建造时间早，设备较为陈旧的甑状炼炉，共有四座。西厂则宽大，建有二组甑状炼炉和一座管状炼炉。那时的炼油方法是手工操作的土法。原油在夏天用桶子挑，冬天用箩筐抬，把它注入预热池内，先把它加热融化为可以流动的液体，然后用人工操作的手摇泵加入炼油锅，加热到一定温度，让汽油和煤油、柴油分别蒸馏提出，然后让锅子冷却，取出剩余的渣油。一切就这么简单！

早在煤油厂筹备时，金开英就派人去美国购买新式炼油设备与机器，还有配套设备。然而，当时的中国沿海掌控在侵略者手中，设备无法登陆上岸。只有西南一条途径，但运力与交通均有限。太平洋战争爆发后，香港、仰光等地相继沦陷，这批设备虽然经过竭力抢运，大部分机械还是陷入敌占区或毁于战火，能够抢运回来的只能勉强拼凑成四架钻机，炼油设备则根毛未获。为解燃眉之急，金开英自行寻找材料，自己设计制造了釜式蒸馏炼油炉。在他的主持下，玉门油厂的产量逐年提高。抗战时期川甘陕新及宁夏、青海部分区域，凡所需汽油多赖其供应。

1941 年 10 月发生石油井喷，由于处理没有彻底，导致 1942 年 8 月气温上升情况下，于 8 月 24 日发生火灾，几乎烧毁了半个矿场。偏偏这时，接到上面通知，蒋委员长要来矿区视察的消息，致使矿区在火灾后的惶乱之余又多了一重严峻考验。所幸那一天油矿局的表现非常好，非但前一天火灾的遗迹完全扑灭，而且蒋委员长自酒泉来矿的途中，还看到数十辆卡车运油外出，他很是高兴。委员长观看了矿场的八号油井进行的喷油表演，山下的炼厂照常炼油。

总经理孙越崎、矿长严爽和厂长金开英的演示文稿和对答也很得体。在亲眼见证下，蒋委员长终于认可甘肃油矿局的工作人员在如此困苦环境下开创中国唯一的石油企业实属不易，对广大石油职工深表慰问和嘉勉。

金开英在回忆录中说，蒋委员长等人看到政府投入的钱没有白费，所以甘肃油矿局在以后数年内的预算都能正常顺利通过，各方对甘肃油矿局也都另眼相待，不再阻梗，这也是甘肃油矿局向成功迈进中的一次转机，但在他来之前，刚发生过火灾，我们确实十分紧张……

整个抗战期间，玉门油矿从无到有，从小到大，历经日机轰炸、1942年井喷大火和1943年的特大洪水等重重艰难险阻，1939年至1945年间，共实现钻井61口，产油7966万加仑，炼产汽油1303万加仑，煤油511万加仑，柴油近72万加仑，此外还有石蜡等副产品。今天看来，真的是微不足道，但在抗战的岁月，给中国人民战胜日寇增强的不仅仅是物质，更是无价的精神力量啊！

在金开英为中国炼油事业忘我奋斗的时候，他的妻儿老母正在千里之遥的北平，在日寇的铁蹄下煎熬。1943年，他的长女蔚斯冲破日军封锁线，万里寻父来到老君庙，金开英已经不认识自己的女儿，当他想尽父爱，送爱女去重庆读书，因为工资微薄，竟无法凑足路费与学费，只好将自己心爱的英文打字机卖掉。

在玉门的五年里，金开英孑身一人住在一间被称作“圆门宿舍”的小屋里，唯有烟斗和无线电广播为伴。他只能遥望东方，将思念融入戈壁的黄沙、祁连的白雪。但他的努力没有白费，当他1945年离开时，玉门油厂已经成为我国第一座相对完备的工业化炼油厂。半个世纪后，他被海峡两岸的石油人士尊称“中国炼油第一人”。

金氏文苑小辑

金城自幼奇慧，酷爱绘画，青年时代在英国留学时常于节假余暇，自学绘画，流连于美术院、博物馆。由于他刻苦钻研，又有机会浏览各种名作，画艺日进。清太傅陈宝琛在《清故通议大夫大理院推事金君墓志铭》中说：“君风宇儁爽，又善书画篆刻”，“因得尽览各邸所藏，画学益进”，“当时即辇致盛京内库及热河行宫所藏金石书画于京师，君为议员，倡议就武英殿陈列，餍众观览。中多名迹，为世所罕见。君日携笔研，坐卧其侧，累年成月，临摹殆遍，画益大进”。终于成为京城著名画家、鉴赏家。

金城山水、人物、花鸟皆精。他的花鸟画用高古游丝描勾勒，线条柔中寓刚，敷色和谐而华丽，展卷即有满眼锦绣之感。尤其人物画，有宋元笔意，形神兼备，注重以明眸传神。骨相服饰、身姿动态也能成为第二语言，表达出人物的特有身份和特定时空中的心理和神态。其山水画拟四王，但仍有自己的独特个性，而较四王山水多了许多人间气与生活气息，且笔墨变化更为细腻，空间层次更加丰富，增强了山水树木的真实感。金城作画不泥古而恪守传承，力图以新的意识与观念变通创新。所以，他的艺术造诣不在元四家、吴门四家之下。他主张“师古而创新，师造化而创新”，反对以西学为体，标新立异。他的篆刻初学西泠八家，后学秦汉印玺，取法广而风格多样。时有人谓当时画坛为“南张（大千昆仲）北金（拱北兄妹）”之称。

1913 年，时任众议院议员的金城建议，把热河行宫和辽宁故宫所藏的金石书画文物移到北京，仿照西方的博物馆展览模式建立“古物陈列所”，这个想法得到了朱启钤、熊希龄的支持，并由金城负责筹建古物陈列所。从两个行宫移来的文物有二十多万件，1914 年 2 月在故宫的武英殿、文华殿展出。在此之前中国没有博物馆，“古物陈列所”是中国首个国家级博物馆。临摹“古物陈列所”的藏画成了金城每日的功课，他自己就曾有“日携笔砚，坐卧其侧”之说。而政局动荡的时代，金城选择了远离政坛，虽还挂着众议院议员、国务院秘书、蒙藏院参事等空衔，主要的却是研习中国画学，开课授徒、撰文论画、著书立说。他借鉴国外博物馆经验，使古物陈列所日臻完善，因此他也是中国博物馆的奠基人。

1919 年，金城借助总统徐世昌的资助，成立了中国画学研究会，并发行《艺林月刊》，以“精研古法，博取新知”为宗旨，与西洋美术在我国的传播相颉颃。一时京城名家陈师曾、齐白石、萧谦中、胡佩衡、徐宗浩、陈半丁、汤定之、王梦白、陈少梅等都参与其社会活动。日本画家得知后也纷纷来访，购其画而归。中国画学研究会当时有二百余人，凡经金城指授，无不卓然成家。他的弟子中，饮誉北京的有惠石湖、刘饮湖、李枕湖、陈梅湖、张湛湖、赵明湖、李五湖、李晴湖、陈升湖、陈东湖等，当时被誉为“十大湖”。他们的作品多次在国内外展出。中国画学研究会在当时乃至以后相当长的一段时间内，成为中国最重要的书画社团。

鉴于中日书画本同根源，金城为加强中日两国间的文化交流，遂筹建中日绘画联合展览会，每隔一年举行一次。1926年金城偕画家陈师曾等赴日本东京、大阪等地举办绘画展览，受到日本艺术家的热烈欢迎。画展结束回上海后突患伤寒，一病不起，于1928年病逝，享年四十九岁。因他生活在血与火的时代，又英年早逝，其画艺成就几乎被时代遗忘。当历史翻开新的一页，人们认为需要反思以往被忽视的优良传统时，他的艺术和作用才开始被重新认识，引起高度重视。

金城逝世后，其弟子及嗣子开藩（字潜厂，号荫湖，1895—1946）在北京组织湖社画社，讲授书法，弟子众多，并出版《湖社学刊》杂志，搜集金城遗墨刊于学刊上。金城遗著有《北楼论画》《吴兴金北楼画册》《金北楼遗墨》《藕庐印存》《藕湖诗草》等。

金城夫人为南浔“八牛”之一的邱家之女，名淑慎，子为开藩、开华。卒后葬于湖州市双林镇孝思港先茔之次。

在长兄金城的艺术天赋带动下，其弟妹性喜艺术，或绘画、或刻竹，各兼所长，且都有建树。金堂是金焘的次子，字仲廉，别号东溪，擅长绘画，精于竹刻，与其弟绍坊共同编印《可读庐东溪西压刻竹拓本》。

金绍基系金焘三子，字叔础，生于光绪十二年（1886），早岁赴英国留学，入皇家学院，习电气学。1905年毕业归国，先在高等实业学堂任电学科教习，1906年任北京商务委员会所属技术学校电气科教授，后任清政府商部交通委员会委员，1911年在邮电部邮务总局任职，1927年参加组织北平博物学协会及博物学研究所，后任北平美术学院副院长、北平博物学协会会长。

金绍坊（1890—1979），系金焘四子，字季贤，号西厓。早年卒业于圣芳济学院，学土木工程。受充满艺术气氛的家庭影响，他也逐渐热爱起金石书画艺术。胞兄金城对他的影响尤深，金城作画，他总在侧，或磨墨、或拭纸，朝夕熏陶，日复一日，西厓画兴顿生，跃跃欲试。金城却正色劝其弟：“现今社会上搞书画的人多，刻竹刻的人少，你不若从东溪兄学刻竹，较易成功也。”四子觉得其兄言之有理，便铭记其兄忠告，营建之余，专攻竹刻，朝夕奏刀，无间寒暑。自从专攻竹刻后，进步很快，甚至超过了他仲兄东溪的水平。为了提高自己的刻竹艺术，扩大艺术视野。他仍从金城习书画，间亦镌刻印章。他雕刻的扇骨、臂搁独具风格。当时上海及北京各大扇庄均代为收件，其润例颇高，其身价与著名书画家的一幅中幅书画不相上下。此时的四子西厓已卓然成家，跻身于艺坛，他能留青刻山水于小臂搁，酷似明末竹刻家周希黄的作品，又能仿周子和缩摹金石文字于扇骨。他曾临摹其祖父金泌园的小像刻于竹臂搁，神态酷似，识者评为竹刻中的极品，著名国画家吴待秋特创作了一幅《西厓锲简图》相赠。其时吴昌硕任题襟馆书画会名誉会长，西厓也是会馆的常客。这时金城与吴昌硕等著名书画家共同发起成立豫园书画善会，活动地址在豫园得月楼。西厓在此先后结识了王一亭、沈子培、赵叔孺、溥心畬、吴待秋、吴湖帆、张大千、张石园、江寒汀等著名书画家，并常请他们为自己的刻件作画题诗。那时吴昌硕比西厓长四十六岁，但他对这位年轻竹刻艺术家的竹刻艺术非常器重，在艺术上也时常加以指点，因而成了忘年交，曾多次为西厓的刻件作画。1923 年，吴昌硕请他的好友白龙山人王一亭为自己画像，请西厓镌刻在竹搁上。1926 年，吴昌硕已是八十三岁了，西厓请吴昌硕为自己的书斋题字，吴昌硕从荀子《劝学篇》“锲而舍之，朽木不折，锲而不舍，金石可镂”中摘句题为“锲而不舍”，并题款曰：“西厓仁兄精画刻业，孜孜无时成释，神奇工巧，四者兼备，实超于西篁（张希黄），皎门（韩潮）之上，爰摘荀子语以颜其斋。丙寅初冬，安吉吴昌硕。”西厓得之，如获至宝，亲为觅银杏木，刻成横匾，自己刻字悬于书斋中，将吴昌硕的教诲和鼓励作为座右铭。1927 年 11 月，吴昌硕逝世，西厓为失去这样一位好老师而十分悲痛。但吴昌硕对他的教诲与期望，深深激励着他对竹刻艺术更加执着的追求，技艺更加精进。著名书画鉴赏收藏家庞元济对西厓竹刻给予很高的评价，云：“独喜君家一门风雅，能书画者早已驰名海内，今西厓专精刻竹，不让昔之韩皎门、杨龙石诸人，专美于前矣。”并在他的宜园内园中的四面厅——“半湖云锦万芙蓉”就陈列布置着西厓的竹刻。西厓一生，刻竹不下一千余件，曾编印有《可读庐刻竹拓本》《西厓刻竹》二书。这二书付印后，影响极大，金西厓在《刻竹小言》的自序中云：“自《可读庐刻竹拓本》《西厓刻竹》两书付印后，远近同好，时来相质，或询取材之方，或咨镂刻之法。亦尝与二三友好，摩挲前人之制，研讨其构思运刀之妙，忽忽四十余年。非学刻竹即论竹刻，真所谓何可一日无此君。”

1972 年夏，金章之子、金绍坊之外甥王世襄到沪，对其舅父说：“刻竹之书，向无论著，竹人两录［金元钰（坚斋）《竹人录》，褚德彝（礼堂）《竹人续录》］，仅叙史传，吾舅答问之词，谈艺之说，多前人所未发，曷不汇集成书，以嘉惠后学乎？”于是西厓即“长夏稍暇，乃拣平时札记，寄付畅安，属为编次缮正”。1980年王世襄编著的《竹刻艺术》一书出版，其中编入西厓所写的《刻竹小言》，此文以西厓数十年刻竹之经验，深入浅出，对刻竹的历史沿革、艺术欣赏、选材用料、刀法技巧作了详尽介绍。《刻竹小言》分为简史、备材、做法、述例四部分。该书出版后不到两月即销售一空。1985年王世襄用了五年时间收集了更多有关竹刻的内容，编著了《竹刻》一书，该书第一部分仍为西厓的《刻竹小言》，后面增加了几位名家题词，其中有启功、惠孝同、黄君坦、张伯驹、黄苗子、兰玉崧、李一氓等和根据西厓手写的刻竹登记册整理出来的《金西厓刻竹目录》。此目录不仅能查到每一件作品的题材、刻法、完成年月等，还可以了解到他的创作生涯和艺苑交往。有不少处还记下了刻件耗用的时日。这是半个多世纪锲而不舍的辛勤记录，其严肃刻苦，用志不分，忠于艺术的精神，感人至深。1966年文化大革命开始后，七十六岁的金绍坊担心自己毕生精力与心血刻成的一批竹刻刻件遭到不测，就主动与上海博物馆联系，要求该馆对他所有的竹刻作品全部接收，以利保存。那刻有吴昌硕题写的“锲而不舍”匾额，屡经风险，虽背面刀痕累累，终于得以保存了下来，现为他女儿所收藏。

在风风雨雨，沧桑巨变的一个多世纪里，金氏家族从“载德堂”到“承德堂”，从金桐到金焘，他们用勤劳与智慧，抓住得天独厚的天时和地利，用洁白的辑里湖丝，换来了金灿灿的巨额资产，为金氏家族奠定了殷实而富有的经济基础，被当地百姓誉为“八牛”之一的“小金山”。而他们的后代，从金绍城、金绍堂、金绍基、金绍坊、金章（陶陶）到金开藩、王世襄，则遵循先辈“读书先立品，勿汲汲于功名”之家训，踏踏实实地做人、勤勤恳恳地工作。他们在先辈的殷实富有中，找到了另一种追求，那就是收藏文化与绘画艺术。他们在这块丰腴的沃土中精心耕耘，潜心探索，师古创新，不断探索，精心研习，锲而不舍，都成为蜚声海内外的画家与刻竹艺术家，用他们的精神和才智，又叠起了一座永恒的收藏文化与绘画艺术的“小金山”。

曾孙辈说金家故事

金城之曾孙金闵伟有一次对传媒介绍了金家，他说：

关于王世襄的报道，媒体曾冠以太多的头衔，轻俏佻达的如“京城第一大玩家”甚至“中国第一玩家”，郑重其事的有“文物鉴定家”“美术史家”“民俗学家”“美食家”……却难定论，因为他“玩”的东西实在是五花八门，蟋蟀、鸽子、葫芦、大鹰、獾狗、掼跤、烹饪、火绘、漆器、竹刻、古琴、明式家具，不一而足。况且他玩这些不为消遣，而是真心喜爱，全情投入，所以起早贪黑、吃苦受累、长途跋涉、餐风饮露却乐在其中。这些“玩”，又都结出了颇具文化内涵的果子：如《中国画论研究》《中国古代音乐书目》《髹饰录解说》《竹刻艺术》《中国古代漆器》《明式家具研究》《北京鸽哨》《说葫芦》《蟋蟀谱集成》等等。

于是有人说，“在王世襄先生的人生和著作里，我们能看到北京旧式士大夫阶层的文化情趣和生活方式，说玩，说研究，都不是特别确切，因为那个时代的人就是那么生活的。”的确，脱离开他所处的跟他趣味一致的周围环境来孤立地看，我们贴上去的标签都不够妥帖，子非鱼，安知鱼之乐？

老来成名的王世襄总爱说他是“玩物丧志”的少年，其实他能玩得那么不羁，并在玩中享受传统文化的乐趣，则是因为家境——不仅是物质优裕，而且是二三十年代特有的那种中西合璧、南北贯通的文化。他的父亲属于洋务派，母亲是留过洋、会讲外语、擅长书画的陶陶女史，在当时绝对可以算得上是一位稀罕的时髦才女，却在回国后相夫教子之余将精力投入到了中国传统文化——书画艺术的创作中去。事实上，王世襄对于书画、竹刻、家具、雕塑等文化艺术的兴趣和热爱的确更多源自于外祖家的艺术熏陶：母亲金章能书善画，大舅金北楼是民国北方画派领袖，二舅金东溪、四舅金西厓为竹刻大师。

鸦片战争后上海开埠，外贸中心从广州转移到上海，占据了地理优势的南浔蚕丝商人抓住商机，纷纷到上海直接与外商经营湖丝，南浔出现了数百名因经营湖丝贸易发迹的富豪，传说中有“四象八牛七十二金狗”的称呼，金桐的家族便是其中的一“牛”。

金家的子弟是中西学兼修。王世襄先生曾讲述过母亲幼年时与二姐怡怡及兄长们在南浔“承德堂”的家塾里学习书法和《四书》《五经》等课程的事，好强的两姐妹不甘人后，下苦功练就了一手好字。后来除了长兄金城之外，其他的兄弟写字都不如她们，以至于金桐的墓志铭也是由孙女金章一手抄录的。金城三妹金章，号陶陶，亦称陶陶女史，自幼也受艺术熏陶，喜六法，无所不工，而尤精于鱼藻，也在中国画学研究会任教，出版有《金章画集》。

1898 年，金章被父亲送入上海的中西女塾就读。中西女塾创办于 1890 年，是一所专为“中华有力之家”而设的美国教会学校，学校教学都用英语，甚至连中国的历史、地理课本也是从美国运来的。宋庆龄、宋美龄姐妹也曾就读于这所学校。

在英国，金城入伦敦铿司大学学习法律和经济专业，获得法学博士学位。金章是自费性质的游学，学习美术。

1902 年底清政府才正式颁布诏令，令各省送派学生赴欧洲留学，又过了一年后，留欧之风才兴盛起来。就此来说，金氏兄妹可以视为中国留洋学生的先行者，而女子留学在当年更属凤毛麟角。

1909 年，金章嫁到北京，她的丈夫是王继曾（字述勤）。王家先祖世代为官，王继曾毕业于南洋公学，1902 年随中国驻法公使孙宝崎赴法进修。回国后，一度担任军机大臣张之洞的秘书，1909 年改任留法学生监督。婚后不久，金章即随夫君同赴法国就任，再度出洋。在巴黎，金章得以到各大博物馆、美术馆观赏名画。金章两度留洋学习美术的经历，无疑拓展了眼界，哥哥金城说她：“自游学欧洲，遍观彼邦文物后，画益进……视古人竟不多让。”

王世襄是金章所生的第二个儿子。王世襄出生之前，王家买下了东城芳嘉园那处三进的四合院，这里离金城在钱粮胡同的宅子也不算远。

再后来，金城的三弟、二弟也先后从上海迁到北京，四家人住得很近，彼此来往也很多。

王世襄曾形容，大舅那个院子大得汽车可以开进去掉头的。

金闳伟说，他就是在钱粮胡同祖宅里出生、成长起来的，祖爷爷的那个院子有很大的花园，前门在钱粮胡同，后头到现在的育群胡同，就是过去的马大人胡同。这个院子现在还在，只是在上世纪六七十年代那时候，房管所把花园的树、花都挖掉了，盖上了很多的房子。后来，住在这里的家家户户又在自己的门前盖出了很多小房子，到现在推着个自行车进去都有点困难，得侧着点身子才成。王世襄口中常说的小时候到舅舅家玩，第一件事就是上房，捅马蜂窝，“我到舅舅家就先捅马蜂窝，带着一帮孩子上房，家里来人说这个淘气外甥要来了，大家得戒严似的”，“大舅画画，教学生，我就在旁边看他画”，说的也是这里。而金章的代表作《濠梁知乐集》，起因也是她在“中国画学研究会”担任评判，为绘画教学而写。

金闳伟说，他小的时候，每年都有两次要做的事，就是帮助奶奶晾画——把放在箱子里的祖爷爷的那些画拿出来在廊子里一一展开“过风”。因为喜欢画，他每每都趁机仔细看过。

放画的箱子是三个躺箱，挺大的，都能躺进一个人去。这三箱画被抄走的那天金闳伟刚好在家。那天还有他的奶奶和父亲母亲共四个人在家，进来一个红卫兵，带着几个穿军装的人，进来就说，你们必须冲墙站着，不许看！说完了直接进屋，把这三箱画给抬走了。金闳伟说，当时他年纪轻，他们对他看得也不严，他就偷偷看了，家里别的东西这几个人什么也没拿，就是冲着这些画来的，三箱画抬出去，装在一辆军用的嘎斯车里，开走了。

“这事儿也得怨我爸爸太‘木’，他觉得金家就是画画的世家，也没干过什么坏事，到自己这儿，也不是有钱人，就在肥皂厂工作，是挣工资的，抄家不会把自己家牵扯进去。谁知道后来抄不出东西还把我给关起来了，那时我刚参加工作，非让我说我们家的金条藏在哪儿了，我说实话：我连金条都没见过，结果说我不老实。倒也不打我，就是不让我睡觉，一犯困，就‘梆’地一敲桌子给吓醒了，整整一礼拜，我受不了了，就说，埋在柿子树底下了。没挖着，又来问我，我就说：记错了，是在枣树底下。最后挖了个够也没挖着，就问我到底有没有，我说，本来也没有，你们不信还不让我睡觉，我只能说有呗。等我回家一看，院子都成筛子了，哪儿哪儿都是坑。”

“还有很多老照片什么的被毁，不是抄家，是我们自己全给烧了。那个片警特别好，告诉我们说，哎呀，自己赶紧处理了吧，这些照片全留着，不是给自己惹事儿？不是大地主哪儿有这么大花园的？我奶奶的工笔小楷写得漂亮极了，一本一本，她抄的全是佛经、诗词什么的，全是四旧啊，我们也全都自己给烧了。”

到“文革”后区里发还抄家的东西，另外几回抄家抄走的银器、自行车、手表什么的全还回来了，唯独这三箱画没有发还。他们去问，得到的答复是，这个东西不好找，但我们可以帮你们找。

金闳伟说他的父亲很执着，一次次找区公安分局、找副区长，问这些画的下落，后来区里的人说，“有点线索了，你们等着”，却再没了信儿。他父亲又去找副区长，他说：这个事儿不好说，最好你们也别过问了。金闳伟说：“听话听音，知道这事儿副区长办不了，何况那会儿文革刚刚结束，谁的胆子那么大？不过问就不过问吧。谁知道，没过多久，这位副区长死于车祸，我们这唯一的线索就又断了。祖爷爷的这些画又成了无头的谜案。”

“现在看拍卖行有时候拍卖金城的画，有几幅我看着眼熟，特别是那幅《高山飞瀑图》，那个桥上的小人，我还记得小时候特意拿放大镜看过呢，琢磨他的头发怎么那么栩栩如生。”

我收藏一件“甲子十二月北楼画西厓刻”（1924年）款的臂搁，我通过查找资料认为是老仿，细节之处，缺少大家风范，因为“金绍坊”金西厓太出名啦！并且还出过书，所以民国时期就有人仿他的作品。该器包浆、色泽，均有老意，不是新货。

敢碰军火的庞家

不知不觉，已经到了午饭时间。谈兴未止，几位老者说，我们何不就近一家饭馆用便餐，边啖边聊。我自然高兴。丝行埭南首有一家“聚丰楼”，进了店堂，挑一干净所在坐下。服务员过来点菜。一老者开口道，先生既是远离家乡之人，“绣花锦”可曾忘掉？

我点头后，又连连点头道，听说过，但没有印象了，今日来一道。

很快，几道菜点好，温家乡黄酒，动筷起来，就前面话题，引到南浔丝商中的另一户庞家。

说到庞家。有人引经据典地告诉我，庞家的先祖是宋末元初的庞朴。而有人见我说庞朴，立刻说，我认识他，是山东人，将“一分为二”改写成“一分为三”的人。我笑笑，告诉他，你说的那个庞朴，是人才，但他是淮阴人，与我说的庞朴相隔一千八百多年。我说的庞朴是单县人，历史上单县称单州，古称单父，是否与周朝先君古公亶父有关，则不详。但这个单州，是舜帝的老师单卷在此居住得名。西周为单子国。公元前221年秦置单父县，汉代三次为县侯国、一次为县王国，隋朝恢复单父县。明洪武元年（1368）撤单父县直属单州，次年7月降单州为单县，单县由此定名，是民政部命名的千年古县。庞氏高祖庞谦孺，官至常博士，宋南渡寓游湖州。这话就是在湖州定居了，庞朴随祖居湖州。

年少的庞朴有才名，宋末即补春秋弟子员。平章贾似道，这个平章就是“同平章事”，宋时位高于宰相，亦称“同平章军国事”。这个喜欢玩蟋蟀研究蟋蟀，还写了一部研究蟋蟀的《促织经》的太师，闻庞朴有才，聘请为塾师。没想到庞朴拒绝了，他不愿意与这个权臣贾似道交往。贾似道将其禁锢，后来宣布不准庞朴参加国家的应试，以断了庞朴做官的道。好在没几年，南宋没了，元人主宰历史。元初，忽必烈派行台御史程钜夫征召南方名士，庞朴婉谢，但仍被任命为翰林院修撰。庞朴在完成宋辽金三史后，称疾引退，归居南浔。留有《五湖狂叟集》。

席间有人说，好像南浔庞家与你说的这个庞朴没有什么关联。此庞氏非彼庞家！这话一出，众人无语，因为庞家的宗谱没有找到，而庞家能够让大家记忆起来的就是庞云鏳。庞云鏳（1833—1889），字芸皋，是庞夷简之孙，庞夷简居绍兴。其父庞听泉在湖南历任师爷、幕僚。祖庞夷简迁居南浔，庞云鏳在爷爷身边读书侍奉母亲。十五岁去镇上陈裕昌丝行当学徒，满师后已通晓蚕丝经营之道，以及品评丝质优劣的技术。母卒，娶江苏震泽刘处士方舟的次女为妻，生三子，长名庞景麟，早夭；次为庞元济字莱臣，三为庞元澄字青城。

咸丰十一年（1861），太平天国军进驻南浔，庞云鏳奉父命避居上海，从事丝业，不数月父卒，回南浔料理父丧，遂不复去上海。他精于蚕丝经营，时洋商在上海大量收购辑里丝，价格上扬，庞云鏳看准时机，但资金短缺，乃与镇人张氏（张源泰丝行主人）、蒋氏（蒋元春丝行主人）合伙，在丝行埭开设丝行，渐有赢赚。年少气盛的庞云鏳独揽大权，致使合资者不满，以拆伙为由施加压力。血气方刚的庞云鏳并不买账，干脆独资经营，并在上海泰康里设庞怡泰丝号，为行庄，专与洋商搞出口贸易。在南浔丝行埭设庞怡泰丝行，为坐庄，收购转运。自己亲自在上海与外商打交道，探询国际丝市动态和丝价起伏，根据上海丝市的盈虚，嘱使南浔坐庄进退。信息灵通，经营有魄力，不数年家产暴发，成为财主。

庞云鏳在经营蚕丝中，结识了杭州胡庆余堂国药店老板胡雪岩，即胡光墉，成为莫逆之交。胡雪岩的后台是左宗棠，是左宗棠麾下的一员得力助手，人称“红顶商人”。有雄心囤积蚕丝，与洋商竞争，约庞云鏳合作，大量收购湖丝。庞云鏳答应代为收购，不介入合资。后胡雪岩因囤丝受到丝货壅滞，洋商抑价的影响，几至破产，而庞云鏳只是转手代购，毫无经济损失，却从中捞到一笔大利。有胡雪岩的前车之鉴，庞云鏳从此不再经营蚕丝，并告诫他的儿子：“白老虎可怕，莫再经营蚕丝。”他把蚕丝比作“白老虎”。他深感自己少文，要儿子努力读书。庞元济与庞元澄先后于光绪六年（1880）及光绪二十一年（1895）考中了秀才。

庞云鏳在上海经营蚕丝与洋商周旋中，结识了一些外商朋友，其中有贩卖军火的，庞云鏳认为这是极好的生财之道。其时左宗棠西征新疆，委派胡雪岩在上海办采运局务，急需新式武器，胡雪岩就委托庞云鏳与洋商接洽，达成军火交易，转运给左宗棠，既完成了胡雪岩的受命任务，为左宗棠西征新疆，剿平阿古柏勾结回民叛徒白彦虎的作乱出了大力，又获得了暴利，进一步扩大了庞云鏳的财富，成为南浔“四象”之一。

庞云鏳在东大街建大住宅，前临街，后沿栲栳湾。庞云鏳与洋商结纳，大做军火生意，为免受非议，以他儿子庞元济的名义，捐献了十万两纹银给清王朝，借口所谓赈捐豫直灾情报效，由李鸿章奏奖。光绪十七年（1891）得慈禧太后旨恩赏庞元济举人，特赏庞云鏳一品封典，候补四品京堂。

庞云鏳还仿胡雪岩的胡庆余堂，在南浔住宅门埭开设规模较大的庞滋德国药店，建有药栈和制药工场，供应饮片和成药，并有名医坐堂处方，业务很广，誉满周围乡镇。又因与张颂贤有姻亲关系，盐有保证，在镇北开设庞怡泰酱园，附有酿造和加工场，在南栅还有分店，为南浔酱园中很有经济实力的一家。为赡养族人，在东吊桥外建宗祠和义庄。光绪十五年（1889）病卒，终年五十七岁。恩赠荣禄大夫，光禄大夫，刑部江西司郎中。

席间有人插话道：庞云鏳那句名言“白老虎可怕，要吃人的”并非空穴来风，当年洋人对中国丝曾经压价，而杭州胡庆余堂国药店老板胡雪岩借着后台左宗棠，收丝囤仓，结果，洋人那边没有赢到牌，倒是先把自己给压垮了。

正说着，上了一道菜。

众人叫道，这就是绣花锦。我看那菜，与青菜无异。众人说，看似无异恰有意，筷头品出其中味。

我夹筷入口。果然，舌尖尖感觉不同于平时食用的青菜。

先前说话的老者笑问，先生有何感觉？

我又夹一筷，细细品味，实话实说，入口滑爽，且甜甘，过后，满嘴清香。一般青菜无此感觉。

老者称夸，先生不愧美食家，此品语正是，这菜怪的是只能在南浔附近生长，离开了，就变味了。

我相信这话，橘生南为橘，过淮则不为橘。

为何叫绣花锦？相传此名为清帝所题。老者带自豪神情说，现在的北京人想吃此菜，也是用飞机空运过去的。

旁边一老者插话说，这菜，当年孙中山十分喜欢吃。庞家有位叫庞青城的，是刚才你们说的庞元济的弟弟。他是个热血爱国青年，与张静江系姑表舅甥关系，从小往来密切。庞云鏳与张静江的祖父张颂贤，都是丝商致富的同道，后来成为清末对外贸易的巨商，给张静江与庞青城提供了接受新文化新思潮的有利条件，光绪戊戌变法，“百日维新”失败，但这些变化带来的新文化新思维已经强烈地冲击到固有的旧封建统治势力。废除科举、教育从新，兼习西学，成为当时青年人的追求。1901 年，二十六岁的庞青城独自创办了浔溪公学，建校舍于东栅上塘原“宜园”东邻。特聘杭州名流叶翰（清末维新派）为校务主任，教师中多佼佼者，如杜亚泉（后任上海商务印书馆总编辑）、周梅泉（即邮票大王）等，此即成为南浔最早的中学堂，朱家骅、张乃燕等均在该校读书。1904 年，秋瑾东渡日本，在日期间，结识了周伯年、庞青城、张静江等旅日爱国人士。庞青城邀秋瑾南浔之行，秋瑾对南浔留下好印象。1906 年 3 月褚辅成陪同秋瑾乘舟从嘉兴前往南浔担任浔溪女校教习。浔溪女校是曾经考察欧美教育的张静江的长兄创办，徐自华任校长。秋瑾在南浔和徐自华住在一起，在女校担任日语、理科、卫生等课程的教学，她利用各种机会宣传妇女解放，传播革命思想，培育当地新生的女界人才不少，如徐自华、徐蕴华姊妹，吴珉等人都先后加入光复会、同盟会，从事革命活动。

秋瑾的影响，与庞青城分不开。

还是那位老者抢过话头说，庞青城常常从南浔运新鲜的绣花锦到上海或广州供孙中山食用，包括孙中山在武汉时，他都专程用快艇送去。庞青城在上海有一幢英国堡垒式的花园洋房，在今江宁路 336 号。这个地方也是革命的联络点。孙中山与宋庆龄到上海就住他家中，吃起绣花锦自然是最方便的。有一文说，孙中山在南京任大总统时，庞青城专门下厨做了一道此菜，亲自端上席敬献给孙中山。那时，庞青城是实业部商政司司长。袁世凯窃国后，庞青城辞职不去北京，曾自己种绣花锦，送到上海给在上海的宋庆龄和孙科、孙琰、孙琬兄妹。据说，孙中山病危时，庞青城在身边，孙中山拉住他的手嘱托过什么。庞青城与张静江都被袁世凯抄过家，陈英士被杀后的下一个人就是他，迫使他与儿子及周柏年等逃亡日本……

我好奇地问，明明是青菜，怎么叫个“绣花锦”的名称？

还是那位老者说，这绣花锦，是南浔另一丝商刘镛讨得皇上赐封来的名称，具体是咸丰还是光绪帝，弄不清了，但慈禧太后品尝过是事实。老辈人说，刘镛在慈禧六十大寿时，进贡了绣花锦。慈禧太后尝后很高兴，令内宫种植，后因此菜十分讲究生长环境，虽长出，其味已变。一说，刘镛对慈禧太后擅政很反感，用此菜做比喻，让慈禧太后让位。慈禧太后大怒，本要严惩，李鸿章跪奏：刘镛以自己的德行广布慈禧恩德，使百姓知朝廷而不知刘。慈禧太后这才稍歇怒火。

是真是假，无须考证。

我问道，现在庞家遗址或是后人在南浔吗？

老者说，东大街现在的烟糖公司与南浔人民医院的一部分房产都是庞家的。现在空出了一些，正在准备修复，可以去看看。据考证，奉安大奠的主祭就是庞青城。主持完后，他便退出了国民政权那吵吵嚷嚷的场子，回南浔搞他的古画鉴定了。像庞青城这样的人，南浔有好几位。如张石铭，早年也像张静江那样是个狂热鼓吹革命的人，参加康有为的“公车上书”后，看破红尘，退回商界，不再过问政治……

大家感叹道，那个时代造就了许多人才，也压制了无数的精英，使他们报国无门，只好循入另门。话题再回到庞家上。另一位告诉我，庞云鏳旧址现在要修复是完全可以的。门额上“世泽遗安”四字还在，那大厅的承朴堂匾还是可以找到照片的，就是二进堂有块同治十年九月的篆书门额待考内容了，门额上的百寿字丝毫无损。那是个好文物。还有茶亭间。茶亭间在南浔大户人家的建筑中都有。而且风格相异，颇成景观。茶亭间门后，通向河埠，是庞氏自家的埠头。如果修复，可以搞一个庞元济的《虚斋名画录》与《虚斋名画续录》展览。

……

庞元济，张静江的舅父。此公“嗜画入骨”，据南浔籍作家徐迟说，凡庞元济收藏的字画，均加盖他的“虚斋”印章，后来外国人收购中国的古字画均以有无“虚斋”印章来辨其真伪。其原因也由于庞元济心气高，一般的画不在他眼里。父亲靠做丝业兼做军火发家，他则玩字画，不惜重金四下收购字画，并以自己的号“虚斋”著录《虚斋名画录》与《虚斋名画续录》存世。后世以获一册此书为奇。相传日本侵略军曾拿着此书到中国搜索名字画。《虚斋名画录》印行于宣统元年（1909），16卷，收录历代藏画538件，起自唐代止于清，分列卷、轴、册页三类，按年代先后为序，记载颇详。十六年后，庞元济又据后得编成《虚斋名画续录》4卷，收入画200件，体例与前相同。

温温的家乡酒，让大家喝得红光满面。

告别众老叟，我先去看了庞家的旧址。南浔人称庞家花园，是庞莱臣于1918年在镇东栅光禄庞公祠西首原“鹿门旧德”的基础上扩建而成，总面积近二十亩。此园坐北朝南，前临东大街，后达洗粉兜，西与张静江的“东园”（又名“绿绕山庄”）仅一墙之隔。

东园在废墟中，宜园恰在文字里。

有人给我一卷文字，展开慢慢品，如清茶，似咖啡……

宜园沿街大门是粉墙黛瓦的两扇大石库门，上有砖刻隶书“宜园”两字。整个园林分两大部分，前部分是亭台楼馆，长廊曲折；后部分有一长方形的荷花池。入园门走长廊，可见很多石刻碑帖嵌镶在廊壁间，其中有况周颐撰文、郑孝胥书的《宜园记》及赵孟頫正书的《湖州妙严寺记》二石碑。由此入“鹿门别墅”，门额上有砖刻“鹿门旧德”四字，出自汉末隐士庞德公之典故。一架紫藤引入外园，沿“绾春廊”向北达“绮霞仙馆”，馆前有花坛，植各色牡丹，四月盛开，朵大绮丽，春意盎然。南浔籍前辈沈伯经老先生有《绮霞仙馆看牡丹》诗：

姚黄魏紫斗繁华，
丽质缤纷散绮霞。
撷得洛阳佳种子，
名园妆点画阁夸。

迤东有一轩，名“鹤守轩”，养一黑颈素羽的丹顶鹤，见人引颈顾盼。稍北有一蝌蚪形的小潭，上架三曲石桥，桥面有轩，取唐代诗人司空图诗句“品画桥碧阴”，故名“碧阴轩”。沿池太湖石假山堆叠，轩外有亭，取古代诗句“夕阳迎素月”之意，故名“夕佳亭”。此地遍植红梅，正好道出了宋代林逋“梅妻鹤子”之意境。

再东行至“竞秀草堂”，庭间山茶婀娜，月季芬芳，石笋林立，小竹成丛。阶下芳草绿茵，堂前老树扶疏，黄鹂婉啼，清脆悦耳，有寂寞园林空好看之感，实为游客绝好的休憩场所。堂后丹桂每到中秋，繁花如金，香溢满园。沿廊转入松竹小径，有形如狮子的假山，或蹲或立，引人遐想。“竞秀草堂”后紫藤蔓布，下有各色水禽戏水，并有孔雀一对。沿廊而去，进一月洞门，有崇台面湖，额名“绿净山庄”。夏日，可见满湖红裳翠盖，亭亭玉立，微风送来幽香，令人心清神爽。间有白荷，故南浔名人周柏年有“万朵红莲礼白莲”之诗句。冬春之际，碧波涟漪，晶莹清澈，让人品味到“风乍起，吹皱一池春水”的诗意。远眺湖心亭台，飞檐翘角，金碧相辉。绿净山庄之东，翠竹摇曳，结一茅亭，称为“可亭”。再折东是“退修庵”，虽设门却常关。有水阁称为“自在香室”。据说当时依依垂柳下静泊着舴艋小舟，若登舟可达北岸。

内园的主体是约十亩的荷花池，呈长方形，池北首有一大墩，仅一桥可通，宛如小岛。南岸正中建“保静山房”，四面轩窗，凭栏可饱览四周景色。厅内四壁悬挂名人书画，充满了浓浓的诗卷韵味，此厅又名“湖心亭”，额其匾曰“半湖云锦半芙蓉”。厅后精室称“碧梧翠竹之庐”。栀子花盛开，香气扑鼻。东曰“且住为佳”，又有一“听雨小榭”，雨打荷叶，淅淅作声，曲径通幽，引人入胜。而进入“笋香里”，奇峰突起，上有阁称“凝翠阁”，凭栏北望，太湖隐约诸峰尽收眼底。奇峰下有洞穴，称之为“绉云窝”。池上有九曲石桥。民间传说九曲桥属皇朝御花园所独有，但宜园建于辛亥革命以后。庞氏的这座九曲石桥，朱红栏杆，上覆白铁雨篷，俯瞰涟漪，银鳞戏水，有亭曰“鱼戏亭”。过亭后，长堤如带，柳荫连绵。堤尽有屋如舟，称为“闹红舸”。沿西墙有“半画阁重楼”，两端叠假山，可拾级登楼，中有斗室突出于外，在“快雪时晴”时更为绝妙胜景。

……

读罢文人留下有关庞家宜园文字，真正去唐家兜看了张佩绅的故居，再看罢蒋汝藻的家，而使我真正感到世事如烟的，还是庞家。站在一大片早已成废墟的宜园旧址上，我艰难地寻找着当年的痕迹：一块曾经很有气势的太湖石从土地里悄悄冒出头来，吻着了我的鞋，我弯下腰去，轻轻地抚着它，与它喃喃对语；一株苍劲的古树在不远处的围墙边向我招手；埋于废址的断墙残壁努力地挣扎着想站起来；已经辟成鱼池荷塘的庞家花园推着微波，仿佛要向我话说……

旧厩曾埋铁戈，沉沙当年是玉帛；新姑叫依红颜驻，愁枯树何日透新枝！

住在颖园，躺在床上，细细地琢磨那些有关人士给我提供的南浔零零星星的材料，读着读着，感觉突然特别地好起来。有几则看似笑话的故事，恰更能体悟到南浔人的智慧。

请读第一则：

钱财多了要防盗

庞莱臣为防偷窃，很想请一名保镖，但一时找不到人选。时任南浔镇的团练团总姓许，人称许把总，武功不凡，善使一根长枪，外号“一长枪”，与庞莱臣交谊甚深，拍着胸脯说：“庞兄，在我任期内，保你家不少一针一物。”许把总既夸下海口，自然不敢怠慢，每夜派武艺高强的团练士兵值班守夜。几年来，庞家果然平安无事。

时值腊月，天气寒冷。庞莱臣正与许把总等几位好友在一茶馆里搓麻将消遣取乐，因身上觉得寒冷，遂吩咐跟班回家，向太太去取貂皮马褂来。跟班出门回家不久，茶房进来说：“庞老爷，有你一信。”庞莱臣接信，信封上无寄信地址，也不当一回事，拆开信封，展开信笺。

庞莱臣先生：

我有好友寿辰，缺少珍贵礼品贺寿。久闻贵府珍藏玉蟹一对，形态逼真，放入水盆中，能口吐水泡，是为庞家传家之宝，故特来盗取。

乘兴而来，却让我败兴而返。我潜伏在贵府七昼夜，贵府所有珍珠、首饰、古玩、玉器等浏览无遗。以我之见，都是通俗之物。而玉蟹又残缺一脚，若以金镀之，实不足耳。

在七昼夜期间，气候实寒，所穿单薄，暂借用您的貂皮马褂一件，另日奉还，决不食言。

寓上海致远客栈十三号房间陈又及：貂皮马褂在你太太房间第五

叠箱子底第二只箱子中取得。

庞莱臣大惊，正欲起身去看个真伪，跟班满头大汗，急匆匆赶来：“老爷，太太说，这箱子锁未开，貂皮马褂却不见了。太太说，你是否放在别的地方了？”

庞莱臣说：“是放在别的地方了，现在上海致远客栈里！”

跟班不解：“怎么到了上海？”

许把总也说：“这不可能吧。”

庞莱臣将那信笺给许把总看，许把总目瞪口呆。

三天后，庞府上收到一个包袱，寄信人地址的落款处，仍是“上海致远客栈十三号房间陈”。包袱中正是庞莱臣的那件貂皮马褂。

庞莱臣从小喜读武侠小说，对飞檐走壁的侠客十分崇敬。今遇到这么一个武侠高手，心中十分敬佩，就派管家即去上海，欲邀请这位陈先生来南浔，做他家的保镖。管家受命，即赴上海致远客栈。

来到上海致远客栈，管家向客栈老板打听十三号房间的客人。客栈老板说，十三号房间客人姓陈，三十多岁年纪，书生模样，到客栈已一个多月，山东人，出入无规律，有时几天不出门，有时出门几天才回来，但很有钱，出手大方，豪爽侠义。正说着，老板说：“他来了。”只见从外面进来一位长衫马褂的年轻人，长得清秀，然显得有似弱不禁风模样。

管家忙迎上去：“请问，您是十三号房间的陈先生？”

“正是。请问你是……”

“在下是湖州府南浔庞家的管家。”

“湖州府南浔庞家庞莱臣先生，久闻大名，请进房内。”

陈先生出言谦逊，虽武功非凡，但谈话中不显山露水，对管家口口声声称为“晚辈”。管家甚喜，即返南浔。庞莱臣即决定，请陈先生来南浔做保镖。管家又返回上海，陈先生正在致远客栈门口。

“管家先生，晚辈已在此恭候。”

管家说明庞莱臣之意，陈先生爽快答道：“晚辈遵命。”

当晚，庞莱臣在家设宴接风，也邀请许把总作陪。许把总一见陈先生如此模样，露出轻视之状。陈先生不以为然，对许把总恭恭敬敬。

酒过三巡，陈先生说：“庞老爷，晚辈去方便一下。”庞莱臣吩咐跟班领陈先生去厕所，路过围墙，陈先生说他有野外方便的习惯，即腾空越墙而过。庞莱臣和许把总一杯酒尚未饮完，陈先生返席。

陈先生拱拳向许把总道：“许把总，晚辈刚才路过团练队部，团练兄弟们似乎有些粗心，门不关窗不闭，团总的枪被晚辈拾到，现完璧归赵。”说着，将一把手枪送到许把总面前。

许把总的双眼瞪出来了，这手枪是他的，来庞莱臣家前自己清清楚楚放在办公桌的抽屉里，锁得好好的，办公室的门也锁好，团练队部还有士兵把守，可见陈先生非一般人物。忙站起说：“陈先生光临敝镇，敝镇之幸呀。”

“团总过奖，请团总多多指教和关照。”

庞莱臣甚喜。“许把总，陈先生，你们携手合作，我们南浔的地方治安就高枕无忧了。”

陈先生就一直在庞家做保镖，庞家安然无恙。

谋官失之交臂

庞莱臣是清光绪六年的秀才，可后来数次赴考，均名落孙山。

买官之风，历代都有。清代末年，此风更盛。庞莱臣偌大一个家业，无官职而不能从政，面子上过不去，他一心想用钱买个官。

可要买个官，也得有门路。

机会终于来了。

光绪十七年，河南、直隶两省大灾，清廷派员四处捐款赈灾。

时李鸿章任内阁大学士，他知道南浔是江南首富重镇，特派钦差专程前往南浔，并嘱钦差一定要找到“四象八牛”人物，让他们带头捐款，然后带动全镇人捐款。

钦差来到湖州府，湖州府、乌程县均派员陪同钦差前往南浔，召集镇上“四象八牛七十二金狗”大户人家，传达李鸿章之意。庞莱臣不言，乌程县官员问庞莱臣捐多少，庞莱臣说我最后一个捐。黄绫捐款本摊开，先由刘氏带头，捐银三万元，张氏也捐三万，顾氏依样画葫芦，“四象”中只有庞氏了，庞莱臣上前，卷起衣袖，握住羊毫，大笔一挥，又笑嘻嘻搁下笔。钦差上前一看：庞莱臣捐银壹拾伍万元。

庞莱臣捐银名列首位，名声大振。李鸿章亲笔致函庞莱臣，表示感谢。庞莱臣想，这是一个谋得官职的好机会。他立即写信给李鸿章，表达了他的意思。李鸿章对他不薄，向慈禧请奏，特赏庞莱臣举人，并授四品候补知府的官衔，还赠其父庞云鐠一个光禄寺大夫的官衔。

庞莱臣并不满意。

第二年，李鸿章在北京做寿。庞莱臣获悉，精心制作了一个很高档的寿礼：银质底盘，镶嵌珍珠的大寿字。珍珠洁白闪光，加上白色银盘，寿礼闪光夺目。在李鸿章所有的寿礼中，此寿礼最为醒目。李鸿章大喜，又亲笔给庞莱臣书信，表示感谢。

庞莱臣又复信一封，表示他要做一回上堂审案处理公务的真正的知府。李鸿章就去信让他到北京面议。庞莱臣兴高采烈，即赴北京。

李鸿章亲自接见了庞莱臣，告诉他说，这授予实职的权在醇亲王那里。清朝朝廷规定：在每个部门都设一正二副，那正职都是满族人，最后的决定权都由满族人决定。要庞莱臣亲自去醇亲王府请求。李鸿章还说，醇亲王知道他捐款十五万的事，是全国捐银最多的一人，当时醇亲王还特别称赞的。

庞莱臣就去醇亲王府，他持李鸿章的招牌，一道门一道门进去，还比较顺利，最后进入内府，见到醇亲王身边的茶役。茶役说醇亲王正在午睡，要他在花厅中等候。

庞莱臣耐心等待。不久进来一人，身着内衣，朝庞莱臣一看，无声无息走了一圈，走出花厅。庞莱臣等呀等，足足等了一个半时辰。茶役进来，庞莱臣问醇亲王午睡醒了没有，茶役说刚才穿内衣的人就是，庞莱臣急得双脚直跳。原来，这茶役怨庞莱臣没有送他小费，不愿向醇亲王通报，醇亲王不认识庞莱臣，以为是新来的下人，自然不屑一顾。

李鸿章对庞莱臣很是歉意，但这件事一直记在心中。一次清廷派人去日本等国考察实业，李鸿章马上推荐庞莱臣，醇亲王毕竟记得庞莱臣这个人，也就同意，慈禧准奏，庞莱臣得以赴日本。

在日本他获悉法国里昂国际市场广销厂丝，绸厂均以厂丝逐渐代替南浔的辑里丝，他感到辑里丝土法生产已有危机。日本考察回国后，庞莱臣筹集资金，与杭州丁松生合资三十万两银，在杭州拱宸桥如意里附近创办浙江第一家机器缫丝厂——世经丝厂，专收太湖地区的蚕茧做原料，缫制的“金银鹤”牌细丝，丝纹匀整，畅销欧美，颇受法国商人欢迎。后又在南浔创办南浔汽机改良丝厂等，成为中国近代民族工业的实业家。

庞莱臣谋官失之交臂，也许是件好事。因为他毕竟是商人出身，有经商之术，比他从政更精于此道。

戏说“过房儿子”

1926年的某日，南浔庞家门口船埠头开来一艘轮船，拖着一艘大客船缓缓停靠。船中走下十几个人，一口流利的北京话，有老有少，其中一名年轻人，身着黄绸长衫，头戴西瓜皮帽子，十分气派，众人拥着他，慢慢走上河埠。庞家走出管家，对这位青年一揖道：“少爷慢走。”十数人上岸，下人抬着一件用红绸包着的长方形东西，也进了庞府。

左邻右舍纷纷议论，这群人的气派非同一般，是庞家的何方客人？正好有下人出府购物，邻居相问，下人说：“是庞老爷的过房儿子来过继。”“过房儿子是哪里人？”“听说是北京人。”“庞老爷又攀了一个高亲吧。”“是呀，是呀。”

客厅里，庞莱臣正在接待来客。

“溥仪先生远道而来，庞莱臣未及远迎，失礼失礼。”

“溥仪先生？”难道是中国末代皇帝爱新觉罗·溥仪吗？正是。1924年，溥仪被冯玉祥将军赶出故宫，迁居在天津日本租界。他一心想恢复大清国号，在郑孝胥等一批清朝遗老的怂恿下，到处筹集银两，妄想发展军队。这次他从天津一路南下，就想庞莱臣捐他几十万元，以备复清之用。

谁知庞莱臣一不跪拜，二不叫“皇上”，心中十分气恼。可他自知已非往日，而且此来是有求于庞莱臣的，只好忍耐。

“庞爱卿……”

庞莱臣立即打断溥仪的话：“溥仪先生，我庞莱臣一没有上朝为官，二来你也不是皇上了，请免‘爱卿’二字，众人皆称我为‘庞老爷’，请溥仪先生随乡入俗，也叫我‘庞老爷’吧。”

溥仪气得两眼直瞪，旁边的郑孝胥忙打圆场：“皇上，庞老爷说的在理。况庞老爷在先帝时捐银十五万，是吾朝有功之臣；今已是吾中华的实业家，称‘庞老爷’不为过。”

溥仪把气吞向肚中，只好改口说：“庞老爷，朕……吾今题有一匾赠送于你，望你受之。”

下人把红绸包着的长方形东西抬上，原来是溥仪给庞府题写的匾额。

庞莱臣看也不看一下，说道："溥仪先生，我曾给先朝捐银十五万，也未能得到光绪皇帝的什么匾额。今日溥仪先生给我匾额，我无功不受禄，请将此匾额带回吧。"

溥仪气得更是说不出话来。

郑孝胥又忙说："庞老爷，无功不受禄说得好。皇上今在资金上有为难之处，正请庞老爷捐助。庞老爷捐助了，就是有功了。"

"郑先生，庞某正在创办南浔汽机改良丝厂，家中所有银两都投资进去了，实再无资金援助溥仪先生的。"

话已说到这份儿上，溥仪、郑孝胥也不好再说什么。最后，郑孝胥提出，要在南浔玩三天，庞莱臣倒是满口答应。

于是，由管家陪同，溥仪一群人员在南浔游玩了三天，他们对南浔的名胜古迹，嘉业堂藏书楼等赞美不绝。

这一群人游南浔，庞家人都说是北京的过房儿子来玩，南浔人十分好奇，日日围观。

第三天晚，庞莱臣设宴相送。

酒至一半，郑孝胥说："庞老爷，在浔三天，承蒙招待，皇上十分感谢。只是现在国难当头，皇上年轻有为，以复国为己任，庞老爷也是先朝有功之臣，况出国考察，是太后之旨，请庞老爷念旧情……"

庞莱臣举杯打断他的话说："郑先生不必多言，中华江山，决不能恢复帝制，我若出资，将成为千古罪人。若溥仪先生目前生活有困难，我可念旧情，资助一千银圆。其他别再多费唇舌。来，干杯！"

溥仪所题的匾额，庞莱臣命下人抛弃了，所以溥仪究竟题了什么，无人得知。后来南浔人终于知道，那次北京来的人是溥仪，溥仪是庞莱臣的"过房儿子"，人人传为饭后茶余之谈资。

惩罚叫花甲头

庞莱臣虽家财万贯，却从不厌贫爱富，对贫的人富的人一视同仁，他最看不起的是恃财骄横的人。

南浔镇上有一个叫花甲头，是个欺压贫弱、巴结豪门的人。叫花甲头是何许人？以前讨饭的叫花子很多，管理叫花子的人就是叫花甲头。叫花甲头是个剥削者，一方面要向叫花子收取一定的讨饭费用；另一方面各商店为了少受叫花子干扰，也要给叫花甲头一些钱。叫花甲头收到店老板的钱，发给老板一块“销头”，店老板将“销头”挂在店门口最显眼的地方，叫花子讨饭就不会胡来了。可见这“销头”对叫花子来说是“警告书”，对店家来说是“安全证”。

南浔镇上这叫花甲头凭着这个权力，对外来叫花子加重收款，对本镇的叫花子也是多收一铜是一铜，贪得无厌。再是对店家多收钱。

南浔镇是江南首富重镇，镇上有几百家商店，店老板若给他钱少，他就不发这“销头”。为此，叫花子怨声不断，店家也想去教训一下叫花甲头。小店老板们知道庞莱臣的脾气，他们找到庞莱臣，请他设法。庞莱臣对叫花甲头的作为早有所闻，点头答应。

庞莱臣的儿子庞锡宝结婚，南浔镇上的头面人物都到庞家吃喜酒，庞家在大厅上摆上了上百桌喜酒。庞莱臣春风满面，来回招待客人。庞莱臣忽见一个穿灰鼠袍的人走进了客厅，这人就是叫花甲头。庞莱臣只当没看见，也不去招呼。

一会儿，酒宴开始，客人们各自去找座位，叫花甲头也去找座位。这时，庞莱臣急走几步，来到叫花甲头面前。

“叫花甲头，你真是不请自到呀。”

叫花甲头忙施礼说：“庞先生令郎新婚大喜，我自然要来贺喜。”

“可是我没有请你。”

叫花甲头脸上一阵红一阵白。

按湖州结婚风俗，婚宴一定要结婚人家相请才能赴宴。不过，叫花子是例外，可以不请自到。庞莱臣的话是教训叫花甲头，虽然你是叫花子的头，但究竟还是一个叫花子，算不上南浔镇上的头面人物，言下之意是：你叫花甲头不要神气！按照风俗，叫花子来吃酒，是要主人家赏施的，不能自己上座位与客人一起吃酒的。

庞莱臣叫住一个端菜跑堂的人说：“阿彩，你去厨房盛一盆肉骨头来。”

只一会儿，阿彩立即端来一盆肉骨头。庞莱臣对叫花甲头说：“这盆肉骨头赏给你了，你拿到家里去吃吧！”

叫花甲头的脸青一阵黄一阵，但他不敢对庞莱臣怎么样，忙双手接住这盆肉骨头，说：“谢庞老爷赏施。”捧着肉骨头出门去了。

庞莱臣对着叫花甲头的背说："秤平心不平，当心秤砣笃着脚。"

叫花甲头原想趁庞莱臣家儿子结婚，送一份厚礼，坐上桌面吃酒，挤上南浔镇上头面人物的位子。没想到庞莱臣如此奚落他，出尽洋相，而自己并没有得罪庞莱臣，庞莱臣为何要如此对待他呢？

想来想去，想着了庞莱臣的最后一句话："秤平心不平，当心秤砣笃着脚。"从此，这叫花甲头收敛得多了。

印章中的秘密

庞莱臣，号虚斋，是民国时期著名的中国古代书画收藏家和鉴赏家，与吴昌硕、张善子、张大千等书画家交往深厚。他收藏宋元明清名画不遗余力，有"江南第一藏家"之称。鉴定一幅古画是真品还是赝品，只需盖上"虚斋印章"，那么这幅画就身价十倍。

抗日战争时期，庞莱臣住在上海成都路庞宅。一日，一队荷枪实弹的日本宪兵闯进庞家。

"庞先生，我们又见面了。"

庞莱臣认识，此日本侵略者叫小野三郎，原也是个书画收藏家，十年前他常到中国来买古画。那次小野用低价买了一幅唐伯虎仕女图的赝品，想以真品去卖个高价，就买了些礼品来到庞家。

慢慢地，那次的经过一一在庞莱臣脑海闪现——

"庞先生是中国有名的古画鉴赏家，我买了一幅唐伯虎仕女图，请庞先生鉴赏后盖个章。"小野摊开了唐伯虎仕女图。

这幅仕女图功力不凡，画上十八位仕女，神态各异，栩栩如生，确实可以假乱真。"小野先生，画虽好，可惜不是唐伯虎所画。"

"庞先生不愧为古画鉴赏家，我只想请庞先生费举手之劳……"

"以假乱真，卖个好价钱？"庞莱臣一针见血戳穿小野的丑恶心灵。

"庞先生，我若卖掉这幅仕女图，庞先生可得三分之一……"

“小野先生，我这举手之劳却要贻误后人，这样的事我不干！”

庞莱臣捧起茶杯，“送客！”

用人马上进房，说：“小野先生请。”

小野边走边嘟噜着：“哼，我会叫你盖上章的！”

……

今日又见面了。

“小野先生，十年不见，今非昔比，你的身份变了，已是皇军的少佐。”

“我虽是少佐军衔，可仍是个古画收藏者。”小野又拿出那张唐伯虎仕女图，“请庞先生盖个章！”

“小野先生还想去卖个好价钱？”

“不，我要收藏。”

“贻误子孙的事，万万做不得。”

“今天就由不得你了。”小野手一挥，两个日本宪兵拔出军刀，站在了庞莱臣左右。

庞莱臣默默坐着。

“庞先生，我给你十分钟时间，是你的命重要，还是一个章重要？”

庞莱臣急躁不安。

“时间到，庞先生！”

庞莱臣无言，拉开抽屉，拿出一个章，盖在唐伯虎仕女图上。

小野捧过这假唐伯虎仕女图，看着“虚斋印章”，哈哈大笑：“庞先生，你这贻误子孙的章终于盖下了。”

抗战胜利后，中国军队缴获了日本侵略者手中的一批中国古代书画，移交给上海博物馆。上海博物馆的专家在整理时，发现了这幅唐伯虎仕女图，还有庞莱臣的章，认为是一幅唐伯虎的真迹，特地打电话告诉庞莱臣，让他知道这一好消息。

“唐伯虎仕女图，有我盖的章？请你们将这幅画拿来我看一看。”

“好，我们马上到贵府。”

当唐伯虎仕女图铺在庞莱臣的桌上，庞莱臣一看印章，即说：“这是幅赝品！”

“赝品？不是有庞先生你的章吗？”上海博物馆的唐先生问。

“这章也是假的。”

“不是庞先生盖的？”

“章是我盖的，那时两个日本宪兵握着屠刀站在我身边。但我这‘章’字中有秘密。”

“‘章’字中有秘密，这秘密在什么地方？”

庞莱臣从抽屉中拿出两颗印章，说：“请唐先生比较一下。”

唐先生将两颗“虚斋印章”一比较，很快发现了这不同之处：“章”字中，一个“章”的“日”字扁，一个“章”的“日”瘦长，“日”意为日本人强迫盖章。

“啊呀，庞先生果然是智斗，这唐伯虎仕女图中的‘章’，字是瘦长的‘日’。”

“唐先生，日本侵略者一占领上海，我就预计小野一定要逼我盖章，所以我刻好了这颗假章。今日这颗假章再也用不到了。”庞莱臣把假章当场劈碎。

唐先生说：“这幅赝品唐伯虎仕女图也不必留下来了。”把画也撕破了。“庞先生，这幅画流落到了民间的话，那就无人知道了。”

“唐先生，我早有准备，请看。”

《庞莱臣名画录》呈现在唐先生面前，最后一篇是《虚斋印章之鉴定》。“这篇文章就讲此事，所以后人自会知道。现在这假画假章都毁掉了，这篇文章也不必收集在此。”庞莱臣将该文也撕了。

第六部　福泽后人嘉业盛

读书人访藏书楼

告别众乡亲，见时间还早，我便去看藏书楼。

藏书楼与小莲庄在一起，还有一个刘家的家庙。我来到景点外面空场地上，周围很静，树丛草间，清洁如洗。可以看出家乡的卫生工作做得确实很好，难怪领袖毛泽东对“万人大镇无蚊蝇”津津乐道，赞扬有加。

在小莲庄、嘉业藏书楼两个景点处，立着一块碑，上书：国家级文物保护单位。

站在嘉业藏书楼前的平桥上，我久久迈不动腿。一种近似朝圣的心理紧紧地攥着我，眼前这座外表并无特色的灰色建筑在一个旧式知识分子的心里，压得太沉了。这建筑，没有克里姆林宫、白金汉宫、紫禁城那么巍峨。它只是藏书的所在。这个特定的用途，使它在读书人的心目中胜过一切伟大的建筑，压倒了那些政治上的克里姆林宫、白金汉宫、紫禁城。书，在已逝的岁月里，是人类文明的太阳，前进的巨轮！书是知识分子的象征，更是知识分子的灵魂，知识分子生存所系。旧式知识分子常常以书相伴，读书是知识分子唯一的出路。“读读读，书中自有黄金屋；读读读，书中自有颜如玉。”书，当然也就是人类进步的灵魂！正因如此，才有诸多知识分子为书而献身的故事。为书献身，就是为主义为思想为精神为灵魂献身。多少关于书的传说，多少关于书的精神都融进了无数座陈旧的灰色的建筑里，承载起知识分子的灵魂与抱负。没有这些灰色的建筑，知识分子的灵魂就没有了安定的所在。中国有多少这样的藏书楼啊！很多很多，每一个藏书楼都承载着无数个知识分子的追求与理想，主义与精神（它们是灵魂的外在体现）。消灭思想，扼杀主义，粉碎精神都是从毁灭这陈旧的灰色建筑开始。它们的消失，就是知识分子灵魂的消失。战乱，昏君的扼杀，一批批藏书楼被夷为平地，一批批知识分子的灵魂被消失。

为了人类的进步，一批批知识分子又站出来，一座座这样的建筑又拔地而起，一个个伟大的不灭的灵魂又在这里面游荡。一个太子动用成百辆车将东宫万卷竹简运到润州，为的是编一部《文选》；一个人可以接受阉刑，为的是能够继续把《史记》修下去；一个瞎子原本可以过安宁的日子，但为了填补历史的一段空白，竟然编起《明史辑略》……书与知识分子被商人吕不韦看中，他收买下来并随他的心意塑造成就大秦基业的《吕氏春秋》。

王权在握的嬴政，从忌恨吕不韦而始，揭开了焚书坑儒历史的序幕。后来的历朝历代，都以他为楷模，以为那么做就可以把知识分子从肉体到"灵魂"，整个儿地扼杀掉。这一点，清王朝比嬴政更有过之而无不及。所以，文字狱搞得很正宗；当然，"文革"，革一切文化之命，又是另一种登峰造极了……

没想到，"野火烧不尽，春风吹又生"。书，灭不掉！就连牵连了几千口人的一部《明史辑略》不也照样流传至今吗？有人说，只要有人类的存在，就有文明的渴望。文明的渴望，那就是书。文明具体化的形象之一，就是以书的面貌出现的，书播撒着知识分子的灵魂，推动着人类文明的进程。

现在，有人不这样说了。一张光碟可以存入一座巨大的图书馆。藏书楼有存在的必要吗？

不光藏书楼没有必要存在，别的许多东西都可以不要存在。报上常常载一些曾经是百万富翁者（实质暴发户），有钱后不知怎么用，养二奶，豪赌，嫖娼，吸毒，最终成瘪三。从这个角度看。我的家乡就不同了。历史上出过一大批全国闻名的富翁，号称"四象八牛七十二金狗"，他们怎么浪费那些钱财的，我不知道。但我知道，其中以巨款资助民国革命的张静江。知道设立叔蘋奖学金的顾乾麟。当然，我更知道为读书人营造"灵魂"安居窝——藏书楼的刘承干。

我敬重这位先哲。我站在这里，却步不前，也有这意思。

呵！真正是封尘已久，青苔满阶，草色入帘。参天古树，习习和风。眼望宁静而娴雅的环境，耳闻远处尘世喧嚣的噪音。凝视藏书楼门额上的字，浮想联翩。

这座江南最大的私家藏书楼动工于 1900 年，成于 1924 年，前后达十五年之久。这不是一般的十五年。这是不能不令人深思的十五年！

二十世纪初的十五年间，是一段怎样的年代？

谁能忘记？

光绪二十五年十二月二十四日，慈禧太后动了废光绪的事儿。这年，洋人大肆进攻中国，迫使“紫禁城”里的人“逃”到西安发布“变法上谕”，宣称“维新”。

1902年，光绪二十八年，距维新上书仅一年。东北被俄占有，《中俄交收东三省条约》4月8日签订。十八个月前，慈禧太后逃至西安。距慈禧太后逃出紫禁城两月，八国联国提出《议和大纲十二条》。二十一个月前，沙皇尼古拉二世自任总司令，率十八万军队分六路入侵中国二十二个月前，张之洞等人代表清政府与八国联军签订《东南保护条约》。中国国土一片焦炭，民不聊生。唐才常起义失败，郑士良起义失败，史如坚起义失败，景廷宾在巨鹿高举“扫清灭洋”大旗。

这一年，孙中山、章炳麟、梁启超、蔡元培、黄兴、陈天华等一大批爱国志士出现，中华大地到处都燃烧着反清抵抗外国入侵的烟火。

紧接着，辛亥革命，中国共产党成立，北伐……

这十五年间，神州大地，无时无刻不是风云骤变。

整个中华大地，何处还能放下一张安安静静读书的桌子？

营造如此庞大藏书楼的大事，无论是皇家还是私家，也大多在盛世里。盛世修志。盛世，天下太平，人们想做的许多事情里，智者就会对书格外垂青爱恋。“君子之泽，五世而斩”。读书能光宗耀祖。而乱世，在这样一个动荡的时期，命尚难说明天安何处，谁会想去建藏书楼！他刘承干偏偏就干，一干就是十五年。竟然真的干成了。是什么精神支撑着他这样干的？何能持续十五年不衰？且不说一个私家藏书楼能避于战乱，于浮躁乱世战火中安于此构，非常人所能理解。

> 若道春花不解意，何因吹送落花来？
>
> 柔玉香温，观想可成白骨，营求念绝，心归自在乾坤。

人们在费解他何故冒此风险，思索他是痴子呆子的同时，人们又不能不承认，这又是书的另一种精神。这种精神能够激励人成就许多常规下不敢想、不敢干的事儿！

走进这灰沉的旧建筑，走进的是精神的殿堂，它能够让你的灵魂得到新精神的洗礼。

带着诸多疑问，我走进嘉业藏书楼，这座神秘的高墙深锁的灰色建筑。

从外表看，嘉业藏书楼与这里许许多多的普通住家没什么区别。所不同的是：一桥抵门前，四周水相环，高墙锁深宅，古木任莺闹。这座建筑占地二十亩，建筑面积二千四百平方米，布局以江南园林为主体。四四方方的藏书楼，植园林之中，加之藏书楼外四周碧水环绕，进出藏书楼仅靠一座小桥。全部构筑都在当时认为最佳的安全保护和消防作用庇护下。绿树环荫，实在是个好的读书所在。据说，藏书楼的楼名源出之末代皇帝溥仪赐匾。

刘承干（1881—1963），字贞一，号翰怡，二十岁考取秀才，以优行，附贡生，得候补内务卿衔。其父刘锦藻，前清进士。伯父刘安澜，无子，将承干继为长房。祖父刘镛，于光绪二十五年（1899）去世，刘承干以“承重孙”身份继承祖业，成为豪富。

有了这么多的家产到手里，又逢清廷废科举，一个读书人面对失去“上进”，能做什么事呢？刘承干自幼酷爱书，他目睹社会动荡对读书人的摧残，大量的优秀书籍当作废纸，心急如焚。宣统二年，清廷农工商部在金陵（今南京）举办南洋劝业会，刘承干应邀参加。这次会上，南浔产的众多丝绸品获最高奖，大家欢欣鼓舞，而刘承干却一点也不关心，“独步状元坊各书肆，通览群书”，收购大批书籍而归，引起书商关注。第二年辛亥革命爆发，刘承干举家居上海，大批清廷遗老闲住于此，以他有志不在年高而与他们来往结交，并发起组织“淞社”。一些生活发生困难的遗老将藏书让售于他，他来者不拒，既资助朋友生计，又得以保住古籍书，自然是件痛快的事。但没想到这局面一旦打开，便不可收拾。短短几年，刘承干先后收购了宁波卢氏“抱经楼”、独山莫氏“影山草堂”、仁和朱氏“结一庐”、丰顺丁氏“持静斋”、太仓缪氏“东仓书库”等十余家藏书。得书 60 万卷，共 16 万册，珍本善本有宋元刊本 200 余种。其他的：明刊本 2000 余种，清刻本 5000 余种，地方 1200 余种，丛书 220 余种，抄本 2000 余种，其他 1200 余种。这些书籍中，宋开庆（1259）110 卷本《鹤山先生大全集》、宋淳熙戊戌（1178）本《窦氏联珠集》最为珍贵，系海内孤本。1200 余种 33380 卷地方志，称“海内秘籍”的就有 62 种。他收购这些书籍费银 30 万元。30 万元，这是多少呢？当时在南浔镇里买块宅地建三间带小院的平房，耗银 50 元。一位上好的织工，织一匹锦缎，连丝成本在内，收购价为 10 元银洋。刘承干购书之款，如果折算当时最好的锦缎，就是 3

万匹。堆起便是座巨山。后来，张静江资助蒋介石在南京建立中华民国政府，耗银300万元。而刘承干收购古旧书就是建个政府资金的十分之一，这是什么气派，什么代价？

数年之内，收购到的大量书，堆放在上海的居室里，如山一般。刘承干认为造藏书楼是到时候了，他得好好地有座像样的藏书楼来收藏他的“娇娃”！

有了造藏书楼的想法后，刘承干更是不惜一切地收购书籍，有时达到了如痴如醉的地步。记得原上海出版公司负责人刘哲民曾经对我说过一件事。二十年代初，不满三十岁的刘哲民受郑振铎的委托在天津收购一批书，当他挑完后准备离开时，这时门外进来一位比他大几岁的中年人，看了看那堆被刘哲民挑剩的杂书问怎么处置。店家说，扔了。他说，不要扔。对方笑道，刘书痴，你要的话，就扔几个铜板，都抱去吧。这位“刘书痴”就真的扔下几个铜板，把那堆书抱走了。刘哲民事后当笑话告诉郑振铎。郑听后，脸沉下了，久久无话，然后问，那里面一定有好东西。刘哲民说，好东西是有，一些墓志铭还有地方志什么的……郑振铎痛切地说，他做得对，我们是没钱了，要不，也都要的。然后长叹道，中国文化博大精深，别小看那墓志铭，别小看私人修的志的，都是重要的历史见证，是人类的宝贝啊！如今这场动荡，不知要破坏多少宝贝啊！

郑振铎的话说得不错。

刘承干想造藏书楼，虽不会像《韩非子·外储说左上》的楚人那样做精美的兰木柜装珠，但也得考虑如何才能存放好价值三十万元的书籍，书虽然也是商品，但它更重要的是“特殊商品”。刘承干想的是实用！当时，南浔镇上已有好几家藏书楼。最有名的数刘桐的“眠琴山馆”和严元照的“芳芊堂”，其他的有蒋汝藻的“密韵楼”、张石铭的“六宜阁”、庞元济的“半画阁”。但他们都不景气。其中，刘桐喜书成癖，书贾来者不拒，时间不长就聚起数万卷。几年后，他又收购了杭州卢文绍的“抱经堂”、吴焯的“瓶花斋”部分藏书，及一些精校书籍。汪曰桢《南浔镇志》说他：“锐志聚书，积至十余万卷，凡宋椠及精写本，不惜重金罗致，插架之富，自天一阁、瓶花斋而外，莫之及也。”他本人死后，儿子刘瑛年幼，受人欺骗，以十万卷藏书偿债，藏书散失。后辗转流入湖州陆心源的“皕宋楼”，而陆心源的藏书大部分于光绪年间流入日本。

包括湖州陆心源的“皕宋楼”在内众多藏书人家的败落，导致祖先留下的珍贵文化遗产外流，这给刘承干打击很大，他疯狂地用钱收购书籍，他要把这些好书保存起来。当时直接影响到刘承干行为的还有另外几件事。那是当时书界流传甚广的几个故事——

嘉庆年间，酷爱读书的姑娘钱绣芸，系宁波知府丘铁卿的内侄女，她为了想到天一阁读书，竟然求姑父丘铁卿做主嫁给天一阁范家做媳妇。没想到，天一阁规矩就是女流不可近藏书楼。钱姑娘到了范家仍然不能读到天一阁的藏书，最终抑郁而死。

如果说天一阁是完全性的私人藏书，也不过分。因为任何人看不到他家的书。这个规矩在康熙十二年（1673）被黄宗羲破了。黄宗羲是个名人，范家能够允许他登楼读书，其原因是想借黄宗羲的名抬高在思想学术和社会政治领域都没有太高地位的藏书家位置，或敬仰黄宗羲的英雄气节？

十九世纪中叶，发生在中国大地上的太平天国运动，使众多的藏书楼遭到灭顶之灾。太平军攻占后，对文化的践踏在当时表现得最为显著的就是：放火烧藏书楼，趁火打劫的小人运出书籍按斤卖与造手纸的作坊。有人发现了，会从那些即将进入化浆池的纸堆里抢出些好书。但许多好书已经成了纸浆，然后制成擦屁股的手纸，祭祀时的黄纸。与“文革”时不同的只是缺少制祭祀时的黄纸不做，而做点再生纸，供写检查书用，那时的神州大地写检查书是成风的，还有一个就是写大字报用纸。

历史出现这样的“事件”，给文化人的心理压力是很大的。但没能把文化人压垮，反而让他们更觉得自己肩上的责任大如天！二十一岁的刘承干决定造藏书楼时，心里就有了一种渴望：要让优秀的书籍好好保存起来，并且要“经世致用”！

就在藏书楼工程进展一半时，上海传来消息，这个消息让所有的藏书家都振动了。原来，天一阁藏书楼的主人家疏忽，与上海滩上的不法书铺联手的小偷来到了天一阁，白天睡觉，夜里行动，外面的河面上有船接应。直到上海滩上出现天一阁的藏书，震动了商务印书馆的张元济先生，他出巨资将那些旋即成为外国人收藏的天一阁藏书收购下来，转藏于“涵芬楼”。后来“涵芬楼”毁于日本侵略者的炸弹，但就张元济的抢救而言，对刘承干的告诫是很深刻的。

1907 年，湖州陆心源“皕宋楼”藏书被日本东京岩崎氏静嘉堂文库以日金 10.8 万元购去。中国读书界大为震惊，有识之士无不扼腕痛惜。值此严峻时刻，刘承干毅然以斯文为己任，海上书沽，悬金以待其至，通都古家之藏，为胫而自出。

刘承干深知藏书之艰难，决定从自己开始改变旧式藏书人家那种秘不宣人的做法。他曾对朋友说，天灾人祸，有时不可避免，我把善本孤本赶快刻印出来，流到社会上，一本成了百本千本，再遇天灾人祸就不怕了。刘承干这样做，并非独创，在他之前，陆心源就做过，陆心源辑刊的“湖州丛书”在当时的社会上产生了很大的作用。刘承干辑刊“嘉业堂丛书”、“吴兴丛书”，流传甚广，他刻印的经、史、子、集四部收录丛家著述，部分出售，更多的是送人，遇上没钱购置又急需的文人学者，他无偿赠送。上门看书的，完全满足，还供应食宿。北京大学校长蔡元培、北京图书馆馆长袁同礼、江苏省国学图书馆馆长柳诒徵均到“嘉业藏书楼”参观过。柳诒徵见钞本《明实录》，大喜过望，立即派人来抄一部。湖北学者徐可行来此抄书，住藏书楼数月，均由藏书楼免费提供。他的这一做法，真有点“随意春风歇，王孙自可留”的味儿，深受读书人欢迎。

刘承干在一次与朋友雅集时闻说北京国史馆有几部好书，是孤本。刘承干立即着人到北京国史馆抄回《清实录》，费银 2 万元。时清史馆正因北洋军阀混战而经费无望，刘承干得知后，斥金 5.8 万元抄录 1414 卷、95 册的《国史》一部。时任北京图书馆馆长的赵尔巽说，这是救了清史馆。

刘承干的义举，不仅使许多当时的孤本善本甚至“海内秘籍”能为社会服务，更重要的是对社会前进起到了无可估量的推动作用。如真实记录明末崇祯、弘光两朝各方面史料的《三垣笔记》一直是以手抄本传世，今传世并由中华书局 1982 年出版的《三垣笔记》就是依据 1923 年刘承干刻印本出版的。对于刘承干的行为，胡道静先生以为：“嘉业版行之书，几媲汲古（按：明毛晋汲古阁以刻书名闻海内外）。其出自稿钞本者，传先哲之精蕴，启后学之困蒙。”他称赞刘承干“所致孤秘，枣梨以行，于是老儒之占毕，介士之孤愤，系一线于不坠，主人之功为尤不可没也”。缪荃孙指出：重孤本是刘氏刻书的一大特点。有些孤本到了刘承干手里已经是零帙断纸，凌乱不堪，如果没有刘承干的刊刻广布，可能早已湮没于历史尘埃之中。从这个意义上说，刘承干刻书之举实是一次对祖国传统文化遗产的整理抢救，功莫大焉。嘉业藏书楼的许多刻本都曾被清政府列为禁书，其中明末屈大均的《安龙逸史》被鲁迅特别提到。鲁迅在《且介亭杂文·病后杂谈》中说：“《安龙逸史》大约是一种禁书，我所得到的是吴兴刘氏嘉业堂的新刻本。他刻的清禁书还不止这一种……对于这样的刻书家我是很感激的，因为他传授给我许多知识——虽然雅人看来，只是些庸俗不堪的知识。”又说：“……有些书则非傻公子如此公者是不会刻的，所以他还不是毫无益处的人物。”

郑振铎对嘉业堂全部明刊本书仔细鉴定后说：“甚感满意！‘佳本’缤纷，如在山阴道上，应接不暇，大可取也。”

刘承干没有想到，他的这一做法竟使魔鬼的日寇也能有“善心”，让嘉业藏书楼幸免于难。那是日本侵华战争时期，日寇到了南浔，他们站在藏书楼外肃立仰望，没敢进入。原来，日本汉学家松崎鹤雄战前曾多次得到刘承干的赠书，尤其是许多珍贵善本珍本的新刻印本，内怀感激。战争爆发后，松崎鹤雄的妻舅牧少将临到中国前，他叮嘱妻舅牧少将到中国后一定要保护文化遗产。牧少将到中国后，正好率队进驻南浔一带，于是就有了嘉业藏书楼“覆巢”下仍有完卵的奇迹。

刘承干一直认为私家藏书不让女流入室看书，是不对的。偏偏这一“不对”，不仅是天一阁，几乎所有的藏书人家都如此。刘承干对人说，如若秋瑾今天在南浔教书，我一定邀她到嘉业藏书楼参观，随时对她开放。事实上，南浔较早实行男女同校，藏书楼对前来求读的女生一律开放。

至此，我们再来看刘承干二十一岁时说的“经世致用”，其胸怀之博大，其精神之伟大，同时代者，几人可攀？

我抚摸着锈迹斑斑的桥栏，一次又一次仰望这座外表非常普通的高墙。门额上“藏书楼”三个字系辛酉春（1921年）题，从外观上看，这座建筑真的很普通，高高的青灰色墙上没有一扇窗或者一个门，连能够看出是藏书楼痕迹的地方都没有。正是这种“普通”构成的特殊神秘，使我却步而又渴望立刻进入它的内部去寻觅什么……我的心灵早肉体一步进入了这座建筑物。我知道，历史沧桑压得它太沉重了，门前墙上一块剥落的石灰，铁门上一块斑驳的锈迹，门额字被风雨蚀去的一角，都浸泡着历史文化的浓液，散着悠悠的书香。这书香浓浓地散了近百年，现在越来越浓烈了。

我穿过灰暗古朴的大门，迈进郁郁葱葱绿色世界的藏书楼院子。门楼里的字“苑囿经籍”题于壬戌孟冬，一个门楼正反两面的字竟然相隔了一年。

进门后，一位瘦小个儿的老人迎过来，自称姓林。我一下子就猜到了他是谁。多年之前，南浔镇上一位姓蔡的同志写了部《庄氏冤案》（剧名可能有误）的电视剧本，寄我看看，说是《南浔通讯》一位姓林的作者推荐，这位林先生知道我。我并不认识林先生，但我看本子写得很实，就推荐到电影厂去了。由于众所周知的原因，转了几个圈没干成。后来听说作者与湖州人合作，说是可以联系到拍摄。再后来，那位林先生写信给我，将他写的《张静江传略》寄我，希望能公开出版。林先生寄我的那本小册子，我转给出版社后，很快有回复，说出版不了。我与林老先生握手时，正想告诉他这些事，不料他先说，你知道吗，蔡先生去世了。

我问，哪个蔡先生？

写电视剧本的呀！

拍了没有？

他摇摇头。

气氛顿时冷下来。好在林老先生会调节气氛，他把嘉业藏书楼的负责人介绍给我，告诉我，现在这里是浙江图书馆的分馆，负责人是浙江图书馆过来的。接着，负责人与林老先生一起陪我穿过黄杨木绿化带，走进这座口字形建筑。

藏书楼的正门，开在园中。门楣上“嘉业藏书楼”五个金字出之刘廷琛手笔，题于壬戌夏五月。穿过门洞轿厅，眼前豁然开朗；这座神秘的建筑如同卸了妆的美女，展现在我们的面前：原来这两层呈“口”字形回廊式厅堂建筑，结构非常合理，前后七间两进两层，二十八间，左右厢房上下各六间，二十四间，共五十二间。由于楼面四周两层朝天井均为走廊，所有落地长窗全部镂空精工做上“嘉业堂藏书楼”六个篆字，不仅光线好，而且通风，间间明亮。并非如我在一些地方所见的藏书楼那种暗中摸索的状态。这里，宽敞、宏大、清静、幽雅、整洁。我站到天井里环视四周，美美地舒展双臂。林老先生提醒我脚下的水泥地，近百年了，一点也没有裂缝。我细看，果然如是，经风雨而百年如新。天井里两缸荷花，正悄悄绽开着。藏书楼里置荷花，这示意什么呢？我在天井里独步，来回地徘徊，思索。从缸与荷的年岁看来，绝非近年所植……终于，我想起来了。《国语·齐》上说：“负任担荷，服牛轺马，以周四方。”《左传》上也说过：“殷受命咸宜，百禄是荷。”而《文选·东京赋》中不是有那句“荷天下之重任，匪怠皇以宁静”吗。呵，植荷，示意来者当肩承国家之重任，天下之兴盛！

主人寄予读书人的一番苦心昭然若揭！

负责人引我从进门左边开始参观。在走廊上，我读到了刘承干在嘉业藏书楼落成时，大量同人贶以联集相贺，他集宋词自撰一联：

汗青蠹简罨画帘栊怀抱向谁开对婵娟香寻古字
雾阁云窗争辉金碧俗尘飞不到胜丝竹风响牙签

负责人领我绕进“诗萃室”屋里，满屋书卷让人感觉到了诗的扑面春风。私家藏书楼且不说给人看与不看的话，竟然还有诗室，供诗人赋诗吟咏，可见刘承干的不俗。读两边柱上诗，气度非凡：

六艺百家长推丹枕
九流七略高擅玉函

看室内先哲诗，都是提神之精华。翁同龢写的对联正堂高悬：

共喜鹓鸾归禁籞
欲留杞梓扶明堂

郑孝胥在这里题的对联颇有味儿：

东壁余光与室相得
南山多福为文开基

据介绍，“诗萃室”是刘承干为纪念他的继父刘安澜曾经编《国朝诗萃》而取此名。刘安澜，刘镛长子，精通诗词，尤其对清代诗词兴趣甚烈，除有上述著作外，还遗有《葭洲书屋诗集》。光绪十一年（1885年）与弟锦藻同到杭州赴乡试，时值农历七月，盛暑酷热，结果未及考场就因病而亡，年仅二十九岁。死后无嗣，刘承干过继给安澜为子，其遗孀南浔镇“八牛”之一、资政大夫邱仙槎之女爰贞子如己出（刘承干小名叫贞子），给刘承干影响很大。刘承干常常引友在此雅集作诗填词。

右边是“宋四史斋”，是存放嘉业堂刻本《史记》《前汉书》《后汉书》《三国志》的所在。里面摆满了雕版，临门的橱窗里放着嘉业堂刻印的精品，从数对楹联可以看出其气势。其中一对是：

所居当苕霅之间藏宝仇书扫叶能酬希古韵
抗心在黄农以上长镵讬命种松应忆谒陵年

另一对，更见其内涵：

玉宇来清风朝夕论思侨肸是与志杰营世业博览典雅图书之渊
不尽古今情阁上藜光刘郎清啸雅饰繁华地江南图画王谢风流

现在，为了使许多不知道古代是怎么印书的年轻人看一看我们祖先发明印刷是何等的伟大，摆出许多书版展出，而且还有当场印制的示范。目睹古物，仰视吴昌硕在内的众多大家的对联。那些积尘的家具在我们眼前拂去了尘埃，一个个鲜活的先哲：吴昌硕、王国维、蔡元培、郑孝胥、张元济、郑振铎、柳诒徵、况周熙、朱古徵、罗振玉、缪荃孙、胡道静、叶昌炽、孙殿起，他们或论史说文，或默默传看版本，或对某一孤本真伪争得脸红耳赤。刘承干有时也会激动地站起来，拉着其中一人出门左拐，直奔刻房。那里有最好的红梨木作雕版，最善摹写各类字体的湖北饶星舫，有“天下第一好手”的雕刻家陶子麟。刘承干让他们看了这些，告诉他们全国一流的印铺：南京姜文卿、北京文楷斋、扬州周楚江都在为他印精美的书。

在一边，堆着《查他山年谱》，这是刘承干在印好后，与另一刊刻本对照时，发现自己的印本有几处错处，并五处遗漏，他立刻加页雕刻附后。他指着这堆书说，一候补齐附页，专门送书的邹履冰就会按你们需要的及时送去。当然，大家知道，他只要有人来要书，都是免费送的，常常连邮资也是贴的。

对于刘承干的认真与作为，众人都高兴。中国的读书界，中国的出版界实在需要他这种傻子啊！

我站在雕版前，轻轻抚着，心潮如浪卷，诗室与史斋，一年要接待多少人？天一阁自黄宗羲到之前，无外人可以登楼入室翻其藏书，之后的二百年间也只有十余人，且他们后来都是上了中国文化史的。与此相比，嘉业藏书楼在普及和传播中国优秀民族文化上，真正功不可没。

林老先生悄悄在我耳际说，你可以用脚跺跺这地下。

我不解其意，但顺其之意用脚跺了几下，觉察声响有异。再跺，始觉地面与众不同。细看地面，此时正值多雨季节，外面水泥地尚显潮迹，而屋里干燥。用器敲击，声如钟磬。原来，此地下均为空置，专窑烧制青砖，青砖下的瓦钵也是专制的，地下用瓦钵铺陈，瓦钵下再铺细沙，离地尺余，隔湿功能显见，虽南方多雨，屋内四季干燥如冬。

边说边看，不觉，我们路过“求恕斋”，这是存放子部、集部及地方志的地方，匆匆看过。据说，真正的“求恕斋”是在上海刘承干的住处。这里是为了展出而辟出的。我径直来到正对进门处的正室。这叫嘉业厅。儒墨泉海辞章苑囿，冢壁遗逸帷帐蠡残。见到这副对联，人们就品到其味了。再抬头看，“钦若嘉业”九龙金匾高高悬着，是清逊帝溥仪所赐。我因见过溥仪的字，对此匾的字感觉有别。林老先生好像看出我的心事，说，那上面的字是陆润庠所写。

陆润庠是溥仪的老师。陆润庠为溥仪捉笔很正常。刘承干对清廷有感情，曾捐巨资为光绪皇帝德宗崇陵植树。辛亥革命后，刘承干又在上海结了不少清廷遗老，通过他们与蛰居故宫、号令不出神武门的“小朝廷”拉关系，送钱给这位末代皇帝。能得此匾，当属正常。“钦若嘉业”匾上没落款，题于何年，不详。如是陆润庠捉笔，应在辛亥革命的翌年2月12日后。陆润庠1898年任内阁学士，1910年（宣统二年）任东阁大学士，次年5月8日皇族内阁成立后，任弼德院院长。辛亥革命后留清宫任溥仪师傅，捉笔时间当在此后岁月至1919年间。这年，刘承干又与人合纂成《纶旅金鉴》进呈溥仪，并奉上所刻书籍，溥仪复赐“抗心希古”匾。“钦若嘉业”是汉碑《华山碑》上的一句话。原文:“君到钦若嘉业遵而成之”句，是延熹八年四月廿九日事。当为公元165年，为祀天事而作。那句话应读为“君到，钦若嘉业，遵而成之”。“抗心希古”，出典更妙，竟然是嵇康《幽愤诗》里的一句。嵇康身高七尺八寸（相当今一米七五左右），有风仪、美词气，被魏室看中，以其居地嵇山赐嵇姓，祖籍今安徽宿县奚姓遂不提。嵇康成为魏宗室女婿后，对司马昭改魏称帝，很反对，屡召不赴，常与另一文人向秀在门前大树下锻剑坯。颍川钟会慕名造访。嵇康干他的锻活并不把钟会放在眼里。钟会回到皇宫对司马昭说，嵇康是条卧龙，他不能为你服务，那就不必留他。司马昭便把他杀了。杀他时候，三千多名太学生发起营救。史称他为第一位学生运动领袖。嵇康于狱中写下《幽愤诗》，诗中说自己早孤，靠兄长与母亲教育，不听话也不尊重先生，好老子、庄周学说，攻击孔子。“爰及冠带，凭宠自放，抗心希古，任其所尚。”他的这种性格与生活方式葬送了他的生命，仅活了四十岁。临刑前目观日移，索琴弹之。一曲《广陵散》，惊心动魄。据说是他游洛西时，暮宿华阳亭，引琴闲弹，是夜有人闻琴声而至，授此曲。如此一释，再看溥仪赐“抗心希古”予刘承干，其用心不也昭然若揭吗？这位家财万贯的巨富，有钱不去结权贵，却孝敬“逊位皇帝”，不是没有思想根源的。当然，旧臣不事新主，而用心拯救文化遗产，亦不失其道义也。说着，林老先生指着一副对联念道：“七略远承都水学，自城高拥弁山居。”这是溥仪赐的对联，大概还是出之陆润庠手吧。

屋里的家具都是原来就有的。

装书的柜匣已经几十年了，完好如初，可见当时用料之精。更让我抚柜而思：那场文革浩劫怎么躲过的呢？我在向楼上去时，提出了这个问题。

林老先生告诉我，有位汤福璋，文革前夕到任做这里的管理员。文革风云乍起，杭州、嘉兴、湖州及本地造反派一次次冲击藏书楼。汤福璋为了保护藏书楼，真的是把舌头嚼烂，嘴皮磨破百十层，熬过“破四旧”，后来林彪在杭州造行宫，要取这里的名贵家具，又是老汤动员附近群众帮助把重要的有文物价值的家具藏了起来，这才躲过去，真亏了他哟：“刚才你看到的‘钦若嘉业’匾，就是老汤保管的。一会儿，你还可以看到另一块真正有皇帝落款的匾，也是老汤的功劳。”

楼上是“希古楼”。顾名思义，古籍中的精华都在那里存着。

这里的对联真是奇妙，含了一段典故，是何典故？负责人说，看毕对联，就能明白：

羽陵蠹迹嵩山落简
灵飞六甲鸿烈仙方

我思索着，一时猜不透。

负责人笑着带我转到后面。这是藜光阁。有一副南海黎湛枝写的对联。那联上说：

是传家太乙青藜儒馆英游伴庄椿寿
更小隐苕溪渔艇烟霏空翠作岁寒图

负责人告诉我，楼上的楼板离屋面有一丈六尺，上再加二丈高的屋顶，通风、隔热、隔漏是完全没有问题的。抬眼看，果然是。因为季节，也可能是其他原因，我们在楼上走廊转了转就下来了。走到大门外，负责人要去接待别的客人，我由林老先生单独陪逛花园。这里古木参天，苍藤盘云，竹径通幽，假山穿插，碧水相连。满池荷绿，莲花竞放。傍行其间，感觉着刘承干在《嘉业堂藏书楼记》中所言："……而仲郢读书，名教自乐，李愿避世，理乱不闻。一竿甫下，可博遇庭之欢。万卷非多，尚动至尊之闻。后车载酒，或遇高轩，揭橥在门，亦辉天语。竹素以为皋苏，朋簪乐数晨夕。千金待价，宝中流之一壶。斗室自娱，消神州之万劫。踪迹不可谓之不奇，声闻不可谓之不达。委心亲化，优游忘年。"信步其间，真乃快意也。

藏书楼建好，已是1924年。据刘承干自己说，这座楼当时造价，耗银十二万元。在这里任编目主任八年，如今是华东师范大学教授的周子美回忆，刘承干曾经给他算过一笔投资藏书、刻书的账：建嘉业藏书楼耗资十二万，购书三十万，刻印书二十多万，聘人编、校、抄、鉴定等十万，总计八十多万元。可见他真的是"中国近代史上私家藏书最多，花费精力、金钱最多的一个"。

今天的北京图书馆、台北中央图书馆、上海图书馆、浙江图书馆、复旦大学及浙江大学图书馆都有藏书楼的图书。可见其影响远非那个"八十万"了。更为重要的是，在前几年的修志热潮中，嘉业藏书楼更是功不可没。在有关国界的外交争议中，嘉业藏书楼的地方志记载为我国在国际事务中立了大功。

上海朱芳芳曾有回忆说：1961年还是1962年的某天晚上，我有幸见到周恩来总理。他问我什么地方人，我怕他不知道南浔这个地方，回答他说，"浙江湖州人"，总理又问湖州哪里，我回答，"南浔镇人"，总理一下子兴奋起来，说："是个好地方，鱼米之乡。你们南浔有个嘉业藏书楼，中印边界的'麦克马洪线'是从藏书楼里找到的。"以后，周总理每见到我，总说："你这个湖州南浔人。"我就笑着向总理问好。

1949年5月7日，中共中央副主席周恩来曾经致信中宣部：要保护好浙江南浔镇刘氏嘉业堂藏书楼……

这件事，沈如淙专门撰文说明：

> ……
>
> 当时嘉兴县解放不久（当时南浔属于嘉兴管辖），大约六月下旬的一天，嘉兴县接到省、地委转来周恩来同志的电报，命令立即派

出部队保卫嘉业堂，防止破坏。省、地委把这个任务交给了嘉兴县委，要嘉兴县委调遣武装去保卫南浔藏书楼。这时的嘉兴县委已经成立，嘉兴独立营刚刚于六月一日由原独立团整编建制。杨铭同志任县委书记，主持工作，我任县委副书记兼嘉兴独立营政委。县委接电报后，杨铭把电报交给了我，要我执行周总理交来的电令任务。我感到任务的光荣和重要，一致表示坚决执行。当即决定指派吉兆独立营第一连，由指导员胡国钧、连长沈英杰带领，连夜赶往南浔执行任务。第二天，我和杨铭同志到南浔检查了一连保护藏书楼的保卫工作，去嘉业堂了解部队驻防保卫情况，参观了藏书楼。藏书楼是一幢四面连接，呈口字形的楼房，宏大宽敞，严密坚实，四楼四底共五十余间。楼上书橱密布，古籍琳琅满目，另一厅内密密麻麻地排着木刻书版，真是名不虚传的文物宝库。藏书楼东面是刘家的中西合璧式的住宅、家祠和花园小莲庄，部队驻扎其间。我在那里了解情况后，交代了任务，研究了警卫措施，然后去湖州开会。

一连的干部、战士的情绪很高，在南浔很好地执行了保卫藏书楼的任务。为了保卫祖国的文化瑰宝，付出了血的代价。南浔附近的匪特不甘心失败，在部队进驻后仍然企图伺机疯狂破坏，就在第一连进驻小莲庄的第三天下午，一连文书沈向荣（党员、崇明人）在藏书楼通往市街的弄口，突遭两个土匪袭击。两匪扑向沈向荣同志夺枪，沈文书奋勇反抗，力拒两匪，他们见夺枪不成，即向沈向荣同志连开数枪，沈向荣同志当场牺牲。连队闻讯，立即出动追捕两匪。在当地农会干部（其中一位女同志）、群众协助下，两匪当天即被捕获，关在一间靠河民房内。夜间一匪跳窗逃跑，落入河中淹死。另土匪被押送至嘉兴独立营营部，由首长刘先正同志审讯后，报经上级批准处决。在审讯中得知两匪系国民党潜伏下来的马文龙匪部残匪。烈士洒血卫典籍，嘉业堂完好地保护了下来。

……

刘承干修此藏书楼初，选址在家庙旁，也曾立下大愿：“余之为是楼，非徒藏之，又将谋所以永其传。”“隶之义庄，与宗人共守之。”他向子孙发出呼吁：“庶哉！继昆山、新城、秀水之盛，吾刘氏子孙其世守勿替乎！”他的确想让亲手创建的藏书楼避免历代藏书家“终归流散”的规律，子子孙孙传下去。然而，鼎盛也只是十年。傻公子不会理财，“自我得之，自我失之”：宋刊《四史》和《魏鹤山集》《窦反联珠集》等卖与宝礼堂潘明训；《宋会要》稿本售予北京图书馆；手抄本《明实录》售与中央研究院；《永乐大典》售与大连满铁图书馆。抗战期间，热衷于抢救祖国文化遗产的郑振铎来到南浔，和徐森玉一道，将千余种明刊本与手抄本以二十五万元介绍卖给重庆图书馆。1950年后，通过吴县王欣夫介绍卖出二千余种给复旦大学，仅收费数千元，实属半捐半卖性质。其他零星售出散落的珍贵书刊自然也不在少数。不过，详情因刘本人及当时的藏书楼负责人施韵秋俱已逝世，到底如何散失，散失规模如何，如今只存一个谜了。

来到荷池中的亭间。上有额曰：“明瑟”。池两边各有亭一座，一曰：“漳红”，一曰：“浣碧”。正欲问其由来，忽闻虎啸声起，惊我一跳。林老先生说，那是有人玩“啸石”。“庭石孤啸，橹声的鸣，负手微吟，诗境迹达。千桑万海之中，跼天蹐地之境，比年以来，此为最适。夫敝帚弃物，好事享以重金，片石同舟，前修视为瑰宝……”大概就是指这块太湖石了。疾步过去看，见许多人聚在一块太湖石前，争相上前对腹部一小孔吹。那里有个眼，铜钱大小。吹着，便有虎啸声传出。石上有朱字“啸石”，为阮元所题。阮元，清乾隆年间进士，曾在杭州做过官。此石原在西湖中间三墩之一的阮公墩上，后被人偷卖给南浔朱宏茂植于“述园”。刘承干造此园时，朱家卖与刘承干的。南浔号称有奇石三块，除此“啸石”外，还有“鹰石”，另一块“美女照镜”石，现存儿童公园内。

是夜，思日间所见，难以入眠。躺在床上，忽想到院中三亭之名。明瑟，《水经注·济水》上有“池上有客亭，左右楸桐，负日俯仰，目对鱼鸟，水木明瑟”句。浣碧，浣，洗也；碧，美玉也。漳红？漳水有清、浊两河，合汇于大名县。红，可作“工”解。

有多少人站在这亭前望着刘廷琛题的“嘉业藏书楼”，能体味出亭上主人题字之用意？

已恨青山相阻隔，青山还被暮云摭。

文化传承密韵楼

密韵楼与嘉业堂都是南浔向外展示的一个无可比性的独立故事的文化窗口。它们既有相似而可以联系的共性，但它们更多的是独自的特色。如果说刘承干这位富公子凭着仗义而收集书籍是抢救文化瑰宝，那么，蒋汝藻则是将此作为自己的使命，因为他与刘承干不同的是，他浸淫传统文化太久太深了。人称蒋汝藻的密韵楼与陆心源皕宋楼、刘承干嘉业堂、张钧衡适园，为吴兴四大藏书楼。

密韵楼在南浔的什么地方？我向上次陪我的老叟打听。

应该到唐家兜去看看。前面那位老叟建议我，看看，说着，突然表现出一种激动的情绪，如数家珍般用那圆润的南浔方言中气十足地对我说：可以看看张佩绅的故居，还能看到刘镛的亲家蒋锡绅旧址。那里能看的是蒋汝藻的藏书遗址。靠丝业发家的蒋汝藻走的与别人不同的路，他将钱财用于藏书，成了湖州四家藏书楼（三家在南浔）中的一家。这座藏书楼叫密韵楼，其最有名的故事是由王国维替他编过一部藏书志。当年，密韵楼藏书甚丰，缪荃孙常常到南浔来玩，别小看这小小的南浔。当时中国文化界名人，无人未到过。柳亚子更是常到，写好的诗词文章无力出版，到南浔，刘承干会替他出，其他人也会拿钱出来解柳亚子囊中之涩。蒋汝藻请缪荃孙替他编藏书志，缪荃孙没有时间，就让学生曹元忠做。曹不知何故，后来还是推掉了。大学问家王国维却没有推，承担了。王国维说这个蒋汝藻抄书成癖“首尾百余万言，无一笔苟简，绵历二年，卒溃于成”。王国维编的藏书志，后来竟成了一部学术著作。王国维还是蒋汝藻长子蒋榖孙的教习，蒋汝藻五十寿辰时，王国维特撰寿文庆贺。王国维能够在1921年着手编订《观堂集林》且于次年出版，全赖蒋汝藻资助。

后来，蒋汝藻还为王国维影印了《观堂遗墨》，这使我们今天得以瞻仰王国维的手迹，这是何等了不起的，今日生意人中，几人能做到？

他这么说，我一定要去看看。

查南浔提供的资料，密韵楼坐落在唐家兜蒋家弄西侧，为三开四进深楼厅。密韵楼为蒋氏藏书之处。该宅建于清光绪年间，建筑保存尚完整。

经过寻找，过桥穿巷，找到蒋家弄，就在唐家兜24弄，过去叫唐家兜24号，与蒋家弄是紧邻并列的两条窄巷，巷内为旧式楼房。唐家兜24弄是座三进大宅，除沿街楼房底层成为商店外，后面两进是居民住宅。蒋家弄是座四进宅院，如今每一进各自砌墙，独立为院。但过去这两处宅院均为蒋家宅邸，可通行，后来各自为政，形成现在的独立院落。经打听，这里没有蒋家后人居住于此，这两条巷子属房管局。蒋家弄和唐家兜24弄的比邻两座大宅，似乎没有小莲庄园林之美，不似张石铭旧居豪华，不若嘉业堂轩敞，但仍然不失“八牛”之雄厚，密韵楼应当是宅院深处的建筑。此处建筑，虽说大致完整，但如果当地房管局或旅游管理部门稍微拨款修葺，大概能保存更为长久。

根据老叟的介绍，蒋汝藻的母亲是南浔首富刘镛的大女儿，因为这层关系，蒋汝藻就跟刘承干成了表兄弟。

蒋汝藻的祖父蒋维基，精小学，工篆书、填词，兼长绘事，少好聚书。叔祖蒋维培，亦名蒋睿，附贡生，候选训导。兄弟俩均为南浔有名的藏书家，共聚书各万卷，多精钞旧刻。得严可均所编《全上古三代秦汉三国晋南北朝文》，谓其卷帙每系重誊，写不畅，势必淹没，乃著《全上古三代秦汉三国晋南北朝文编目》103卷。每篇必注明所出之书，其参校各书亦并备载，间有讹漏，俱为考证，日后纵或缺佚，犹可按目补题。有《丽赢馆书目》，藏宋善本21种，元本37种，明本43种，御题《永乐大典》原本六册，还有手钞秘本195种，遗失书目146种。这些对于后来蒋汝藻的藏书经历奠定了非常厚实的基础。

据王国维《传书堂记》中说，大江南北，精椠名钞，麕走其门。可见蒋家藏书之富。但好景不长，咸丰年间，太平军攻入湖州，蒋氏兄弟“挟其书走海门”，不久，蒋维培病殁，书籍毁了大半。后蒋维基亦病死，其子蒋锡绅得其父叔旧藏二十箧，立志继承父辈藏书世业，苦苦搜寻秘本善籍。蒋汝藻的父亲蒋锡绅，字书箴，七岁能诗，十三岁毕十三经，光绪五年（1879）举人，是位爱书如命的人。蒋锡绅曾经在刘镛家开在海门的典当行里当总管，也许就是这种机会给蒋汝藻的父亲蒋锡绅创造了岳父母看中而成乘龙快婿的。

说起张謇的发达，离不开蒋汝藻的父亲蒋锡绅。那个时候，张謇还没有发达，日子过得艰难，每到年关，张謇都要靠典当换钱来还债，因为来典当行的次数较多，于是渐渐跟蒋锡绅熟识了起来，后来张謇回到南通创办大生纱厂，但筹集不到资金，于是向蒋锡绅求援。蒋锡绅就给张謇引荐了自己的岳父——刘镛。刘镛觉得此人可信，就投了一大笔钱，入股张謇的大生纱厂，这使得张謇的事业得以起步，为此他们成了极其要好的朋友。当然，蒋锡绅与张謇、汤寿潜都是挚友。所以汤寿潜与刘锦藻任浙江铁路公司正副总理时，蒋汝藻任董事长。辛亥革命，汤寿潜出任浙江省都督时，蒋汝藻出任浙江第一任盐政局长，后在南通协助张謇举办实业，为张謇得力助手。蒋汝藻久居沪上，足迹又遍及大江南北各大城市。

有上述厚重的家学，蒋汝藻自然比别人在鉴别古籍真伪上，更为得天独厚，这为他后来广为搜集优秀古籍创造了条件。所以，近人称蒋汝藻的藏书为富人藏书，与刘承干是相同的。蒋家厚积读书的种子以及蒋汝藻祖父与父亲的学养，直接培养了蒋汝藻本人，“幼承家学，能鉴别古书真伪”。这是刘承干做不到的。

蒋氏藏书真正有了发展，成为大观的是到了蒋汝藻。

蒋汝藻（1877—1954），字孟苹，号乐庵，南浔人。清光绪二十九年（1903）举人，这一点刘承干又无法与他比。蒋汝藻曾任学部总务司郎中，后参加辛亥革命，任浙江军政府首任盐政局长及浙江省铁路公司董事长等职，后受父亲及张謇等人影响转入“实业救国”行业。以上海为主营，其足迹遍布南北各大城市。在实业经营中，没有忘掉和曹元忠、沈曾植、王国维、张元济、傅增湘、罗振玉等名家相往来，遍览诸多藏书家藏书，如“天一阁”藏书、“艺芸书舍”藏书等。清末民初，著名藏书家宁波范氏、杭州汪氏、泰州刘氏、泾县洪氏、贵阳陈氏等数家遗藏散出。蒋汝藻闻之，立刻前往购藏。尤其是自己熟悉的祖辈家藏散出之遗书搜购更力，凡有茹古精舍、求是斋旧籍、图记都以高价收购。

那时，蒋汝藻个人收藏之书籍已经洋洋可观，加上父亲的藏书，他开始在今天的唐家兜 24 弄，过去叫唐家兜 24 号的地方建藏书楼为“传书堂”。编《传书堂书目》，藏宋善本 83 种、元本 102 种、明本 863 种，并以 1500 银圆觅得宋孤本周密《草窗韵语》一册六卷，即以此书名额其书斋，名“密韵楼”，集祖孙三代藏书，不亚于陆心源的“皕宋楼”。著《说文解字校勘记》十五卷，《求是斋杂著》三卷，未编定本有《唐藩镇考》《水经注碑目考》等。

据说，当时的唐家兜还是一块空地，可以像没有出阁的少女一样任你怎么打扮。蒋汝藻凭借自己的经济实力在这儿建起了一片四进宅院，当时还没有建花园，是否准备建，从现有的情况看，是可能有准备的，后来情况发生了变化。其中最大的变化是时局的变化，造成文化人最爱的大量古籍文物宝物的流失。当时，蒋汝藻准备像南浔其他富有人家一样营造后花园，偏偏有人向他提供了宋版本《草窗韵语》。他早就听说了周家祖上的周密写过一本看似闲话的诗集，被沈曾植谓之“妖书”。何为“妖书”？原来，周密用此诗集抒发了对宋朝覆灭的感慨和对权奸误国的不满。周密（1232—1298），字公谨，号草窗、蘋州，又号四水潜夫、弁阳老人、弁阳啸翁。少从父周晋宦游浙、闽。景定二年（1261）入临安府幕僚，监和剂局。咸淳间历两浙运司掾、丰储仓检察。约景炎初（1276），为义乌令。入元不仕，迁居杭州，悉心著述，著作宏富。草窗词远祧清真，近师白石，与吴文英亦称“二窗”。周济《介存斋论词杂著》云：“公谨敲金戛玉，嚼雪盥花，新妙无与为匹。”又《四家词选》云：“草窗最近梦窗，但梦窗思沈力厚，草窗则貌合耳。”戈载《宋七家词选》云：“草窗词尽洗靡曼，独标清丽，有韶倩之色，有绵渺之思，与梦窗旨趣相侔。二窗并称，允矣无忝。其于律亦极严谨，盖交游甚广，深有切之益。”陈迁焯《云韶集》卷八：“梦劘窗、草窗大致相同，昔人已有定评。然两家之师白石，取法皆同，但梦窗高处人不易知，草窗高处一望而知，此其同而不同者也。及细按之，其实梦窗何尝沉晦，人自领略不到耳。草窗亦不仅轩豁呈露，其骨韵之高，仍与梦窗无二，真一时两雄也。”

如此好评后面有个关键词：此为孤本。

人送过来时，指着上面的一方印告诉他，此印“退耕堂藏书记”，系民国大总统徐世昌的藏书印。听说是徐世昌的印，蒋汝藻肃然起敬，心里盘算这印何时盖上，何人呈于大总统的，又是何时从徐大总统手里流出的？对方看出了他的疑问，告诉他，这些都不重要，重要的是此物海内孤本。接着开始给他介绍宋版书的特点，让蒋汝藻真的大开眼界。

首先，从版式看，北宋刻本大都是白口，左右双栏或四周双栏，也有一些早期刻本采用四周单栏。南宋中叶开始流行黑口，多见于建本。版心中往往标出书名、卷次、页码及刻工姓名，有的还标出字数。官刻本卷末一般镌刻有校勘人衔名，坊刻本则多有书耳和牌记。

传世宋刻本有不少讲究，字大悦目，行格疏朗，如南宋两浙东路茶盐司刻《周易注疏》《尚书正义》《周礼注疏》《礼记正义》和绍兴府刻《春秋左传正义》等，均止八行款式。也有些宋刻本行格较密。印书多用皮纸和麻纸，文理坚致有韧性。版式疏朗雅洁，版心下方往往有刻字工人姓名和每版的字数。刻书选用字体，各地风格不同。浙本多用秀丽俊俏的欧体字；蜀本多用雄伟朴拙的颜体字；建本字形介于颜、柳之间，横轻竖重。印书用墨也很讲究，色泽清纯匀净。清人江标竟然著有《宋元行格表》，可为鉴定时参考。

其次，宋人工书法，崇尚欧阳询、颜真卿、柳公权的字体，风气所尚，也影响到版刻事业。北宋早期盛行欧体，后期逐渐有颜体和柳体，但各地区刻书又有分别。川本颜体居多，间架开阔，字形丰满；建本柳体居多，笔画刚劲，字硬如骨；浙本则多欧体，纤细秀雅，字形略瘦；江西刻本既有柳体，又有欧体。明人谢肇曾说："宋刻有肥瘦两种，肥者学颜，瘦者学欧。"这是前人的经验之谈。

再次，宋代造纸技术较为发达，印刷用纸品类繁多，大致有竹纸和皮纸两类，建本多用竹纸，色黄而薄，时间长了还会变黑变脆；浙本、川本多用皮纸，即以桑树皮和楮树皮为原料制成的纸张，色白而厚，两面光洁。此外，不少地方还用麻纸印书。宋代刻本中还有用公文纸背面印书的，如黄丕烈《荛圃题跋》所记，《北山小集》用乾道六年簿籍印成，《芦川词》用收粮案牍印成。这种"公文纸本"流传较少，但较易鉴别。

最后告诉你，世界上最昂贵的书籍，并非金箔、银箔甚至镶嵌珠宝的印刷品，而是中国久负盛名的"宋版书"，这种珍奇的版本几乎可以用"价值连城"来形容。早在明清时期，宋版书就是藏书家竞相搜求的宝贝了。明末崇祯年间，著名的刻书和藏书家毛晋，为搜求宋版书，在他的藏书楼汲古阁门前悬挂征求启事谓："有以宋椠本至者，门内主人计叶酬钱，每叶出二百……有以时下善本至者，别家出一千，主人出一千二百。"这段话，说的是明朝末年的事儿，其中的货币单位无法考究，既可能是白银多少两，也可能是黄金多少两。"一页宋版，一两黄金。"这句老话曾流布坊间。可以想见，宋版书早就是藏书家和文物贩子争相追逐的奇货，叫价自然非常惊人了。

宋版书流传不多，极为罕见，加以宋代刻印的书籍内容近于古本，刊印精美，装潢考究。北宋时期，除首都汴梁外，尚有浙江的杭州、福建的建阳、四川的眉山等地，都是刻书的中心。后代的兵燹战乱、水火天灾，给宋版书带来了厄运，使北宋印本书籍能留存到今天的，除极少数的佛经外，已凤毛麟角。

蒋汝藻见有此物，自然欣喜若狂，不惜将造园的钱用一千五百元高价购进来宋刊孤本《草窗韵语》一册，以为镇库之宝。并取作者、书名其中各一字，命其书斋为“密韵楼”，可见他对该书的厚爱。

此时的密韵楼藏书中立刻就有宋代旧刊 83 种、元本 102 种、明本 863 种。当时王国维编《密韵楼藏书志》20 卷（未刊）。所藏书有 5000 余部，善本有 2667 种，其中宋版书 563 册、元版 2097 册、明刻 6753 册、抄本 3808 册，他竟然也能得到《永乐大典》20 册。另《传书堂善本书目》12 卷，7 册，近人瞿凤起辑有《密韵楼藏书集跋》。其藏书印“孟苹鉴藏”、“密韵楼”、“公羊疏七卷之家”等。

蒋汝藻与南北藏书家和学者往来密切，民国时期教育总长、著名学者、藏书家傅增湘曾于 1919—1921 年三度来南浔并小住数日，借阅密韵楼善本，以便校勘，并且还到邓尉山赏梅花，类似记载有多笔，比如借阅密韵楼的明活字本、帮助蒋汝藻在京购书等等。

上世纪二十年代，由于战乱所迫，经商失败的蒋汝藻也没有逃开他和同时代的其他藏书家一样的厄运，不得不典书还债。但大部分为上海商务印书馆的东方图书馆收购，成为涵芬楼的藏书。自 1925 年起，他不得不将大批的宋元精椠典押给浙江兴业银行。1926 年，蒋汝藻以十六万两银子把“密韵楼”的藏书卖给商务印书馆。张元济在给商务董事会的报告中写道：蒋君费十余年之力，诚属不易……鄙意久思再出“四部丛刊”续编，留心征求，已有数年，无如好书极不易得。如能将蒋氏收入，则“四部丛刊”续编基础已立，再向外补凑若干，便可印行……1932 年 1 月 28 日，上海爆发淞沪抗战，闸北东方图书馆遭敌机轰炸焚毁，幸善本书包括原蒋汝藻所藏者早已转移至安全地区，故仍完整保留无损。解放初，商务印书馆将涵芬楼藏书售于文化部，其中大部分是“密韵楼”的旧藏。现收藏于北京国家图书馆。张元济曾撰《涵芬楼烬余书录》，其中所收批校本，有相当部分系原“密韵楼”的藏书。另一些藏书分别由潘宗周、刘体智、郑振铎等人购去，大部分归于商务印书馆“涵芬楼”，张元济《涵芬楼烬余书录》中所收校本多半为蒋氏藏书。另有明本售于国家图书馆，五万余册图书售于中华书局图书馆，少量存在台湾。

现代藏书家韦力先生上世纪九十年代末曾经找寻过密韵楼，其经过写在他的《书楼寻踪》（河北教育出版社 2004）中。

蒋汝藻于1954年在沪病逝，终年七十八岁。其子蒋祖诒（穀孙）系台湾大学教授，为发扬先祖藏书和《密韵楼藏书志》未刊印遗愿，根据抄校本，在台湾影印了王国维的《密韵楼藏书志》，并改名为《传书堂藏书志》，于1974年在台湾影印出版。

在南浔，购买了辑里丝制品，领略了水乡烟雨，心中充满了找到密韵楼的喜悦，唯盼其文化底蕴继续传承下去。

挂瓢池润小莲庄

小莲庄与藏书楼一渠相隔，都是刘氏私家花园的一部分。看完了藏书楼，一脚踏进小莲庄。

一边是水，一边是墙，临水断墙处，开一门，门额上砖刻三个凝重浑厚的大字：小莲庄。传说此字为郑孝胥所书。郑孝胥在这里留下的字很多，这是旧时南浔一些人与清廷紧密的见证。这三个字嵌在门额里很有气势。迈进庄门时，四顾张望，甚觉奇怪的是，这小莲庄没有像样的大门，门紧挨河边开，很小，没有气势，与这庄的存在很不相称。而且进门就是一堵墙，场地狭窄且不能多人伴行，更不能逗留，必须马上左拐沿墙向前。路边墙开两门，都是卖纪念品的店。因路窄，不想买的就赶快向前走。顺墙沿水边走入刘家屋檐下，再右拐进入正式的甬道般廊厅。

走这边上，也有边上的妙处：紧凑，景致密。体现出商人的精明与江南人的灵巧。

第一景点，是座茶室。进茶室，见“净香诗窟”四字的匾额于中门上，旁有对联。看屋里，屋内顶部藻井，一升状一斗状，此屋又称“升斗厅”。据说这别致的藻井做法，今已成世间孤本。从建筑学的角度看中国建筑发展史，应该是到南浔。南浔不仅仅是中国园林之都（见《中国园林志》），而中国园林首推四州：苏州、扬州、杭州、湖州（南浔）。湖州的园林就在南浔。

这座“净香诗窟”在1897年建成后，是刘锦藻与诗友吟唱的所在。推窗朝外看，满塘荷花，尽可观赏；晴有荷香，雨有情趣，风摇菡萏，婀娜多姿，令人心旷神怡。即便无荷可赏，坐在这里，温一杯茶，面一池绿水，看塘阔天宽，远眺柳影，不亦乐乎？“柳本无情物，折与多情但益愁”。遥想当年，好舞文弄墨的刘锦藻邀来名士品茗观荷，放歌吟集。俞樾、张謇、梁启超、柳亚子、张元济、蔡元培、柳诒徵、吴昌硕、王国维、缪荃孙等一大批名人在这里观荷留下诗文:“莲出绿波桂生高岭，相向露落柳下风来。”“青厓点黛素湍委练，绿萍浮水朱荷出池。”“旧曾游处度荷分瞑穿柳生凉三十六陂秋色，犹是春前翦绿深盟啼红密诉百五双燕无情。”“楼台碧瓦辉云日，荷芰清香带水风。”

天意作美，文人对荷特有情注，或说荷，或是昵称呼之，或叫它“菡萏”。这种称谓，来自《诗经·泽陂》。那上面说，在陈国的地方，有位男子暗恋着一个高大强壮的女子，这个女子在荷塘对岸。他望着一塘荷，呼出了对荷的三种称谓，先是“彼泽之陂，有蒲与荷。有美一人，伤如之何。寤寐无为，涕泗滂沱。”这是说，那个水边长着蒲草与荷花的坡上，有个美女，她像水中的荷花那样恬美，她让我日夜思念而不眠，有时还为她流泪。接着说“彼泽之陂，有蒲与蕳。有美一人，硕大且卷。寤寐无为，中心涓涓”。这是说，那个长着蒲草的水边，荷长大了，还开出了莲花，坡上那个美女啊，越发高大强壮，貌美无比，能用什么办法让她做我的妻子呢？我想不出办法而忧伤啊。最后说“彼泽之陂，有蒲菡萏。有美一人，硕大且俨。寤寐无为，辗转伏枕”。这是说，那个长着蒲草的水里，已经开满了荷花，开得很茂盛，坡上那个美女，不但强壮貌美，还很端庄，我真的很喜欢她，能用什么办法把她搞到手呢？她让我昼夜不眠，为她流泪，为她而憔悴。

你说，此情此景怎能不让人相思？游人至此，铁石心肠者也要柔软三分吧。不过，回到现实中，你观荷的眼光落于这“升斗”之上，阿堵物之现实，能让你吟出何等的诗篇？酬唱之中，你能否不问银之成色？今日至此地，畅明之亮中，想的倒也真是一个钱字：刘家无钱，何能造此园？

小莲庄，以荷花池为中心展开。荷花池原本叫“挂瓢池”，它与紧挨的“鹧鸪溪”相依。从地形上看，它真的像挂在“鹧鸪溪”旁的一只瓢。“挂瓢池”能有“荷花池”的出息，它也真该感谢刘氏之恩德。说到它的真正来历，刘锦藻在《小莲庄纪略》中说:“庄址向属长生寺，寺创于宋建炎中。隔河有精舍曰：挂瓢居。前临荷池，俗名：鱼池泾。盛夏多作茶寮。嘉道间，售入民间，辗转归于朱氏。朱氏子，庐其旁，即倚池为生活。同治十二年，先光禄府君购得之。”刘镛四十七岁购得这块地，只是作为归榇暂殡寓园。经刘镛与刘锦藻刘承干祖孙三代对这片土地的投入，历四十余载。充分展示了水乡对大都市后花园之称的南浔之偏爱。据说，刘镛最初只是补植花柳，重栽菡萏，布出台榭之规模，启建家庙。到了刘锦藻手里，这位与张謇同榜甲科的进士，便有了自己在文化上的独立思考，尽最大财力投入，实践他“康安承世泽，为宗振家声”的宏愿。“恤族嗣居巢岁时伏腊以此取盈创业艰难扬先芬莫忘先德，力田培续命昆弟子孙所其无逸保世滋大有恒产尤贵恒心”；建造在十九世纪后期至二十世纪中叶最为时髦的中西合璧式景观。1924 年建成后，刘锦藻慕元代书画家赵孟頫湖州莲花庄，自取名：“小莲庄”。

步出“净香诗窟”，回首再看屋之歇山顶结构，令你费解为何如此，八条脊梁竟然安上“八仙图”，加之两边山花饰以蝙蝠，谓意：内聚斗升钱财，外引八仙福到。好个“净香诗窟”全是财钱仙福！

净香诗窟的南北两侧有桂花数棵，南侧傍水一阁，夏天纳凉观荷赏月。北侧立“月下老人”太湖石一座，远看近瞧都别有情趣。尤其月光下，太湖石酷似寿星老人。傍石观荷，四季或一日早中晚三个时辰，此角度看，柳绿荷红，莺歌燕舞，各种风格相异的建筑在背景中纷呈风采，若遇阵雨过后的彩虹，更是妙不可言。“月下老人”太湖石与碑廊相邻。碑廊实质是一条长廊。这里共有碑刻石十四五方。分《紫藤花馆藏帖》和《梅花仙馆藏真》两类，另在扇亭内有《刘氏义庄记略》碑刻石四方，系刘锦藻 1925 年撰写的关于“刘氏家庙、义庄自 1888 年至 1922 年营建始末”的事略。1935 年刘承干题跋，请名师书录，镌刻置此。

在碑廊的开始处，立着一块牌，是电视剧《宰相刘罗锅》刘墉的碑帖。经一番辨认，读出：

冲之西游，
斯有望矣，
江月弦魄，
秦淮顶潮，
君行句溪，
正及春水，
勖哉之子，
道在何居？

什么意思呢？原来是一位叫颜平原（颜真卿）的人送那叫刘太冲的人西行，

而刘罗锅谦虚地“学”书于一个叫“久安室”的书斋里，在那里留下了这幅墨宝。这个刘墉是小莲庄主人吗?

我纳闷了，这刘罗锅刘墉好像没这么富有呀！事实上，刘墉在清廷官里面是没名气的，远不是电视剧胡编那么回事。但刘墉的书法与翁方纲、梁同书、王文治齐名，说刘墉的书法，那是可以说说的。我便打听：刘墉，好像是山东人吧，他是生活在乾隆嘉庆年间的人呀！没听说是南浔人嘛。

当地人见我此言，便说道，此刘墉，非我刘镛也。区别在这“墉”“镛”字上。宰相刘墉的“墉”是“土”字旁。南浔刘镛的“镛”，是“金”字旁的“镛”。小莲庄的刘镛是光禄大夫，一品官。宰相刘墉是东阁大学士，也是一品官。但东阁大学士刘墉死后二十二年，此光禄大夫刘镛才呱呱落地。宰相刘墉生前并无什么名气，死了近二百年后，被电视这个怪物抬出了名，如同那个制造历史黑暗的雍正皇帝。南浔的刘镛，倒是实实在在地身前死后都名声大振。南通张謇为刘镛作《南浔刘公墓志铭》说：清咸同以来东南以富著称，“而能以风义自树立于当时者”，在浙江只有三人，即杭州的胡光墉、宁波的叶澄衷和南浔的刘镛，胡、叶虽以输财赏道员，但子弟仍然从商，刘镛因输财而嘉赏不在叶、胡之下，但他“以诗礼督诸子致通显，封通奉大夫，胡、叶所不能及也”。虽然张謇此言带有赞许，但却不知道这种赞许正是号称丝绸之都南浔最终衰微的根本所在。但刘镛及南浔整体对中国近代历史的功绩是千秋万载无以磨灭的，随着历史的进程，越来越显赫。

刘墉擅长小楷，用墨厚重，貌丰骨劲。那块碑刻也真是做过“宰相”的刘墉所遗。

从刘墉这块《颜平原送刘太冲序》打头，一溜排下去，先是《紫藤花馆藏帖》四卷。三十一方，是清代著名抨击“《六经》尽糟粕”的诗人袁枚学生、吴江黎里徐达源与当时廿余位名人学士，刘墉、法式善、王鸣盛、袁枚、梁同书、王文治、赵翼、余集、陆开荣、吴锡麟、阮元、伊秉绶、洪亮吉、唐仲冕等往来投赠之篇章尺牍。乾嘉年间，大儒辈起，撰述之盛，卓越古今，文采风流，倾动一世。下至贩夫走卒、妇人女子，皆咸以附雅为荣。吴江黎里徐达源好结交文友，常在家中与友雅集。留下大量的墨宝，有手札二十三通，序、题跋十二篇，诗词六首，募写法帖两幅，篆联一副，于清嘉庆十六年（1811）秋勒石。蔚为大观。

《紫藤花馆藏帖》原并非直接进入刘氏家中的。南浔旧有巨富周昌富，到苏州玩，道经黎里船停岸上街闲走。于一古董商处见着这些刻石，观得驻足不前，当即弃游吴门之念，手抚刻石，感慨万千，遥想当年，刻石主人做了翰林院待诏，常有皇帝幸召，何等快乐？时光不驻，富贵烟云，公卿万户成废墟，黄金玉玺沉沙土，唯留这文人骚客之感叹，让今人古味绕肠，遥想踪迹，有幽情可诉，有忧思可托……

周昌富重金购回《紫藤花馆藏帖》石刻，在镇南栅华家桥南鹧鸪溪畔筑“怡园”，内构“梅花仙馆”“华萼楼”“清远楼”。将《紫藤花馆藏帖》置于其中。周昌富至晚年家道衰竭，不得已而将整个怡园卖给刘锦藻。刘锦藻得这批石刻后，专撰一跋说：“……昔仁和龚定庵礼部，叙江左小辨，谓有嘉靖、万历之世，江左承平，风气渊雅，其故家巨族谱系多闻人，或剞一书，或刻一帖，其小小异同，小小源流动成掌故，使拮据倥偬、朝野骚然之世，闻其逸事而慕之，揽其片楮而芳香悱恻，以为非俗士。耳食者所知，于戏，观于此帖，其言岂不信哉！”

《梅花仙馆藏真》刻石十四方，系清代文学家严可均慕秦琅琊台篆书石刻，于嘉庆十三年，按《史记》所载文，仿家藏琅琊台旧拓本式样摹写，字形大小悉如真迹。同治十一年勒石。于刘镛死前三年将这些墨宝嵌入壁。此四十余方刻石，正、草、隶、篆，各体大备。书法遒劲，文采飞扬；刻石精妙，飞白毕现；饱含神韵，碑廊生辉。足可与海宁《渤海藏真帖》并称珍贵。游人如睹二千年前不损之真迹，不可不叹刘锦藻功矣！

《紫藤花馆藏帖》勒石后，拓本曾流传日本，藏肥州孔圣庙中，并有日本书法家熊阪秀、冈部、梅谷十时顺的题识。日本大阪大学教授滨岛敦俊到南浔再度观看实物，感叹中国文化之深邃，说这些碑石上的用刀，既具见地，且颇有书法造诣，是世间难得之品。

这些碑刻，曾经为接待来自美国、英国、法国、日本、柬埔寨、韩国、卢旺达、坦桑尼亚、瑞典、荷兰、芬兰、俄罗斯、挪威等国学者、留学生产生很大的影响。外国友人从碑刻中看到中国文化之源远流长。尤其是美国加利福尼亚州康普顿市市长布雷德利和夫人、柬埔寨金边市第一副市长霍龙迪、瑞典隆德大学东方文学系教授席沛德、日本大阪大学教授文学博士滨岛敦俊等观看碑刻后大为赞赏，并留言称其为人类共同拥有的宝贵财富！大家都要来保护它，让它更好地为人类服务。

现在，我慢慢移步碑石前，细细读其书札，揽景观物，抚栏思古，壁透飞逸文才，荷塘风送香流。不觉已在缓缓中步挪到长廊的尽头，一扇亭翼然于前。伫立于此，回首看长廊之端，以桥亭为始，中以半圆亭为隔，现以扇亭收之。实在是建筑大师的精心佳构，且轻轻一笔，不起眼而落落大方。前接刘氏家庙。此亭构想非凡。两处建筑出现一个拐角，照一般的处理：利用这半圆壁，置透窗或干脆墙堵。但大师神来之笔果与众不同，以半圆壁置亭，观碑者行至此可以稍憩，碑之风格至此可告转承，若音乐中的过门也……从史料上看出，整个小莲庄有亭九座，造型各异，几乎集中了全国各地最具特色之亭。比如颐和园昆明湖长寿山上的铜亭，再比如九寨沟的篷亭，山野草亭，江南竹亭，在这里都能看到。你还能看到别地没有的亭，如建筑师妙笔一挥而就的扇亭。

扇亭上有“刘氏义庄记略”刻石四方，上面记载着义庄的事情。

稍坐。

一步之遥即“东升阁”。

“东升阁”实质是一处小姐们在刘氏家祀时住的所在，现为文物管理处办公所在地。进门即为楼梯，过道通向楼下房间。此地大约是女佣居室，两间屋，一间临池开门设窗，凭窗可观荷花及景；一间临池榭台天井，近水处有假山盆景，令人远观近瞧都能胸生快意。顺楼梯上楼，左边是书房，现临时放着文物。步入其间，正中巨大供桌上置着那块让刘氏荣耀的皇帝赐匾，此匾高近一米、宽约三米，金碧辉煌，四周以九条五爪金龙腾云驾雾般簇拥着中间的那四个“承先睦族”大字，中间两条正在争夺一颗大火珠，栩栩如生。细看匾中，左有小字：“赐花翎三品衔候补五品京堂臣刘锦藻等”，右上角有“宣统元年十月初五日御笔”。此年，溥仪仅仅四岁，赐字自然是他的老师陆润庠的事了。可见人间造假也在情理之中，此风先皇家始。置放此匾的供桌与前面的几张树根椅子，都说是稀罕之物。四壁挂着现当代名家墨宝，有钱君匋题的：相与观所尚，识曲听其真。另两幅更见功力：嘉业作居，其莲也华。谭诗客至风生尘，论画人来月透帷。

退出此室，转至“东升阁”。与楼下相同结构，高出一层，气象异然，临池一边伸出阳台，半壁六角形会客厅。中间以西式门套为隔，饰两根西洋柱，窗玻璃亦为西洋产物。推窗见景，院内所有景物一览无余。想当年，全镇此地无三层以上建筑，居此楼即为制高点。居此，晨看日出暮计霞散，思人生之短暂，激奋发之勇进，对于年轻的刘氏家族小姐们也是十分有益的，可见取名“东升阁”寓意颇深。墙上有一“小莲庄”全景图，画得很精致，配上“东升阁”三字，点缀得体。

坐下后，主人送上清茶。忽然，我感觉此景眼熟，主人道出，原来，秋瑾的电影就是在这里拍的，这里是许多电影导演选择的最佳处。倒也真的是，南浔事事可入镜，家乡处处皆出彩！

出了“东升阁”，转入一门，这是江南园林中常见之屋，于闹中取静，置一屋，题“养性德斋”。站在匾下，凝匾抚腕而思：此谓游园累时小憩之地乎？还是躲去尘世避此读书养性或谋韬略之地？看来，只有当事人知晓了。走过去，有一奇特的“凹”字形建筑，它临池整体落地窗，坐此可观水面全景。壁上有匾，曰：“退修小榭”。又是一养性谋略之地？站在“退修小榭”，眼放荷花塘中，但见回廊曲桥联结各种建筑成浑然一体。若是雨天游园，行走回廊无须淋雨，可以听“雨打芭蕉”，看“长空落泪”，再踱至“七十二鸳鸯楼”，闻紫藤花香浸雨，抚枯树青发嫩芽。再见“池上绿苔三四点，叶底黄鹂一两声”，那情那景，何等之美？进此园入此景，醉卧他乡不思返。

步七十二鸳鸯楼前，楼焚人去，留废墟一座，数个圆墩。只有那五曲桥还在，两亭三榭旧痕依然，高参入云的大树齐齐地临溪站立，拉着紫藤攀向云天，托起紫藤如云的叶，抬眼望去，青天一伞！想当年，七十二鸳鸯楼，在这树下藤云间，演绎出多少男欢女爱卿卿我我的悲欢离合魂断魄飞醉生梦死的故事啊。令多少怨妇少女掬泪相怜，引情郎猛男豪情大发！只可惜黄花秋后成旧尘，唯有一池静水依然流。

顺围墙过去，这里也像老佛爷的昆明湖边藏谐趣园，搞了个院中园。这座位于东南角的内园，刘锦藻说，“倚楼南望，隔墙小山，呼之欲出。楼之东，莳梅十余枝，编篱饲鹤，拳石玲珑，中藏一门，迤北为花圃，园丁于是播植杂卉；迤南修竹千竿，青葱峭茜，豁然开朗，别有一天，则甲子年所新葺也。凿池栽芰，叠石成山，松径一湾，枫林四匝。其下为‘掩醉轩’，其巅小亭，可以眺远。循石级而下不百步，出幽洞，憩鸳鸯楼下，仰见古藤……”在院中园里转了一圈，又回到了七十二鸳鸯楼前。只是到了塘边的船码头上，下船沿鸥鸪溪放舟，穿过荷塘，从对面钓鱼台旁上岸，穿过假山石，进入钓鱼台，学当年刘镛模样，放三尺直竿，钓那清皇朝的一二三四五品钦赐官，做那东西南北中快活人。

昨夜江边春水生，今日花圃繁锦绣。这荷池北堤遍植垂柳，东端有一牌楼，上书“小莲庄”，与进院门字一样，也是郑孝胥所书。满地木瓜与琼花，顺长堤与垂柳矮竹相连漫向远处，亦是一道好景。长期生活于尘嚣中的人们，有三两日空闲时，置身于此间，沿堤而行，蝉鸣绿柳，鸟语花香，汇成绝妙天籁。确实是很好的享受，大有身入武陵溪之感。

从荷池北走过来，又回到了入口的大门处，碑廊再次显现眼前。又一次目睹刘墉真迹，忽然有一怪念生于脑际：若照历史之规律，刘家至承干晚年，早已重蹈周昌富之覆辙，这批珍贵碑刻又将流入何家门第？历史于个人的不可抗逆中，恰有个人之选择存在。如同颖园的陈煦元，刘氏也选择了将嘉业藏书楼小莲庄送给国家的做法，虽在当时是不可选择的唯一。但今天看来，这多少也是一件幸事。能够避免文化大革命的灾难涂抹，能够让我们还可以看到这批珍贵的石刻，让私家藏书得以服务于民众。于九泉下的刘氏先祖而言，正是如愿之好事！我抚碑一一阅过，不觉到了刘氏家庙入口处。

由于小莲庄的园林建筑既有江南园林的中国传统特色，又有欧式建筑，中西式建筑，已经成为众多影视拍摄家看好之地。据《南浔通讯》介绍，先后有：上海电影制片厂的《夜半歌声》《死亡客栈》，青海电视台的《追捕在向外延伸》，浙江电视台的《寿堂奇案》《秋瑾》《宦海沉浮》，杭州电视台的《绍兴师爷》，湖北电视台的《把太阳拿回来》，江苏电视台的《半个冒险家》，安徽电视台的《春》《秋》，中央电视台的《太平天国》《天下粮仓》《风吹云动星不动》，浙江电视制作中心的《钱塘人家》及浙江电视台与湖州电视台合拍的《铁血戎马》等。

刘氏家庙在小莲庄里。进口处就在“东升阁”与碑廊顶头。进入刘氏家庙，第一眼就是那两座三层高的大石牌坊。史载，湖州市过去很多这样的牌坊，一进南门，到了牌坊街，短短几百米内，矗立着百余座明清两代为主的牌坊，甚为壮观。后来拓宽马路给拆了。现在看着这两座高大的牌坊，如果是在外面，怕也早已做了谁家门前石了！

这两座牌坊均是用青石雕制而成，宽大约二丈左右。高度因为太近，目测难以准确，照比例看，也有三丈左右。四柱五楼，单檐歇山顶，顶部雕出筒板瓦陇，正脊两端雕龙吻饰，垂脊雕走兽，正楼额坊上悬雕龙牌匾，象征皇帝至高无上权威的“圣旨”高高在上俯视众生。

细看牌坊。上书“乐善好施”和“钦旌节孝”。这都是表彰刘镛夫妇的。“乐善好施”的东牌坊是积善牌坊，清光绪皇帝为刘安澜生前捐资赈济湖北水灾所赐。坊心花板上雕“状元及第”和“孝感动天”的浮雕，正楼花窗为八仙透雕，门额横坊为狮嬉绣球镂雕，正脊两端为龙吻圆刻，雀替浮雕选用了“刘海戏蟾”“和合二仙”“武松打虎”“小放牛”等吉祥图案。“钦旌节孝”坊是为表彰刘安澜妻子邱氏所赐。刘安澜与弟弟刘锦藻一起在酷暑七月赶考未进场即亡，年仅二十九岁。其妻未育，抚养过继儿子刘承干，坚守贞操，报请宣统帝赐予立贞节坊一座。此坊坊心花板雕有“文王求贤”“双龙戏珠”等浮雕，正楼花窗是“渔、樵、耕、读”图和四季花卉透雕，门额横坊也是狮戏绣球镂刻等吉祥图案。

欣赏完那座巨大的牌坊，转过身，站在家庙的院内空地上，一眼看到左边这座既是围墙又是照墙的建筑，甚觉奇怪。对于建筑学，我是彻底的门外汉。但这种布局还真的是少见——

照墙，又称照壁。平面显出两边折拢，我用步子跨量，得出此照墙宽度约为四丈，站远处目测，高二丈余。照墙由基座、墙身、屋檐三部分组成。基座用的是花岗岩石，凿出须弥座，墙身用水磨方砖对角斜铺，檐下施青砖制斗拱二十朵，屋脊为清水花脊，中塑三星高照。整体看，照墙造型简洁明快，精致细腻。

除了有下马石外，在照墙前，还有两座旗杆座。刘家大儿子刘安澜官拜一品封职工部郎中，次子刘锦藻两榜进士，官拜头品顶戴内阁学士。照清时的规定，刘家门前可以竖两大旗杆座，这是光宗耀祖的重要见证。但又有谁知刘镛的大儿子刘安澜并未有正式功名的呢？其父不断给皇上捐资分忧，赐给他“一品职工部郎中”。倒是刘锦藻堂堂正正是1894年的甲榜状元。一真带一假（假也事出有因），自然可以理直气壮地光宗耀祖。那皇帝的师傅代笔做御示，都做得天下叫万岁，他刘家何成做不得？皇家的官位，原本就不值钱，爱者才有价。

退至院中，细细观看照墙与周围的建筑，说什么也不应该相距这么近。进小莲庄生疑的问题再次浮现眼前。这偌大的地方怎么没个大门呢？看这牌坊放的位置，左思右想，都应该是大门前。这院中，下马石，石狮，说什么也应该拉开距离呀！

就此问题，请教此地童先生。童先生告诉我，刘家在造家庙时，没有弄清楚墙外的地方是人家的财产，等到筑路开大门时才发现。于是，与那地主家商量买地做门。没想到，人家就是不肯。任你出天高的价，我也不卖。官至一品之尊，权势炽人的刘家，面对这无权无势更无后台的平民，完全可以置他于死地，甚至满门抄斩。年过六旬的刘镛并没像今天一些暴发户那样恃财横霸乡里，凌强辱弱，而是退让，在大门处改砌高墙。据说，刘镛还告诫儿子刘锦藻，不可因此与人家结怨。当时年仅二十岁的刘锦藻牢记父训，后来，刘家与这人家通姻之好，也没因此事而生绊。可见旧时人的胸襟还是宽厚大度的。

旁边过来个人插说，都是旧事，说法很多，只能存此一说，作为一家言。

我点点头，面对此景，感叹道，是啊，这偌大的小莲庄，大门在哪里？难道就是池北的那个门楼吗，好像那还不是当初的，后人加的吧。跑遍全国，没见有人家这么做的。那一家之言，大概还是有些来由的，并非空穴来风。

刘氏家庙正在修葺，其中存放先祖牌位的屋封着。我们前往参观的是正对的屋。踏上门前台阶时，我突然发现门前条石竟有数丈之长，可谓惊人。这样长的条石，莫说是在运输极为不便的封建时代，就是今天也是个难题，它毕竟是石头啊，稍有不慎，即为断裂。它是怎么运来的呢？文物管理处的同志正好在，见我看这条石，过来告诉我，这石长七点二米，全国少有。联合国科教文组织官员来视察时，再三叮嘱要好好保护这块长条石。当时刘氏造此家庙的确花了一番心血，不知何故竟没有开个像样的大门。

关于长条石，后来我在南浔众多古建筑宅第均见到，而且都保存得很好，这也是一个奇迹。

家庙门厅面阔三开间，进深二间三柱五桁，石门槛三对开大门。门厅与过厅用两边廊相连，据说，当年这边廊上摆衔牌四十六对，显示了官家的气派。

那块“承先睦族”的九龙金匾就是悬挂在这正堂之上的。

正厅内分中等、昭位、穆位三坛，供奉刘家列祖列宗灵牌。

刘氏每年春秋两季祭祀，凡男十岁以上皆得参加。

家庙正厅两侧各有东西厢房和偏房，厢房面阔三开间，系祭祀后休息之处。两偏房单独设门成院。其馨德堂位于家庙正厅北侧。楼上下都是周转廊“走马楼”，供刘氏有地位者祭祀后休息之用。装饰十分考究，门窗棂心都用硬木雕出纤细曲折的钟、鼎、钱币等博古纹饰。此处与后院相连，后院遍植花木，地均用卵石瓦片衔铺，典雅大方。

家庙西侧是义庄，天井里植古桂两株，又称“桂花厅”。后厅是“忠孝祠”供奉刘氏十世祖宗宋侍郎忠公刘汉弼遗像。义庄西侧与藏书楼相连，中间以渠相隔。义庄是座“日”字形建筑，楼室明亮，中有天井供活动，是刘氏家族子孙读书的书塾。义庄与渠之间植有百年古樟，形成一条幽静肃穆的甬道。在张家没有肯让出地方给刘氏开大门后。这条甬通成了刘氏每年祭祀时的通道。

积散有方利乡亲

南宋宝祐年间承节郎监安吉州南浔镇事陈荣，上书朝廷请求勒碑以纪念数百年前发生在南浔的一件事，朝廷准允，遂将原有土地庙里奉祀的两位菩萨移至嘉应庙。

事情是这样的：唐玄宗时代，南粮漕运官押运粮食路过南浔，只见此地水灾后遍地饥荒，百姓啃树皮充腹。两人目睹此情，便将朝廷官粮散给饥民。事后，两位自知回去无法交代，便投河自尽。乡亲闻后，将两位恩人公葬，并勒碑纪念。

也许正是南浔人曾经得恩泽于他人，从那以后，积善好德之风在南浔久盛不衰。

我们回过头来看丝商，几乎家家都有积善好德之事。有关这方面的口碑，百姓传得最多的还是刘镛。刘镛知道财富聚之虽难，失之更易，应该回报社会，传德于后人，这样才能使子子孙孙真正有益。

刘镛发家后，自己生活节俭，虽有万贯家产，决不轻率乱花一文，以普通常人心态和朴素的生活哲理坦然处之，长年“营治益力，冲寒冒暑，饮食无时”，患了胃病，从不诊治，直到晚年才在家人的劝告下进些补品和调治。那么多的钱财于他，他竟把富足的钱财比作肤革充盈人身，说什么：“肤革充盈非有疾也，而阳极则亢，脏腑必有受其病者。吾岁散数千金以与人，非求福也，盖以疗吾之疾也。天地之道，蓄极必泄，吾不待其泄而先自泄也，庶以瘉。夫肤革充盈者之自知其疾，而早药之也。”他的这种思想，于今而言，也不是什么坏思想啊！他有那么多钱财后，主要办两件大事：一是用这些钱来提升自己与家庭的地位，二是造福桑梓。

他为什么要这样做？这是与他的处境与当时的社会状况有关的。如同吕不韦当年要“立一国君之利”，能够保证他的生意平安，获利更大。而刘镛提升自己与家庭的社会地位恰与吕不韦有一点不同，他求的是子孙后代的文化与精神。这一点，从他的儿子刘锦藻及长孙刘承干的身上都可以看出来。

《中国近代最大的丝商群体》一书中这样写道：

> 刘镛在咸丰四年（二十九岁）捐资助饷，由国学遵筹饷例，报捐国子监典簿；咸丰十一年捐资助饷，由国子监遵饷例，捐蓝翎光禄寺署正；继捐升员外郎，换花翎，以海动劳绩保加四品衔。然而他又很有节制。若以刘镛当时的财力，足可再换顶戴，甚至觅得实职，但他深谙盈虚消长之理，深恐自己消长过多，子孙不能永承祖德于不坠，故十分注意适可而止，甚至对儿子刘锦藻也如此。如光绪二十年（1894），刘锦藻赴礼部试，中第五十二名，以二甲进士观政工部。当时，国家军务正紧，急需军饷，有人以报效国家之说，劝刘锦藻乘机捐资，求取高官厚禄。刘锦藻心有所动，便向刘镛禀商。刘镛此时却十分冷静，并不为有此机遇而心动，他劝谕刘锦藻：“家门鼎盛，始愿不及此，吾方忧惧，汝犹未厌耶？祖泽虽厚，亦宜留有余以贻子孙，岂可自我享尽！吾但愿汝谦和接物，谨慎持家，以永承祖德于不坠，不愿高官厚禄也。”刘锦藻听从父训，也就放弃了这次难得的机会。刘镛最终仅以锦藻加五级，封“通奉大夫”而未换顶戴。

从这段文字中我们可以看出，刘镛的脑子里残留着沈万山的故事。

在《先考通奉府君年谱》中，记载着这样的事：刘镛的长子刘安澜二十九岁早逝，无后，将刘锦藻长子承干过继于安澜为子。承干也是刘镛之长孙。当承干刚满月时（此时刘安澜还健在，三年后去世），家里人准备好好庆贺一下，这也是人之常情，虽说刘镛已有几个孙女（金氏出承槿，已于承干出生前殁，后又生承杏；应氏出承彬、承橘），但有了孙子才是真正有后。全家对这个最早来到的男孩视为明珠。亲友更是指望这个机会与刘家递进友情。从探“月子”开始，刘镛家就忙碌，每天人来客往密如梳。这刘氏一门，人口众多，刘镛有出息，众人平日里靠着他这位“刘三东家”三弟帮忙的事很多，他自然也就成了刘氏一门的大树。现在大树有此佳事，谁不想巴结？人人都思考着这“刘三东家”长孙的满月酒，尤其是刘镛的那位住南东街莲家弄口的大哥刘鋐和住通津桥南埨东首二哥刘锵，以及两姐一妹，再加上刘镛父亲刘焕章辈的三位伯叔，一个个早早备下贺礼，等着“刘三东家”的信息，欢欢喜喜大“闹”一场。没想到，刘镛一下子否决了大家的意见，说是给承干备满月酒的钱挪用作赈灾。

这闷头一棍，众人都怔了，谁也不会想到他刘镛这么做。然而，在一个封建制家庭里，刘镛的话就是“圣旨”，一锤定音。那隔房门里的亲友自已插不上话了。但刘镛数位儿女亲家倒是想过问。大女儿嫁湖州藏书世家蒋锡绅为子媳，次女嫁归安沈爕源，三女适清朝一品大学士嘉定徐郙之子徐华祥。家在镇上的长女携夫君蒋汝藻天天回娘家看望弟媳，得闻消息，立刻上达公婆。蒋锡绅拉上安澜的岳父、资政大夫邱仙槎，刘锦藻岳父奉政大夫金桐谐夫人冯氏前来劝刘镛，你就缺这钱吗？

别人的话，可以不听。这金桐的话，倒是要听一听。金桐原本有两儿两女，长女出世即殁，小儿幼亡。小女犹视珍爱。冯氏出戊寅科举人、翰林院典簿冯莨园四女，为人俭朴、待人宽厚，民声极好。她不想默默地让这个小外孙出世就这么“勿声勿响”。

刘镛叹道，我从一把尺上看到世界财富的诱惑，试着去争一点，没想到还真的成了。我不知道这是祸还是福。说到这里，他打住话，不再说下去了……其实，他肚里还有话要说，只是此话不好讲出来。原来，一月前刘镛在上海住处中午陪客多喝了一点酒，送完客后，躺在沙发上睡着了。忽见唐漾荷一下子冲进门来，一副落魄潦倒相，让他吃惊不小，连忙让座。但这位唐兄不予理睬，一失常态地对他说，老友，我已经没路可走，到你这里借住一阵子？

刘镛对唐漾荷一直怀有感激之情，唐漾荷因贪女色导致破产的事，他曾设法帮助，在实因无力挽回经济损失时，深为惋惜。至于老友现在这个要求，他略迟钝了一下，说，那就到南浔我老家去吧。这也是出之对你老兄的真诚，在上海，你这个人少不了又要栽在女人手里，一把年纪了，风烛残年，如何再经得起折腾？不如到南浔，替你找个村姑，一来侍候，二来也给你打消些寂寞。他这话一出口，唐漾荷连连说好，这么多年一直没时间静下来看看书，去你那里看书。刘镛说，我家没什么书，但镇上有几家的藏书很丰富，疏雨先生家就有“眠琴山馆”，还有我儿女亲家蒋锡绅，是个书迷，你想看书，我与他们说一下。儿媳妇亲家金桐那里也有几部好书，我给他们说，你去看……唐漾荷嘀咕道，还是自己有好……刘镛没听清，那唐漾荷即转身说一句，我去也……刘镛喊，唐兄、唐兄……已不见人影。只听到女佣在一边轻柔地拍着他的肩，软语轻呼："老爷，老爷……你醒醒，你醒醒……"

刘镛醒来，抚额一想，唐漾荷已去世，今日落梦，莫非有事？抬眼看看屋里那座西洋大座钟，没说什么，翻个身，又想睡去，电话响了。过去接了，是南浔来的电报，电报到了公司，公司打电话通知他。说是生了孙子。他再看了一眼钟，时间与刚才看的，只过去几分钟，嘴里咕了一句："魂比电快！"这是当时流行于上海的通俗小说里的时髦话。

嗯！他不再说任何话。一切对于这位读书不多的捐官来说，刚才的梦太重要了。他把这梦放在肚里，不对任何人说起。现在，当然也不愿对面前的两位儿女亲家提及。但话还是要说的。刘镛说："吾求子孙生生不已……不愿铺张靡丽，耸庸俗之观听。且天之予人福泽，至不齐也，有以钟受者焉，有以勺受者焉。谨身节用，则一勺之福也可以久延；纵欲妄为，虽盈钟之福一复而立尽。世之暴殄者多夭，樽节者多寿。……吾生平于饮食服御均不求精美，明知区区者，不足以倾吾家，诚惜此一勺之福而不敢纵欲也。"我们现在读到的这段文字，是他的儿子，十四中秀才，二十九中举人，三十二岁与南通张謇同榜甲科进士及第，一起参加殿试，官至户部主事五品官，留下《清续文献通考》400卷的刘锦藻写进《先考通奉府君年谱》里面的。此书在上海商务印书馆汇印《九通》时，增入，使其成《十通》。

那个梦，直到晚年，刘镛才对孙子刘承干说起。年届十六岁的刘承干在父亲的影响下，一心想金榜挂名，不料累病躺倒。刘镛从上海赶回，对孙子语重心长地说了一些想法。这些想法，在今天看来都是宿命论之观点，这中间说了唐漾荷入梦的事。已经受到新文化新思想启蒙的刘承干听了，并未在意。直至获功名而朝廷不复存在时，他才一梦醒来，认为爷爷说的梦是真有预兆！这个启迪对刘承干后来成为名扬四海的藏书家，起了关键性的作用。在刘承干为收购书而挥金如土的行为中，刘锦藻不由地想到父亲的那个梦。这个梦与南浔人传说邱仙槎外财致富有着相似。但刘承干的所作所为恰受到世人的称道。

有人说，自从有了孙子承干后，刘三东家募捐起来更大方了。渐渐看出他刘镛对于捐官的兴趣锐减，对于乡亲的情绪浓烈起来。个中委原，外人岂知？

应该说，刘镛造福桑梓的事绝非那梦所致。刘镛出身贫寒，经多年奋斗已成为南浔首屈一指的富家，回报乡亲也是自然的。所谓"聚财有道，散之有方”。早在同治二年，年三十七岁的刘镛去严州府经理盐茶商务，船抵建德，“闻邻舟女子哭甚哀，询其故，则母女二人，夫病将鬻女为医药费，邻之无赖诳以逃，距家已一日程矣”。刘镛听罢，思一路所见寇盗猖獗，良弱蹂躏，疮痍满目，骸骨遍野。时值夏秋之交，暑热熏蒸，坐则汗流不止，那饥民之日如何度？刘镛招来那无赖，一面痛斥，要交官严惩；一面赠给银两，令当地官府负责送母女回家安置。办完公务后的刘镛再也坐不住了，毫不怜惜自己原本就体弱多病的身躯，日行数十里，不顾秽气薰污，将经商所得之银全部用于“赈灾民，施医药，举掩埋，收养流亡，恤赎孤寡”。一回到上海就大病数月，险乎丧生。躺在病榻上，仍没忘记严州道上的饥民，“病中尚遣友赴严接赈，自严达徽近百里，皆给棉衣，俾免冻馁……”

五年后，刘镛在南浔召集富绅同好，由他牵头，“财之聚，施散乡邻，使其免寒饥之苦”。在南浔购地建屋，酌定章程，兴办义塾，创建了第一所育婴堂。他办义塾的影响，是否对于后来的顾乾麟起了影响作用，不详。但有一点可以证实，在刘家的家族里对后人最有影响的正是“得财于民，施散于民”。而且由于刘镛的行为，影响了南浔几乎所有的“有钱人”，大家纷纷慷慨解囊，散金积善乡梓。

距后八年，河南、江西水灾，河南巡抚涂宗瀛致书刘镛劝其为朝廷解忧。刘镛二话不说，集巨资，亲自押送，又派人到南昌广润门外放赈，并捐资筑堤，以固御力。

1878 年，刘镛知苏北渡江难，在镇江设义渡，成人之便。

1886 年，江苏海门水灾，捐巨款弥补官钱不足。

1889 年，浙江大水，湖州受灾严重，灾民涌入城中乞食。刘镛买芜湖大米万石，却因芜湖米禁，运不出，路上拦劫甚重。刘镛亲求旧识安徽巡抚沈秉诚借炮船护送，始得成功。为确保乡亲灾年受益，刘镛又出资数万设立“扶贫基金”，给予老弱病残者计口授米，确保度灾。十年累计施米千万余石。

刘镛的行为影响着下一代及全镇人。刘镛去世后，其子刘锦藻于当年筹银 9000 余元，创办孺嫠会，“存典生息，为经常之费”。给予“已经出学而身后无资者，丧不能葬者，孤子无力读书者，守节抚孤者”予以帮助。

四年后的 1903 年，刘锦藻与本家兄弟们捐献巨资设立义仓。义仓，俗称“积谷仓”，平时买谷储存，年岁凶荒，放赈济贫。范围以南浔镇十二庄为限。《南浔研究》上称：“到开仓日期，大口每日可领米五合，小口三合。又每年冬天，举行施粥赈米，贫苦又不能生活的人们，都靠此才能把生命维持过去。”为确保南浔及周边地区不再受水灾，刘锦藻与堂兄刘安涛等人在义仓内筹设圩工局。目的在于维护由于南浔地势低而易受水患的护堤工程。如果说，孺嫠会、义仓、圩工局都是社会慈善事业。那么，刘镛留下遗愿，要儿子们将他的财产拿出一部分解决本族贫困者的实际需求。这个机构叫“义庄”。

宣统元年（1909）义庄诞生。其宗旨——

一、励学。对愿入学堂而苦于无力者准予津贴，并规定不升级者停止津贴，考绩最优者津贴不预限。

二、养老。贫老无依年五十以上，精力已衰不能自给者月支米三斗，以后每长十岁增加一次米钱。

三、赈穷。凡穷苦寡妇每月支米三斗加钱一千。有子者给至其子成年为止。如子不能养母者准以继续支给，无子赡养者终身。

四、婚嫁。无力婚嫁者，娶妇支银四十千，嫁女支钱三十千。

五、丧葬。丧不能举者支棺殓费二十千，力不能葬者三年内支钱十六千。

六、慈幼。生活贫乏者，生男一岁至四岁给糕饼钱三百文，五岁至十岁月支米一斗，十一岁至十六岁月支米二斗，女孩照给至出嫁之月为止。

关于这段历史的最好见证，就是那块宣统元年十月初五日御笔“承先睦族”大金匾。上面写着：“赐花翎三品衔候补五品京堂臣刘锦藻等”。皇帝赐匾中的“等”字，一般人不注意，细研之，有学问。这是对南浔镇整体形象的嘉勉。

说到这个整体，那是很有话可说的。创建上海丝业会馆的陈熙元也因造福桑梓而得到朝廷《存世济物》金匾的嘉奖。

这里还要说一说的是金桐。即金绍城的祖父。其出生四十天母亲即故，数年后父亲随即而亡的金桐，少时聪慧，喜爱读书。为生计，弃学就贾，去上海谋生。1842年，年仅二十二岁的金桐开设协隆丝栈，经营辑里丝，很快获富。金桐家原在西栅，名“载德堂”，太平天国时被毁。金桐在沪发家致富后，重建旧宅，安顿族人，全力资助家乡公益事业。家乡所有桥梁均由他善修一遍。年岁饥疫，他全力相救，散资逾百万，从不留名。清代著名学者俞樾称赞说：“……百行无不修，实自孝弟始。敦睦被族姻，施与逮邻里。节用而博施，厚人而薄己。不发人之私，乐成人之美。至今被往者，感泣遒未已。如君之所为，岂非古君子。儒先语录书，无白不在几。商而有士行，非曰隐于市……”

梁启超亲笔题曰：共识南浔宅，还过阮四圩。梁祠瞻画像，汉昭禁乘车。

潜德终难閟，遗经老自畬。诸孙玉树秀，驷马溢门闾。

前面说到的“长湖申航道中心”的人工运河，提到庞莱臣提议成立塘工董事会的事，当修堤资金最后缺三万余银时，由庞一次出齐。镇上老辈人说，庞莱臣效仿杭州的胡雪岩创办“胡庆余堂”的做法，在南浔开办了“庞滋德国药店”，并请于右任题匾额。这家药店如今就在宝善街南头与东大街接壤处不远。那块于右任于1946年亲笔写的店名匾额仍然悬挂于店中。庞家当年开这爿药店，一是出之当时的南浔镇上有些药店真货少假药多，其次，抗战前穷苦人缺医少药。相传其中还有一个故事。

有一次庞家着人去药店抓药，等的时间太长，抓回来的药质量很差。再去抓药时，庞家的人就说了几句。不料，对方讽刺道，要好，你回去告诉庞大官人，自家开爿药店，就用不着求人了。庞家得此话，反思良久，决定开爿货真价实，对穷苦百姓有益的药店。店名取之庞家宅内一副对联：“树德莫如滋，惟善以为宝。”他的“庞滋德国药店”开张后，对穷人特别照顾，只要到庞家账房讨个“经折”就可以免费在庞家药店购药记账，分文不付。镇育婴堂成立，由庞主持，经费也均由他承担。庞后来聘刘承干为董事，事因灾年连续，弃婴众多造成经费拮据。刘承干带头捐金一万，斥资扩建堂室、增雇乳娘，又与伯叔安涛、湖涵共同另设保婴会，将大一些的孩子托人带养，贫妇之乳婴均按月给予贴补。辛亥之际，归安陆纯伯倡议收养难童，设苦儿院于苏州，所需费用刘承干赞助大半，每年出资一万，二十年未变，刘氏家境不佳时，承干节衣缩食，苦儿院经费不缺分毫。刘锦藻于1900年在西湖北山路上建坚匏别墅（又称“小刘庄”，上世纪五十年代后成为毛泽东在杭州的住处。毛泽东在此读到南浔万人大镇无蚊蝇的材料，欣然欲往，但未成行。后嘱《人民日报》刊文慰之）。初建时，刘承干常去那里。旧日的西湖非常清冷，常常走着走着就会踢到饿殍，脑子里的美景顿时萎了。有部小说《断桥流史》，书中说一个书呆子常常夜深人静逛西湖，脚踢到饿殍的就是他刘承干。他不忍绕过，购地置棺安葬，三四十年不断，竟成冢盈百，复又置田二十余亩，以所入为守坟祭之资，每临湖上，必察视而致祭。苏州曹元弼乃前清进士，民国后屡请不出，闭门苦研《三礼》，生计难以维持，承干知后，按月支给，五十年代后，刘承干孤身多病，穷愁寂寥，靠住姚姓干女儿照顾，自身难持之下，仍照顾曹氏，成为后人佳话。

1924年秋，军阀混战，浙江督军卢永祥与江苏督军齐燮元为争夺地盘发动战争，危及两省交界处的南浔。江苏白宝山部借过境向南浔勒索。孙传芳以秋操之名借故出兵福建，连连骚乱南浔。两年后，北伐军攻入闽、浙，孙传芳兵败，向南浔勒索巨款。庞赞臣为平息兵扰，多方奔波，集资十二万元，得以保存南浔，免遭兵灾。1945 年后，庞赞臣与庞青城争取到美军医卫剩余物资，建起公立医院。1949 年被新政权接收，为解放上海时的驻浔野战医院所用。

第七部　历史告诉我们

读《鹿鼎记》说庄氏沉冤

自从金庸的《鹿鼎记》在电视里播出，小说到处可见，韦小宝与《明史辑略》很快便家喻户晓。

那么，到底历史上有没有“庄氏冤案”，发生在哪里？

金庸为什么要在看似无关的武侠小说《鹿鼎记》里开卷推出此案？是作家玩的花样，还是个中有原委。带着这个谜，只有走进南浔才能搞清楚。我一到南浔就听说这里已经将“庄氏冤案”整理成陈列室，供人参观。陈列室设在镇史馆里面。

南浔镇史馆馆址是原来的南浔商会所在地。

顺着南西街没走几步，就见一券门，过了券门，高深的灰白墙上挂着一块“南浔商会旧址”牌。这就是镇史馆所在地。站在外面看这大门，没有门楼装饰，和南浔许许多多的大门一样两边用条石框架（即上海人说的石库门）。进门便有轿厅，门厅连着前排房子，房子有环廊四绕，宽大的天井里有两株两人合抱不过来的大白玉兰树，绿荫遮日。站在天井中间看这座两层楼建筑，它和南浔镇上其他建筑一样，保存着民国时期中西合璧的风格特点。楼上走廊栏杆上的铁皮镂空图案更增添着作为旧建筑的氛围。穿过天井就是旧时的议事厅，如今是镇史展览馆，丰富翔实的资料向人们展示着这个镇作为民国时期独特地位的骄傲。在镇史馆后面又是小天井，里面植桂种花，两边楼堂上下都有通道，楼梯保存得很好，整个商会依旧是原来模样，没任何损坏。在左边侧楼里有个新辟的展馆，这就是被后人称之为“清初第一大案”和“清朝最大文字狱”的“庄氏明史案”。

里面参观的人很多，不知谁说了一句：这可是清朝一大案啊！

那倒是，中国的文字狱，何止是庄廷鑨明史案一桩。自秦始皇始，历朝历代都有，只是明显与不明显而已，说起来，自嬴政后，清朝算是一次大的。旁边不知谁插了一句，比“文革”还大？无人接话。大家都默默地涌向陈列室，在那里默默地看，静静地移动。

“庄氏明史案”用图文并茂的形式再现了三百五十多年前那场惊心动魄的、黑暗又血腥可怖的事件。谁都不敢相信世上会有那样的事情。当然，我们这些经历过“文革”的人，以亲历会相信眼前这些文字表现的一切是真的！在人失去理智和社会崇尚愚蠢到极致时，什么样的悲剧不能发生呢？

我走出展览馆，在院子里站着，空旷幽静，带有着江南少有的湿润，空气也很好，倚靠在那棵粗大的树上，我思索这个案件——

庄廷鑨是个很有抱负的青年，虽然双目失明了，还想做点事。当听说明朝宰相朱国桢生前曾修编《明史·诸臣列传》，没完成就死了。因为这部书填补了明天启、崇祯两朝事，有很重要的史料价值（另一部是《三垣笔记》，它真实记录的是明末崇祯、弘光两朝史料）。于是恳求父亲买回，由他延请高手来完成。书稿完成，定名《明史辑略》，未及刊印，庄廷鑨去世。其父为了却儿子遗愿，请闲居家中的明礼部主事李令皙作序后刊刻，以清美堂朱史氏名义刊印，于顺治十六年（1659）冬正式在书店出售。这部书除了作序者外，还罗列了今湖州旧时两县：归安、乌程名人及吴江、仁和和海宁文化界名人二十四人（其中有海宁查继佐、范骧）作为“参订者”，称“列吴越名士为参阅”。

查继佐，即翻译出版《普希金抒情诗选集》的查良铮，也就是今天赫赫有名的武侠小说家金庸的祖上。说到这里，我们可以看出，《鹿鼎记》绝不是一部简单的武侠小说，其含有的丰富史料也早就溢出《鹿鼎记》了。金庸先生急急地赶到南浔寻找庄氏冤案的旧痕，其苦衷不言自明。

事情的发生，有时也有其偶然与必然的关联。没有参加编写和审阅而被冠名的查继佐等人自然对这样的事提出了异议。故事也就发生了。问题是，查继佐等人不是简单地提出异议，而是发现了书中不实之词，遂向学道胡尚衡提出诉讼。胡尚衡批给湖州府学查办。不知轻重的湖州府学教授赵君宋从书中摘出数十处“毁谤语”，抄了张贴于府学前示众。这些“毁谤语”，在历史大大进步的今天看来，真如同闹剧，与后来文革中的闹剧真有异曲同工之妙。可见人主“神化”，生灵涂炭，是必然之事。府学前示众，在当时不是小事。引起了庄氏的惊恐，他们立即将出售的四十余部书收回，修改数十页，重新刻板印装，再行出售。与此同时，通过前任守道、时任通政司使的王永祚的关系，由湖州府将书分呈通政司、礼部和都察院三衙门备案，并重金贿赂当时的湖州知府陈永命，手下留情。上上下下闹了一阵子，最终以庄氏花重赂并劈书版毁于库告一段落。

故事到此结束，也就不精彩了。

据史刊载：贪赃获罪革职丢官在家的原归安县县令吴之荣，得知消息后，苦苦琢磨一番后，觉得有稻草可捞，其中可能敲到一笔不小的钱财。于是，事先编好话，轻步迈到南浔南东街上的花园弄，寻到庄家门前。南浔就那么大，吴之荣的事自然是家喻户晓（也不知为什么，历朝历代，这样的人都能混到官场上去，还很显赫。其实，现在的官场更不乏吴之荣）。庄家对这位革职县令有些不敬，没把他放在眼里，拒于门外。吴之荣一气之下，于顺治十八年（1661）七月告到浙江驻防将军柯奎处。柯奎将此事转告浙江巡抚朱昌祚。朱昌祚下文让湖州学道胡尚衡处理。庄氏感到问题严重，请松江提督梁化凤给柯奎打招呼，平息事端。结果是吴之荣被押送出境。事情到这地步，吴之荣诈财不成，反遭驱斥，恼羞成怒。其实，这种小人是很难对付的。孔子早就说过“唯小人与女子为难养也”。他们的天性就是惹是生非，不闹到数千人的生命作儿戏是不会罢休的，只可惜庄氏对此没有认识清楚，或者说太小看吴之荣，忘掉“团结小人办大事”的原则了。

吴之荣抱定一不做二不休，把刻本中的原有人名去掉，另补上自己仇人朱佑明，于康熙元年冬初携刻本直接上京到刑部告发庄氏“私编明史，毁谤朝廷”，震动朝廷。经清廷胡乱“审定”，被杀、被流放者两千余人。据说，南浔镇文化馆的蔡先生曾就此题材写过一部电视剧本，非常精彩，可惜拍出来的电视剧也一样没了一生为此做出贡献的蔡先生的名字。

据《南浔镇志》上说，起初，朱佑明和赵君宋关押在一起，朱求救于赵，并许诺自己家产一半给他，遂由赵君宋在受审时为朱佑明开脱，称朱与庄氏案无关，并称家中有《明史辑略》初刻本为证。没想到此事反而闹大，官方进行大规模搜捕，涉案人员越来越多，遂成“清初第一大案”。

结果也是十分令人震惊的：除庄氏、朱氏灭九族外，所有参与此书写序、校阅、刻板、印刷及销售和买书的人，连同涉案地方官员均被捕杀头。当时的南浔栅桩桥上辟了官卖场，庄家朱家的女佣丫头都在此官卖，脖子上吊着绳子，绳子的另一头被人牵在手里，任人挑选，买走。据说，有实在没人买的，就到了栅桩桥下那个圆通庵里做了和尚们的用人。距栅桩桥不远处开辟了杀人场，庄氏朱氏及许多“首恶”被戮于此，大多数人于康熙二年（1663）五月二十六日在杭州弼教坊被处决。其妻女小妾均被发配盛京（今沈阳）做满洲旗奴。诬告朱佑明（被凌迟）的吴之荣重新使用，官至右佥部，还得到了朱佑明家被抄没的部分财产。朱佑明家被抄没的另一部分财产及庄氏的财产给了首告有功的查继佐（《南浔镇志》）。

三百五十多年后，再来看这场闹剧，是何等的可笑！然而，人类历史不正是无数这些当时人并不认为“错”的事件编织出来的吗？人类的进步，不正是从这些血泪中不断地纠正，一步步地清醒起来的吗？

下面我们就说说查家历史上的辉煌及历史记载中的查氏与庄氏冤案的关系。

查慎行，原名嗣琏，浙江海宁人。启蒙后拜当时的大学者、诗人黄宗羲为师。康熙十八年（1679），与同祖伯叔堂兄查容一起投靠贵州巡抚、同乡杨雍建幕府，在他那里参加了平定镇守云南兼辖贵州的平西王吴三桂、镇守广东的平南王尚可喜、镇守福建的靖南王耿仲明其子耿继茂三方势力合称的三藩。战事结束后，又匆匆去南昌投靠其堂伯父、江西按察副使查培继。

查培继要他北上京师投学国子监祭酒王士禛，跟这位大学问家做学生，厚实自己的学养。这次行动，查培继出了一笔不小的资助。查慎行在第二年四月北上京师，入太学，如愿做了王士禛的学生。康熙二十五年（1686）冬，大学士纳兰明珠在王士禛那里见过查嗣琏后，问了他兄弟几人名字，笑道，汉人的宗祠排辈很有意思，你看你兄弟仨，名字里都是“王”“人”“广”，你家庭园里要出万人之上者？或“王者入你庭院”？然后提醒他说，闹不好，传出去，这可是皇家很忌讳的事啊！

查嗣琏闻言一震，知道经纳兰明珠这一分析，必会有人传到皇上耳里，这是灭诛九族的罪啊！连忙说，我正想将名字改成慎行，取朱熹《四书章句集注》改《礼记·中庸》“博学之，审问之，慎思之，明辨之，笃行之”而取其中“慎行之”里的意思，不知可否？

纳兰明珠连连说好，并提出聘查嗣琏做家庭教师，做词人纳兰性德的弟弟揆叙的馆师。

入馆后，查嗣琏便用了查慎行这个名字。

康熙二十八年八月，服岳父丧期返京的查慎行去观看洪昇的《长生殿》。

这是清圣祖孝懿温诚仁皇后佟佳氏大丧期间，洪昇竟然在寓所演出《长生殿》，被人告密，康熙盛怒之下，革去洪昇国子监学生籍，一时株连达五十人左右，当时有人写诗道："可怜一曲长生殿，断送功名到白头。"

第二年，洪昇在浙江乌镇失足落水而亡。

这株连者中就有他查慎行，被革去学籍，逐出京师。

康熙二十九年（1690）春，查慎行应原刑部尚书徐乾学之邀，至洞庭东山《一统志》书局参加编纂工作，三个月后，由于徐乾学与明珠分裂及门客间排挤，他只好返回故里。

康熙三十一年（1692），查慎行到九江知府朱俨那里协助编辑《庐山志》半年。

康熙三十二年（1693）秋，查慎行第四次应顺天乡试，中举人。会试时，名落孙山，一气之下，打背包出游天下，别无他求，只望饥寒能御。

康熙四十一年（1702）春，他在流浪之中完成了《苏诗补注》五十卷，对苏轼诗研究做出了重大贡献。就在这年十月，经相国张玉书、直隶巡抚李光地推荐，被康熙召到德州行宫赋诗，康熙感觉甚佳，让他随同回京进南书房。第二年，康熙要他参加殿试，说你这么有才，没有正式功名如何行啊？他终于殿试成为第二百四十二名进士，改庶吉士。

康熙四十三年（1704）冬，康熙特授他编修，成为直接可以进出内廷的皇帝近臣。他的二弟嗣傈（康熙三十九年进士）和同龄侄子查昇（康熙二十七年进士）也在翰林院。为了区别三个查翰林，康熙以查慎行曾有"臣本烟波一钓徒"之诗句遂在召宣时称查慎行为"烟波查翰林"。据史载：查家以查慎行为首的叔侄七人同任翰林，当时有"一门七进士，叔侄两翰林"之说。

高处还是难胜寒，查慎行在康熙身边七年，最终还是被人借着纳兰明珠那句"戏言"进了谗言，康熙想了想，把他调离内廷去武英殿修纂《佩文韵府》。

康熙五十二年（1713），查慎行乞休归里。他七十岁时赴南昌主持《江西通志》修纂工作。

从南昌回京后，查慎行的命运发生了变化。不幸慢慢笼罩到了查家。

那是雍正四年（1726）十一月，查嗣庭被派往江西任当年科考主考官。就这么一件事，被雍正利用做起了"铲除政敌势力"的好文章！查嗣庭原是隆科多所荐举的人才，而隆科多是雍正合法继位的唯一历史见证人。雍正心胸不宽，十分忌讳他的许多事让外人知道。查嗣庭与隆科多是一党，整肃他的真正原因就是打击隆科多。当时，查嗣庭在江西任主考官出的三道题被雍正认定均有问题——

首题："介然用之而成路，为间不用则茅塞之。"

这句出之《孟子·尽心下》。意思是说，山坡间的小径，经常有人行走便踏成了一条路；过一段时间没有人去走它，又会被茅草堵塞了。成语"顿开茅塞"就出自孟子这句。但雍正竟然说他查嗣庭出此题实为居心叵测。

策题："君犹腹心，臣犹股肱。"

雍正说，查嗣庭你出这样的题，分明不尊我这个国君为"元首"。其理由是从那份《神宗实录》（万历皇帝于1590年8月25日与申时行等召对纪录）里提论出来的，你论前朝败君，有辱本朝君威。

《易经》次题："正大而天地之情可见矣。"

这句来自《易经》的话，原来说是：以人为大，以人为尊，天地就可以一统。

《诗经》次题："百室盈止，妇子宁止。"

这出自《诗·周颂·良耜》的诗句是说，劳动与国家的富足就可以天下太平。

这样两个出自《易经》《诗经》的好句子，到了生性多疑的雍正那里却成了暗示"正"和"止"两字联系起来思考的政治问题。其中寓意暗合汪景祺《历代年号论》一文所说"正"有"一止之象"，都是指雍正年号，暗喻斩雍正的头。

科举考试，考官从四书五经中摘取文句命题，因涉嫌谤讯而获罪的，在明代已有之，但不至于如此草木皆兵。

雍正知道自己这样做不能服人，但他就这样搞了。

前面说过，雍正搞查嗣庭的文字狱实质是为整肃隆科多和蔡珽做铺垫，他给隆科多加的帽子是"保奏大逆之查嗣庭"的罪，作为他结成奸党罪状之一。给蔡珽的罪名却是"交结大逆不道的查嗣庭"。这么一做，汪景祺、钱名世、查嗣庭与年羹尧、隆科多、蔡珽诸大案相牵连，用一个查嗣庭，就能将这些老臣彻底整治一番。

结果如何？首先，年羹尧参劾蔡珽威逼所属知府蒋兴仁致死，蔡珽因此被罢官。为了整年羹尧，雍正要下面将蔡珽押到京师审讯。蔡珽到了京都，雍正召见他，蔡珽上奏年羹尧"贪暴"。雍正说，你能"惟期始终竭此心力"，朕绝不亏待你。蔡珽叩破额门谢恩。这让雍正看到了他的心迹！雍正放心了，他要的就是这个目的：用蔡珽来整年羹尧。雍正的脸上丝毫不动声色，指示有关部门对蔡珽审讯。当蔡珽被判该斩监候，公文到了雍正手里，蔡珽不但无罪，还被任命为左都御史兼监刑官，雍正给蔡珽这个官，就是为年羹尧设下的。很快，对年羹尧“贪暴”进行的突击审查有了效果。

雍正三年（1725）十二月，年羹尧以九十二条大罪被赐死，行刑前由左都御史兼监刑官蔡珽监督。这一刻，年羹尧又一秘密被蔡珽挖到。年羹尧在得知雍正对自己的态度后，为防止斩草除根，以过继他人为子的名义将自己的一个儿子托付给四川武将阮阳璟。这件事几乎没人知道。蔡珽获得后，密报雍正。雍正大喜过望，他当即让蔡珽查清楚并治阮阳璟死罪，满门抄斩、株连九族。

可怕的雍正还让蔡珽告诉年羹尧这件事。

年羹尧知道后，求蔡珽放一条生路。

蔡珽说，早知今日，何必当初！

年羹尧知道自己一丝血脉都没能留下，万般绝望如万箭穿心，于狱中自缢。

雍正除掉年羹尧，认为大患已除。这一刻的雍正虽然也想杀了蔡珽，但转而又想，那么做会让人看出他的用心，不如让蔡珽借此头功得意一番，干脆再补授他都察院左都御史。不仅如此，雍正还将曾赐予年羹尧的房屋、众多奴婢重又赐予蔡珽。

蔡珽信守着对雍正所作出的“惟期始终竭此心力”的承诺，在彻底整治年羹尧及其党羽李维钧、王景灏等人过程中再次发挥了重要作用。

藤下的瓜果已清，也该清地面的藤了。

当雍正五年五月查嗣庭被判处凌迟处死时，查嗣庭已死在狱中，但仍被戮尸枭首。查嗣庭名下十六岁以上男人均被处斩，十五岁以下的儿子以及查嗣傈（《清史稿》作查嗣瑮）及其儿子流放三千里。可惜这圣旨到时，查嗣傈已经死在他的工作岗位上。

查慎行被捕入刑部狱。雍正帝以查慎行年迈，且家居已久，嗣庭的事他只是知道而已，遂将查慎行及其幼子克念释放回籍。

查慎行南归后才一个多月，于雍正五年（1727）八月三十日病逝。

海宁袁花镇东面有一座不大不高的“龙山”，龙山脚下有一座“查家桥”，桥旁有一大宅，森森然，黑漆大门上有一匾“赫山房”。这就是著名武侠小说大师金庸的旧居，也是他的出生之地。这里，有桃花三两株，李花三两株，小桥流水，大树鸟巢点点，风水很好。

海宁查氏，原籍安徽婺源。据查氏宗谱上说，他们最早的祖宗就是春秋时的查子，并说是“以地为氏”。元至正十七年(1357)查瑜因避兵乱迁居海宁袁花。自第三世，分南、北、小等三支，明清以来是“文宦之家”。明代查约、查秉彝、查继佐（庄氏冤案中人物）名震一时。

查继佐不仅是学问渊博，在史学上卓有成就，而且还是位具有高度民族气节的抗清志士。公元1645年闰六月，鲁王朱以海在绍兴称“监国”。他听到消息后，毅然渡江去参加了鲁王政府。在鲁王监国的一年中，查继佐在浙东地区亲自率军抗击清军，多有所获。为了西征，他费尽心血，亲自组织兵力，秘密联络太湖等地义勇，互相接应。可惜当时鲁王政府内部分裂，政治腐败。他的主张处处遭到掣肘，未能实现。

公元1646年6月，清军攻占绍兴，鲁王政府覆亡，查继佐辗转回到家乡海宁，发愤著书立说。公元1652年，五十二岁的查继佐到西湖觉觉堂讲学，旋又主讲杭州铁冶岭的敬修堂。各省学子不远千里前来就学。从此，查继佐一面讲学，一面著书，一直到去世。

《罪惟录》是查继佐所著一部纪传体的明史。原名《明书》，后来改名《罪惟录》，取孔子“罪我者其惟春秋”之义。这部书反清立场鲜明，自序中明确表示，自己是明朝人，不是清朝百姓。书中都用明朝年号，直到清康熙三年，仍称永历十八年。《罪惟录》的撰写时间，据自序说，从甲申年(顺治元年，公元1644)开始，壬子年(康熙十一年，公元1672)写成，用了二十九年时间。这部书是在极端险恶的环境中写成的。当时清政府最忌私人撰写明史，尤其是易代之际的历史，唯恐把历史真相揭露出来。查继佐做了，而且那么地大胆！他不知道满清血腥镇压的手段与政策吗？

当浙江湖州南浔人庄廷鑨的《明史》出版时，查继佐列名参校，卷入此案。陈去病《五石脂》一书记载说，陆璘、查伊璜（继佐）、范文白、陆丽京等四人并不知道有此书，而庄氏为了拉名人在没有征求意见的情况下自作主张弄进去的。那么，查继佐知道后，是什么态度呢？

顺治十八年辛丑十二月，查继佐写成状告送到浙江学道胡尚衡那里，辩明实情……朝廷查后称，虽然他们没有吴之荣发觉早，但也算是举报比较早的人，依律颁赏。所以吴之荣分得朱国桢与庄氏财产十分之一。查、范、陆亦分得颁各类器用什物。据《费恭庵日记》说，他曾亲眼看到查继佐等人在慈感寺前领取朱、庄家具，大约有十余船之多啊！

自己著书反清，那么义无反顾。当自己的名被人用了一下，仅仅是惹出麻烦时，却做了“昧良心的勾当”，举报庄氏，并从朱、庄两家的抄没家产里运走了几船家具。这是多么大的反差啊！这样的大事，传到今天，怎么能不叫金庸在家里看着某件祖上留下的古董，正是来自朱家或庄府，那是什么滋味！金庸要为祖上洗刷名声，这个心理，大家也是可以理解。

更叫人不能明白的是，查继佐反清的《罪惟录》还字字清晰依旧，他金庸的祖上已经“三翰林查”待在皇上身边了！他们难道全忘了查继佐所受到的遭遇？未必。说白了，还是那“翰林”的气息太浓了，太诱惑人啦！但是，政治这东西就不是好东西，一如一位伟人说过，政治与妓女没有什么两样，因为他们都不对廉耻负责！你看，“三翰林查”才几天？雍正一个脸色放放，他查家就吃不成白米饭啦，还白白送掉多少条人命！还是政治这个妓女或是无赖，到了乾隆手里，就又扮作了一副正人君子相，出来给查家平反，让查慎行这三兄弟的孩子回到了海宁。

不知是乾隆有意，还是天意，查家再度进入与满清朝廷割不断、扯更乱的瓜葛轮回之中。

到了金庸（查良镛）祖父这一辈，还真的又贴到皇上那里去了。金庸的祖父查文清（沧珊），光绪丙戌（1886）年进士。殿试后派到江苏丹阳任知县，政绩良好，高挂了镇江知府衔（六品官做七品事）。

丹阳当时出了一位名人，叫马志德，后来改名相伯（1840—1939），中国教育家、复旦大学创始人、爱国人士、耶稣会神学博士。他一生最让后人不能忘记的大事就是在1936年，沈钧儒、邹韬奋等“七君子”入狱，马相伯多方营救。次年，七人获释后，前往看望马相伯，合影留念。沈钧儒在照片上题书“唯公马首是瞻”。这张照片后来进入了大大小小各种教科书里。

那年月，外国传教士纷纷涌入中国，尤以沿海省份为甚。马相伯倡导中西文化交流，主张接受西方文化。他的家乡丹阳也就成了外国教士比较多的地方。这些传教士并非只事传教，常常借西方势力欺压中国百姓。而官府方面慑于西方列强的淫威，往往视而不见，等同于姑息养奸。

光绪十七年（1891）4月25日，江苏丹阳县百姓发现教会墓地（麻巷门城外）一下子埋葬儿童尸首七十余具，育婴堂内亦无一活婴，联想起一段时间，县城及周边地区发生婴儿死亡事件，大量进入教会“育婴堂”的婴儿也在短期内突然大量死亡。遂产生公愤，忍无可忍的百姓在告官不应的情况下，愤然围攻东河路上的天主教教堂，并一把火将其焚烧。

知县查文清速派兵镇压，屠杀数百平民。激起邻县无锡、金匮（金匮县是清代江苏省常州府所辖的一个县。雍正四年，由于无锡县人口、赋税繁多，被分为无锡、金匮两县，西部为无锡县，东部为金匮县，两县共用一个县城。1912 年撤废）、阳湖（阳湖县是清代江苏省常州府所辖的一个县。清雍正四年，由于常州府首县武进县人口、赋税繁多，被分为武进、阳湖两县，西部为武进县，东部为阳湖县，县署均设于府城内。1912 年撤废）、江阴、如皋等县，反洋教反满清斗争。两江总督刘坤一将六个知县一并惩处，又将二十一人逮捕判刑，赔款十二万元结案。

查文清经过暗中调查，查明此事实因传教士与日本商人勾结残害中国婴儿引起，尤其是日本商人，实质是披了商人的外衣，在做所谓改变亚洲人种试验的遗传学专家。这本应追究传教士与日本商人的责任，昏庸的满清政府竟然准备将丹阳烧教堂的为首两人捉拿处斩。此事让身为丹阳知县的查文清颇感为难。一方面，作为下级他不好违抗来自两江总督的命令；另一方面，深知内情的他痛恨外国传教士这一恶行，向朝廷反复上书说明真情，但均被压下。

思来想去，查文清还是先把那两人放掉，待他们逃远后，自己想出一些对策，这才赶到现在的南京长江路上的“总统府”，当时的“两江总督府”里向刘坤一汇报。刘坤一知道实情，也希望朝廷对这件事公开审理，但朝廷压而不办，以革除六县知县官职了事。圣旨到了刘坤一那里。刘有意压下查文清的不宣。查文清还是做他的知县。不料，镇江知府知道实情，故意从中刁难查文清。查文清愤然挂印而去……

查文清去世出丧之日，丹阳有十多位绅士前去吊祭，其中有当时带头火烧教堂的两个人，他们一路哭拜而来，每走一里路，就磕一个头，从丹阳一直磕到袁花，成为一时《申报》的重要新闻。

邓之诚的《中华二千年史》曾引用了光绪《东华录》有关这一事件的记载，金庸以此引以为荣。他在小说《连城诀》的后记说：“我祖父查沧珊公反对外国帝国主义者的无理压迫，不肯为了自己的官位利禄而杀害百姓，他伟大的人格令我们故乡、整个家族都引以为荣。”

眼看院中，青翠欲滴；展望镇史展览馆，南浔无愧于浙北经济重镇。历史毕竟把那沉重的一页艰难地翻了过去。耳听鸟语，眼观景秀，鼻嗅花香，闲庭信步。今天，我们可以真正地说一句，中华民族可以有一个安定的时间段好好进行经济建设了。

但是，历史毕竟不能忘记，它是我们今天的镜子，是我们明天的座右铭。

有人告诉我，庄家与朱家都有旧址存在。

庄家的旧址，就是南东街上花园弄里的华家园。数年前，金庸先生到南浔专门寻找庄家遗址，寻了很久，找到了花园弄里，把华家园错成夏家园。其实，如今红房子的身下，就是当年庄家的地方。历史就是这样地开着玩笑。清廷对庄家除了铲尽杀绝灭九族外，还将庄家的房子扒了，把地扒开，入地三尺，厚厚的土，全部翻朝天。曾经是一片庄园的地方，顷刻之间屋倒墙坍，房塌梁断，那贪官吴之荣之流，地痞无赖如蜂而拥，抢啊、砸啊，抢了房子，也抢那些在庄家做用人的女孩子，连一片瓦都不留下，连一根木头也不存在，那些不肯被“抢”的女孩子、女佣被铁链牵着脖子拉到场子上，官卖……

那原本是房址的地也被荒芜了。但它没荒芜多久，衙门将它官卖。说官卖，没人敢买。尽管南东街上的地皮贵如金。庄家的案子多少令人闻而却步。衙门无奈，只好将地围给衙役们，让他们去盖房子。一时间，高大深宅的豪第，成了平民百姓的矮屋。二百多年后，刘镛的三儿子刘梯青，廪贡生，直隶省候补道员，钦加三品衔，后因劝办山西赈捐有功，保奏二品顶戴，赏戴花翎，特赏头品顶戴，正一品封典。这位官运颇亨的刘家三少爷，到1917年便在家乡与庞赞臣、张伯琴、俞富岩集银二十八万两，在塘栖镇里仁东路10号办起崇裕丝厂（五十年代后改为杭州新华丝厂，属国有大型缫丝企业）。由于经营得好，刘梯青又从事房地产，一时刘家事业鼎盛。《上海房地产志》说：“湖州南浔丝商刘贯经（即刘镛）生前在沪置有大量房地产，由四个儿子继承，各立堂名管理，其中仅刘景德一户，每月可收房租万余折实单位。”刘家在上海、杭州、莫干山、扬州、青岛、汉口、长沙均有房地产。刘梯青在杭州的孤云草舍平日只是作为“行宫”，自己长住上海。他在朱家骅任浙江省省长时，借给朱用。一时这清静之居，车水马龙，如蚁逐臭。

有了钱财的刘梯青回到家乡，踏勘过庄氏冤案旧址后，毅然买下这地，将那些平民迁出，大兴土木，营造南浔历史上所没有的，完全西式的建筑。从现在正在修复的情况看，当年刘梯青做出这样的选择，是有其思想的。无论是刘家、张家、庞家，南浔任何一家在他之前或之后的建筑都不可能是完全西式的。起码也要是中西合璧式。根据考证，此建筑始于民国初。共和呼声拉朽摧腐，西方文明之风勇猛进来，作为刚过三十的青年，他是有自己的思想的。尤其是他深知庄氏之委屈，更痛恨封建统治，于是在此旧址上营建完全中世纪西欧巴洛克式结构的红砖楼。今天，南浔人称它为“红房子”。

也有人说，刘梯青是为清廷遮丑。他不想再让那片平房夹在众多的高宅中，让人们永远念念不忘庄氏冤案，故出此策。何说是真。刘梯青若能复活，亲吐一言，方可解我等之谜。

历史真会开玩笑啊！文革乍起，“红房子”先是成为两派武斗场，很快成了关押走资派和学术权威们的“牢房”。三楼两边有数间没有阳光的暗屋，大白天人走到哪里都无法看清脚下，许多人就被关押在里面，受尽折磨，直至失去生命。一时间，南浔大人对不听话的孩子常常用“再哭，不听话的小人，送红房子楼上去”来吓唬。

今天，我踩着坚实的地板，来到人们说的“牢房”处，果然黑暗无光。不要说是夜里，就大白天，你走着，里面伸出只手拉你进去，你都没法抵抗……

庄氏冤案真正的发生地，宝善街北端起口处的栅桩桥，也由东西走向改为南北走向了。当年的河，呈十字水道的河已经变成了路，叫宝善街了。但你只要提起那庄氏案，上了年纪的老人会告诉你，位置就在今天的宝善街唐家兜，“圆通庵”附近。走过去，我们还可以看到一排房屋，当年被吴之荣添上名字遭殃的朱佑明家址。多年从事南浔地方文献整理收集工作的徐顺泉先生说，这段地应该叫北西街中段西，兜通北市河，在兜口北西街处，曾经建有南北向的圆通桥。一座圆通桥将北西街连成一线，一条唐家兜把北西街分成两段。圆通桥北堍有座住和尚的庵。说来也怪，庵是住尼姑的，但这个庵，从存在时起就只住和尚。现在，桥与兜都不复存在，只有地名了。朱家的房屋抄没后，官卖无人要，身为董份后人的董家出资六百两银子买下。虽然过去了三百多年，但屋还在，屹立于风雨之中，默默向人们诉说着当年那段沉冤！

我站在那里，任头顶细雨飘零，头皮在雨中松弛，脑袋里回响着一个念头：要请家乡人在这里树块碑，碑上刻：庄氏冤案中的刻书处。

在当年的栅桩桥处立一碑：庄氏冤案百人蒙难处。

从“襄理盐务”到《周志》

襄理盐务

光绪十七年（1891）春上，南浔张颂贤在上海约请周庆云在城隍庙喝茶，商定让做辑里丝并不顺畅的周庆云帮助他去协助处理盐务。

原来，靠丝成为巨富的张颂贤看到盐的利润很高，开始投向盐务。张颂贤的介入，也只是小打小闹，但这是无风险的买卖。不料，一场太平天国运动，夹在其中因收了盐票的张颂贤意外地抱了个金娃娃。原先分文不值的盐票，突然成了百倍千倍的大利商品，也因此让张颂贤垄断了海盐市场。在这一带，他经营的海盐与刘镛经营的淮盐相分治，南浔人统治了盐的世界。张颂贤迅速完成了由丝商向盐商转化的过程。他现在急需要得力的助手。

这个时期，张颂贤看中了周庆云，请他到杭州做内掌柜，帮他襄理盐务。这一做，就是四十年。周庆云初到岱山，月薪十元，做的是出纳。他并不以单单做出纳为营生，决心一切从头开始，熟悉盐业的业务，将自己从完全的外行成为内行。连除夕这样的时刻，他也不闲着，在杭州“理盐务”的繁忙工作中度过，闲暇时则“默察其地民风，与廒中收捆秤放情形，下及制盐之时灌场、爬泥、做溜、挑卤、摊板、推盐、掘溜诸法”，恪恭将事，不敢稍懈。他不仅仅这样去做，一有空便与同行们一起“借酒会友，纵论盐务得失，收运大端，了然心目”，做到博闻强记，迅速使自己从外行成为内行。当他拿出“管领盐纲兴革”奏本时，谁能相信他曾经是外行？

浙江盐业，原来最大的产地在杭州湾北岸（即今天上海南部海岸）。宋代，杭州湾两岸有二十六处盐场，其中北岸的嘉兴诸盐场产盐量为全浙之首。清代杭州湾陆地北坍南涨，南岸的三北地区不断淤涨扩大，其中余姚盐场（后称庵东盐场）越来越大。宣统元年（1909），尚书载泽向朝廷报告："两浙产盐之旺，首推余姚、岱山跃为最大产地，次则松江之袁浦、青村、横浦等场，皆板晒之盐也。而杭嘉宁绍所属煎盐各场，卤料亦购自余姚。近年卤贵薪昂，成本加重，商家既舍煎而取晒，灶户亦废灶而停煎前数日微，故龙头、长亭、长林等场所久缺。而注重转余、岱。"原来，这里说的板晒法，正是周庆云在岱山创造的一种新法，改变了长期以来"煎盐"出盐法。何为煎盐？就是盐场砌灶，用柴烧火煎熬煮盐卤水。一锅成了再煎，昼夜不熄火，此工艺成本高，产量低，并需要砍伐大量树木做燃料。岱山盐民王金邦在周庆云的帮助下试用木板晒盐成功，周庆云即时对此做了总结推广。一年后，周庆云被委任办理余姚、岱山两盐场收盐事宜。

接办之下，周庆云发现当地盐场私销之风盛行，而治私之法为缉与收，成效甚微。他立刻采取"收销并重"的方法，通盘筹划，整饬纲纪，"分成搭销"，"为酌剂盈虚之计"等多法并举，会同官绅查验晒盐板，以减少私盐的产生，又设商巡佐官缉私杜销。多管齐下后，这两个盐场的产盐量逐年增加。两盐场盐民得以安其业、乐其生者，何止数十万人。

周庆云四十六岁时，清王朝最后一任皇帝上任，浙江成立咨议局，聘请他任参议。1913 年是民国二年，周庆云向北京政府参议院上书《上参议院改良盐法书》。此数年前，他曾经效法明末清初学者李雯写文章公开发表《变盐法评议》，呼吁清政府革新盐政，清除积弊。南京国民政府在上海召开全国经济会议，筹划中国财经建议的方针策略时，周庆云向会议递交提案，主张"渐进主义"为原则，从盐税整理、巡缉整理、盐场整理、盐质整理等四个方面改良弊病丛生的盐政。此后国民政府公布的改良盐法的原则与步骤，基本上采纳了周庆云的建议。

汤寿潜任浙江都督，提请周庆云出任全省盐务，兼任都督府顾问、省长署咨议，但均被周庆云坚辞。1912 年两浙盐业协会成立，公举周庆云为会长。这是众公盐民之所望，周庆云欣然接受，当仁不让地做了两浙盐业的领头人。1914 年，苏五属（苏州、松江、太仓、常州、镇江）盐商公会组织成立，公举周庆云为正干事，王绶珊为副干事。其实，大老板还是张颂贤，周庆云只是为他"统筹全局"。

1932 年 1 月 28 日，日军进攻上海，"一·二八"淞沪抗战爆发。战争使五所盐廒损失甚巨，行盐机关赴江阴办公，直至第二年才迁回旧址。周庆云为此事“积月郁闷”，身心俱残，渐渐步入老年。

修禊志书

周庆云一生著有几部志书，这是他为数不多的除了诗文之外，至今仍然被人不断使用的极具参考价值的书籍。这些志书，虽然不多，却在质量上达到了极高的层次与地位，屡屡被专业人士参考应用。特别是一百卷本的《盐法通志》。

二十八岁佐人务盐业的周庆云，极具用心观察与收集资料，身居董理盐务主职，深知盐法变迁及其重要性，平时与幕僚“诗酒之余，纵论盐务得失收运大端，了然心目”，及管领盐纲兴革中的实践体验，最终使他整理出近代盐法史上最著名的著作《盐法通志》一百卷。该志分疆域、职官、法令、场产、引目、征榷、转运、缉私、艺文、杂记十类。“事以类聚，文以征信”，上溯周秦朝政，下迄清季平民，“凡历朝之沿革，近代之制度，悉胪举于编”，旧志缺略，乃取之《盐法备考》及各省新修通志与近时财政诸书。书稿创自民国元年秋，完成于民国三年夏，“取渔仲会通之义，名为《盐法通志》”。上海文明书局出版。

《盐法通志》有缪荃孙、李岳瑞两位大家作序。他们在当时有多大的声望呢？

先说缪荃孙——

缪荃孙（1844—1919），江苏江阴申港镇缪家村人。中国近代藏书家、校勘家、教育家、目录学家、史学家、方志学家、金石家。我国文化教育科技界尊称他为中国近代图书馆的鼻祖。清光绪年间进士。缪荃孙幼承家学，十一岁修毕五经。十七岁时太平军进江阴，侍继母避兵淮安，丽正书院肄业，习文字学、训诂学和音韵学。二十一岁举家迁居成都，习文史，考订文字。二十四岁应四川乡试中举。1876 年会试中进士，授翰林院编修。此后事编撰校勘十余年。癸卯新学制实施后，废古江宁府学，两江总督府拟在江宁“先办一大师范学堂，以为学务全局之纲领”，1902 年 5 月，缪荃孙出任学堂总稽查，负责筹建江南最高学府三江师范学堂。与徐乃昌、柳诒徵等七教席赴东洋考察学务，学堂遂仿日本东京大学，在南京国子监旧址筑校，以后更名两江师范及复建南京高师，为南京大学近代校史之开端。1907 年受聘筹建江南图书馆（今南京图书馆）总办。

1909年受聘创办北京京师图书馆（今中国国家图书馆）正监督。1914年任清史总纂。

再说李岳瑞——

李岳瑞（1862—1927），陕西咸阳庇李村（今属咸阳市渭城区）人。清光绪八年（1882）中举，次年中进士，选庶吉士，散馆授工部主事，迁工部屯田司员外郎，兼充总理各国事务衙门章京，办铁路矿务事。"戊戌维新"期间，负责接奉传旨要务，是光绪皇帝与康有为、梁启超等维新派人士之间进行联络的重要人物。维新变法期间，常把朝廷重要情况转告维新派人士及国闻报馆，通过该报宣传变法维新主张，主动承担《时务报》在北京的募捐收款和发行工作，扩大维新思想的宣传。变法失败后，被革职回咸阳赋闲（光绪二十四年十月）。六年后，经张元济邀请，赴上海商务印书馆任编辑。辛亥革命后，一直任清史馆编修，参与编纂《清史稿》。李岳瑞饱读经史，通晓天文、地理、数学，且时常留心国内外大事。光绪十六年（1890）撰《同治间福建创立船政局考》（上、下篇）、《书魏默深筹河篇后》等文，提出了编练水师护华商、购置枪炮壮国防等主张。晚年著《评注＜国史读本＞》《春冰室野乘》三卷等。

这样两位重量级人物作序，其分量可想而知。李岳瑞在他的序里说：

> 记述盐政之言亦有清而益详。北起东三省，南迄闽粤沿海诸行省，是为海盐；山西之河东是为池盐；四川、云南是为井盐。自乾嘉时，亦既泐有成编，奏定颂行，州分部居，灿然明备矣！……今周子之为是书也，导源三代，下迄晚清，两千年来，因革损益，备详本末。而又抒其所见，著为按语，于其不得不然之原因，与夫利钝得失之效果，原始要终详哉言之，必使读者釐然有当于心，了然无复纤毫颖虑。
>
> ……富国强民已略悉权舆于是焉。后之君子，其亦有乐乎此欤？爰不辞简陋而为之序。

说的何等恳切至忠！事实上，后称"借公之著，宽而能严，国课既浴，商润亦滋，人无淡食"，其影响至今不衰！

然而，大家看好的恰是六十卷的《南浔志》。南浔自建镇来，曾出现过多部志，至今仍然流传的是《范志》《汪志》《周志》三种。其中相比较论之详尽可信，体例规范，则首推《周志》，这也是周庆云一生被后人推崇的原因之一。

说到修志，前些年全国一阵风，出来的志，现在看看，几乎没一部能够留得下去的。可见修志之事，也道出一个颠扑不破的真理：修志者先修人心，修良知，修道德而后修历史之志也。可见志在修，修志之人如果没有良好的品德，一味美言一些不着边际的故事与传说，带着个人与宗派的倾向性，何能修出好志？

周庆云的志，能够被相当多的人认可，这本身就是一种成功。学者李审言先生说："承赐《南浔志》，体例精审，规抚自古，较之谢城书为完备，不独如骖之靳而已。"张啬翁先生称："辱惠大著《南浔志》六十卷，甄采闳博，体例明备，不唯掌故征文，抑且史家余裔，远师澉水，近法北湖，虽同为村镇之编，而乃有详略之异。蔚然巨帙，信可观焉。"

刘锦藻用了几句话高度评说，"……掇拾旧闻，阐扬潜德，俾里中人士展卷兴慕，潜动其先民矩矱之思，是其有裨风化，为功于桑梓者，实非浅鲜……"

周庆云的侄子，已故华东师范大学教授周子美先生说到这部志的成功，首先说是众人的努力所致。他说："当时修志诸人，吾师蒋殿襄先生时任浔溪小学校长，设事务所于学校，征集资料，后成《南浔志》十二卷。下乡采访工作，则吴彦臣与美任之也。"数人日夜操劳，寒暑数度，殷勤美意，终成六十卷巨著，为今人留下一笔极其宝贵的乡土文献。值得称道的是至今留下来关于修志的十三尺牍，是周庆云与镇上李希民就修志来来往往之论言，成为十分可贵的珍品。

除了《南浔志》，周庆云还修了《莫干山志》，于右任先生专门为此志作了序。《莫干山志》的出现，标志着中国人主权意识的觉醒。原来的莫干山，自上海开埠即逐渐成为外国人的租地，到处都是洋房洋楼，中国人反而不能随便进入。周庆云数次采访而不能，遂起尽早出《莫干山志》，以争取收回主权。周庆云在《莫干山志》序中说：

> ……知山志之作不可缓也。庐山非荒渺之地，乃屈一教士之横议，遂以牯岭为九十九年租借地；北戴河为春秋时孤竹国遗址，因筑路工程师之建屋于西联峰，乃于辟秦皇岛为商港，时并北戴河亦遂为外人居留地；若鸡公山为鄂豫教会中人避暑，时有所建筑，占地九百二十三亩，卒为两省大吏交涉估价收回，差强人意。

……宣统三年，巡抚增韫曾令交涉司王丰镐赴沪，与各国领事作一度之商议，铺就绪而易世矣。甲子踵前议而江浙战事起，武康、归安两县此后也不能有所作为，当时入山游历，必须领有护照，照约履行，谈外交者其庶几乎……

国弱必招列强凌辱，周庆云可以抵抗的，只有早做预防，据理力争。国事之争，落于一文弱书生之肩，不知是国之幸还是不幸！

高山仰止，景行行止；虽不能至，心向往之……

学涉广博著作等身

周庆云热衷于兴学，自己在忙盐务，念念不忘家乡的教育之事，竟然有心为浔溪书院延师，提倡改革科举旧学，为盐业子弟办浙西鹾务学校。民国后在杭州珠宝巷改设盐务小学，以后在梅东高桥发展为盐务中学，在家乡资助南浔中学并任校董。平时爱好诗词、书画、文物、藏书，以及著述。书画金石家吴昌硕，国学家沈涛园、朱古微、王文濡等均为他座上客。他以市井尘垢，放意山水外，作诸游记，有《天目游记》一卷、《京江避寿记》一卷、《汤山修禊日记》一卷。从游记而修方志，有《西湖灵峰寺志》4卷、《莫干山志》13卷、《西溪秋雪庵志》4卷，而规模较大的是民国初里人议修镇志，周湘龄主其事，于1922年刻印《南浔志》60卷，附《南浔撷秀录》一卷，继《汪志》后范围和内容更为充实，惟断年为宣统之末。此外他还办了一些值得称颂的好事，宣统元年（1909）为西湖灵峰补植梅树三百株，以复咸丰时杨蕉隐所绘《灵峰探梅图》景观，以后又在超山建宋梅亭，突出文物，增加旅游景观。1927年在莫干山创办肺病疗养院，由其侄德国留学生周君常任院长，扩修剑池名胜古迹，亲题“剑池”二字刻于悬崖。他还修建西溪两浙词人祠、临安济川桥、宁波天童玲珑岩石经等，文澜阁藏《四库全书》遭兵残毁不全，周庆云等筹资逻写《文津本》得4400余卷，阙者始完整，故有《补抄文澜阁阙卷纪录》一卷之作。

周庆云著述尚有《节本泰西新史揽要》8卷、《浔雅》18卷、《浔溪诗征》40卷、《浔溪诗征补遗》1卷、《浔溪词征》2卷、《浔溪文征》16卷、《两浙词人小传》16卷、《梦坡室获古丛编》12卷、《金玉印痕拓本》7卷、《梦坡室藏砚拓本》及《董夫人经塔石刻拓本》等。周庆云五十岁学鼓琴，著有《琴史》《琴史补》《琴书存目》《乐书存目》《琴操存目》等之作。周庆云所著集成《梦坡室丛书》，凡 45 种计 469 卷。

周庆云精于书、画、金石，收藏颇富。常常于春秋佳日，辄约文友举行雅集，制图吟咏。与吴昌硕、沈涛园、朱古微、王文濡等交往甚密。

入民国后，江浙诸多藏书家古籍散出，他倾力以购，对版本不多计较，多聚经世实用之书，如财经、盐法、琴谱、词曲、金石等类的书籍。建藏书楼名“晨风庐”、“梦坡室”，先后藏书达 5 万余卷，5 万余册。章太炎在《吴兴周君湘龄墓志铭》说：“家既给足，藏书至十余万卷，善鉴别铜器，获古彝亦至多，以是工篆隶。”编撰有《晨风庐书目》6 卷，收藏古琴、琴书称江南第一。编《琴书存目》《琴操存目》等专目，《琴书存目》6 卷，著录所藏琴书 60 余种，《琴书别录》2 卷，《琴操存目》4 卷，著录古代乐曲辞谱 855 曲。《梦坡室收藏琴谱提要》1 册，多为抄本和明刻本。曾出资到北平抄文津阁《四库全书》，历时三年，1926 年结束，以补杭州文澜阁《四库全书》，达 210 种，有《补抄文澜阁阙卷纪录》1 卷。辑刻《晨风庐丛刊》《梦坡室获古丛编》等。

周庆云《琴史补》《琴史续》作为古琴史学研究中的重要一环，承接北宋朱长文《琴史》，后为近代查阜西的《历代琴人传》编写奠定了基础，具有承前启后的重要意义。

章太炎《吴兴周君湘龄墓志铭》还说：“清世膏腴之家，亦颇有秀出者，往往喜宾客，储图史，置酒作赋，积为别集，以异流俗，行文之士犹蔑之，谓其以多财，著书大抵假手请字，无心得之效也。吾世有吴兴周子者，独异是。”

第八部　南浔之恋

历史在这里吟唱

“杭嘉湖平原腹地，太湖之滨，历史文化名镇南浔依河傍水，楚楚而立。密集河网上的石拱桥、石驳岸、石码头、石柱桩、石基墩；清澈市河边的白粉墙、青黛瓦、木栅栏；街头巷尾里的深宅古院、雕花门头、风火山墙、纯朴民风……古镇南浔、灵气而隽秀。古人说它‘市井繁阜、商贾辐辏’，‘水市千家聚、商渔舟结邻’。千年历史的南浔因盛产优质生丝，‘辑里湖丝’享誉海内外。由此而成为江南商贸重镇、富镇。独特的发展历史，酝酿出南浔镇特有的浓郁的文化底蕴与人文景观。”

我每到一个景点，都能听到导游小姐那清晰动听的嗓音述说上面的话。

南浔人不以为然道：我们这里的景点啊，到处都是，你随便跑条巷子，哪条里弄没有高大的封火墙，沉重恰推动自如的榉木大门？楼板半尺算什么，一个大庭全部用楠木造出来，那地板还能移动……

于是，世界各地的人都朝南浔跑，看南浔的景点。

到南浔来旅游的人越来越多，满街都是，他们来了却一点也不像到别的镇上那样拥在一起。再多的车辆，再多的人，到了南浔，就像鱼群到海里，一下子都散得看不见了。南浔的景点多，地方大，散开后自然就不显现了。

我在街上闲逛，信步走着，看着河边街上一幢幢古旧建筑，个个都气势不凡。遇到一个又一个的旅游团。我也随着旅游人群到处走动。

这是南西街，这段地，旧时称南栅。跨浔溪的桥，叫广惠桥。因为它在广惠宫前，广惠宫是张士诚造反后在此建的行宫。南浔人称广惠宫叫“张王庙”，此桥也由此俗称“张王庙桥”。原桥毁于战火，重建于清嘉末年。漫步桥上，登高眺望，南栅一带景致尽收眼底。下桥便见有两尊精雕的石狮，造型别致，颇有特色。据原丝业商会会长庄儒先的儿子、八十四岁的庄绍锟先生说，原计划将该石狮放置南东街上丝业会馆大门两侧的，石狮雕成后，清廷已退，民国成立。丝业会馆合议后决定不再将两尊石狮放置丝业会馆大门两侧。于是，这两尊石狮便落户在雕凿地，即今天的广惠桥东堍北侧了。

我又站到了古街上，看着不断被改新的街道，一路又看到整旧如旧的文物保管建筑，尤其是那些历尽沧桑，门前有过街道，被风霜蚀去青春的店面门板依旧温情脉脉看着行人，我情不由己地上前扶抚它，喃喃道，它在我的梦里，不知出现过多少回啊！站在泰安桥堍看那水边人家，旧石古朴，瓦黑墙白，后门临河，码头拴舟，袅袅炊烟，如画一般。小门吱吱地开了，姑嫂相携，走向河边，勺水拂波，淘米洗菜，那碧波上似乎还飘来她们的歌声……

据镇旅游公司介绍，镇上可看的古建筑很多，除了抗战时期被战火毁坏的元、明、清三代的南浔名宦、学者、富商先后留下各有特色风格不同的宅第，目前尚有一百六十二处之多。听听这些名称就够雅的了：叠翠居、丰草庵、我耕庐、青霞楼、紫香阁、自耕堂、来月轩、思贤斋、南窗书屋、耕余书屋、九曲山房、眠琴山馆、雨兰谷、并眉精舍……这些建筑都在有计划地修复之中。

我来到位于古运河上的通津桥上，这座始建于宋朝重建于清嘉庆年间的桥，原名浔溪桥。站到桥顶，放眼四周，可又比广惠桥高出了许多。前面是十字水道（因城市改造，已经填掉了一条河），在这里鸟瞰全镇，那才真的是感慨万千啊！岁月在它的身上留下的痕迹太重了：从石缝隙间长出来的浆果树，并没长成如伞状的蔽日绿荫，给美人靠上的行人一丝凉爽，但这些美人靠还是被磨得面目全非。我抚着桥石看那些浆果树，我相信它是不断地被砍掉的，不然，一定早就成碗口粗的大树了。桥堍应该有凉亭，现在没有了，只有被战火炽焦的伤疤；伤疤落在石头上，再也无法抹去了……

下桥就到了东大街上，从满街门楼上已经暗淡下去的旧招牌痕迹里还可以找到它们昔日的辉煌。街上有许多出售南浔特产的店铺，甜糕的种类也很多，还有粉糕、酥糖。我们在一家店铺前站下，店家热情地邀我们品尝，尤其是酥糖，做工精细，入口即融，很是适合老年人食用。我买了一些，带回去准备送人，忽然看到熏豆茶，还有风枵，赶紧又买了些，到北京让朋友们都尝一尝。可惜绣花锦没有办法带，要不，那可以真能多带的。不能带也好，想吃时，就回南浔……街上有个很有名的“野荸荠”糕点店。盛产一种软软的糕点，是南浔的特产。当年，张静江常常提着它给蒋介石捎去，蒋介石喜欢吃这种糕点，北伐夫人陈洁如更对此嗜好。许多店铺正在修缮，据说，整条街将修复成商业古街，有些老店名正在恢复，他们说，把临河的商店修复出来重新开张，让旅客身浸其中，那才真的叫入景入境入情入画，游人置身其中，若回旧时陌上游啊！有些镇就是那么搞的。

不开张才叫文物了嘛，身边不知谁说了一句。

在街上相遇一些外地游客，大多是上海及北方慕名而来旅游的。他们对南浔的民国建筑惊叹，对南浔这个地方在中国近代历史上的作用更为敬慕。有几位来自澳大利亚、新加坡、俄罗斯的外国游客说着生硬的中国话，告诉我，这是最值得看一看的地方。

我问他们，都到了一些什么地方。

他们问，你知道，“俐壳弄，是什么意思？”

金发的姑娘说，“那个兜，要洗出一个街区？”

我听不明白。倒是导游小姐聪明伶俐，呵了一声，乐呵呵地解释：洗粉兜，是个地名，当年是磨粉的粉坊集中的地方嘛。你们不知道俄国有个作家叫屠格涅夫，他有一篇《叶尔莫莱和磨坊老板娘》？

游客们笑了，其中一位姑娘用俄语背诵其中一段：……夕阳下去了，可林子里还是亮堂的；空气清洁而明澈；鸟儿在饶舌地啁啾着；嫩草闪着绿宝石般的欢快亮泽……

“哗——”大家为姑娘动情的朗诵拍手鼓掌起来。

导游小姐伶牙俐齿地对这些“老外”说，南浔的古建筑哇，真的是太多了，你随便走进一条旧巷，你看不出它有什么与众不同处，但你朝里走，越朝里走，你就会发现，巷道渐渐变宽了，两边的墙高了，有时你走很长的路，还就只是围着一家的外墙。你感到很荒芜的地方，在草丛里，你可以看到一截破损的石柱，或者是一条红木的桌腿，或是一只完好的青瓷小碗，你脚踢中的东西也许就是文物……太多了，我们来不及开发这些旅游资源啊！

说话间，她领大家来到一家粮油店，走进去，抬眼看，那屋高极了，似乎与北京紫禁城宫殿低矮不了多少。我上前抱住粗大的立柱，一个人怎么也抱不过来。里面的工作人员对我们很热情，笑嘻嘻问，是来旅游的？然后对我们说，这封住的大门后面更精彩。

能看吗？我问。

他们摇摇头，门上的钥匙不在，在谁那里，谁也不知道，几十年了，就没见谁来打开过。我们只是隔着门缝偶尔看看，今天太迟了，改日天气好时，你们可以来看看，里面有许多好东西哩……

我问是谁的住宅。对方也说不清楚，镇太大，住的有钱人太多，搞不清楚。虽不清楚，透过这大殿，看这门口的气势，应该知道不是“四象”，就是“八牛”家的。

旁边冒出一句，没准是你们都不知道的人，比如外国人，比如上海滩上的有钱人，跑到这里造了一幢房子花园，没住就遇到革命了，跑了，荒了，几十年没人问，很正常……

导游小姐聪明地连连点头说，镇上正在进行文物调查整理，不久就会有个完整的答案，修复的计划也是很庞大的。

我想，她说得是对的，这么一个不大的镇上，住过数百户巨富，谁能弄得清呀！

我们又看了几处还没修复的旧墟，果然是气度不凡。

当眼前出现一座旧时饭馆时，我兴奋极了，那开裂的板门，尤其是临街的木板，都让人看得出它的年岁不小了，整幢建筑被历史压得开始倾斜。但它没有倒下。像一个坚强的老人，靠着两条踩过历史荆棘的脚充满信念地走向未来，它在召唤着我。我走上去，轻轻地拍打门。只有沉闷的回声。透过开裂的门缝，可以看出里面已经空空无物。但我知道，在五十多年前的一天，这里曾经是进军上海前的重要场所。陈毅在此设下近百桌酒，为接收上海的各界人士饯行。昔日的酒香，他年的荣耀，如今都成了甘醇的回忆。仿佛是一种进程的必然，从这里走出去，我们也迎面接触到新的热烈的气息。当年十字水道交叉中心的北市河，即浔溪河北段和栲栳湾，如今已成十字街头，一条宽大的新马路展现我们眼前，两边名优特商场比比皆是，我们随便走了几家商店，商品琳琅满目，高中低档各类齐全，尤其是服务态度热忱。每当夜幕降临，这个卧虎藏龙、文人墨客百说不厌的古镇便显出另一种风韵：居安舒逸的生活，朝气蓬勃的活力，淳厚质朴的民风、一派富足的繁荣，都从夜市、超市、文化宫、图书馆、影院、剧场、小吃摊上的谈天说地歌声笑语中显现出来，淋漓尽致地表现着江浙两省交界处，这个历史名镇的繁华、潇洒、浪漫，但又不失其风范。

中西合璧懿德堂

目前，南浔对外开放的民国时期私人住宅，有张石铭的“懿德堂”和张静江的“尊德堂”。正在加快速度整修的“红房子”及求恕里刘承干故居。“四象”中的其他两家：庞家和顾家正在调查，准备选择有价值的进行整理。至于“八牛”和“七十二金狗”其他各家有价值的故居也都逐步进入整修计划。因其需要修缮量大，资金投入较多，得有个轻重缓急，一步步进行。虽然各家故居住宅都有其特色，但年代久远，加之人为破坏因素太大，有些住宅的修复难度很大。张石铭住宅因一直作为仓库或工厂，破坏较少，目前是保存较好的故居，被列为全国重点文物保护单位。

我进入参观时，这座张石铭故居还在修复中。有关部门说，大约半年后才能对外开放，经门口的同志准允，我进入了正在修缮中的张石铭故居，以饱眼原汁原味的物景为快意。

张石铭故居位于镇南西街华家桥北首，临南市河，与“四象”之首刘家毗邻。整幢建筑被黛瓦青砖石库门组合的高围墙封闭，既有晚清巨宅的规模，又有法式洋房的内涵，典型的上世纪中西文化拼凑混搭式的结合体。正是这种奇怪的结合，才构成了今天一道奇丽的别处没有的独特风景线，成为中国古镇风景中最为壮观而不可替代的特色。

临河有大门，不开，紧紧关锁着。从外看，那大门上没有门额，只留有石条门框。我们从旁边一个小门进入，这是一条幽深阴暗的备弄，看不到头，很深，很深，走了一段，绕到一个出处，回到那个紧闭的大门处。原来这个地方与江南所有的大建筑一样，都有轿厅。宽大的轿厅，气势宏伟。轿厅后面两侧开两个天井，采光很好，轿厅内也阳光明媚。腰门又与后间相通。二进院为大厅，面阔三间，此处供喜庆丧事等大典用，厅后部设的屏门可以在需要时全部打开，关闭时，不注意看不出是屏门，做得与板壁无异。这与我在董份旧居所见明朝时留下的大堂屏隔，至今完好如初一样。可见此材质优良，更可见当初选材之精。厅前敞檐，有天井，亦用腰门与第三进相通。大厅后为堂楼，亦称女厅。此呈三间两厢式样，落地长窗，专为女主人接待客人用，推窗可以看到天井。这个天井明显收小。拐到堂楼后，有扶梯上楼，楼上供女眷住宿。第四第五进建成西洋式，大厅装修铺地用材均从法国购置，有的还是专门定制。为了证实这些，正在施工的一个同志用力气把大壁炉前的花瓷砖和图案瓷砖刮去陈年积垢，果然呈出色彩鲜艳的瓷砖图案。阳台、窗台外观的墙壁及门额都是西洋拱形。徜徉其间，可以感觉主人的情趣。

带我参观的同志告诉我，现在准备开放的只是整个院落的一小部分，二楼及南部还未及列入修复计划。从建筑群的分布上看，整个建筑在三条纵轴线上展开，结构可以南北或前后两部分切分。南侧原为明末清初文学大家董说的“高晖堂”“漆镜堂”等旧宅，张石铭于清光绪二十五年至三十一年（1899—1905）分别向董说后人购得，遂与北侧一起改建。北侧原为南浔“四象”之一顾氏旧宅。据说，张家购进后于民国初年请外国建筑设计师建造了现在这座完全巴洛克式结构的建筑，把欧洲中世纪建筑与自己原有中国传统式住宅有机地联在一起，不显出痕迹。但不能按中国风格的中轴线展开，而是三条纵轴线展开。

这片建筑的装饰很考究，大厅腰门砖雕精致，大厅腰门上有吴昌硕题写的“世德作求”，进门即为轿厅。天井两侧墙面各嵌雕刻四块，福禄寿三星和八仙过海人物。正堂“懿德堂”匾额由清末状元张謇所书。关于这“懿德堂”的来历，说的是张石铭对母亲十分孝顺，遵循古训“女子多德曰懿”而得名。抱柱联为郑孝胥所写：

罗浮括苍神仙所宅
图书金石作述之林

据说，大厅正梁中间一丈余的一段，曾经是用金箔包的，直至里面变成工厂还有人见过，现在到什么地方去了，不得而知。

康有为在己未年六月写下“以适其志”。

说到这块匾额，还有点故事。张石铭甲午中举，光绪二十一年（1895）四月参与康有为“公车上书”。戊戌变法失败后，张石铭躲回南浔聚集古书，收藏碑刻，养心修志，取适于己。张石铭这段经历与西晋文学家、齐王执政时任大司马的张翰相近。张翰预见齐王将败，推托思莼羹、鲈鱼烩，即回故里松江。不久，齐王被杀。康有为后来应张石铭要求题门额时，他颇有用心地选择了“以适其志”。

内有董其昌匾幅《酒德颂》。清代著名画家赵之谦写的“猛志逸四海，奇龄迈五龙”条幅悬于大堂两侧柱上。

众多名人留下了如“经济博通言达于行，家庭和乐质有其文”“罗浮括苍神仙所宅，图书金石作述之林”“囊里名琴藏古锦，壁间宝剑映松文”等条幅。

吴昌硕另有题匾“择上居”，任伯年为张石铭画的人物画，几笔泼墨，勾勒出一个栩栩如生的张石铭。

进入内堂，亦称女厅。砖雕门楼上有砖刻“竹苞松茂”，系吴淦所书。两侧廊庑窗棂嵌石刻蕉叶，形态逼真，雕工精巧，这个厅又称“芭蕉厅”。站在天井里抬头看楼上两侧窗玻璃镶嵌的全是菱形蓝色印花图案，手绘四时花卉和果品，晶莹雅致，实为罕见，这在今天也是很高档的奢侈品，莫说是当年了。上楼看玻璃，尤为惊叹的是墙板都有暗柜门，打开一片，令人不解的是，这么窄，能放什么？厚度尚不足十五厘米。有人分析，是存放整扎钞票的，这倒也有可能，没有人会想到这地方会存钱，两边墙板暗柜真正要整齐地放钞票，着实能放不少！但实质上却是用来夏天透凉，冬天御寒的。

后进天井中有块鹰石置于正中，形似展翅雄鹰。

由于正在整修，正屋不能走，改从边门备弄进入，此弄狭窄，阴暗深长不及前面，行到不久便有门挡住。据说，备弄是一贯到底的，供用人们走的。下人是不可以走大厅门进出的。记不清我是从哪个地方上楼的了，到了楼上，我真正观看到了这些建筑的了不起。每根立柱都有一人抱不过来粗，横梁更是坚固无比。从墙上留下的各种花花绿绿的列表准则规章制度等痕迹看，整个住宅里至少连仓库在内曾有五家工厂单位同时驻扎。当我们直出这座住宅，到后门那仅有的空地上时，看了看时间，发现在里面如此快地逛一圈，竟用去一个半小时。如果细看，那可就是半天一天时间了。

为什么要花那么多时间？

首先，我们如果进大门。门上的门额虽然没有了，但它临河的码头还在，瘦死的骆驼比马大。你进门，轿厅两边可看的东西很多。除了门额上那镂空砖雕的图案和砖刻题字，两边窗上的雕刻，落地门上的雕刻都是很有看头的图案，每一边都有成套完整故事用雕刻图案展现出来。有一面落地门腰板上雕的木雕，你细看，就是全本《西厢记》。雀替做工也是很值得你细细玩味的。据说，你进入大厅抬头看那正中，正梁中间一丈余的一段，曾经是金皮包的。后人并不知道。至于是什么时候，谁发现了弄走了，不详。大约现在还在！

吴昌硕题款的门额上，要用望远镜看，那上面的浮雕图案是一出戏的故事。如此完整篇幅精雕，实属罕见，也非一般代价。当时只有顾丰盛可以做到。后来这屋到了张家手里，这倒成了一件好东西。说到懿德堂里的中国传统石雕、砖刻、木雕都是非常精致，非常值得一看，并且是很珍贵的珍品。廊沿、檐口、梳柱、檐枋、檐廊，只要能够充分展示工匠才智处，都有精致珍品留下。能够镂空的，绝不浮雕。能够浮雕的，决不平凿，可见用心之度。有人说，这里的雕刻集中了东阳木雕和徽派及中国清代建筑雕刻之精华，这话一点也不过分。

再看主人的防盗功能设置也是很别致的。相传这座住宅在1949年后曾被驻军医院使用。一位值班人员无意间手敲打墙壁，发现回音不规律，作为军人的警惕性，他立即报告了上级。很快，上面派来工程兵，经过探测，发现墙壁有一处是活动的。按动机关，墙壁上出现了一个门。将门打开，里面是个石砌的暗室。有人说，是顾丰盛家的金库。张家买下后没有发现。也有人说，是供避难的。我们宁信前而不信后。在这座建筑里，如果进几个歹徒，想逃出去，万般艰难。那备弄，那进进层层迭重重，就给你迷花眼了。主人无须治你，只要把通道堵上，你就会饿死在备弄里。据说，日本侵略军在南浔曾进入一大户家，进是进了，出不来了，一气之下放火烧。烧掉三百多间屋子，那几个日本兵还是没出来，全烧死在里面。

这座建筑的结构精当，世间称绝，几百间房屋，房通屋，屋连房，两者之间大天井、小天井都安排得恰到好处，保证所有的房屋采光需要，可谓匠心独具。就是在今天的建筑中，一套稍大些的住宅，我们就常常遇到暗厅或采光不好的现象。在这几百间连成一片整体，足不出户任意走动自如的房屋里，做到间间有光，室室能亮。楼上阳台各不相同。真是巧夺天工！有时，明明不可能有阳台处，它偏偏像是给小姐幽会安排似的，在那广玉兰树旁开了个小小阳台……

会享受的人，永远知道怎么享受。那个时候的这幢房屋，户主是顾家还是张家？他们就开始有了自己的家庭舞会。现在，我们在还没有抹去久年积尘的地上，踮着脚尖，滑出几个华尔兹舞，那滋味真的很惬意。不由感叹，那时的南浔人家，富足得很啊！

你不能不说，在今天的中国，保存得如此完好如此巨大的住宅，还是个奇迹。它不仅仅供给人们观看，更重要的是让我们从美的欣赏中得益一些借鉴，尤其是建筑、雕刻方面的。

1999年秋，法国建筑家齐哈教授参观此宅，大家对法国西洋楼，特别是后园两个天井的红砖雕饰的门头大为惊叹，说这完全是法国图卢兹式的古典传统花纹，今天的法国也不多见了，竟然能在中国小镇上再现，真是奇迹。还有孤悬一墙角的莎士比亚笔下的“罗密欧与朱丽叶”时代的铜花栏杆、阳台，这哪里是江南一个小镇？完全就是当年上海的法租界，而法租界的洋房也未必能如此幽静和雅致！西洋楼前的庭院中栽着两株已有一百多年树龄的雌雄广玉兰，花朵大，如白荷，故又名荷花玉兰，叶大茂密，引来鸟雀栖息，婉啼动听。在这样的环境里生活，那是一种什么样的享受？

别忘了，就是在今天，我们许多人也无法与他相比。

毫无疑问，这样的住宅住着也是有些品位的。当然，给张石铭居住是非常适合的。

张石铭是个文人，光绪二十年中举，好收藏石碑刻，玩赏奇石。他与吴昌硕、丁辅之、王福庵都有笔墨友情。在南浔镇鹧鸪溪上，原董说读书隐居处的“丰草庵”和黄叶台旧址，他建了一座略小于“小莲庄”的花园，叫“适园”，自封“适园主人”。郑孝胥还为他的《适园记》碑文写：“……张子取‘季鹰适志’之语曰适园。”适园内有“六宜阁”收藏碑刻古籍，这座两层建筑，三面临荷池，一面通梅林鹤笼，环境十分雅静，且茂林修竹曲径通幽，是个极好的读书之地。除此之外，他还在适园建佛堂，造一座石塔，藏《金刚经》。延请缪荃孙替他编了一套《适园善本藏书志》16卷，刻《适园丛书》72种700余卷，《择是居丛书》19种共18卷，均为宋精刊本。

在石塔里，张石铭让许多近代名家留下了墨宝。

张石铭收藏着不少历代名家书画、碑刻，其中有晋、东魏、六朝及隋唐时代的一些墓志铭原石七八方，还有宋苏轼手书的《赤壁赋碑》、元赵孟頫手书的《胡笳十八拍碑》等。

如此人，住这么一座宅第，倒真是合适不过的了。

百间楼屋觅旧迹

百间楼屋。呵，我梦绕魂牵的百间楼屋。

这是我诞生的地方。

我没有见到它时，常常想着它的美姿。它应该像张石铭故居？不！它很清秀。它永远保持着青春容貌，在全世界闯荡的游子心里高丽而不俗。它又很温暖。它透着浓浓的情怀给远来的游子驱寒。它又很朴实。它永远像慈母，手持针线在门首盼着游子归来，给他缝上扯破的衣裳，添上扣子……

我压住激动的心，慢慢地走着，顺着河沿走着。

我努力地从脑海里寻找着幼时可能留下的印记，青石板的路，一道道的券门，把楼延伸到河边，下面的通道给行人遮雨。这河也特别地宽，通湖州和双林、乌镇、苏州。进出南浔的物资都从这里走。元末筑城镇，这里就成了城濠的一段，也可以说成是城池。据说古时城河都叫“池”。不管它叫什么了，反正从那时起，这里沿河就形成了长街，货栈、店铺一溜开过去，很壮观的。河岸筑成整齐的石驳岸，驳岸上河埠林立，有时停靠的卸货船啊，横排着密密地堵满了河面。细细地看，这百间楼屋就是一部骑楼博物馆。以至于到后来，河名人们忘了，只记得这百间楼屋。把河也叫作百间楼屋河了。

河东河西，从栅桩桥开始至东吊桥进市河口，一边长三百多米，沿河立廊柱，或是券门，跨街搭盖屋顶，铺有屋瓦，遮雨掩阳，既方便行人，也可供店家作业、顾客进店方便。有的屋延伸到码头上，雨天从船上下货也比较方便。楼与河之间均有遮雨屋顶，它不像南方别处那种专供行人挡雨的棚，或是廊棚。它是连在楼上的建筑，与楼浑然一体，跨过街到河边。把地面让出，做过街行道，通道宽敞，而在街上面安楼置房。建筑上称骑楼。这些骑楼，造型别致，有的是骑楼，有的是半骑楼，当然也有披沿，更有的雕梁画栋。走在过街道上抬头看，半骑全骑不骑，逐间联成一体沿河岸而行，风格韵味各异，简直就是一部空灵感极浓的艺术珍品。

远看去，整条街，沿河蜿蜒曲折，柱廊券门，房舍连排，侧墙相接，房舍间山墙高耸，有做成云头，有成观音兜式，也有砌出三叠马头墙样子的。高低错落，白墙黑瓦，煞有风情。白墙黑瓦之下，楼窗花棂，轻巧通透，洋溢着水乡特有的民居灵气。这近一华里的沿河民居群落，真是遍及大江南北少见之罕物。专家评说百间楼屋的特点是：防火墙高耸入云，过街骑楼错落有致，券门形式多种多样，河埠码头邻里话近。为什么会这样造的呢，南浔有俗语："让了下面一尺地，占到上面一方天。"也就是说，南浔人造百间楼屋，实质是体现着谦让精神。

河西的过街骑楼要比河东差一点，可能是年代久远吧。也可能是开店的原因，或是别的什么说不清楚的原因，河西的骑楼要少些，披沿多些披，但门前临河的规格没变化。

南浔人说，这百间楼屋是明朝董份造了给下人住的。

这片目前在世界上最具特色的民居建筑之一，你可能绝对想不到是主人家造了安顿丫鬟下人的。相传董份的孙子董嗣昉娶茅坤次子茅国缙之女，因为茅坤家陪嫁的丫鬟有一百位，董份的儿子董道醇为了讨父亲高兴，竟然造了这片建筑，给每位丫鬟一个住宅，故曰："百间楼"。也有传说，是董份建了安排下人的住宅。如果说是给孙子董嗣昉娶亲安排陪嫁，倒也可以说。但董份去世时，这位孙子才十岁，是否有十岁迎娶的故事，待考。

为了证实这百间楼屋的历史，我寻找着老人们打听。一位倚门观景的老者，热情邀我进屋坐坐。老者的屋里比外面地势高，门仍然是商家的那种排门，地面还是地板，墙壁还是木板，有楼。老人给我们端上了熏豆茶，寒暄几句后，我请老人讲讲这沿河屋子的变迁。老人点点头，慢慢翕动着那张没有牙齿的嘴，用浓重的南浔话说，董份造的，一定也用不着怀疑。他有那能力造。

岁月慢慢流逝，加上战乱，尤其是太平天国在这里筑城，这条河边也曾有过热闹。后来，太平军退出南浔，这原本店铺商家云集之地，哪有坐黄金地而不动心的道理？三百年间，董家的账房管家佣头的后人开始经商，前面店铺，后进再造屋做住宅。有的将店屋变卖，屋易其主，有的是几易其主。屋前沿河虽说当初统一造的，过街的廊房因为老爷常常要走的，格式都一样，但后来就看各家的财力而定了。比如河东凝德堂墙界，还有耕余书屋石界，那都是有地位之人买了此地旧屋翻建而成。如凝德堂，是南社社员沈镕的家。沈镕，光绪三十一年秀才，曾任中华书局、大东书局编辑。

老人感叹地说，要说现在还有当年的旧屋，难说了。说话间，老人邀我登楼。他家的楼梯是木梯，上去后，这楼上还是木板壁作墙，推窗看外面，可以看到镇上的许多景。老人指点着：如果不是对面有幢两层楼，可以看到镇外运河里的船只哩。下楼后，旁边有一小门。出门是一条狭窄的弄，临街一面因为都是排门，看不出，里面就可以看出是通向后面住家的过道，很窄，很窄，勉强一个人可以过。老人说，以前，这通道没有，连在我家正屋堂里。后来，前面的店面卖了，从堂屋里隔出条小弄，让后面人家走路。出了小弄，到里面，是个天井。不大，但很实用。墙角种着一些花木，里面一进的房子已经翻建过，是新的小楼，下面有过道。过了这家，又是一个天井，比前面的大些，种的花都在花坛上，也许是最后一进了，这屋还是老的，有廊房，两边墙砌起来的地方把雀替也砌了进去。那雀替的图案很好看，如果弄下来，放在现代居室里作装饰也很有味道。站在天井里，老人告诉我，听他爷爷说，这屋的主人原先是董家的侍卫头目，所以有三进屋。后来，这头目犯了案子，就卖给做水产的了。再后来，又是铜匠店，还做过织网的铺子，最火的要数做丝行收购站。那时，这后面的屋还有后门可以出去。那就通到另一个地方了。收茧收丝的活儿好做，也不好做，欺诈行骗，什么事都有……再后来，就是小百货店。公私合营后，这店就关了。六十年代，我家旁边就是一个竹坊。你看这旧痕还在哩。紧挨竹坊是一住家，那个整天闹怪事，空缠装榫头的圣脱舍姆娘，叫人家昨日撑腰糕吃少了。别人就常常弄她小乐威。她哩，老皮脓滚疮，死要面子活受罪，还说什么冷勒风里，穷勒债里，贼偷一半火烧全光。耳朵挂在肉墩上，赊千钿不如现八百，毛脚蟹腾云，豪烧卖依你做家鸡婆，热汤热粥焐冷脚板，交关快活。再吃一碗风枵汤……

他十分地道的南浔俚语，我听起来很吃力，但很有味道。我慢慢地听懂了。他是在说南浔人的生活习俗。他讲的是什么事呢？原来说，在他家隔壁，是一家竹坊，竹坊那边住一个接生婆，她喜欢胡闹制造些错误的事情和人开玩笑。比如说，竹匠做活累了，腰酸背疼，她就说人家少吃了撑腰糕。人家呢，也就说她。她像死猪不怕开水烫，满不在乎。他一一用普通话解释那些词，令我大饱思家乡之渴。说到开心处，放怀大笑，连连叫我喝茶，喝茶，这熏豆茶很好喝的。

我朝杯中看去，水面漂着芝麻，茶叶很少，但有许多别的东西，香气清而纯，茶非茶？正纳闷，忽然想起家乡有一种茶，叫熏豆茶，是逢年过节招待客人的。想必这就是了。一问，果然是。老人说，熏豆茶是用腌橘皮、炒芝麻、香萝卜干、特制青豆做成。清香可口，健脾提神，看起来也好看，红绿黄白相间。全国各民族的“茶”形形色色：布依族的打油茶，拉祜族的竹筒茶，回族的八宝茶，侗族的三杯茶，彝族的盐巴茶，白族的三道茶，布朗族的酸茶，苗族的虫茶，傣族的烤茶，畲族的新娘茶，蒙古族的奶茶，藏族的酥油茶，傈僳族的罐罐茶，还有云南少数民族的腌茶……依呀呀，真是数不清哟！

我连连说，您知道得真多。老人笑道，生活所逼，走南闯北见识了一些嘛。原屋的主人家下放了，就给我们住了。一住也就又是几十年了，嗳，光阴真的很快哟，你看，这不，又听说这里要作为景点开放了，你可以到处走走，这临河的屋是门面，有小巷小弄的地方走进去看看，里面的天地大着哩……

几十年的变化如此，何用说三百五十年呢？

有人说，你从栅桩桥起沿河朝东吊桥来，一路看，这两边的建筑是不是有时代的步伐在内？那起头的，简朴，年龄最大，而越往这边走，越建越新潮，明清加西式联到当代，东吊桥近处的楼，用上了水泥，最边上的屋，不仅仅是水泥，还用上了1949年以后的建筑材料。我们可不可以说，你走在这三百米长的百间楼屋，聆听到三百年间的时代脚步声？

告别了老人，我开始在百间楼屋寻找着……

洗粉兜，在百间楼屋只是一条小巷。顺巷进去，里面越走越大，东园、宜园。这个洗粉兜，除了说是当年磨坊多的传说外，还有另一个传说。说这洗粉兜是西施在这里洗却脸上粉脂，与范蠡隐居民间的地方。也有人说是送西施到这面，再朝前走就进入吴国了，她在这里洗去家乡的粉妆，大有壮士一去不复还的英雄气概。总之，洗粉兜历来是个吉利的住宅地。包括董份在内的许多人都在这里买地置屋。数百年后，董家衰落，张颂贤买进成了张氏旺族的住所，其中另一部分则由庞氏购得，如今留给人们发思古之幽情的宜园、东园，还有这洗粉兜地名就是最好的明证。数百年后，这里走出无数优秀读书人，其中一位是我国物理教学著名学者李庆贤。

近百年，百间楼屋的主人都是一些什么样的角色呢？

有人做了统计，他们都是有钱人，尽管他们留下的旧址很有气派，高大的榉木门，雕梁画栋的堂屋，但他们就拥有的财富而论，是不算入“四象八牛七十二金狗”里。他们是：中小业主、名医、建筑领班、大户人家的账房先生、读书人，等等。

张颂贤的账房先生皇甫伯英原先就住在百间楼屋，后来为了方便工作，张颂贤将今张石铭故居出口处茶社（小卖部）的房屋给他居住，带花园的小院自然要比百间楼屋更好。

从百间楼屋走出去的人中间有张善锟，他是我国电影事业的奠基人之一，作为制片人，他一生拍摄过三百多部电影，其中最具影响的是在香港拍摄的《海棠红》和上海拍摄的《夜半歌声》。张善锟住百间楼屋北小圩。另一个住百间楼屋身下的张浩先走出去后担任了上海永亨银行经理。

著名作家徐迟的父亲徐一冰住百间楼屋河东20号。徐一冰是我国第一家体操学校创始人。光绪三十三年（1907）从日本回国，与徐筑岩、王季鲁一起在上海老西门林荫路创办中国体操学校，并任校长，后在百间楼屋河东长坂桥塊创办“养蒙学社”，后因学制不符停办。1914年，他变卖家产创办南浔贫儿教养院，供给学生膳宿，学校设有工场，半工半读。他是我国职业教育的创始人之一。

徐一冰的儿子徐迟作为诗人，在南浔也是个家喻户晓的人物了，尤其是他的《江南小镇》一书。“诗言志”是毛泽东写给徐迟的。徐一冰的另一个儿子徐舜寿是我国飞机制造业的奠基人之一，我国第一架喷气式教练机的设计师，他的事迹刊载在《当代中国的航空工业》上。

百间楼屋河东47号，是个石库门，位居百间楼屋中段，是座朝南四楼四底，占地面积近千平方米的建筑。此楼的特点是，地面到屋檐距离七米，旁边的封火墙更高。墙砖均进口，每块上刻有英文标记。建筑用的白铁皮已经七十多年，至今仍然完好。屋内油漆至今仍光鉴照人。厅堂及屋檐下的墙壁均雕刻有人物花鸟，房屋上用的玻璃品种繁多，有磨砂的、刻花的、印花的，正堂中央高悬“敦厚堂”匾。虽非名人字迹，但其字苍劲有力，磅礴大气。这家的主人叫张文泉，出身贫寒，八九岁时寄养于姑母家，十二岁到南浔北小圩葛顺昌米店学徒，后到西栅徐久春米店当伙计。年长后，自己做桑苗生意，二十六岁与胞兄合开张德隆米店，不久因兄弟俩内房有矛盾，遂分开，张文泉独开张德隆米行。1931年花八百块银圆购得百间楼屋河东29号卜聚顺石灰行旧宅二楼二底、上下厢房及灶披等，两年后又购进原主名下的旧宅屋后农田二十四亩，开始大兴土木，造出如今这般模样的建筑。据说，张文泉购此地，也是听说近洗粉兜。可见地名之吉利，也是人心理因素。

不觉间，我来到了西大街，很快我认出了这个地方，不觉又前行一段，在一家门紧闭的店面前停下。陪同的同志见我神情凝重，关切地问：有什么事吗？我问，这里曾经有个面馆？还有个澡堂？他说是的，再过去几步就是通济桥，澡堂就在那里。我们走过去，面馆澡堂均已关掉，特别是那澡堂门上还布了几个陈旧的大蛛网。

在我的印象中，大约七十年代后期，我在江苏一家千百号人的厂里当领导，因为过度劳累生病转到苏州住院治疗。出院后便回家看看。父亲提出陪我泡泡澡堂。在澡堂里，已经六十五六的父亲提出替我搓背。我说，爸，我替你搓搓吧。父亲说，不用，我就想看看一场大病后的儿子骨架如何？他搓背还很认真。搓完后连连说，还好，还好，我就放心了。你肩上的担子重，一千多人吃饭靠你，你不能有闪失……

那时我没告诉父亲，组织上来苏州医院看我时，已通知我休息一段时间后调离工厂，作为县班子主要对象培养而进省委党校学习，而后就留在县委。我想告诉父亲这件事，但我知道父亲是淡泊名利之人，他不喜欢我做官，常常对我说，人活着，能帮助别人的地方就帮一把，多积善比如多种树，官再大也要回到老家纳凉格！

我随大家前行，脑子里想着父亲的往事，很快登上了通津桥。站在那儿，想起了那次父亲与我站在这里看风景的故事。父亲告诉我，南浔有道很好的景致，叫“垂虹夕照”，是南浔十景之一。他说，要数数南浔的桥，毫不夸张地说，应该有百十座。真是“河多、桥多”，其中最为著名的就是垂虹桥，又高又大，宛如一条巨龙卧于宽阔的大河上，与通津桥、洪济桥遥相守望，三座桥都以半月状落在河面上，水中的倒影便与那个殷实的半圆组合成满月一轮。现在，垂虹桥没有了，以平桥替代，而它历史上的那个形象，由广惠桥代之。

那次，他说了许多关于垂虹桥的旧事。现在能够想起来的就是关于顾家与算命瞎子的故事了，想来，这故事里还是有点意思的。

那是顾福昌的老故事，是说顾福昌有了钱请了一位看风水的先生寻找一块可以造房子的地。正巧有位会算命的瞎子也过来，见有利头好吃，便向顾六公公（南浔人对顾福昌的俗称，也带有点敬意）说：房子的地方要选好，命运啊也是要掐好掐准格。去去去，有多远就滚多远，去远地方发棺材去……人怕算，命怕运。顾福昌请了风水先生看地，何在乎一个算命先生的二两酒。老父亲这么对我说，顾六公公勿坦气。

风水先生在顾福昌家里吃好喝好，在南浔镇上转了很长时间，后来就在西栅垂虹桥堍停下脚步，转了几圈，用白石灰粉给他画了个线，让他依线建屋。线画到一半，风水先生问，你有多少钱？顾福昌问，盐官有个陈阁老住宅，就那么大，你知道吗？风水先生笑笑说，那是我看的。顾福昌诧异地问，你看的？它有几百年啦！风水先生道：你看我，鹤发童颜，难道能在百岁以内吗？姜子牙七十出山，我一百二出山，已经给天下看遍了……顾福昌被他的话吓住了，连连说，对对对！风水先生喝道，别说对，快说，多大。有那两个大行不行？顾福昌想也不想地说，三四个没事。风水先生连连赞颂。很快，这白粉线里面出现顾家一片大宅。顾宅建成，就在风景优美、碧水环绕、石桥河埠、乌瓦粉墙之间，果然不同凡响。从外面看是高高的封火山墙的石库门，里面是敞厅明堂、曲梁幽窗、备弄旁巷、捷径偏道。竹木砖石之凿雕，绘龙绣凤之精刻，无不呈现出技巧精湛，奢侈豪华加富丽堂皇。其中一个饭厅，足能容一百张八仙桌，好比当年齐桓公在祭坛上摆千桌宴，胜过梁山聚义厅好汉设庆功酒。顾福昌就在那百宴厅里设下酒宴，庆贺豪宅落成，为了显示顾家的风采，顾福昌向全镇家家户户都发出了邀请。全镇的人家也都为顾福昌高兴，家家户户备了礼来参加庆宴。但顾福昌万万没有想到，这贺礼的队伍里就夹着一位瞎子。瞎子走到顾福昌面前，摸着顾福昌的手，摸摸顾福昌的脸，把他拉到一边，问有没有人跟着，顾福昌说没有。瞎子叹道：风水再好，命运不够，那有什么用啊！顾福昌身子一挺说，风水好了，命就好，先生不要乱说，你想来占便宜，顾家这百十桌上不多你一只碗！说罢便丢下瞎子去招待客人去了。

瞎子被晾在那里，倒是茶博士过来把瞎子拉到旁边的桌上坐下，两人聊了起来。据茶博士事后说，瞎子早就说了，顾家命运在他手里有个大曲折！如果想顾家子孙好，要多做善事，积天下人积不了的大善事，当可保得子孙万代安泰。

谁也没将这话当真。后来，一场大火将顾家烧个精光。垂虹桥堍又重现原来的清静！

倒是顾家的后人在前人跌倒的地方，重新起来，出现了叔蘋奖学金这样天下人难做的大事，而且一做几十年，现在还在做……

说话间，大家过了桥，又在桥堍上，这里有茶馆。

陪同的童先生悄悄问我，你在《古柳泽》里写的夏天，是不是生活里的王尔琢啊！我读了你那书，琢磨了好久，夏天身上的许多故事，与生活里的王尔琢是相同的。

我就问他，你说说王尔琢的事呀！

童先生笑笑说，张静江于 1927 年 5 月开始在浙江配合当时的国民党中央“清党”，杀了不少共产党。但他也曾经资助过不少青年学生到法国留学，这个事怎么解释？在浙江的“清党”运动中，张静江也不是逮到一个共产党就杀一个的，对于他喜欢的学生，参加共产党的，不但没有杀，相反悄悄地救了不少。当然，也有人说，这些人都是他的亲朋好友的孩子。这我就搞不懂了，那时的政治斗争太残酷了。

王尔琢 1925 年与 1926 年三次到过南浔，其中哪一次随张静江来的，已经记不清楚了。住在什么地方也记不清楚了。但有人考证过，说王尔琢每次来时住宿都不一样，做张静江家上客住张氏待客的豪宅内。在南浔国民革命军入驻时，就住百间楼顶头河边那小楼里。小楼是南浔中医孙颂声家的，当时可能是私人的。

1927 年 2 月，王尔琢以国民革命军旅政治部主任身份率部进驻南浔镇，在短短一个多月中，他为推进南浔民主革命立下了不可磨灭的功勋。毛泽东《井冈山的斗争》一文中专门提到他这个红军团长。1927 年 2 月 28 日，北伐军进入杭州。那时，在第一次国共合作推动下建立起来的国民党南浔区党部已由地下转入公开，在北伐战争节节胜利的形势鼓舞下，准备接收成立于 1913 年的军阀性质的地方政权“南浔自治会”。为取得北伐军的支持，南浔区党部派代表至嘉兴向国民革命军第 21 师请兵。师部鉴于南浔是太湖南岸、苏浙边境重镇，又是富庶之邑，决定派李明扬（抗战开始后，受政府指示假投敌，成为日伪军；被新四军作为主要打击对象。本世纪初，国家给予平反，称当时的反水是国民政府的战略需要）旅进驻南浔。是年 2 月下旬的一天，该部在政治部主任王尔琢率领下进驻南浔，南浔区党部常委温永之率区党部人员和各界民众三百余人在镇郊康王寺桥迎接。北伐军进入南浔后，指挥部设在张王庙南首振成弄内，政治部办事处设在皇御河边的颖园内，王尔琢成了当时南浔的行政最高领导人。

王尔琢是湖南石门人，肄业于湖南甲种工业学校，系黄埔军校第一期学生，中共党员。北伐初，他是国民革命军第 3 军 26 团军代表，1927 年初调任东路军前敌总指挥部先遣支队 21 师李明扬旅政治部主任。

北伐军进驻南浔的当天下午，政治部即在义仓白场召开群众大会，王尔琢在会上宣传孙中山的三大政策，号召全镇人民团结起来，打倒帝国主义，打倒土豪劣绅，支援国民革命。并支持南浔区党部接管了军阀地方政权南浔自治会，收缴了该会的三千元经费；派谈克明接收南浔保卫团，改组为南浔自卫军，委任谈克明为大队长，曹跃庭为党代表；命先遣军副官周龙甲接管警察所，易名南浔公安分局。这样就把南浔的政、军、警大权从旧势力转移到革命力量手中。组建于 1926 年的南浔工会，也立即进行组织整顿，成立工人纠察队，发给枪支弹药，发动职工向封建势力进行猛烈的冲击，封闭了同善社，逮捕了恶霸地主张某。这时，镇上相继建立了农民协会和由丝厂女工、小学女教师、部分家庭妇女组织的妇女会，宣传男女平等，反对缠足、虐待童工和童养媳。

在王尔琢领导下，采取一系列果断措施，南浔形势发生了根本性变化，但斗争仍相当复杂。地方封建势力虽然已经下台，但仍然掌握着南浔的经济命脉，时刻在阻挠、破坏革命的进程；国民党党员成分复杂，又受西山会议派乔松掌握的吴兴县党部的牵制，战斗力不强。王尔琢始终保持着高度的革命警惕性，与之开展了针锋相对的斗争。

这年 4 月 10 日，王尔琢奉命率部调往苏州。“四・一二”事件后，王尔琢进入江西，参加南昌起义。1928 年王尔琢任中国工农红军第四军参谋长兼 28 团团长，是朱德军事上的得力助手。在 28 团会合井冈山来的部队，准备重回井冈山，到崇义时，被叛徒枪击牺牲。在王尔琢牺牲的第二天，部队开了追悼会，毛泽东亲自写了一副挽联：

一哭尔琢，二哭尔琢，尔表今已矣，留却重任谁承受？
生为阶级，死为阶级，阶级后如何？得到胜利方始收！

尾　声

谁不说自己的家乡好。

我说我家乡的人，喜欢吉利，更喜欢安逸，老南浔待人接物热情和善，即便你骂他，恶语伤他，他仍然微笑着与你说理，你实在不听，他只能表示遗憾地离去，或不言语地等待你觉悟，或是和气地谦让。为什么要这样做？用老南浔人的话说，我们南浔人祖上都是见过世面的，小事有什么好计较的呢？

南浔人好客，喝的茶是熏豆茶，还有风枵汤。这风枵汤，开盖一阵清香扑鼻，碗面漂物，用匙取喝，入口即融。说是用糯米煮烂后做的干巴，薄如纸，南浔方圆几十里都用这风枵给产妇坐月子吃，也是待客送礼的珍品。

南浔虽然地处江南乡间，但它永远不会被人称作“小桥流水人家”，它的河上架着能通过百吨位船的桥，那是宋元明清时代留下的。民国时期，南浔以它独特的富饶、优秀的人才、美丽的景观成了国际大都市的后花园。游客到了南浔，南浔人会劝你慢慢地看，看仔细了，还会亲切地问你，与别处的古镇有什么不同？你一时答不出，他会告诉你，别看那些迎面扑鼻的现代气，好看，气势全摆出了，但你看完了，也就完了，再看，也就那么几着子：小桥流水人家。南浔呢？你看，你看，你能看到什么呢？你看上几十天，你研究几十年，回头再看看，没准发现自己只是看了一条弄，还有无数的地方没有去。一部明末清初中国资本主义萌芽史，数位民国元老的故里，不足以让你看个够吗？你一生能研究完吗？

当然不能！

南浔就此注定了它高高地跳出江南水乡，带着它特有的江南水乡的灵秀，以它的大家风范，携着现代最富有的科学态度面对着世界，向往着未来，它永远不能停留下来，也不愿意停下它那走了几千年的沉稳而又矫健的步伐……

呵，离别几十年，一日回家来；相见都是缘，扑面话语亲：寄语游子吾，多把家乡看！

于是，我有了属于自己的那段对家乡的情感之泄：

南浔之恋

谢谢您！我的故乡。

没有您，任何伟人都不存在。

谢谢您！六十年，让我梦绕魂牵。

软软的吴语、烈性的三白干、温馨的熏豆茶、松酥的定胜糕，还有百间楼前码头上老阿妈淘米汰衣时的家长里短……

浓浓乡情勾着游子回归的心！

从槜李之战到庄氏冤案，沉重一页整整翻去近三千年，故乡的激情依旧。

一声北伐，倾镇解囊求一统。

淞沪会战，老子军热血沸腾。

故乡人对民族命运的激情，世间罕有！

走过百间楼，老阿妈汰衣的身影何在？

小憩嘉业堂，翻书印版的师傅今何去？

凝视紫藤下，秋千的笑语依旧落荷塘？

呵！六十年前的旧景，古镇焕然一新！

故乡之情何能忘！

往事越春秋，

故土情难舍，

今日里，我轻轻地呼唤您：

故乡啊！离开六十载的游子来看你！
疲惫的游子要像童年那样偎你怀里撒撒娇。
故乡啊！让我轻轻地抚一下你苍劲的臂膀，
从春秋到今天，多少豪杰从你这里得到闯荡江湖的勇气，
多少才子佳人，从你这里读懂世事炎凉！
一个苍蝇也没有的故乡，演绎了共和国里多少欢笑！
我们从这里走出去，一不小心，竟然越过六十年！

有好事的原中国人民解放军南京军区文工团的朋友将这首我写的短文，要我改成歌词，让他们谱上曲。我改成了歌词，当曲还没谱上时，著名演员、陈毅特型演员崔根栓先朗诵起来：

南浔之恋（歌词）

梦绕魂牵六十载，
出外的游子今回来；
喝一口烈性的三白干，
男儿豪情撞胸怀；
吃一口松酥的定胜糕，
扑鼻的香气飘满腮；
软软的吴语耳边响，
乡音乡情扑面来；
故土情难舍，青春依旧在，
南浔啊，我的故乡，
你是我心中最深的爱！

春花秋月六十载，
外出的游子今回来；
嘉业堂前歇歇脚，
印版的师傅今何去？

百间楼前景依旧，
汰衣的阿妈影何在？
紫藤下的秋千架，
笑语依旧飞天外；
故土情难舍，美景依旧在，
南浔啊，我的故乡，
你是我心中最美的风采！

2001 年 9 月 24 日起笔于南京市汉府街快客站
2001 年 12 月 2 日完稿于江苏浙江各地写作中
2001 年 12 月 15 日定稿于浙江省南浔颖园饭店
2017 年 5 月改于原南京军区文工团文华园

附 录

中国古镇总序

张国擎

研究人类历史的人都知道，人类文明的起源由部落始。部落是人类最早的集结地，部落的最初可能是游动的，到了后期，部落则以村落的形式相对固定。在没有特殊的情况下，村落便不轻易迁徙。村落进入镇的形式（也可以说成是建制）后，便是经济与政治对人类集结地正式统治之端，即所谓的政权时代的开始。

社会进入二十一世纪，世界在向高度物质现代化发展迈进，人类偶尔回首看一看自己生活过的旧村落，竟然是那么亲切。尤其是因为种种原因而留下来的旧有村镇，那份小桥流水，安逸舒适与世无争，如画般美境，令对现代化生活产生厌烦的人们百看不厌。他们走进去，流连忘返，大有返璞归真之渴。这种现象引起许多学者的关注与研究。研究它们生存的环境与当代经济高速发展之间的关系，寻求新的人类存在方式的解读。这一存在，也引发了人们极大的旅游热情，大家纷纷涌向这些保持着原生态的村镇。上世纪的欧洲，生活在大城市的人们在古镇附近买地置屋，与保持着原貌的古镇作邻，认真地享受那份上苍赐给的愉悦。上世纪末最后几年，中国的古镇忽然也吃香起来了。人们发现才半个世纪，曾经较为普遍存在的古镇，随着经济发展的进程，越来越少了。人们开始对这些历经劫难而存在下来的古镇，加以重视保护。联合国世界文化遗产保护主题的出现就是明证。

中国地大物博，古镇之古，古至汉唐，宋元亦存，明清颇丰。研究这些古镇存在的价值，开发它们的旅游潜在能量，更好地为今天的生活服务，是一项迫切之工作。古镇是一个独特的难得的独立着的文化圈子。它包容着历史、战争、灾难……种种的社会活动都对古镇产生着作用、影响、后果。我曾经到过一个古镇，这个镇很小，东城墙上挂灯，照亮一城四门。古镇上的人们，过着与世隔绝的生活，保存着近八百年前南宋时代的遗俗。这个古镇里现存的一切，对于我们今天了解南宋，无疑是一部难得的活词典、活化石！在江南的古镇，不仅具有这些特点，还有着与大都市起互补功能的作用。上海、杭州、苏州、天津、北京、南京的巨富豪商，他们中间的一些人生于小镇，长大到外面闯荡后，有了地位或钱财，回到故里造一座花园颐养天年，或安顿妻小，或做休闲度假别墅。对于在家乡古镇上建造的这些，他们用心至极，力求尽善尽美。如同里退思园主人任兰生，他造的私家花园仅九点八亩，恰是中国园林中独枝之秀的“贴水园”；靠茧丝发富起来的南浔巨商们留给家乡的建筑，不仅风格各异，也是别处富豪无法攀比的。清帝在位时，他们就敢造中西合璧式别墅，把欧洲巴洛克式结构的中世纪建筑搬进高高封火墙挡住的徽派建筑里面，用深深的围墙与外界隔绝。直到今天，它都保存得很好，引得现在的欧洲人赶到南浔看他们那里已经不易看到的这种建筑。到了没有皇帝的时代，他们更大胆地造九曲桥，堂而皇之地造完全西式的洋楼。把南浔搞得像座博物馆。有人说，要知道中国旧时巨富富到何种程度，看看南浔就明白。以当铺为主景之一展示乌镇旧时代文化特点，是江南古镇中很典型的一种，它保持着徽派建筑明显的文化精神，张扬着徽州文化在吴越文化包容下的“文采跌宕”。这一特点还可以从周庄看到。但周庄则融进了江南原有的传统文化，表现出吴地久有的文化物证，这是一大批江南古镇共有的。最具古吴越文化原味的，应该说是西塘，它保存下来的那些廊棚极具特色，是其他地方无可相比的。还有甪直，它保存下来那小巧可爱的河道。如果说，甪直小巧窄秀的河道是江南人精于算谋产生的，那么，西塘的廊棚则是江南人宽爱待人的典型……如此种种，在我到过的云贵川赣鄂湘闽粤桂琼诸省都普遍存在着。大西北、齐冀津燕及东北则以另一种风格表现着这一伟大的主题。

因此，在挖掘整理古镇文化资源的同时，请对古镇感兴趣并有专门研究的作家们，以其优美的行文写下他们独特视角下的感受，并配以适量照片，日积月累，则不失为一件善事。

我愿以此为是，不仅是作序之想法，也是此程之始，盼方家以助。

发表于《文艺报》（2002 年 5 月 30 日）

咀嚼西塘

张国擎

世界上有很多东西，就是一种能吃能喝能用能动的文字。比如，大饱眼福。比如，秀色可餐。比如，把你生吞活嚼。比如，爱你爱得吃下肚里去。说真的，有过爱情经历的人说到情深处，还就喜欢用“爱得真想吃他下肚才放心”……

我说，有些好景点，还不完全是秀色可餐。应该说，它是需要咀嚼才能真正消化，让人接受的。

这一点，我在浙江省嘉善市的西塘镇旅游时，感受尤为强烈。

我在西塘那长长的一千多米廊棚下漫步时，不时碰到咀嚼着西塘特产的游客，棚下商店里飘出的异香调动着我鼻子不时翕动时，那种把西塘整个儿咀嚼一遍的感觉突然萌动，搅得我坐卧不安。

有了这种感觉，我就不再满足那种一般游客具有的一时快意。我住下来，沉入这个吴根越角、四水汇央之地，看看它到底怎么个值得咀嚼法？

西塘，与江南无数个古镇一样，紧紧地缠绵在生命之绿中。这地方除了水就是树，建筑也都裹在层层叠叠的绿色植被里。一切外来的事物，在这里都被水洗涤着。外界不时飘来的尘埃无法在此停留。几千年来，它一直保持着那份永远的清丽。这就是水的世界带给人类的好处。水洗涤着大千世界，水珍爱着万物。说来也真怪，同样是古镇，同是水洗的街弄，西塘就是与别的地方不同！难道，老天单对你西塘情有独钟？

清晨，别的古镇最先挑开晨曦迎接太阳的总是那些现代化的建筑，或者是高高勾着黑边飞檐翘角的白墙，在江南绿色世界里高高跃出，在朝霞中特别鲜亮，你在哪里都能最先看到它。有人说，徽派建筑的这种黑白分明、飞檐挑沿是徽派建筑大师不甘寂寞的表现。这话是有道理的，我们在徽州看到了那么多的徽派建筑，哪一幢不让我们高高地仰面去看，从天空中瞻仰大师们的伟大意志与精神？

这种现象，在西塘就没有了。西塘的建筑整个儿溶浸在绿色里，与绿色融为一体。只有当太阳中天时，我们在水面上朝两边看，才能清晰地感受着两边的情爱与精神：一边是长长的无尽头的廊棚，绝好的影视拍摄场景。比如，张生打着雨伞想陪莺莺走一段，偏偏红娘在边，那红娘说是牵线，就不晓得牵的什么“断根线”，恼得莺莺不愿意到张生的伞下。要不是长廊遮掩免雨淋，张生啊，莺莺我一定雨淋发烧……当然，另一幕中的许仙已经收起那伞，青青陪着姐姐，细碎的步子总嫌廊棚太短，青青怨姐姐太痴情。话说回来，雨季的廊棚确实很有味儿，郎才女貌，走走廊棚，生点情调，调些话题，都是很好的事啊。旧时的廊棚很长啊，走出镇，走进镇，走进人家里都不用伞的，能生多少故事呵……

此时的我站在船头看另一边：这临水的一溜儿建筑，都是两层，下面白白的墙已经变灰，码头上的石块光溜溜的。那写惯了郎从窗下过，姐落钗儿故事的人，面对此窗，会生发什么精彩构想？这临河的窗下故事，不要太多啊！凌濛初、冯梦龙这样的大师写得够多了。某日夜色下，小船到窗下，姐把包袱先系下，人再下船与郎私奔……船出几十里，天也亮了，姐再借光看郎，此郎非吾郎，连连跺脚恨月老牵错此线，命命命……

没有烈日的河面，清凉之风，满眼绿色，近是碧透，远为渍墨之朦胧，可生无数遐想。如此而已，大抵都是书生的幻想罢了。现实中的游人，都是匆匆过客。那阳光从码头石上折射过来，他们只是用阳伞与手帕去遮，绝不会生发那么多的梦幻般故事。然而，生活就是梦与幻想。游至梦境方知乐，在这如梦般的水乡，没有梦幻般的感受，真是枉到西塘了呀！

好花不常开，
好景能常在。

请君船上坐，
用一点小菜，
再进一杯酒。
把西塘的景致，
细细看，
把西塘的姑娘，
细细瞧。
……

不知何处飘来模仿邓丽君歌的柔美甜嗓。正是这火一样活跃的歌声，让我们不能沉久于西塘的绿色，我们从晶晶亮的水里跃出来，跃在现实的西塘，领略着现代生活的一份清逸，一份闲致，洗却世俗浸染于我们心灵的污垢。当我们走出西塘，再回归原先的生活时，别一种情怀，别一种精神，别一种视角，都是我们过去不曾能有的。如果能这样，这就是西塘的伟大了。

当然，要做到这一点，在西塘是不能做匆匆过客的。

我们从船上观廊棚时的那种心境里走出，再走进种福堂，从那里穿过陪弄，到烧香港，到乐园，甚至可以在圣堂稍稍驻脚，观一观那副对联："三分一统恨当年一统三分，异姓同胞笑今人同胞异姓。"

然后，我们便进入了西塘的历史，这是真正地咀嚼起西塘了——

咀嚼起西塘那与众不同的情怀与精神。

据说西塘能成为大镇，源于历史上伍子胥疏浚河道。

伍子胥疏浚河道，是为了吴越之争。伍子胥见吴王夫差对勾践怀着娘儿们的慈悲，断定"二十年之外，吴其为沼乎！"那场战争的结果如何，我们且不去多问。但我们可以看到的是，无论是越国之将，还是吴国之兵，他们中间一定有许多人就在船过西塘时，悄悄做了逃兵，遁入墨绿墨绿的色彩里。

莫道古战场，铁戟沉沙下；千秋风雨过，还是春绿纱。

这是一块好地方，从军事上讲，避之锐师而绕回，防于敌进可退出。从交通上说，任何一条水路都出能至越达吴通亨衢，回能万水千河归于原。静可养性蹈略，动则飞舟出行，此与沪上只是几十里水路，与杭州也不出百里，南都江宁与此也只是坐船昼夜即可至。

如此好的地方，大约只能适合生活了。偏偏历史上还是出过大官，那就是明朝河南巡抚陆邦。陆邦在职，正是严嵩走势之时，据说严嵩也知陆邦有才，曾去拜访过他。可惜陆邦没给他面子。有势不靠，悖了“识时务者为俊杰”的理。后严嵩擅国，这陆邦的做法于历史于人格，则又是做得对的。而当时的陆邦在众人面前又是如何呢？门前车马稀，苔色入帘青。寂寞中保持着一份清醒，就是保持着一份人格，一份尊严！许多事，只有在历史老人面前，它的尊严与人格才能真正体现出来。这一点，历史上的旧人比我们今天的人更清醒。

西塘的人能生活，会生活，更会驾驭生活，他们没有在生活面前失去自己的目光与准则。因为他们离开了那喧嚣的所在，不会失落得寻找不到生活的方向。西塘永远敞怀等着她的游子……正是这种地域气质，使陆邦不屈于权贵。多少年后，西塘出了一位省级干部倪天增。他在那个位置上，本可以好好享受一下荣华富贵。不知为什么，他没有，而是累倒在这个岗位上，以至使无数的普通百姓含泪呼唤他：

“好市长，倪市长，你醒醒啊！”

他没有醒，他让他亲自主持设计、建设、规划的实物清醒地展现于人民，垂青于历史，让历史看到西塘。看到西塘是一个什么样的地方。看西塘的品格与风尚。

西塘与周边的镇都出一种用青蒿做的米团，咬起来，很有青香味。据说，这种青团吸引着许多周边的人。大多数人到西塘来谋生。也有人到这里来做一番大事业。比如柳亚子。那时的文人与今天我写文章时的文人处境很相近。那种一篇文章倒乾坤的日子早早死掉了。活着的只是文人软中带刚的不屈韧性。那时，柳亚子在黎里熬掉几斤灯油，写下的文章诗词，无处发表，更难印成书。柳亚子拿着写好的诗词文章到南浔，刘承干替他出。南浔密韵楼楼主蒋汝藻藏书甚丰，请缪荃孙替他编藏书志，缪荃孙没有时间，就让学生曹元忠做。曹不知何故，后来还是推掉了。大学问家王国维却没推，承担了。王国维编的这部藏书志，后来竟成了一部学术著作。王国维能够在 1921 年着手编订《观堂集林》且于次年出版，全赖蒋汝藻资助。后来，蒋汝藻还为王国维影印了《观堂遗墨》，这使我们今天得以瞻仰王国维的手迹，这是何等了不起的事。今日生意人中，几人能做到？那时的文人真的比今天的作家诗人们快活多了。柳亚子拿着刚刚印好的书，坐在船上，喝着黄酒，嚼着黄豆或五香蚕豆，自我欣赏着，慢慢到西塘，在“乐园”大放厥词，痛痛快快地骂清廷。文人，都是很具有个性的，往往喜欢以自我欣赏角度去看待世界，评判是非。现代文人中最典型的也就数柳亚子，他敢于与毛泽东论天下才子你我的话。且不说这样做对否，单就这胆量够大的了。他柳亚子能这样做，我断言他一定是在西塘这样的世界里浸淫透了的缘故。大西北高原，中原齐鲁会不会有这样的人？我不详。那地方山高云淡，万千历史都是瞬间即逝，看皇帝老儿也都视为过眼烟云。而西塘居久，自我珍爱的情怀就要比别处更浓烈。这也不能怪西塘，老天爷造就了一个高原世界，那人人都在高原上动辄慷慨激昂，动辄荆柯刺秦王、霸王别姬，这人活着还有什么情趣？老天爷派个西塘给你，就是玩情趣来的。所以，在这里玩情趣，说白说透，就是养精蓄锐。

我说柳亚子没有能在历史上重重地写上一笔，关键是他没能在西塘住下来，把西塘的精神吃到自己的骨子里去。他只是沾了西塘的情怀，文人好情怀，动辄不分对象地瞎倾心语。最典型的要数柳亚子对毛泽东那番话了。

我说柳亚子没有吃透西塘，是有道理的。西塘的种福堂，在柳亚子的时候还住着王渊的后代。王渊的那番经历毕竟还是一部很厚重的历史，读读也不比“祸起萧墙”差到哪里去呀！但柳亚子读的是另外一角度，一个顾炎武的角度。一个文人想肩承历史重担的角度。这就无怪乎柳亚子敢于与毛泽东论天下英雄你我的话了。

幸亏柳亚子没在西塘住下来，幸亏柳亚子没吃透西塘，如果没有这两个幸亏，柳亚子做了王渊后代式的人物，中国现代历史上还有什么柳亚子？

冲这点来讲，我们还是要感谢西塘的。

西塘就是一段凝固了的历史。

这种凝固的历史，任你走在哪里都能体验到它的存在。

冬日到西塘，我是感觉着西塘这个水镇的寒气的。更叫我感受萧瑟寒气的是那长长的一人可行的弄堂。上见一线天，地踏一条石。手触摸着墙，冰凉冰凉的，一股寒气直逼心窝底里。顿让我想到无数中国大地上的这种窄窄的弄堂。这种弄堂属于何种建筑流派，我说不清楚。但福州城里很多，又高又仄，奇怪的是这些高高的墙后的世界都大得很，可以说是另一个富丽堂皇的世界，在这个世界里没有一个点儿的仄窄可言。但就门外的世界这么顶真，那么斤斤计较。这种现象在镇江那条老街大西路上尤为严重。我说它严重，是我走进它百米乃至近千米长的弄堂里，顿时就会迷失方向，这弄堂里名堂不少。弄里套弄，弄里拐弄，整个儿透着逼人的寒气，若是夜里行走其间，越走越怕。有的地方还有过弄楼，你走着走着，突然头顶有水泼下来。或者是楼上推窗扔下东西。当然，最为有趣的是天上落下一串笑语，或是那些放荡无羁的私房话……

这种现象在西塘的弄堂里就感受不到。

记得第一次走这么长长近百米的弄堂，手触摸着它，感受着寒意时，一扇门开了，一个在我意料中的景致——不大的天井出现。踏步而入，地略低于弄，平铺方砖，高高封火墙与外相隔，西隅小筑，巧石修竹，北有门额，可通前庭。门宽三进，落地排门，门上段格窗，下雕《西厢记》全本。墙与门衔接处，地饰石雕，天凿砖刻，天宫故事，人间神话，无不全兜，且刀工细腻，人物故事呼之欲出。步入南屋，庭柱长联，中堂正图，四壁精悬，处处都是主人意志的陈设，无一点哗众取宠，绝无以赝充数的感觉，实实在在。此屋现在的主人介绍，当年的主人乃一读书人。看这陈设也是。过庭至后进，一小院，布之精当，墙角还有一小泓以取趣。

退出此院，再朝后去，又不足数步，左出一门，门高阶宽，越阶而入，亦是一好景。再折回至后，一路门都相同，门内景致各异，走到最后一个门里，那是非常之所在……那个名气很大的静宜轩就给了这条弄堂来一番总结。弄堂的文章也这样虎头猪腰豹尾地干，也真有他西塘人的！

有的弄堂很暗，很黑，你走着，不时听着上面何处有蝙蝠吱吱，鸟雀鸣鸣，但你还是走，还是走，一下子就走到了尽头：明亮的大街上，或是透着清凉的河边码头……

这就是一条弄堂，一条很典型的弄堂。一条供数家共用的备弄。这就与上海、杭州、福州、镇江那些弄堂不同了。它的不同在于它虽然也是供人行走的，但它不是主要供人行走，而是急需时行走的。什么叫急需时行走？就是在发生兵匪入侵，天祸人灾时急用，或是主人不便与正门进来的客相遇需回避，或其他诸种原因下使用。

这种备弄，在上海、杭州大城市里，都是各家自备的。在南浔的大户人家，几乎家家都有这样的备弄，与隔壁人家勿搭界。充分体现着人与人之间的冷漠与寒凉。

这里就没有了。这里又不像福州、镇江的弄堂，大家都合用着它作为主要的通道。据说，在福州、镇江这种弄堂是因为这些城市的过去经常发生战争，没有战争的岁月，它们又因为地理位置，成为匪徒们进攻的目标。在这样的弄堂里，匪徒进来后难出去。福州、镇江这样的弄堂里住的都是殷实小户，做生意人多。当然，在福州、镇江的大户人家自然也会有像南浔那样的大户专门的备弄，只是我没有见到。

西塘的大户比别处人更精于打算。大家合用一条备弄，这是很经济的。其实，真正的实惠还在于下人们之门的串连。张家的女佣与李家的男仆可以在弄堂里幽会一会儿？比方说，老爷中午在书房休息，有小妾陪着，就不会呼唤书童了。书童知道隔壁丫头的一对大眼睛好看，他想看看，就可以到这门口等着呀！

这么一说，那大户人家没人情味的寒意，都在这弄堂里消融了。

我走出这弄堂时，手触及墙上，陈年的粉饰纷纷坠落，昔日的世故事事潮涌。那些先前的寒意都化作了安详与宁静，慢慢地治燥于我这颗在浮嚣中置久了的心。后来，我走多了，那种暖意就越来越浓烈，甚至想以此为我后半生的居地。

于是，我就想，在西塘这凝固了的历史里，你不能匆匆而过，你更不能浅尝辄止。你得住下来，你得静下那在浮尘里待久的心境，让西塘的绿树清水好好洗涤掉浮躁，归还原本真纯的你！

这可能就是一种咀嚼。

世界进入了快速发展的时代，能够供人咀嚼的已经不多。比如，我们过去的食品都是要有很好的牙齿来咀嚼的，现在不用了，豆可以磨成粉，打成浆；连米也可以做成酥糕，入口即化。几乎所有的食品都在强调能够帮助消化。文化哩，也是快餐化了的。那种历史与文化积淀很重的长篇著作也可以像长篇小说那样拍成电视，供人们一个或几个晚上把它消化掉。据说，这个世界已经没有不能消化的东西。

但我相信，像西塘这样的地方，长满青草的长长的石条路，泛着深褐色木质原色的旧门，抚上去灰粉簌簌下的墙，还是令人难以“快餐”的，它需要我们慢慢地咀嚼，然后再消化。

不信？你走入那个杜鹃花盆景园看看，你能看得到的，鬼斧神工，化腐朽为永恒的艺术珍奇，那绝非快餐可以消化的……

因此，在今天，西塘的存在更有它的价值，其价值就在于我们走在西塘的廊棚、石板路、石桥上，我们感受着宁静安详时，我们其实就在咀嚼着，一点点地消化西塘这个古老的千年“化石”给予我们的情爱与关怀，当我们重新步入尘世做生存的拼搏时，我们那些昨日的伤痕不都已经被西塘的水，西塘人的情给洗却掉了吗?

咀嚼西塘，只是一种感受吗?

不！这是一种实实在在存在着的事实。

征引书目举要

书籍文献:

《中国地方志集成——乡镇志专辑》(内含:范来庚编道光《南浔镇志》、汪曰桢编咸丰《南浔镇志》、周庆云编《南浔志》),江苏古籍出版社、上海书店、巴蜀书社出版。

《史记》,中华书局,北京,1959年。

《太平天国史》,中华书局,北京,1991年。

《中国通史》,人民出版社,北京,1979年。

《中国史纲要》,人民出版社,北京,1983年。

《南浔镇志》,上海科学技术文献出版社,上海,1995年。

《苏州市志》,江苏人民出版社,南京,1995年。

《南京大学史》,南京大学出版社,南京,1992年。

《中国百科年鉴》(1980—1984年),中国大百科全书出版社,上海,1981—1985年。

《孙中山全集》,中华书局,北京,1981—1986年。

《孙中山集外集》,上海人民出版社,上海,1990年。

《中国近代史资料丛刊——戊戌变法》,神州国光社,上海,1953年。

《中国近代史资料丛刊——辛亥革命》,上海人民出版社,上海,1956年。

《学林漫录》(1—14),中华书局,北京,1980—1999年。

《晋书》,中华书局,北京,1974年。

《剑桥中华民国史》,剑桥大学出版社,1986年。

《北大旧事》,三联书店,北京,1998年。

［英］阿诺德·托因比:《第二次世界大战史大全》，上海译文出版社，上海，1995年。

［法］艾田蒲:《中国之欧洲》，河南人民出版社，郑州，1992年。

［美］孔力飞:《叫魂》，上海三联书店，上海，1999年。

［美］泽勒:《端纳在中国》，译林出版社，南京，2001年。

［美］黄仁宇:《放宽历史的视界》，中国社会科学出版社，北京，1998年。

［美］黄仁宇:《黄河青山》，三联书店，北京，2001年。

李清:《三垣笔记》，中华书局，北京，1982年。

计成:《园冶注释》，中国建筑工业出版社，北京，1988年二版。

洪迈:《夷坚志》，中华书局，北京，1981年。

刘哲民:《郑振铎书简》，学林出版社，上海，1984年。

陆以湉:《冷庐杂识》，中华书局，北京，1984年。

包天笑:《剑影楼回忆录》《剑影楼回忆录续编》，大华出版社，香港,1971年。

金友理:《太湖备考》，江苏古籍出版社，南京，1998年。

顾颉刚:《吴歌·吴歌小史》，江苏古籍出版社，南京，1999年。

黄本骥:《历代职官表》，上海古籍出版社，上海，1980年。

周谷城:《中国通史》，上海人民出版社，上海，1957年。

詹明信:《晚期资本主义的文化逻辑》，三联书店，北京，1997年。

桑兵:《清末新知识界的社团与活动》，三联书店，北京，1995年。

王振忠:《明清徽商与淮扬社会变迁》，三联书店，北京，1996年。

吴相湘:《民国百人传》，传记文学出版社，台北，1979年。

吴相湘:《孙逸仙先生传》，远东图书公司，台北，1982年。

刘炳森:《中国隶书名帖精华》，北京出版社，北京，1995年。

阮仪三:《水乡名镇南浔》，同济大学出版社，上海，1993年。

《中国近代最大的丝商群体——湖州南浔的“四象八牛”》，浙江人民出版社，杭州，2001年。

另有若干旧书籍及资料因提供者不愿公布之原因不列。

报刊文献:

《申报》《民权报》《新闻报》《上海新报》《点石斋画报》《民声》《立报》《新江苏报》《人民日报》《浙江日报》《湖州日报》《南浔通讯》。